KB052919

악역의 엔딩은 죽음뿐

I

I

권겨을 장편소설

악역의 엔딩은 죽음뿐

D&C
BOOKS

Prologue

Prologue

모든 것이 완벽했다.

전에 살던 곳의 화장실 크기만 한 반지하 원룸도. 생활비를 위해
선 당장 다음 주부터 아르바이트를 시작해야 하는 것도 다 좋았다.

그 지옥 같은 집을 벗어나 드디어 자유를 얻었다. 그 하나만으로
도 나는 충분히 행복할 수 있었다.

그런데…….

"분명 숨소리 하나 내지 말고 죽은 듯이 살라고 했을 텐데."

남자가 입을 열었다. 내게로 향해진 혐오스러운 눈빛이 꼭 흉측
한 벌레를 바라보는 것 같았다.

"황태자의 귀환 연회에서 광견처럼 날뛰었다지?"

당장이라도 밟아 죽이고 싶다는 음험한 살기가 담긴 눈빛은 익숙
했다. 그 집에서 늘 겪었던 종류였으니까.

그러나 경험이 많다고 괜찮을 리 없었다.

"무슨 생각으로 그런 거지?"

시퍼런 안광에 숨이 막혔다. 반사적으로 입술이 벌벌 떨리기 시작했다.

그 순간이었다. 눈앞에 하얀 네모 창이 나타났다. 그리고 그 안에 줄줄이 적혀 있는 글씨들.

1. 난들 알아?
2. 아무 생각 없었는데요?
3. (비굴한 목소리로) 그게…… 그러니까…….

'……이게 대체 뭐야?'

나는 입을 열어 이게 무엇이냐 물어보려 했다. 그러나 마개로 콱 막힌 것처럼 목소리가 나오지 않았다.

아무 말도 못 하고 있자 파란 눈의 남자가 무시무시한 목소리로 압박했다.

"입, 여는 게 좋을 텐데."

피부가 따가울 만큼의 살기가 느껴졌다. 빨리 대답하지 않으면 죽을 것이다.

나는 거의 본능적으로 3번을 눌렀다.

"그게…… 그러니까……."

내 입에서 네모 창 안에 나타난 선택지와 똑같은 말이 튀어나왔다.

'뭐야? 이게 대체 뭐야!'

내가 말하고도 거짓말 같아서 나는 바보처럼 입을 떡 벌렸다. 지금 이 상황이 무엇인지 조금도 파악할 수 없었다.

눈을 뜨니 낯선 곳에 누워 있었고, 갑자기 살벌한 기운을 흩뿌리며 들이닥친 낯선 이들을 상대하게 되었다.

잠에서 방금 깬 듯 정신이 혼몽했다.

"그게, 그러니까, 그다음."

대충 얼버무린 대답이 마음에 들지 않는지 남자가 무서운 얼굴로 다음 대답을 종용했다.

그러자 허공에 뜬 네모 창 안에 다른 내용의 글씨들이 스르륵 나타났다.

1. 죄송해요. 자중할게요.
2. 멍청한 하녀가 내게 먼저 실수를 했다고요.
3. 천것들이 나를 무시했어요. 에카르트의 하나뿐인 공녀인 이 나를 말이에요!

가만히 앉아서 무슨 일인지 머리를 굴릴 시간 따윈 없었다. 남자의 눈치를 보며 허겁지겁 선택지를 골랐다.

모르긴 몰라도, 이런 분위기에서는 무슨 말이든 해야 한다. 그간 뼛속까지 새겨진 학습 결과였다.

"죄송……."

"알량한 사과로 끝날 일이었으면 이렇게 내가 너와 마주 보는 일도 없었겠지."

그러나 재빨리 1번을 선택한 것이 무색할 만큼 곧바로 말꼬리가 잘렸다.

칼처럼 찌르는 듯한 어투에 심장이 철렁 내려앉았다. 나도 모르게 몸을 움츠렸다. 그러자 남자가 싸늘하게 읊조렸다.

"페넬로페 에카르트."

'페넬로페 에카르트?'

"당분간 네게서 에카르트의 성을 회수한다."

너무나도 익숙한 이름과 대사였다.

나는 고개를 번쩍 쳐들었다. 그러자 정신이 없어 미처 보지 못했던 남자의 모습이 좀 더 선명히 보였다.

침대에서 조금 떨어져 있는 남자는 '그 집 인간들' 중 한 명이 아닌, 생판 처음 보는 외국인이었다.

바다를 담은 듯한 새파란 눈동자, 흑요석을 저며 놓은 듯한 검은색 머리칼. 그 위로 휴대폰 배터리 표시와 비슷한 길쭉한 바(bar)와 흰 글씨가 반짝반짝 빛났다.

'호…… 감도……?'

내 눈이 잘못되지 않은 이상 남자의 머리 위에서 반짝이는 글씨는, 호감도였다.

"연회는 물론, 방 밖으로 나가는 것 또한 금지다. 근신하는 동안 무엇을 잘못했는지, 앞으로 어떻게 행동해야 하는지 반성……."

"……."

"지금 어딜 보고 있는 거지?"

빗겨 간 내 시선에 무표정했던 남자의 얼굴이 불쾌하다는 듯 확 구겨졌다. 그러나 나는 그에 반응할 새도 없이 몇 번이고 남자의 머리 위를 확인했다.

[호감도 0%]

'말도 안 돼…….'

나도 모르게 고개를 저었다.

정말 말도 안 되는 일이었다.

정말로.

"미쳤다는 말이 사실이었군."

내 이상 행동에 남자는 경멸 어린 눈으로 잠시 노려보다가 홱 몸을 돌렸다. 한시도 같이 있기 싫다는 듯 문으로 향하는 걸음이 분주했다. [호감도 0%]가 멀어진다.

'내가 무얼 잘못했는데?'

사라지는 뒷모습을 바라보며 멍하니 무슨 일인지 생각할 때쯤이었다. 한쪽에서 피식, 하는 인기척이 들렸다.

휙 고개를 돌리니 분홍빛 머리를 가진 남자가 문 옆 그늘진 곳에서 팔짱을 낀 채 서 있었다.

앞서 나간 남자와 같은 새파란 눈동자. 그 안에는 노골적인 비웃음이 담겨 있었다.

[호감도 -10%]

머리 위에 새하얀 글씨가 반짝였다. 무려 마이너스.

"병신. 꼴좋다."

예쁘장한 외형과는 달리 험악한 욕설을 뇌까린 그는 앞서 나간 남자를 따라 몸을 돌렸다.

쾅—! 문이 거칠게 닫혔다.

모두가 사라진 적막한 방 안에 홀로 남은 나는 한참을 멍하니 앉아 있었다. 대체 무슨 상황인 건지, 머리가 잘 돌아가지 않았다.

오랜 시간을 생각하고 또 생각하던 나는 내가 있는 이 공간, 그리고 아까까지 여기 있던 남자들이 초면임에도 묘하게 익숙하다는 사실을 깨달았다.

"거짓말이지……?"

혼자 남겨지자 그제야 누가 성대를 조이듯 나오지 않던 목소리가
터져 나왔다.

그러나 그 사실을 알아차릴 새가 없었다. 도저히 믿을 수 없었
다. 내가 생각해도 어처구니없는 일이었기에.

"그럴 리가 없잖아."

잠들기 직전까지 하고 있던 게임의 한 장면이 눈앞에서 현실처럼
재생될 리 없지 않은가. 그것도 내가 그 당사자 중 한 명이 되어서.

"난 지금 꿈을 꾸고 있는 거야."

그것밖에는 답이 없었다. 하지만 머리를 쥐어뜯고 얼굴을 꼬집어
봐도 꿈에서 깨어나지 않았다.

"아, 아니야…… 아니야, 아니야! 아니야! 아니라고―!"

페넬로페 에카르트.

최근 가장 유행하는 여성향 공략 게임 속 악역이자, 하드 모드의
주인공이었다.

Chapter 1

CHAPTER 1

Chapter 1

'재벌가의 사생아'.

꽤 로맨틱한 말이다. 그것도 여자일 경우엔 더더욱. 소설이나 드라마에선 언제나 신데렐라의 주역이 되는 존재가 아닌가.

그러나 현실은 소설이나 드라마와는 달랐다. 나는 엄마가 죽고 어느 날 생긴 이복 오빠 두 놈에게 죽기 직전까지 핍박당했다.

무시와 욕설은 예삿일이었다. 먹을 밥과 지내는 공간에 질 나쁜 장난질을 쳐 놓는 것은 기본이고, 교묘히 왕따를 주도해 학창 시절을 엉망진창으로 만들었다.

둘째 개새끼와 나이 차가 얼마 나지 않아서 1년간 학교를 같이 다닌 탓이었다.

놈이 졸업한 후에도 학교에서의 내 처지는 더 심해졌으면 심해졌지, 변하는 건 없었다.

아버지의 본처가 지병으로 유명을 달리한 것은 내가 태어나기도 한참 전의 일인데. 그런데도 그 미친놈들은 어린 내가 저들 어미를 죽인 원수라도 되는 양 굴었다.

얼마나 개같이 굴었는지 나 또한 가끔 헷갈릴 때가 있었다. 혹시 아버지의 고환 속에 있을 때, 내가 놈들의 어머니에게 지병을 내리는 저주를 퍼부었나 싶어서.

그 집에 있는 동안 난 어디서 빌어먹지도 못한 애 같았다. 차라리 엄마와 함께 단칸방에서 가진 것 없이 살던 시절이 더 나았다.

체중이 기하급수적으로 줄었고, 그를 대신하듯 몸에 상처와 흉이 점차 늘어났다. 그럼에도 나를 집으로 데리고 온 아버지란 인간은 조금도 신경 쓰지 않았다.

'이럴 거면 고아원으로 보내지, 날 왜 데리고 온 거냐고.'

그런 원망과 호소는 아무에게도 통하지 않았다.

다행인지 불행인지, 홀어머니 밑에서 가난하게 자란 나는 체념과 포기가 빠른 편이었다.

키우는 짐승 취급조차 하지 않는 인간들에게 관심과 사랑을 갈구하는 것은 미련한 짓이었다.

수중엔 돈 한 푼 없었고 당장 그 집을 나가면 있을 곳도 없었으므로, 나는 학교를 졸업할 때까지 악착같이 공부했다. 그래서 명문대에 합격했다.

놈들과 아버지에게 인정받고 싶어서가 아니었다. 그 지옥 같은 집에서 탈출하기 위해서였다.

합격자 발표가 나는 날, 나는 그 집에 들어간 후 처음으로 환히 웃으면서 아버지에게로 달려갔다.

"아버지! 이거 보세요! 저 여기 합격했어요! 저 합격했다고요!"

"그래서. 찾아온 이유부터 말해라."

환희에 젖은 내 얼굴을 보고도 친부에게선 그 흔한 축하한단 말조차 없었다.

그래도 괜찮았다. 나 또한 축하 인사나 듣자고 찾아간 것이 아니었으니까.

"저 독립시켜 주세요! 학교 근처에서 살면서 대학 생활 열심히 하고 싶어요. 이 정도는 해 주실 수 있잖아요."

의외의 요구였던 듯 날 무심히 바라보던 아버지의 눈살이 찌푸려졌다.

그렇지만 오히려 그쪽도 잘된 일이지 않은가? 눈엣가시 같던 계집애가 제 발로 나가 준다는데!

"알았다. 준비하마."

요원하기만 했던 탈출은 순조롭게 이루어졌다.

그 와중에 아버지가 내 독립 준비를 후계 과정을 밟고 있던 첫째 개새끼한테 맡기는 어처구니없는 짓을 했다. 그 때문에 곰팡이가 잔뜩 핀 반지하 방에서 살게 되었지만, 그것조차 괜찮았다.

그 집을 나온 후 모든 것이 행복했다. 암울했던 중고등학교 시절도 깨끗이 잊고 친구도 잔뜩 사귀었다.

게임을 알게 된 것도 그 덕분이었다.

"공녀님의 러브러브 프로젝트? 뭐야. 완전 유치해 보이는데."

요즘 친구들 사이에서 엄청나게 유행 중인 휴대폰 게임이었다. 오글거리는 제목과 휘황찬란한 일러스트들만 봐도 무슨 내용인지 대충 알 만했다.

별로 하고 싶은 생각은 없었지만, 학교에 가면 하도 게임 이야기뿐인지라 얼추 내용만 알아 둘 겸 다운로드해 봤다. 마침 아르바이트를 쉬는 날이기도 했다.

게임은 노멀과 하드, 두 개의 모드로 나누어졌다.

"노멀."

나는 망설임 없이 노멀 모드를 클릭했다. 앞부분만 잠깐 해 보고 잠들 생각이었다.

게임을 켜자 영상으로 된 프롤로그가 재생되며 등장인물들을 소개했다.

[어릴 적 불의의 사고로 잃어버린 공작가의 막내딸, 마침내 돌아와 공녀의 자리를 되찾는다.]

발랄한 BGM과 함께 청순한 여자 주인공이 등장하면서 스토리는 시작됐다.

일러스트가 눈에 띄게 예쁘고 고퀄리티라는 것을 빼면 솔직히 특별할 것 없이 뻔해 보였다.

남자 주인공들을 공략하며 호감도를 올리는 것. 그러는 동안 겸사겸사 악역도 처치하고 부와 명성도 쌓는다.

엔딩은 호감도를 가장 빨리 쌓은 남주에게서 사랑한다는 고백을 받는 것이었다.

"오. 좀 재밌는데?"

하지만 막상 해 본 게임은 유치뽕짝이었던 이름에 비해 탄탄한 스토리와 쉴 새 없는 구성, 시스템이 무척이나 잘 구축되어 있었다.

또한 작화가가 혼신을 다해 그린 듯한 생생한 그림들이 집중도를 확 높였다. 게다가 주된 내용과 상황이 나랑 비슷해서 이입할 수밖에 없었다.

메인 남주 중에는 여주의 오빠 두 명도 포함되어 있었다. 주 배경이 공작가였기 때문에 뜬금없이 나타난 여동생을 썩 달가워하지 않고 구박하는 오라비들과 가장 자주 마주쳐야 했다.

'묘하게 나랑 비슷하네.'

물론 내가 당한 것과 게임 속 여주의 대우는 천지 차이였지만…….

차근차근 놈들을 공략해 나가는 것은 나를 희열하게 만들기 충분했다.

가볍게 하고 말 요량으로 시작했던 게 언제였냐는 듯 나는 정신없이 게임에 빠졌다.

처음 접하는 공략 게임임에도 엔딩을 깨기는 수월했다. 재미는 있었지만, 사실 노멀 모드는 나 같은 초심자에게도 너무 쉬웠다.

시작부터 모든 남주들의 호감도가 30%나 기본으로 주어졌다. 노멀이 아니라 이지라고 해도 될 정도였다.

게임을 시작한 지 3시간 만에 모든 남주들과의 엔딩을 봤다. 그러자 자물쇠로 잠겨 있는 '히든 엔딩'이라는 카드가 떴다.

"10, 10만 원? 미친 거 아니야? 뭐가 이렇게 비싸?"

히든 엔딩을 보려면 말도 안 되는 값을 지불하거나, 하드 모드를 다 깨야 했다.

"아씨…… 벌써 새벽인데."

아침 수업을 생각하며 잠시 고민했다. 그러나 오래가진 않았다.

"아, 모르겠다! 함 깨 보자!"

엔딩의 여운에 잠시 미쳤던 거다. 평소라면 절대 그럴 리 없었을 텐데.

손가락이 신이 나서 하드 모드를 클릭했다. 곧바로 웅장한 비지엠과 함께 노멀 모드와는 다른 프롤로그가 재생됐다.

"오오. 얘가 주인공으로 바뀌었잖아?"

독특하게도 주인공이 달라졌다. 그것도 노멀 모드에서 악역으로 나오는 가짜 공녀로.

배경 또한 노멀 모드의 여주가 등장하기 이전으로 바뀌어서 전혀 다른 스토리같이 느껴졌다.

"이래서 인기가 있는 건가 보네."

섬세한 하드 모드 주인공의 일러스트가 나오자 눈꺼풀 끝에 슬슬 내려앉았던 잠기운이 싹 가셨다.

흔한 공략 게임과는 차별화된 이런 특색 있는 장치가 너무 흥미로웠다.

게다가 바로 전 천사 같은 여주에게 악독하게 굴던 악역이 주인공이 되어 철벽 남주들을 공략한다는 것. 그것이 알 수 없는 흥분과 설렘을 더욱 부추겼다.

나는 희희낙락 하드 모드를 진행했다. 방금 노멀 모드를 수월하게 깼기 때문에 자신감도 가득했다.

하드라 해 봤자 대사 선택지가 좀 더 까다로울 뿐일 거라 예상했다.

그러나 그것은 명백한 착각이었다.

"악! 왜! 왜 또 죽냐고!"

하드 모드는 엄청나게 어려웠다. 애초 악역이었던 주인공은 호감도를 쌓기가 더럽게 힘들게 돼 있었다.

그뿐만이 아니었다. 간신히 쌓은 호감도도 이후 선택 하나 잘못하면 무슨 모래성처럼 와르르 떨어져 게임 오버됐다.

그냥 게임 오버도 아니고, 기분 나쁘게 주인공의 죽음으로 이어지는.

"뭐가 이렇게 극단적이야."

일러스트도 너무 잔인하고 현실적이었다. 황태자가 뽑아 든 칼에 목이 잘려 죽는 모습에선 눈살이 절로 찌푸려졌다.

"이 미친 게임아……."

신중하게 누른 선택지에도 번번이 죽어 버릴 때마다 기가 막히다 못해 코까지 막혔다.

제작자들은 무슨 생각으로 난이도 설정을 이딴 식으로 해 놓았을까? 너무 많이 죽다 보니 나중에는 오기가 치솟았다.

"제발 한 번이라도 살아 보자, 좀!"

처음 목적이었던 '히든 엔딩'을 보겠단 생각 따윈 어느새 사라진 지 오래였다.

이 불쌍한 악역이 죽지 않고 살아서 아무나 한 명하고만이라도 행복해지는 엔딩을 봐야겠다.

'사실 악역이 무슨 죄가 있어? 작가가 악역을 부여해서 악녀가 된 것뿐인데!'

게다가 수월하게 모두의 사랑을 얻는 노멀 모드의 여주와는 달리, 아무리 애정을 구걸해도 구박만 받는 악역이 내 처지와 겹쳐 보였다.

"내가 이것들 엔딩은 기필코 본다."

오빠 놈들로 인해 또다시 죽임을 당했다. 이를 가는 소리가 마구 튀어나왔다.

벌써 몇 번짼지 모를 죽음. 달아오른 휴대폰을 꽉 쥔 내 두 손이 바르르 떨렸다.

나도 모르는 새 감정 이입을 너무 많이 했다는 자각이 들었지만, 리셋 버튼을 누르는 손가락을 멈출 수 없었다.

나는 다시 처음부터 시작했다.

대사를 선택하고, 차근차근 호감도를 쌓고, 새로운 루트를 열기 위한 돈과 명성도 모았다.

"아악! 왜! 왜!"

하지만 또 죽었다.

너무 짜증이 나서 차라리 돈을 써서 호감도를 사 버릴까 하는 생각까지 들었다.

현질 유도를 하려는 목적이었다면 이 게임은 대단히 성공했다. 본가 인간들에게 손 안 벌리려고 악착같이 돈을 아끼던 내가 돈을 쓰고 싶다는 생각까지 들게 했으니까.

끝끝내 현질은 안 했지만, 누구 하나라도 엔딩을 보겠다는 일념 으로 밤을 새하얗게 불태웠다.

죽고, 새로 시작하고.

다시 죽고, 새로 시작하고.

죽고,

죽고,

또 죽고.

하염없이 죽기만 하다가, 어느새 동이 텄다. 그러나 그때까지 나는 하드 모드의 그 어떤 엔딩도 깨지 못했다.

"시발…… 다시…….."

다시 리셋 버튼을 누르려던 나는, 더 버티지 못하고 휴대폰을 쥔 채 기절하듯 잠들었다.

그리고 눈을 떴을 때.

"페넬로페 에카르트."

머리 위로 텅 빈 게이지 바와 함께 '호감도 0%'란 글자가 반짝이는 남자가 말했다.

"당분간 네게서 에카르트의 성을 회수한다."

나는 끝끝내 깨지 못했던 게임 속 악역이 되어 있었다.

"아가씨. 그만 일어나세요."

누군가 위에서 소곤거리는 소리가 들렸다. 얕게 잠겨 있던 의식은 작은 인기척에도 쉽게 끌어올려졌다.

밤새 현실을 부정하며 제발 꿈에서 깨어나길 빌고 또 빌었던 것 같은데, 어느새 깜빡 선잠이 들었던 것 같다.

"아가씨."

또다시 조심스러운 음성이 들려왔다.

'나를 부르는 건가?'

파란 눈의 남자 둘이 나가고, 이 방 안으로 들어온 사람은 아무도 없었다. 그러므로 '아가씨'라 불릴 만한 사람은 나뿐이었다.

"……."

비몽사몽간에 그런 생각에 잠겨 바로 대답하지 못했다. 그러자 뒤편에서 부스럭거리는 소리가 들렸다.

나는 그제야 완전히 잠에서 깨어났다. 자리에서 일어나기 위해 몸에 힘을 준 순간이었다.

이불 밖으로 드러난 팔뚝에서 벼락같은 고통이 느껴졌다.

"악!"

눈이 절로 번쩍 떠졌다. 나는 비명을 지르며 이불을 박차고 자리에서 일어났다. 그리고 허둥지둥 소매를 걷었다. 격통이 느껴지는 팔뚝을 확인하기 위해서였다.

'이, 이게…….'

하늘하늘한 잠옷 아래 드러난 맨살을 보고 나는 입을 떡 벌렸다. 가느다란 팔뚝은 온통 시퍼런 바늘 자국으로 가득했다. 사람의 피부가 아니라 바늘을 기워 넣는 천이었다면 필시 구멍이 뻥뻥 뚫려 너덜너덜했을 것이다.

방금 새로 생긴 듯한 작은 핏방울 맺힌 상흔을 바라보며 경악을 금치 못하고 있을 때였다.

"일어나셨네요."

침대 옆에서 태연한 목소리가 들렸다. 그쪽으로 고개를 돌리자, 주근깨가 가득한 갈색 머리 여자가 서 있었다. 하녀였다.

일러스트 값을 아끼기 위해서인지 게임 속 하녀들은 얼굴 없이 죄다 똑같은 메이드 복을 입고 있었다. 내 앞의 여자도 마찬가지였다.

그새 나를 찌른 바늘을 갈무리했는지 하녀의 손은 텅 비어 있었다. 그러나 조심스레 나를 관찰하는 눈에는 음침한 희열과 비웃음이 한데 섞여 공존했다.

'가만있던 사람에게 이게 대체 무슨 짓이야!'

순식간에 분노에 찬 나는 벌컥 화를 내기 위해 입을 열었다.

"……!"

그러나 꿀 먹은 벙어리처럼 아무런 목소리도 나오지 않았다.

'이럴 땐 왜 선택지도 뜨지 않는 거야. 제기랄!'

말을 못 해 그저 노려만 보고 있자, 하녀는 마치 아무 일도 없었던 것처럼 행동했다.

"욕실에 목욕물을 준비했으니 먼저 씻고 오셔요, 아가씨."

이불을 걷는 그녀의 얼굴에 악랄한 미소가 스쳤다. 퍽 익숙해 보이는 모습이었다.

나는 입술을 꽉 깨물고 앉아 있다가, 재촉하는 하녀의 손에 떠밀려 별수 없이 욕실로 갔다.

목욕물을 준비해 놨다더니, 텅 비어 있는 욕실에는 세숫대야에 찬물만 달랑 받아져 있었다. 얼음물이라도 퍼 온 건지, 손끝만 담가도 머리끝이 쭈뼛 섰다.

'목욕 시중 같은 건 바라지도 않았지만, 이건 진짜 너무하잖아.'

게임 속에서 악역이 푸대접을 받는 스토리가 종종 나오긴 했지만, 이렇게 세세한 장면은 없었다.

넘쳐나는 리얼리티에 나는 또 한 번 강제로 깨달아야 했다. 정말로 게임 속으로 들어왔다는 것을.

소매를 걷고 다시 한번 피딱지가 굳은 바늘 자국을 살피자 눈물이 핑 돌았다.

'뭐야. 이런 건 게임에는 없었단 말이…….'

그러나 곧바로 번뜩, 어떤 장면 하나가 뇌리에 스쳐 지나갔다.

오픈 숄더형 드레스를 입은 악역의 일러스트였다.

흠 하나 없이 그려진 다른 그림들에 비해, 악역의 한쪽 팔뚝엔

선이 깨진 것 같은 작은 점들이 깨알같이 흩뿌려져 있었다.

'미친. 나는 그게 진짜 점인 줄 알았지!'

아니면 뭐, 내가 끝내 깨지 못한 스토리의 중요한 복선이라든
지……. 그걸 보고 학대의 흔적이란 걸 대체 누가 알아차린단 말인가.

기가 막히면서도 한편으론 게임의 탄탄한 구성에 새삼 한 번 더
놀랐다.

"아가씨. 아침 식사가 준비되었어요. 아직 머셨나요?"

그때 욕실 바깥에서 하녀의 재촉하는 목소리가 들렸다.

'아, 진짜 저 한주먹거리도 안 되는 게.'

나는 짜증이 났지만 하는 수 없이 얼음장 같은 물에 다시 손을 담
갔다. 개같은 이복 오빠들에게 몇 년을 시달린 나에게 이런 건 간
지럽지도 않았다.

어차피 악역이 된 거, 당장 나가서 저 계집에게도 똑같이 바늘구
멍을 내주고 싶었지만 좀 더 시간을 두고 탐색해야 했다. 애석하게
도 당장은 말도 마음대로 못 하는 처지였기 때문이다.

얼얼한 얼굴을 수건으로 닦으며 욕실 밖으로 나가자, 커다란 창
문 옆에 있는 테이블에 정말로 식사가 차려져 있었다.

공작의 첫째 아들이 내린 근신형 때문인지 식사 또한 방 안에서
해결해야 하는 듯했다.

"앉으세요, 아가씨."

나는 하녀의 손에 이끌려 테이블 앞에 앉았다. 그리고 곧바로 얼
굴이 찌푸려졌다.

식사랍시고 차려진 음식은 차마 사람이 먹을 게 못 됐다. 그릇에
는 귀퉁이에 시퍼런 곰팡이가 핀 빵 한 쪽과 알 수 없는 건더기들

이 둥둥 떠다니는 회색빛 수프가 담겨 있었다.

"어서 드세요. 시장하시잖아요."

하녀는 실실 웃으며 먹기를 종용했다. 나는 이를 꽉 깨물고 그녀를 노려보았다.

그 순간, 눈앞에 하얀 네모 창이 나타났다.

1. (테이블을 엎으며) 이게 뭐야? 미쳤어?! 당장 요리장을 불러와! 당장!

2. (하녀의 입에 포크를 쑤셔 넣으며) 이 개도 안 먹을 것을 나보고 먹으라고? 그럼 네가 먼저 처먹어 보든가!

3. (먹는다.)

나는 이전에 이 장면에서 두 번이나 게임 오버 당했다.

1번을 선택했더니, 공작가의 고용인들이 전부 공작에게 달려가 악역의 패악을 읍소했다. 악역에게 직접 근신형을 내린 공작의 장남이 그 소식을 전해 듣고 분노하여 근신 기간에 물 한 모금조차 금지했다.

그래서 굶어 죽었다.

그다음 시도에선 2번을 골랐다. 그러자 마침 악역의 방 앞을 지나치던 차남이 득달같이 달려들어 하녀에게서 악역을 떼어 냈다.

그 과정에서 거칠게 밀쳐져 넘어진 악역의 목에 포크가 떨어져 꽂혔다. 정말로 어처구니없는 죽음이었다.

'결국, 정답은 하나뿐이네.'

아마 게임에서 이 에피소드는 주인공이 된 악역과 공작가에서 오랫동안 일해 온 고용인들 사이의 줄다리기를 담은 내용이었을 터였다.

그러나 시작 단계에서부터 주인공이 속수무책으로 당하는 꼴을 보기 싫었던 나는, 두 번을 죽은 후 그냥 다른 에피소드로 넘어갔다.

굳이 이게 아니라도 깨야 할 에피소드가 수십 개나 있었기 때문이다.

하지만 지금 내 눈이 닿는 시야 그 어디에도 에피소드를 선택하는 화면으로 가는 [뒤로 가기] 버튼 따윈 없었다.

'망할……'

나는 옆에 선 하녀를 부리부리하게 노려보며 힘겹게 3번을 눌렀다. 그러자 누군가 조종하듯 몸이 저절로 획획 움직였다.

수저를 집고 썩은 국물을 한가득 펐다. 끔찍이도 먹기 싫은 내 의지가 반영되어 입으로 향하는 손이 부들부들 떨렸다.

그릇을 넘어 테이블 위로 회색 방울들이 뚝뚝 떨어졌다. 그러나 움직이는 몸을 멈출 수 없었다. 결국 썩은 수프가 담긴 수저는 강제로 벌어진 입에 쑤셔 넣어졌다.

"우욱."

뜨뜻미지근한 국물이 혀에 닿았다. 그와 동시에 역겨운 냄새가 입 안 가득 퍼졌다.

이건 음식이 아니었다. 어디서 음식물 쓰레기를 퍼와 끓인 것 같은 맛이었다.

그러나 내 몸은 의지를 넘어 강제로 입에 들어온 쓰레기 물을 삼켰다.

"헉!"

진짜로 먹을 줄은 몰랐는지, 내 모습을 바라보고 있던 하녀가 숨을 들이켰다.

'우욱, 토할 것 같아!'

반사적으로 헛구역질이 튀어나왔다. 역한 속을 애써 내리누르며 나는 생각했다.

'한번 먹었으니 이제 됐겠지.'

음식물 쓰레기 한번 먹었다고 죽지는 않을 것이다. 무사히 에피소드를 넘겼기에 안도의 한숨을 내쉬었다.

착각이었다. 수저를 쥔 손은 멈추지 않았다.

'왜 이래! 왜 이래—!'

나는 이후에도 곰팡이가 핀 빵과 회색 수프를 계속해서 입 속으로 집어넣어야 했다. 내 의지가 전혀 아니었다.

걸신들린 것처럼 상한 음식들을 꾸역꾸역 처먹는 나를 보는 하녀의 낯빛이 점점 창백해져 갔다.

그 미친 행동을 반복하던 내 몸은, 우연히 방 앞을 지나가던 공작의 차남이 안으로 들어온 후에야 멈췄다.

"뭐 하냐?"

"레, 레널드 도련님!"

갑작스럽게 들려오는 타인의 기척에 하녀가 대경실색했다.

"우, 우욱!"

그러나 나는 그런 것을 신경 쓸 새가 없었다. 두 손으로 허겁지겁 입을 틀어막아야 했기 때문이다.

구역질이 맹렬하게 치솟았다. 당장 속에 있는 것이 역류하여 뿜어져 나올 것 같았다.

'내가 왜 이런 꼴을 당해야 하지?'

나는 게임 속에 들어오기 전에도 충분히 이런 일을 겪으며 살아왔다. 그 지옥 같은 집구석에서 살 때 두 개새끼들 때문에 얼마나 배를 곯아야 했던가.

그런데, 현실도 아닌 가상 세계까지 기어들어 와서 똑같은 일을 겪어야 한다고?

"으, 으윽⋯⋯."

손바닥 새로 묽은 침이 묻어났다. 억울함과 생리적인 역겨움으로 인해 두 눈에 눈물이 그렁그렁 고였다.

맹독이라도 먹은 사람처럼 비틀거리며 신음하자, 방문 근처에 서 있던 분홍 머리가 놀란 표정으로 다가왔다.

"야, 너 괜찮⋯⋯."

테이블 위를 확인한 그는 놀란 얼굴로 멈칫 굳었다.

"이게⋯⋯."

곰팡이 핀 빵, 상한 수프. 공녀의 식사라고 믿기지 않을 만큼 엉망진창이었다. 평민도 이런 쓰레기를 아침으로 먹진 않을 것이다.

게다가 반 이상이 사라진 그것들과 새하얗게 질린 채 입을 틀어막고 있는 양동생의 모습.

하녀를 돌아보는 분홍 머리의 얼굴이 흉흉하게 구겨졌다.

"야, 너 지금 얘한테 뭘 먹인 거야?"

"도, 도련님! 그, 그게, 그게⋯⋯."

제게로 쏟아지는 살기 어린 시선에 하녀는 사색이 되어 바들바들 떨었다.

'하기야 까맣게 몰랐겠지.'

그렇게 패악질을 해 대던 가짜 공녀가 일부러 준비한 상한 음식들을 꾸역꾸역 처먹을 줄, 지나가는 엑스트라가 어찌 알겠는가.

제대로 답을 하지 못하는 하녀의 모습에 분홍 머리가 버럭 역정을 냈다.

"감히 공작가를 무시해도 유분수지! 일개 하녀 따위가 주인의 밥상에 이딴 짓거릴……!"

"도련님! 그게, 그게 아니에요! 도련님!"

"이 방에서 당장 꺼져."

"도, 도련님!"

"이 일은 아버님과 형님께 내 친히 알리겠다. 밖에 누구 없나? 집사!"

분홍 머리는 방문을 향해 세차게 고함쳤다. 얼마 안 가 집사와 몇몇 고용인들이 헐레벌떡 방 안으로 뛰어 들어왔다.

"둘째 도련님! 무슨 일이십니까!"

"이 계집, 끌고 가서 가둬."

"도, 도련님! 죄송해요! 도련님! 도련님!"

아침부터 내내 성질을 돋우던 하녀는 까딱이는 고갯짓 한 번에 쉽게도 끌려 나갔다.

나는 요동치는 위장과 목구멍을 다스리기 바빠 그 소란스러운 일련의 과정에 아무런 개입도 하지 못했다.

여전히 한 손으로 입을 막은 채, 의자 등받이에 기대 힘없이 늘어져 있는 내게 분홍 머리가 손을 뻗었다. 가느다란 어깨를 흔드는 손길이 퍽 조심스러웠다.

"야. 괜찮냐?"

"……."

"그러게 이런 걸 왜 주워 처먹고 앉았냐? 평소처럼 상을 뒤엎고 꽥꽥 소리나 지를 것이지, 병신."

약을 올리는 건지, 위로를 하는 건지. 분홍 머리는 게임 속 캐릭터 성격과 똑같이 밉살맞게 이죽댔다.

'안 먹었으면 네가 꽂은 포크에 목이 꿰뚫려 죽었겠지.'

불쑥 짜증이 났다. 놈에게 톡 쏘아붙이고 싶은 마음이 굴뚝같았지만, 빌어먹을 선택지 없이는 목소리를 낼 수 없었다.

'후…… 이제 다 끝난 거겠지?'

생각지도 못한 놈의 도움으로 전담 하녀와의 줄다리기를 수월히 정리하게 됐다.

그러나 하나도 고맙게 느껴지지 않았다. 이렇게 팔뚝이 바늘구멍으로 너덜너덜해질 동안, 악역을 괴롭히는 고용인이 저 하녀 하나뿐이었을까?

'아니.'

전담 하녀는 극히 일부일 것이다. 이 공작가 전체가 한마음 한뜻으로 악역을 찍어 누르려 들었겠지.

그리고 그 정점에는 내 앞에 서 있는 놈의 묵인이 존재해 왔을 것이다. 악역에 대한 가장 기본적인 설정이니까.

잠에서 깬 지 얼마 되지도 않았는데, 불현듯 지독한 피로가 몰려왔다.

"야. 너 낯빛이 너무 안 좋은데. 의원이라도 불러야 하는 거 아니야?"

끝내 대답 없는 내 모습이 영 찝찝했는지, 분홍 머리가 마음에도 없는 소리를 내뱉었다. 허리까지 숙인 채 손으로 가린 내 얼굴을 살피는 모습이 꼭 걱정이라도 하는 사람 같았다.

그 순간이었다. 눈앞에 다시 하얀 네모 창이 나타났다.

1. 신경 꺼.
2. 네가 뭔 상관이야? 내 방에서 꺼져!
3. 착한 척하지 마. 재수 없으니까.

이런 와중에도 죽지 않기 위해 신중히 선택지를 골라야 하는 현실이 끔찍하게 느껴졌다.

나는 게임 제작자가 준비한 미쳐 버린 선택지 사이에서 그나마 가장 무난한 말을 선택했다.

"신경, 꺼……."

지금 내 심정과 어느 정도 일치하는 대사였기에 최대한 진심을 담아 말하고 싶었다. 하지만 토기를 내리누르기 바빠, 새어 나오는 목소리는 영 힘이 없었다.

"너……."

내 말을 알아들은 분홍 머리는 일순 얼굴을 일그러뜨렸다.

그러나 그것은 찰나였다. 다시 본 놈의 얼굴은 소름이 돋을 만큼 싸늘하기 그지없었다. 어쩌면 정신이 없어서 잘못 본 걸지도 모른다.

"그래. 거지처럼 아무거나 주워 처먹고 뒈지든 말든 내 알 바는 아니지."

내 상태를 살피느라 숙였던 허리를 도로 편 놈이 듣기 싫은 말을 지껄였다.

"너 따위에게 귀한 시간을 내줄 의원 또한 에카르트에 없다."

쿵, 쿵. 휙 몸을 돌려 방문으로 향하는 발걸음이 자못 사나웠다.

멀어지는 분홍 머리 위로 하얀 글씨가 반짝였다.

[호감도 -3%]

호감도가 상승했다. 어제 게임으로 봤을 때는 분명 -10%였다. 1, 2% 올리기도 힘겨운 하드 모드치고 대폭 상승이었다.

'이렇게 성과가 클 줄 알았으면 게임할 때 진작 이 에피소드부터 깰걸……'

하지만 나는 딱히 호감도가 올랐다는 것이 기쁘거나 신경 쓰이지 않았다.

어차피 마이너스는 마이너스였다.

한바탕 속을 게워 낸 나는 비척거리면서 숙였던 상체를 들었다. 세면대에서 입을 헹군 후 고개를 들자, 거울 속에 창백한 낯빛의 아리따운 소녀가 보였다.

"페넬로페."

그토록 말하고자 할 땐 신음 하나 나오지 않던 목소리가, 혼자 있으니까 잘도 흘러나왔다.

내가 입을 열자, 거울 속에 비친 여자도 따라 입을 열었다.

커다란 청록색 눈동자가 에메랄드처럼 반짝였다. 진달래꽃을 연상케 하는 진분홍빛 머리가 움직일 때마다 탐스럽게 굽이치는 화려한 미인.

어딜 봐도 내 얼굴이 아니었다.

"페넬로페 에카르트. 에카르트…… 하."

'에카르트'는 게임 속 세계 '잉카 제국'의 하나뿐인 공작가의 이름이었다.

나는 하드 모드의 시작이나 다름없는 어제 겪은 에피소드, 그러니까 공작의 첫째 아들에게서 근신형을 받기까지 여러 차례 죽었다.

악역이었던 캐릭터 성격을 고려하여 막 나가는 대답들만 골랐기 때문이다.

시작부터 죽는 것에 오기가 나서 여러 차례 도전해 보지 않은 채 잠들었더라면 정말 큰일 날 뻔했다. 그 생각에 깊은 한숨이 나왔다.

"하…… 예쁘긴 겁나 예쁘네…….."

일러스트로 볼 때도 예쁘다고 생각했지만, 실제로 본 페넬로페의 얼굴은 이 세상 미모가 아니었다.

독립하기 이전이었다면 나는 분명 신이 나서 페넬로페의 외모를 찬양했을 것이다. 그리고 이 말도 안 되는 상황을 기꺼이 받아들였을지 모른다.

'가엾은 내게 신이 새로운 삶을 내려 준 것이라 여기면서…….."

하지만 나는 그 망할 집구석에서 버티고 버텨 마침내 탈출에 성공했다.

거지 같은 환경 속에서도 알아주는 명문대에 합격했다. 좁고 지저분했지만, 온전히 쉴 수 있는 내 집도 생겼다.

두 개새끼들에게서 벗어난 내 앞에는 창창한 미래를 향해 도약할 일들만 남아 있었다.

사소한 것마저 모조리 죽음으로 이어지는 페넬로페의 처지는 앞으로의 내 인생에 비해 나을 것이 하등 없단 소리다. 아무거나 눌러도 꽃길만 걷던 노멀 모드의 주인공이면 또 모를까.

"……그런데 왜?"

그런데 왜 하필, 그 지옥 같은 집에서 막 벗어난 내게.

"대체 왜!"

쾅―! 세면대를 내리치며 나는 절규했다. 거울 속에 비친 여자의 고운 얼굴이 형편없이 일그러졌다.

분명 절규를 하는 것임에도 슬픔보단 표독스러워 보이는 것이, 과연 게임 속 최고의 악역다웠다.

"하……."

나는 깊은 한숨을 내쉬며 흘러내린 긴 머리를 쓸어 올렸다. 그리고 페넬로페에 대한 것들을 떠올려 보았다.

페넬로페 에카르트. 공략 게임 속 악녀이자 하드 모드의 주인공.

본래 페넬로페는 성(姓)이 없는 평민 출신이었다.

[보따리상인 가난한 홀어머니 밑에서 이곳저곳 떠돌며 자란 페넬로페는, 어느 날 잃어버린 막내딸을 애타게 찾던 공작의 눈에 띈다.

그리고 마침 지병이 있던 홀어머니마저 죽자, 에카르트 공작가에 입양됐다.]

그녀가 에카르트의 하나뿐인 공녀가 될 수 있었던 이유는 딱 하나. 잃어버린 공작의 막내딸이랑 비슷한 외양 덕분이었다.

죽은 공작 부인에게 물려받은 분홍색 머리카락과 에카르트 혈통의 상징인 푸른색 눈동자.

나는 아까 전의 소동에서 보았던 공작의 둘째 아들을 떠올렸다.

그의 머리는 사랑스러운 핑크빛이었다.

하지만 거울에 비친 여인의 진분홍빛 머리칼은 핑크색보단 차라리 붉은색에 가까웠다. 게다가 에카르트의 새파란 눈동자와는 미묘하게 다른 청록색 눈동자.

"찾는 김에 친딸이나 더 찾지, 왜 애먼 애를 데리고 와서."

막상 데리고 온 페넬로페가 자랄수록 친딸과 외양이 달라지자, 공작은 금세 흥미를 잃고 방치한다.

관심을 잃은 페넬로페에게 남겨진 건 두 오라비와 고용인들의 학대뿐이었다.

"기분 나쁘게 비슷하네……."

페넬로페가 입양되기 전과 후의 행적이 묘하게 나랑 비슷했다. 게임을 할 때는 미처 깨닫지 못한 기시감이었다. 기분이 한순간에 가라앉았다.

'가짜 공녀.'

공작가에서 일하는 모든 고용인들은 페넬로페를 가짜라 불렀다.

페넬로페는 그 자체로 숨이 막히게 아름다웠지만, 다른 이들의 눈에는 그저 어정쩡하게 비슷한 모조품에 불과했다.

그나마 애교스럽기라도 했다면 모를까, 굴러들어 온 돌 주제에 하필이면 성격도 개차반이었다.

게임의 프롤로그에서 서술하기를, '모든 이들에게 고슴도치처럼 가시를 세우며, 때와 장소를 구분하지 못하고 패악을 부려 왔다.'고 한다.

"어쩐지 선택지가 하나같이 싸가지를 밥 말아 먹었더라."

나는 지금까지 나왔던 미쳐 버린 선택지들을 떠올리며 고개를 끄덕였다.

사실 페넬로페는 이름부터가 엄청나게 세 보이는 악녀였다. 순진하고 청순한 노멀 모드 여주와는 달리 생긴 것도 사나웠다.

하지만 나는 어쩐지 페넬로페가 이해가 되었다. 오늘 하루. 그것도 단 몇 시간 겪었지만, 그간 공작가에서 그녀가 어떤 취급을 받아 왔는지 충분히 알 수 있었다.

'아무리 가짜라 해도 그렇지.'

공작이 직접 데리고 와 정식으로 가문에 입적된 애를 어떻게 바늘로 찔러 깨울 수 있단 말인가? 같은 하녀끼리도 그런 몰상식한 방법으로 잠을 깨우진 않을 것이다.

페넬로페가 공작가로 입양된 건 고작 12살 때의 일이었다. 만약 그때부터 이런 학대가 계속되어 왔다면…….

아무리 소리쳐도 제 말을 듣지 않는 어른들에게 어린아이가 할 수 있는 방법은 많지 않았을 것이다.

"만들어진 악역이라 이건가."

물론 그렇다고 해서 지금까지 행해 온 그녀의 패악질들이 정당화되는 건 아니었다.

하지만 게임에 등장하는 모든 캐릭터들은 유독 페넬로페에게만 자비가 없었고, 그녀를 죽이는 손길은 가차 없었다.

"좀 불쌍하네."

나는 손을 들어 페넬로페의 가녀린 뺨을 쓰다듬었다. 거울 속에 비친 예쁜 진분홍빛 머리카락이 참으로 서러워 보였다.

그러나 잠깐 든 동정은 이내 집어치웠다.

"하, 누가 누굴 불쌍히 여겨."

한가하게 그런 감상에 젖어 있을 때가 아니었다.

이제 페넬로페는 나였다.

다시 말해, 나는 수없이 죽었던 게임 속 페넬로페처럼 앞으로 남주들의 손에 얼마든지 죽을 수 있다는 소리였다.

그 생각이 미치자 덜컥 겁이 났다.

욕실을 나온 나는 서둘러 펜과 종이를 찾았다.

페넬로페가 된 이상, 어찌 됐건 살길을 도모해야 한다. 이 게임의 하드 모드는 애써 올려놓은 호감도가 떨어지기 쉬웠고, 마이너스가 되면 죽음으로 이어졌다.

이미 마이너스로 시작하는 공작의 차남은 더 심했다. 0% 이상에 이를 때까지 플러스 되지 않으면 무조건 죽음이었다.

일단 내가 알고 있는 게임에 대한 정보들을 정리해 둘 필요가 있었다.

다행히 가짜 공녀임에도 갖춰질 것은 다 갖춰져 있었다. 드넓은 방 한편에 고급스러운 책장과 책상이 놓여 있는 게 보였다.

망설임 없이 그쪽으로 걸어간 나는 책상 앞에 앉아 분주하게 펜촉에 잉크를 찍었다.

"우선 등장인물."

게임의 메인 남자 주인공들은 총 다섯 명이었다. 공작의 아들 두 명과 황태자, 마법사, 기사.

'30%'가 기본으로 주어졌던 노멀 모드와는 달리, 하드 모드에서는 모든 메인 남주들의 호감도가 0% 혹은 마이너스로 시작됐다.

나는 우선 백지에 기억하는 것을 모조리 적기 시작했다.

먼저, 데릭 에카르트.

공작의 장남이자 소공작인 데릭은 전형적인 귀족 남자였다.

그는 가문을 잇기 바빠 페넬로페에겐 대체적으로 무관심했다. 하지만 기저에는 여동생의 자리를 차지한 그녀를 향한 짙은 혐오와 경멸이 깔려 있었다.

데릭은 게임에서 페넬로페를 직접 죽이는 일이 드물었지만, 잘못을 저지를 때마다 가차 없이 벌을 내렸다.

그러면 플레이어에게 페널티가 주어지고 선택이 제약됐다. 어제 받은 근신형으로 인해 내가 지금 방 안에만 처박혀 있어야 하는 것처럼 말이다.

그리고 다음. 차남 레널드 에카르트.

얘는 뭐, 길게 말할 것도 없었다. 괴팍하고 더러운 성질머리를 가진 행동파로 페넬로페만 보면 사사건건 시비를 걸기 바쁜 놈이었다.

공작가 내에서 페넬로페를 괴롭히는 데 가장 앞장서는 것은 물론이고, 나아가 그녀를 매번 어이없는 사고로 죽게 만드는 데 크게 일조한다.

"이렇게 두고 보니 우리 집 개새끼들이랑도 얼추 비슷하잖아?"

나는 종이 위에 적어 둔 공작가의 아들들에 관한 정보들을 다시 한번 읽어 보며 혀를 찼다.

노멀 모드에서는 이 둘의 루트가 가장 깨기 쉬웠다. 왜냐면 여주인공과 혈연 관계인 탓에 남녀 간의 사랑이 아닌, '가족애'를 다루었기 때문이다.

따지고 보면 페넬로페는 둘과 피가 전혀 섞이지 않기에 화목한 가족이 되어 끝나는 노멀 모드와는 또 다른 엔딩을 볼 가능성이 컸다.

그러나 나는 단호하게 고개를 저었다. 그리고 애써 쓴 것이 무색하게 놈들의 이름 위에 커다랗게 엑스 자를 그었다.

"이 새끼들은 가망이 없어."

레널드는 심지어 호감도가 마이너스로 시작한다. 0도 아니고 무려 마이너스.

마이너스가 왜 마이너스겠는가.

그것은 바로 제작자의 안배였다. 애당초 가망이 없으니, 레널드와의 엔딩을 보는 것은 포기하라는 복선이나 다름없었다.

게다가 나는 '오빠'라는 소리만 들어도 진저리가 나는 사람이었으므로, 두 놈을 깔끔하게 포기하기로 했다.

"다음, 황태자."

황태자, 칼리스토 레굴루스.

사실 황태자에 대한 정보는 노멀 모드에서 얻은 것이 전부였다.

불우한 어린 시절로 인해 생명을 경시하게 된 폭군이 천사 같은 여주를 만나 갱생한 후 악역이었던 페넬로페를 처단한다.

이렇게 보면 정의구현이나 다름없지만, 페넬로페의 입장에서 황태자는 저승사자나 다름없었다. 실제로 하드 모드를 플레이하는 동안 그는 페넬로페를 직접적으로 가장 많이 죽이는 인물이었다.

황태자 루트를 진행하는 동안 하도 리셋을 많이 한 탓에 뭐가 있었는지 잘 기억도 안 났다.

"이놈 근처에는 얼씬도 하지 말자."

칼리스토가 뽑아 든 칼에 여러 번 목이 잘리는 적나라한 일러스트가 생각났다. 목덜미를 타고 오싹 소름이 돋았다.

찍찍. 나는 황태자 위에 엑스를 여러 번 그었다. 그리고 황급히 다음 남주로 넘어갔다.

다음은 뷘터 베르단디.

마법사이자 후작이었다. 마법사 설정이 뻔히 그렇듯 괴짜 같은 면모가 있어 후작임을 숨기고 상단을 운영한다.

그는 각종 정보와 암시장에 돌 만한 비밀스러운 물건을 거래하는데, 그 덕에 여주가 공작가의 잃어버린 막내딸이라는 것을 밝혀낸다.

이후에도 악역이 꾸미는 흉계에 관한 정보를 입수하여 여주에게 언질을 주거나 직접 위험을 차단한다. 이외에도 여주의 명성을 높이는 데 많은 도움을 주는 인물이었다.

뷘터는 노멀 모드에서 로맨틱한 마법을 선보이며, 물밑으론 여주를 물심양면으로 돕는 스윗남이었다.

그러나 하드 모드에서는 어땠는지 잘 모르겠다. 뷘터 루트가 제대로 진행이 되기도 전에 황태자와 공작가의 아들들에 의해 죽기 바빴다.

어쨌든 엑스 친 놈들보단 가망성이 큰 편이라 일단 놔두기로 했다.

"마지막, 이클리스."

공작가의 기사인 이클리스는 노예 출신이다.

밤마실을 나갔던 공작이 검술에 출중한 그를 눈여겨보고 비싼 값을 주고 데려와 가문의 견습 기사로 삼는다.

후에 최연소 소드 마스터가 되어 작위까지 수여받는 자수성가형 '영 앤 핸섬 가이'의 표본이다.

이클리스는 현재 다섯 남주들 중 그나마 엔딩을 기대할 수 있는 인물이었다. 그는 노멀 모드에서 마지막까지 페넬로페를 동정한 유일한 남주였다.

한때 모시던 주인이었기 때문인지, 여주를 괴롭히던 페넬로페를 말리는 것도 가장 소극적이었다.

비록 하드 모드에서는 만나 보지도 못했지만…….

"하…… 이러고 보니 크게 도움될 만한 건 없잖아."

다 쓰고 난 종이를 바라보며 나는 깊은 한숨을 내쉬었다. 게임 진행이 번번이 막혀서 하드 모드에 대한 정보는 지극히 제한되어 있었다.

사실 잘 알고 있더라도 내가 지금 실제로 겪고 있는 이 현실에 게임 시스템이 얼마나 적용되는지 알 수 없어 별 소용없을지도 모른다.

그나마 내가 확신할 수 있는 것은 남주들의 호감도가 마이너스로 떨어지면 죽는다는 것과 엔딩을 봐야 하는 기한이 정해져 있다는 것.

기한은 페넬로페의 성인식까지.

나는 그때까지 무조건 남주들 중 한 명의 루트를 깨야 한다. 왜 냐하면, 공작의 진짜 딸이 등장하는 시기가 바로 그날이었기 때문 이다.

'불쌍한 페넬로페.'

그녀는 막 성인이 되었을 때 들이닥친 진짜 공녀로 인해 모든 것을 잃는다. 그것이 노멀 모드의 시작이었다.

그날까지 아무와도 이어지지 않는다면, 악역 노릇을 하지 않고 가만히 있어도 여주에게 반한 남주들에게 죽게 될 가능성이 농후 했다.

물론 그전까지 다른 남주들의 손에 죽지 않는다는 보장 또한 없 었다.

"……죽을 순 없지."

나는 암울한 작금의 현실에 이를 악물었다.

그래. 죽을 순 없었다.

간신히 그 망할 집구석에서 탈출한 참인데, 내가 어떻게 이깟 게임 속에서 죽는단 말인가.

"난 절대 안 죽어."

아침 수업이 날 기다리고 있다. 기필코 살아서 원래의 내 집으로 돌아갈 것이다.

나는 허공을 바라보며 수차례 다짐했다. 어떻게 해서든 살아남겠다고.

그때였다. 똑똑—.

두어 번의 노크 소리가 들렸다. 게임에 관한 정보들이 쓰여 있는 종이를 채 숨기기도 전에 벌컥, 문이 열렸다.

"아가씨."

등장한 인물은 머리가 희게 센 늙은 집사였다. 그는 안으로 더 들어오지는 않은 채 방 밖에 서서 방문 사유를 말했다.

"공작님께서 찾으십니다."

종이 안의 글씨가 보이지 않을 거리긴 했지만, 나는 그의 무례한 태도에 불쾌해졌다.

본가에서 살 적에도 집을 총괄하는 책임자가 있었다. 그 아저씨도 날 탐탁지 않게 여기긴 했지만, 내 방문을 아무렇게나 벌컥벌컥 열어젖히진 않았다.

하물며 이곳은 민주주의 사회도 아닌, 철저한 계급주의 사회란 설정이 아닌가.

화를 내야 하나, 말아야 하나 고민을 하고 있을 때. 불현듯 눈앞에 하얀 네모 창이 나타났다.

1. (물건을 집어 던지며) 감히 허락도 없이 방문을 열어? 죽고 싶어, 늙은이?!
2. 할 말 있으면 직접 오라 그래!
3. (5초간 사납게 노려보다가 자리에서 일어서며) 알았어.

'아.'
또 바보같이 잊고 있었다. 나는 이곳에서 화도 마음대로 못 내는 처지라는 것을……
하지만 그렇다고 선택지처럼 극단적으로 굴고 싶지는 않았다.
결국 짜증스럽게 3번을 선택하며 생각했다. 호감도든 뭐든, 일단 이 빌어먹을 선택지부터 어떻게 해야 한다고.
"……알았어."
때마침 공작이 찾는다니 다행이었다.
게임에 관해 정리해 둔 종이를 서랍 깊숙이 숨겨 둔 후 자리에서 일어났다. 그리고 집사를 따라 방을 나섰다.
공작가에 대해 내가 아는 것은 게임 속의 단편적인 장면뿐이었으므로, 나는 공작이 있는 곳으로 향하는 동안 신중하게 저택을 둘러보았다.
공작가의 저택은 어디 근대 유럽 배경의 영화에서나 볼 법한 어마어마한 크기였다. 페넬로페의 방은 2층에 있었다.
하루가 시작되는 저택은 분주했다. 중앙 계단으로 이동하는 동안 황급히 복도를 오가는 고용인들을 꽤 많이 마주했다.

집사의 뒤를 좇아 지나가는 나를 흘끗흘끗 곁눈질하는 시선들이 곱지 못했다.

하지만 나는 태연히 그것들을 지나쳤다. 그깟 시선쯤이야 이곳에 오기 전에도 수없이 받았던 종류라 별로 간지럽지도 않았다.

나를 데리고 계단을 지나 1층으로 내려온 집사는 얼마 걷지 않아 화려한 방문 앞에 당도했다. 공작의 집무실인 것 같았다.

똑똑똑.

"공작님. 페넬로페 아가씨를 모셔왔습니다."

"들어와."

끼익— 집사에 의해 문이 열렸다. 나는 조금 긴장한 채 그 안으로 들어갔다.

사실 긴장할 것도 없었다.

'고작 게임의 한 장면일 뿐인데…….'

그런데도 손끝이 얇게 떨렸다. 아마 페넬로페를 대하던 게임 속 공작의 태도를 떠올리며 자연스레 내 친부를 연상한 탓이었다.

내가 안으로 완전히 들어왔는데도 책상에 앉아 있는 공작은 고개 조차 들지 않았다.

나는 쭈뼛쭈뼛 책상 앞에 다가가 섰다. 그리고 떨리는 손끝을 맞잡아 숨긴 후 공손히 허리를 숙여 인사했다.

게임 속에서 이런 디테일한 장면은 없었다. 하지만 내가 왔다고 인기척을 낼 목소리도 나오지 않았고, 분위기상 마땅히 그래야 할 것 같았다.

"왔느냐."

그제야 공작이 고개를 흘깃 들어 알은체를 했다.

데릭과 똑같은 흑발에 푸른 눈. 서늘하기 그지없는 얼굴선이 일러스트 속 대귀족의 모습과 똑같았다.

그와 동시에 눈앞에 하얀 네모 창이 떠올랐다.

1. 어쩐 일로 부르셨어요?

2. 저 바빠요. 용건만 말씀해 주세요.

3. (아무 말 없이 노려본다.)

나는 정신 나간 선택지들 사이에서 침착하게 1번을 눌렀다.

"어쩐 일로 부르셨어요?"

"오늘 아침 소란이 있었다지."

공작의 싸늘한 말이 끝나기 무섭게 네모 창 안의 선택지들이 빠르게 변했다.

1. 공작님께서 신경 쓰실 일은 아니에요.

2. 소란이 일어나길 바라시는 거겠죠.

3. 제 탓이 아니었어요. 모든 게 다 멍청한 하녀 탓이라고요!

나는 방금 전까지 침착했던 것이 거짓말처럼 정신이 나갔다.

'하…… 이 미친 선택지야…….'

물론 이 또한 게임에서 한번 겪어 본 것이었다.

나는 이때만 해도 악역 페넬로페를 '팜므파탈 시크 도도녀'로 만들 생각에 신이 나서 좋다고 2번을 눌러 젖혔다.

하지만 막상 내가 당사자가 되어 이런 말도 안 되는 대사 중 하나를 지껄여야 한다고 생각하니, 도저히 입이 떨어지지 않았다.

'아무리 잔뜩 삐뚤어져서 눈에 뵈는 게 없는 악녀란 설정이라지만……'

대체 어느 누가 친딸도 아닌 이런 막돼먹은 양딸을 곱게 여기겠는가. 빌어먹을.

탁―.

내가 머뭇거리느라 한참 동안 말이 없자 공작이 들고 있던 펜을 내려놓고 서류에서 고개를 들었다. 나를 바라보는 벽안에 날카로움이 감돌았다.

'제발 이 선택이 데드 플래그와 연관 없길……'

나는 속으로 벌벌 떨며 1번을 선택했다. 그리고 뒷말을 내뱉지 않으려고 사력을 다해 이를 악물었다.

"공작님께서 신경 쓰실 일은…… 으니어유."

그러나 멋대로 움직이는 입을 막을 수 없었고 결국 끝말이 우습게 뭉개져 나왔다.

"페넬로페."

공작이 입을 열었다. 온기 하나 담기지 않은 목소리였다. 내 이런 필사적인 노력에도 게임의 진행이 바뀌는 것은 없었다.

"네가 이 집에 들어온 지 벌써 6년째던가?"

나는 공작의 말에 멍하니 게임 내용을 떠올렸다. 노멀, 하드 모드 주인공 둘 다 18살이었다.

페넬로페가 12살에 공작가로 입양됐으니 6년이면 18살이란 계산이 맞다.

나는 한 가지 잊고 있었던 게임 속 배경을 떠올렸다. 18살의 생

일은 바로 성인식이다. 그렇다면, 페넬로페의 성인식이 얼마 남지
않았다는 말이 아닌가?

'그럼 기한이 얼마나 남은 거지?'

갑작스럽게 깨닫게 된 정보에 머리를 맹렬히 굴리고 있는 와중이
었다. 다행히 선택지 없이도 공작은 줄줄 말을 이었다.

"네가 아는지 모르겠지만 이 집에 발을 들이기란 쉽지 않다. 하
나같이 제 쓸모를 입증한 이들만이 철저한 검증 끝에 에카르트의
대문을 넘어설 수 있었지."

"······."

"난 널 입양한 후 공녀가 된 네게 지원을 아끼지 않았다. 네 말도
안 되는 사치도 모조리 수용했지."

"······."

"하지만 6년이란 시간 동안 네가 과연 에카르트에 어떤 쓸모가
있었는지 모르겠군."

맞는 말이었다. 외양이라도 친딸과 비슷하게 유지했더라면 공작
의 한 줄기 관심이라도 붙들고 있었을 텐데.

페넬로페의 머리칼과 눈동자는 이제 분홍색, 파란색과는 너무 거
리가 멀어졌다.

지당한 말씀이시라며 고개라도 끄덕여 주고 싶었지만, 공작이 입
을 연 순간부터 게임 진행의 궤도에 오른 몸은 꿈쩍도 하지 않았다.

체념하는 사이 다시 눈앞에 사라졌던 네모 창이 떴다.

1. 그래서 어쩌라는 거죠? 이제 와서 절 내쫓기라도 하실 건가요?
2. 저는 아무 잘못 없어요!

3. (무릎을 꿇는다.)

'드디어!'

눈에 익은 선택지에 가슴이 수런거렸다. 이곳에 온 이후 처음 맛보는 설렘이었다.

그럴 리는 없겠지만, 나는 혹시라도 선택지가 바뀌기라도 할까봐 얼른 3번을 선택했다.

쿵—! 누군가 내 정강이를 발로 차고 어깨를 짓누르듯 저절로 바닥에 무릎이 꿇려졌다.

'악! 왜 이렇게 강력한데!'

각오는 하고 있던 바였지만, 생각보다 너무 아파서 눈물이 찔끔 났다.

"지금, 뭘 하는 거지?"

뼈로 바닥을 찧는 소리에 나보다 더 놀란 듯, 공작의 눈이 커졌다.

하드 모드를 플레이할 때 나는 이 선택지를 누르지 않았다. 솔직히 캐붕이지 않은가.

'싸가지가 바가지라는 설정에서 왜 뜬금없이 무릎을 꿇는 건데?'

하지만 다른 루트를 만들기 귀찮았는지, 아니면 제작 비용이 아까웠던 건지 제작자는 노멀 모드와 선택지를 일치시켰다.

1. 기어이 제 무릎을 꿇려야 속이 시원하시겠어요?

2. (말없이 노려본다.)

3. 제가 다 잘못했습니다, 아버지!

나는 이번에도 얼른 3번을 선택했다.

"제가 다 잘못했습니다, 아버지!"

이 선택이 확실하다는 자신감이 붙어선지 터져 나오는 목소리가 우렁찼다.

"······뭐?"

공작이 황당하다는 듯 되물었다. 그 순간이었다. 눈앞에 이젠 제법 익숙해진 네모 창이 떴다.·

〈SYSTEM〉 히든 퀘스트 [잊혀진 아버지란 이름] 미션 완료!
보상으로 [선택지 ON/OFF] 기능이 주워집니다.
〈SYSTEM〉 선택지를 [OFF] 하시겠습니까?
[예. / 아니오.]

나는 망설임 없이 [예.]를 눌렀다.

〈SYSTEM〉 선택지가 [OFF]되었습니다. 다시 선택지를 보려면 [선택지 ON]을 외치십시오.

그리고 마침내 망할 놈의 네모 창이 사라졌다.

'됐어!'

나는 두 주먹을 꽉 쥐고 속으로 환호했다.

이 게임의 숨겨진 기능인 [선택지 ON/OFF]는 유치찬란하게도 공작을 '아버지'란 호칭으로 부름으로써 사용할 수 있게 된다.

게임에서 선택지를 [OFF] 하면 나열된 대사들이 사라지고 1, 2,

3의 순번들만 남게 된다. 또 때에 따라서 '네/아니오' 혹은 남주들의 이름과 같이 간단한 답변들을 핸드폰 타자로 직접 치는 경우도 있었다.

노멀 모드에서는 아주 떠먹여 주다시피 해서 쉽게 획득한 기능이었다.

선택으로 반복되는 진행에 변화를 부여하고, 스피드한 플레이 독려와 나름의 쫄깃함을 선사하려는 목적인 것 같았다.

하지만 나는 이 기능을 얻고도 별로 사용하지 않았다. 노멀 모드가 그만큼 쉽고 빠르게 진행돼서 딱히 사용할 틈이 없었다.

그렇기에 하드 모드에서도 이 장면을 대충 넘겼다. 앞선 선택지에서 오만방자한 대사들만 골랐기 때문이다.

'설마 노멀 모드랑 똑같이 진행될 줄이야.'

잘못된 선택으로 [선택지 ON/OFF] 기능을 얻지 못하긴 했지만, 사실 악녀의 대사 고르는 맛에 푹 빠져 있던 내겐 필요가 없는 기능이었다.

'그땐 몰랐지. 그 재미가 나한테 독이 될 줄은 전혀, 상상도…….'

나는 그때의 어리석음에 한탄하며, 마침내 선택지 없이 온전한 내 뜻으로 한 자, 한 자 읊조렸다.

"아. 버. 지."

원하는 대로 나오는 목소리가 눈물 날만큼 감격스러웠다. 너무 벅찬 나머지 나도 모르게 진짜 눈물을 글썽거렸던가.

단 한 번도 공작을 '아버지'라 부른 적 없던 페넬로페의 행동이 믿기지 않는 건지, 안 그래도 커져 있던 공작이 눈을 더욱 휘둥그렇게 떴다.

나는 기세를 이어 막힘없이 말을 뽑아냈다.

"근신 기간에 소란을 일으켜서 죄송합니다. 아랫사람들에게 윗사람으로서 마땅히 보여야 할 예의범절을 보이지 못해 불상사가 일어나게 됐습니다."

"……."

"남은 기간 동안 깊이 반성하겠습니다. 앞으로 다시는 집 안에서 이런 소란을 일으키는 일은 없을 테니 한 번만 용서해 주세요, 아버지."

나는 바닥에 바짝 몸을 엎드린 채 구구절절하게 빌었다.

따지고 보면 아침의 소란은 내 잘못이 아니었다. 하녀에게 학대를 받았다. 오히려 누군가에게 간절히 도움을 요청에도 모자랄 상황이었다.

그러나 그간의 페넬로페의 행실이 나를 이렇게까지 할 수밖에 없도록 만들었다. 납작 엎드리지 않으면 살 수 없도록.

공작에게 미운 털이 박힌다고 해서 당장 목숨에 크게 위협이 되는 건 아니었다. 그러나 숨겨진 기능을 얻었다고 이 상황을 대충 넘겼다간 후에 페널티로 이어질 확률이 컸다.

당연한 일이다. 페넬로페는 이미 잘못을 저질러 근신 처분을 받은 와중에 또 소란을 일으켰다.

그 근신형은 소공작이 내린 것으로, 여기서 뻣뻣이 굴었다간 결국 데릭 놈의 호감도만 낮출 뿐이었다.

"제가 그간 철이 없어 방자하게 굴어 왔다는 걸 압니다."

"……."

"이번 한 번만 넘어가 주시면, 앞으로 남은 성인식까지 제 쓸모를 입증해 보이도록 노력할게요."

말을 마치고도 나는 바닥에 엎드린 몸을 일으키지 않았다.

내 진짜 친부에게도 이렇게 무릎 꿇고 빌어 본 적이 없었다. 망할 게임 때문에 이 무슨 팔자에도 없는 석고대죄란 말인가.

'이렇게 엎드려서 빌기까지 했으니, 어서 대충 알겠다고 해.'

잠에서 깬 후부터 신경을 계속 곤두세우고 있었기에 심신이 지쳤다. 내겐 그만 휴식이 필요했다.

"너……."

공작은 꼭 낯선 이를 바라보는 듯한 생경한 눈으로 페넬로페를 바라보며 쉬이 말을 잇지 못했다.

그는 한참 동안 입술을 달싹이다가 가까스로 음성을 만들었다.

"……네 말은 잘 알아들었다. 그만 바닥에서 일어나도록."

"네."

나는 지체 없이 자리에서 벌떡 일어났다. 마침 더 이상 참을 수 없을 정도로 다리가 저리던 차였기에.

"에카르트의 입은 무겁다, 페넬로페."

그런 나를 보며 공작이 낮은 목소리로 일갈했다. 여러 뜻이 내포돼 있는 말이었다.

나는 허리를 깊숙이 숙이며 답했다.

"감사합니다. 오늘 베풀어 주신 기회에 꼭 부합하도록 할게요, 아버지."

"그만 가 봐."

공작의 허락이 떨어지자마자 허둥지둥 몸을 돌렸다. 괜히 늑장 부렸다가 다른 루트로 이어지는 변수가 생길까 두려웠기 때문이다.

끼익—. 문고리를 잡아 열고 복도로 나설 때까지, 뒤통수에서 따가운 시선이 느껴졌다.

들어올 때와는 전혀 다른 반응이어서 감회가 새로웠다. 하지만 집무실 밖으로 완전히 빠져나온 나는, 그러거나 말거나 신경 쓰지 않기로 했다.

어차피 공작은 호감도를 올려야 하는 대상도 아니었고, 성인식까지 아무나하고 엔딩을 깨면 더 볼 일도 없는 인간이었다.

달칵, 나는 조심스럽게 공작의 집무실 문을 닫고 돌아섰다. 그때였다.

"쥐 죽은 듯이 살라고 분명 말했을 텐데."

"헉!"

서늘한 목소리가 귓속을 파고들었다. 나는 화들짝 놀라 고개를 돌렸다.

그림자가 진 복도 맞은편에서 커다란 인영이 뻐딱하게 서 있었다.

어둠 속에서 [호감도 0%]가 빛났다. 그림자와 동화된 듯 잘 보이지 않는 검은색 머리칼, 푸른 안광.

공작의 장남, 데릭이었다.

"에밀리."

"……."

"공작가에서 10년 가까이 일해 온 충실한 하녀지."

뚜벅, 뚜벅. 데릭이 그림자 속에서 걸어 나왔다. 널따란 복도를 단숨에 가로지른 남자는 내 바로 앞까지 당도했다.

그는 파란 눈동자를 내리깔고 고압적으로 나를 바라보았다. 마치 버러지라도 바라보는 눈빛이었다. 분명 나는 잘못 하나 한 것 없는

데, 쏟아지는 혐오와 경멸에 절로 몸이 움츠러들었다.

"웃돈을 더 얹어 주겠다는데도 아무도 네 전담 하녀 따윈 맡으려 하지 않았다. 그 와중에 제 발로 먼저 네 비위를 맞추겠다고 자원했었지."

"……."

"그것도 오늘로 끝이군. 주제도 모르고 날뛰는 통에 하나 남은 하녀마저 내쫓았으니."

나는 데릭의 말에 불쑥 억울함이 치솟았다. 내가 언제 내쫓는다고 날뛰었단 말인가? 당사자인 나보다 더 흥분해서 날뛴 건 분홍 머리였다.

'오히려 그 썩은 음식들을 먹느라 이승에서 내쫓길 뻔했던 건 바로 나야!'

짜증이 나서 되는 대로 내지르고 싶었다. 하지만 그런 나를 막은 것은 데릭의 머리 위에서 빛나고 있는 [호감도 0%]였다.

'참아. 저기서 더 떨어지면 바로 죽음이야.'

힘겹게 심호흡을 하며 짜증을 내리눌렀다.

'호감도 0%. 0%······.'

바로 전 공작에게 석고대죄를 하고 온 나는 충분히 지친 상태였다. 더군다나 선택지를 끌 생각만 하고 있던 탓에 게임에서 이 장면이 어땠는지 잘 기억나지 않았다.

그렇기에 일단 나는 침착하게 시스템의 힘을 빌리기로 했다.

'선택지 ON.'

1. 하! 그 계집이 오라버니의 밤 시중이라도 들었나 보죠?

2. 그럴 만한 잘못을 했으니까 쫓겨나는 거겠죠.

3. (말없이 노려본다.)

빠르게 선택지들을 훑어본 나는 다급히 외쳤다.

'선택지 OFF! OFF!'

⟨SYSTEM⟩ 선택지를 [OFF] 하시겠습니까?

[예. / 아니오.]

나는 황급히 [예.]를 눌렀다. 게임에서 내준 미친 선택지를 골랐다간 바로 골로 갈 것이다.

내가 정신없이 내적 갈등을 겪는 동안 시간이 지체됐는지 나를 바라보는 데릭의 얼굴이 점점 차갑게 굳어 갔다.

"하. 이젠 내 말이 아예 우습게 들리는 모양이야."

찌르는 듯한 말에는 경멸을 넘어 살기까지 감돌았다. 나는 하는 수 없이 입을 열었다.

"물의를 일으켜서 죄송해요."

이번처럼 하지도 않은 잘못을 빌어야 하는 일이 앞으로 얼마나 많이 남아 있을까.

나도 자존심이란 게 있는 사람이어서, 누군가에게 비굴하게 머리를 숙여야 하는 건 어느 상황에서건 기분 더럽고 비참했다.

하지만 살기 위해서라면 이런 것쯤은 아무것도 아니었다. 게다가 어차피 이놈들은 실제 사람도 아닌 게임 속 가상 인물들일 뿐이다.

— 저 계집애가 긁어서 상처가 났다고요, 아버지! 형!

— 역시, 생긴 것도 쥐새끼 같은 게 하는 짓도 천박하기 그지없네.

독립 전 이복 개새끼들과 함께 살아갈 적에, 나는 수없이 잘못을 빌었다. 대체로 지금과 같은 상황이었다.

게임처럼 잘못을 빌지 않는다고 해서 목숨이 위험해지는 것은 아니었다.

하지만 그 당시 나는 꽤 어린 나이여서, 그 모든 상황들에 생명의 위협을 느꼈다. 그래서 손이 발이 될 때까지 빌고, 납죽 엎드려 살았다.

그에 비하면 페넬로페의 뒷수습은 억울할 것도 없었다. 그녀는 나와 달리 정말로 패악질을 쳤지 않은가.

현실에서 이미 호되게 겪었기 때문인지, 잘못을 비는 것으로 살아남을 가능성이 큰 게임 속은 되레 쉽게 느껴졌다.

'이전에도 그랬지만, 기분 나쁘게 비슷해.'

나는 게임에 들어온 직후 했던 생각을 다시 한번 떠올리며 무심하게 입을 열었다.

"말씀하신 것처럼 그동안 제 주제를 잘 몰랐어요."

"……뭐?"

"제가 처신을 제대로 못 한 탓이니 그 하녀는 내쫓지 않으셔도 돼요. 아버지께도 막 잘못을 빌고 나온 참이에요."

내 말을 들은 데릭의 표정이 이상해졌다. 살짝 커진 파란색 눈이 생소해 보였다. 공작과 비슷한 반응이었다.

나는 매끄럽게 입을 열었다. 한번 읊고 온 대사라 그런지 반복하는 건 어렵지 않았다.

"앞으로는 쭉, 신경 쓰실 일 없이, 쥐죽은 듯 살겠습니다. 그러니 한 번만 더 용서해 주세요."

그리고 머리를 깊이 숙였다.

'너무 영혼 없었나?'

내뱉고 나니 말투에 성의가 없는 것 같아서 좀 걱정이 되었다. 그러나 아무리 막장 같은 게임이라도 잘못을 비는 여동생을 뜬금없이 칼로 베진 않을 것 아닌가.

데릭은 황태자 같은 사이코패스 설정이 아니라는 믿을 구석이 있던 나는, 한결 가벼워진 마음으로 그의 답변을 기다렸다.

빨리 끝내고 이만 방으로 돌아가고 싶었다. 이제 서 있는 것도 고역이었다.

그러고 보니 그 망할 하녀 때문에 아침부터 거하게 속을 게우고, 쫄쫄 굶어 힘이 없었다.

이런 내 간절한 바람과는 달리 데릭은 족히 5분이 넘는 시간이 지나서야 입을 열었다.

"……이번 한 번만."

"…….."

"한 번만 더 넘어가도록 하지."

의외로 쉽다는 생각이 들기 무섭게 놈이 덧붙였다.

"하지만 네 오만방자함을 참아 넘기는 것도 이번이 마지막이라는 것을 명심하도록."

공작보다 훨씬 재수 없는 답변이었다. 예상했던 것처럼 죽음이 답은 아닌지라 한시름 놓았다. 그러나 빈말이라도 감사하다는 말이 나오지 않았다.

'뉘예, 뉘예. 어느 안전이라고요.'

나는 우리 첫째 개새끼한테 하듯 속으로 잔뜩 비꼰 후 허리를 깊이 숙여 인사했다. 그리고 곧장 내 방으로 가기 위해 몸을 틀었다.

그 순간이었다.

"아……."

불현듯 현기증이 치솟더니 눈앞이 이지러졌다.

또 한 번 고비를 넘겼다는 생각 때문에 나도 모르게 긴장이 풀려서 그런지 다리에서 힘이 빠졌다. 몸이 중심을 잃고 휘청거렸다.

'넘어진다……!'

복도 바닥이 시시각각 가까워지던 찰나.

탁―. 누군가 거칠게 어깨를 붙잡아 세웠다.

"이봐."

기울어진 몸을 억지로 세우는 힘이 느껴졌다. 고개를 돌리자 새파랗게 타오르는 벽안이 코앞에 있었다. 쓰러지려던 나를 데릭이 붙잡은 것이었다.

"상한 음식을 먹었다고 하던데."

무뚝뚝한 목소리에 정신이 확 들었다. 놀란 채로 데릭을 바라만 보고 있자, 그가 물었다.

"의원을 불러야 하는 게 아닌가?"

잠시 수런거리던 마음이 순식간에 가라앉았다.

'알고 있었구나.'

페넬로페의 잘못이 아닌 걸 알고 있었다. 알고 있었음에도 하녀의 잘못까지 몽땅 뒤집어씌우려 한 것이다.

'내가 바로 잘못을 빌지 않았다면 게임 속 시나리오처럼 가차 없이 죽이려 들었겠지.'

누군가 머리 위에 찬물을 끼얹는 듯한 기분이 들었다.

"아니요, 소공작님."

탁, 나는 데릭에게 잡힌 손을 발작처럼 털어 냈다. 살고자 하는 본능에 가까운 움직임이었다.

그러고서 곧바로 후회했다. 혹시라도 놈의 기분이 상했을까 봐 지레 겁이 난 나는 애써 입꼬리를 끌어 올려 웃었다.

"신경 쓰이지 않도록 하겠다고 조금 전에 말씀드린걸요."

그러니까 나한테 신경 꺼.

"그럼."

나는 다시 한번 정중하게 고개 숙여 인사한 후 황급히 발걸음을 옮겼다.

거의 뛰다시피 복도를 걸어가는 내 모습은 누가 보면 쫓기기라도 하는 사람처럼 우스울 것이다.

하지만 사실이었다. 방금 전의 무례를 빌미로 놈이 칼을 들이밀까 무서웠다.

허겁지겁 중앙 계단 쪽으로 향하느라 나는 미처 보지 못했다. 내 뒤에 남은 남자의 표정이 어땠는지를.

"……소공작이라."

데릭은 저도 모르게 페넬로페가 남기고 간 말을 따라 했다.

아버지는 함부로 부르지도 못하는 주제에 저와 레널드에게는 꼬박꼬박 '오라버니'라 부르던 계집이었다.

쓰러지려던 것을 붙잡았을 때, 저를 보고 허옇게 질리던 얼굴이 눈앞에서 가시지 않는다.

도망치듯 멀어지는 페넬로페를 응시하는 새파란 눈이 기이하게 번뜩였다. 그러나 이내, 관심 없다는 듯 곧바로 눈을 돌렸다.

[호감도 5%]

그런 그의 까만 머리 위로 페넬로페가 미처 보지 못한 하얀 글씨가 반짝였다.

나는 빠르게 계단을 올라 내 방으로 돌아왔다. 정신없이 방문을 닫은 후 곧장 침대로 뛰어들었다.

"후……."

푹신한 시트의 감촉에 얼어붙었던 몸이 흐물흐물 녹아내렸다. 이제 고작 아침이 지나 점심을 향한 시점인데도, 하루가 모두 끝이 난 듯 고단하게만 느껴졌다.

데릭과의 접촉으로 인해 여전히 두방망이질하는 가슴을 진정시키기 위해 나는 여러 번 심호흡했다. 그러다 보니 갑자기 헛웃음이 터져 나왔다.

"하. 아직 살아 있긴 하네."

오기가 나서 여러 번 게임을 시도한 것이 쓸데없는 짓거리는 아니었나 보다. 그 정신없는 와중에도 잊지 않고 데릭을 '소공작'이라고 부를 생각을 다 했던 것을 보면.

긴장이 어느 정도 풀리자, 자연스레 게임 내용이 떠올랐다.

처음 게임을 시작할 때, 데릭의 호감도는 다른 남주들과는 달리 격정의 파도와 같았다. 간신히 선택지를 골라 호감도를 조금 올려 두면, 그다음 선택지에서 와르르 깎아 먹기 일쑤였다.

나는 도무지 그 이유를 몰랐다.

'성격 파탄자도 아니고 대체 왜 이렇게 기분이 오락가락거려?'

이유는 수차례 죽음을 겪은 후에야 터득할 수 있었다.

데릭은 너무나도 페넬로페를 혐오한 나머지, 그녀가 자신을 '오라버니'라고 칭하는 것조차 끔찍했던 것이다.

그래서 '오라버니'라는 단어가 들어간 선택지를 고를 때마다 영문도 모른 채 호감도가 뚝뚝 깎여 나갔다.

"까다롭긴. 우리 첫째 놈보다 더하잖아."

나는 미간을 찌푸리며 데릭의 인성에 혀를 찼다. 어쨌든 가까스로 그 사실을 기억해 낸 덕분에 이렇게 목숨을 유지할 수 있었다.

'앞으로도 데릭을 절대로 오라버니라 부르지 말자.'

나는 이 사실을 머릿속에 여러 번 새기고 앞으로도 유의하기로 했다. 물론 최대한 놈을 피해 다닐 예정이지만, 혹시 모를 게임 진행에 대비해야 했다.

누워서 이런저런 생각을 하고 있자니, 곤한 눈꺼풀이 슬슬 감기기 시작했다.

'뭐라도 좀 먹어야 하는데.'

밥은 모든 것의 원동력이다. 벌써 점심때가 다 되었다. 그러나 오전에 너무 큰 충격을 받아서 딱히 배가 고프지 않았다.

‘아, 모르겠다.’

만사가 귀찮아진 나는 그냥 눈을 감았다. 밥보단 잠이 먼저였다. 어쩌면 막막한 현실을 외면하고 싶어서 그런지도 몰랐다.

눈이 감긴 지 얼마 안 돼, 나는 죽은 듯이 잠에 빠져들었다.

"이게 왜 네 방에 있는 거지?"

겨울철 서릿발보다 더 시린 목소리가 머리맡으로 떨어졌다. 그러자 옆쪽에서 드센 고함이 들려왔다.

"대답해, 쥐새끼! 네가 훔쳐 갔잖아!"

"레널드."

공작이 상스러운 욕설을 지껄이는 레널드에게 주의를 줬다. 놈은 입을 다물면서도 분을 참지 못하는지 발을 쾅 놀렸다.

‘이건 또 뭐야?’

나는 멍하니 주위를 둘러보다 고개를 내렸다.

낮아진 시야, 작은 두 손.

곧바로 어렴풋이 깨달았다. 이건 페넬로페의 꿈이었다.

"대답해 보아라, 페넬로페. 어째서 네가 공녀의 목걸이를 가지고 있는 것이지? 분명 그 방은 출입이 불가하다고 말했던 거로 기억하는데."

"아버지. 더 볼 것도 없이 저 계집이 훔쳤다니까요!"

공작의 주의에도 레널드는 페넬로페를 겁박했다. 페넬로페는 표독스럽게 그를 노려보며 외쳤다.

"난 훔치지 않았어! 난 그런 적 없다고!"

"웃기지 마! 그럼 아버지가 이본의 생일 선물로 준 게 왜 네 방 서랍장에서 나온 건데?"

부정하는 페넬로페에게 레널드는 목걸이 하나를 달랑달랑 들이밀며 외쳤다.

처음 보는 것이었다. 당연하게도 페넬로페는 도리질을 치며 바락바락 외쳤다.

"나도 몰라! 난 그 방에 들어간 적도 없어!"

"제가 보았습니다."

그때였다. 모여 있는 수많은 사람들을 헤치고 누군가 나섰다. 레널드와 페넬로페의 첨예한 대립에 침음을 내던 공작이 그를 돌아보았다.

"집사."

"페넬로페 아가씨가 지난 몇 주간 3층에 자주 오르내리는 것을 보았습니다. 혹시 몰라 확인해 본 결과 이본 아가씨의 방문이 잠겨 있지 않았습니다."

공작을 포함한 모든 이들의 시선이 다시 페넬로페에게로 휙 쏠렸다. 수십 개의 눈동자가 어린 여자아이 한 명에게로 내리꽂혔다.

제아무리 안하무인인 페넬로페라도 흥흥함이 가득 담긴 뾰족한 시선들을 아무렇지도 않게 넘길 수 없었다.

"……저, 저 아니에요."

그녀는 주춤주춤 뒷걸음질 쳤다.

3층을 자주 오른 건 사실이었다. 저택에서 가장 사람들이 오가지 않는 층이었고, 다락방으로 가는 통로와도 연결되어 있었기 때문이다.

하지만 자신을 괴롭히는 하녀와 단둘이 있기 싫어서 방을 나선 것일 뿐이지, 무언가를 훔치기 위함이 아니었다. 그것이 진짜 공녀의 물건이라면 더더욱.

"저 진짜 아니에요, 아버지! 그 방에 들어간 적 없다고요!"

페넬로페는 공작을 바라보며 필사적으로 외쳤다. 저를 직접 입양해 온 이를 향해 뻗은 믿음과 애정이었다.

하지만 공작은 차갑게 그녀를 외면했다.

"집사. 3층의 모든 방을 단단히 걸어 잠그게. 특히 이본의 방은 못질을 하여 폐쇄하고."

"네, 공작님."

"그리고 내일 당장 보석상을 부르도록 해."

"아, 아버지……."

페넬로페가 공작가에 온 지 얼마 안 돼 일어난 소동은 당사자의 의사완 상관없이 일사천리로 일단락됐다.

페넬로페는 새하얗게 얼어붙은 채 공작을 바라보기만 했다. 그러나 그는 끝내 그녀에게 아무 말도 건네지 않은 채 자리를 떴다.

"그렇게 좋은 말로 할 때 우리 집에서 꺼질 것이지. 병신."

제 아버지가 간 것을 확인한 레널드가 비열하게 속삭였다. 그리고 얼어붙은 페넬로페를 거칠게 밀쳐 넘어뜨린 후 공작을 따라갔다.

"천박한 것."

버려진 쓰레기처럼 바닥을 처참하게 나뒹구는 그녀의 머리맡에, 이어서 데릭이 싸늘하게 중얼거렸다. 꼭 침을 뱉는 듯한 말투였다.

장면이 전환됐다.

페넬로페는 이후 저택을 방문한 상인들에게서 어마어마한 양의 보석과 금품을 사들였다. 고용인들이 기함을 하고, 데릭과 레널드가 '주제도 모르고 사치를 부리는 계집'이라며 길길이 날뛸 만큼의 엄청난 금액이었다.

그리고, 이후 그녀는 다시는 공작을 '아버지'라 부르지 않았다.

……똑똑.

작은 소음에 깊은 수면 속에 잠겨 있던 의식이 끌어올려졌다. 나는 비몽사몽 눈을 떴다.

똑똑똑.

대답이 없자, 한 번 더 노크 소리가 울렸다. 급한 일이라도 있는 듯 방문을 두드리는 짧은 간극이 다소 신경질적이기까지 했다.

나는 비척비척 상체를 일으키며 입을 열었다.

"누구……."

벌컥─. 그러나 채 누구냐는 말이 끝나기도 전에 문이 열렸다.

"아가씨. 접니다."

환한 빛이 열린 문으로 확 쏟아져 들어왔다. 어느새 해가 저물었는지 방 안이 어두컴컴했다.

갑작스레 들이닥친 빛에 눈이 부셨다. 나는 눈살을 있는 대로 찌푸리며 방문을 연 이를 바라보았다.

"집사……?"

"급히 해결할 일이 있어 찾아왔습니다."

집사가 이렇게 페넬로페를 급히 찾을 일은 많지 않았다. 그러자 덜컥 가슴이 내려앉았다. 방금 전까지 꾸고 있던 꿈의 여파 때문에 더 그랬다.

"무슨 급한 일?"

그 자식들이 또 나를 모함하기라도 했어? 내가 뭘 잘못했대?

묻는 목소리가 형편없이 떨렸다. 집사는 곧장 무례하게 벌컥 방문을 열어젖힌 이유를 알려 주었다.

"저녁 전에 아가씨의 전담 하녀를 다시 뽑는 것이 좋을 듯하여……."

장년 남성의 입에서 태연하게 쏟아지는 목소리에 나는 순간 정신이 멍해졌다.

"잠깐."

손을 들어 말을 끊었다. 집사는 입을 다물었다. 그러나 내가 말을 끊은 것이 영 불쾌한지 이마에 진 주름이 희미하게 꿈틀거렸다.

'그게 다야?'

가장 먼저 든 생각은 우습게도, 안도였다. 하지만 곧 그 자리를 분노가 빠르게 채워 나갔다.

'잠이 든 상전의 방문을 허락도 없이 벌컥 열어젖힌 이유가, 고작 하녀를 뽑자는 게 다라고……?'

집사가 말한 방문 이유를 되새겨 봐도, 너무 어처구니가 없었다.

"……집사."

나는 가라앉은 목소리로 그를 불렀다.

"네, 아가씨."

"이름이 뭐지?"

"……예?"

생각지도 못한 질문이었는지 그가 멍청한 얼굴로 되물었다. 나는 아량 넓게 다시 말했다.

"네 이름이 뭐냐고."

"······펜넬입니다, 아가씨."

"그럼 내 이름은 뭐야?"

"아가씨. 갑자기 왜 그런 질문을······."

용건과는 전혀 상관없는 질문을 하는 내가 마음에 들지 않는 듯, 그의 이마에 새겨진 주름이 한층 더 깊어졌다.

"묻는 말에 대답해. 내 이름이 뭐지?"

"······페넬로페 에카르트이십니다."

내 종용에 그는 마지못해 떨떠름한 목소리로 대꾸했다.

"그래. 페넬로페 에카르트, 귀족이지."

나는 고개를 끄덕이며 내 이름을 강조했다. 그리고 사근사근 말을 이었다.

"그런데 나는 귀족의 저택에서 성이 없는 자가 허락도 없이 귀족의 방문을 열어젖히는 예의범절은 듣도 보도 못했는데. 혹시 집사는 들어봤어?"

멍청한 페넬로페.

이런 모멸과 멸시 때문에 화가 났더라면 비명을 지르고 패악을 부릴 게 아니라 제 위치를 십분 이용하여 찍어 눌러야 했다. 다시는 쉽게 보고 기어오르지 못하도록 말이다.

공작가에 정식 입적된 귀족. 그것도 공녀.

이 얼마나 쓰기 좋은 감투인가. 호적에도 들지 못한 재벌가의 사생아보단 나서기 훨씬 용이한 위치였다.

"그것도 외간 사내가 어린 귀족 여식의 방을 제멋대로 드나든다는 이야기는 말이야, 꼭 평민들 사이에서나 떠돌아 다닐 법한 난잡한 소문 같잖아."

"······."

"안 그래?"

나는 말을 마치고 아무것도 모르는 귀족 아가씨처럼 순진하게 웃었다.

과연, 계급이란 파급력은 실로 대단했다.

"아, 아가씨!"

누가 들으면 큰일 날 소리에 집사가 대경실색했다. 페넬로페를 깔보던 눈동자가 갈피를 잃고 흔들리는 모습이 제법 볼만했다.

나는 만면에 띄웠던 웃음을 싹 지운 채 낮게 읊조렸다.

"내가 목이 아프다는 것까지 일일이 말해 줘야 하나?"

이는 게임에서 위를 바라볼 일이 없는 가장 긍지 높은 귀족들이 자주 쓰는 은유적 표현이었다. 이를테면 황족을 제외하곤 그 누구에게도 고개를 숙일 필요가 없는 제국의 검, 에카르트 공작이라든지.

"죄, 죄송합니다, 아가씨!"

집사 또한 무슨 뜻인지 알아들은 듯했다. 그는 조금 전 뻣뻣하게 서 있던 것이 무색하리만치 빠르게 바닥에 주저앉았다.

"그, 급한 마음에 제가 무례를 저질렀습니다. 부디 용서를······."

그 모습을 보니 아침부터 계속 응어리져 있던 속이 좀 시원해졌다.

나보다 훨씬 연장자에게 너무 심하지 않나 싶은 생각이 잠깐 들었지만, 일어나란 소린 하지 않았다. 지난 6년간, 페넬로페는 자신을 무시하던 이 오만한 아랫사람을 목이 빠져라 올려다보아야만 했을 테니까.

"······당분간 집사의 얼굴을 보기가 좀 껄끄러울 것 같아."

나는 무릎을 꿇은 집사를 서늘하게 응시하며 입을 열었다.

"물론 나만 그런 것은 아니겠지."

결국 빙 돌고 돌아서야 진짜 하고 싶던 말을 꺼낼 수 있었다.

"그러니 앞으로 내게 용건이 있으면 직접 오지 말고 다른 이를 보내도록 해."

"하지만 아가씨. 저택의 하녀를 뽑는 것은 제 소관……."

"네, 아니오."

나는 주절대는 집사의 변명을 차갑게 끊었다.

"내가 듣고 싶은 말은 둘 중 하나뿐이야."

"……네. 알겠습니다, 아가씨."

집사는 잔뜩 일그러진 얼굴로 힘겹게 내 말을 수긍했다.

"그래도 저녁 시중은……."

"필요 없으니까 나가."

마지막까지 싸늘하게 일갈한 나는 집사가 일어서는 꼴을 보지도 않고 자리에 홱 돌아누웠다. 얼마 후 방을 나서는 조심스러운 발걸음이 들렸다.

끼이익―. 열릴 때와는 사뭇 다른 기세로 방문이 닫혔다.

방 안은 다시 어둠에 잠겼다. 집사가 이대로 공작에게 달려가 내게 당한 수모들을 낱낱이 고할까 뒤늦은 걱정이 들었다.

"뭐 어쩌겠어."

그렇다고 한들 별수 없었다. 내가 당장 할 수 있는 일도 없거니와, 페넬로페의 해묵은 원통함이 조금이라도 가실 수 있다면 몇 번이고 반복할 수 있었다.

게다가 조곤조곤 입만 좀 털었을 뿐, 마구 괴성을 지르며 물건을 던진 것도 아니지 않은가.

게임 속에서는 스토리를 진행하며 주변인들과의 관계 개선으로 명성을 쌓아 갔다. 그것은 후에 다섯 남주들과의 엔딩을 모두 깨는 데 도움이 되었다.

그러나 나는 게임처럼 진행할 생각이 조금도 없었다. 모든 엔딩을 볼 필요가 없으므로, 관계없는 이들에게는 소비할 시간도 감정도 아까웠다.

'호감도 유지해서 살아남기도 바빠 죽겠는데, 무슨 놈의 명성까지.'

그런 것은 모두 빙의 전, 게임을 플레이할 때나 가능한 사치였다.

쓸데없는 감상들을 밀어 둔 채 나는 다시 눈을 감았다. 페넬로페와 집사로 인해 계속 방해만 받은 내 수면을 돌려받을 시간이었다.

페넬로페는 성격에 비해 꽤 부지런한 편에 속하는지, 깨우는 하녀의 손길 없이도 이른 아침에 번쩍 눈이 떠졌다.

침대에서 일어나 가볍게 스트레칭부터 했다. 그러자 마치 내가 깨어나길 기다린 것처럼 누군가 방문을 두드렸다.

똑똑―.

나는 침대에 우두커니 앉은 채 한동안 방문을 바라보기만 했다. 어제 했던 내 경고가 과연 먹혀들었을지 궁금했기 때문이다.

확실히 집사는 아닌 듯, 시간이 지나도 대답 없이 문이 벌컥 열리는 사태는 벌어지지 않았다.

"누구야?"

나는 그제야 입을 열어 방문자를 확인했다.

"아가씨, 레이나입니다."

하녀장이었다. 어제 내가 새로 정의한 페넬로페의 위치가 잘 먹혀든 것 같았다. 만족스러운 결과였다.

"들어와."

달칵, 문이 열리면서 중년의 여성이 안으로 들어왔다.

"편안한 밤 보내셨어요?"

"무슨 일이야?"

"아가씨의 시중을 들 전담 하녀를 뽑는 용건으로 찾아왔습니다. 혹시 따로 마음에 둔 이가 있으신지요?"

'있을 리가.'

나는 하녀장의 물음에 아무런 대답도 하지 않았다.

그러자 그녀는 마치 그럴 줄 알았다는 듯 다시 입을 열었다. 다음으로 들려온 말은 당연하게도 저택의 또 다른 누군가가 지원했다는 소리는 아니었다.

"마음에 둔 이가 없으면 아예 새로운 이를 뽑는 것으로……."

"전에 시중을 들던 애 이름이 뭐였지?"

"에밀리 말씀이신가요?"

"아, 맞아. 에밀리."

나는 짐짓 모르는 척 물어보았다.

"걔 혹시 저택에서 쫓겨났어?"

"아니요, 쫓겨나지는 않았지만……."

"그럼 지금 뭐 하고 있는데?"

왜 그런 것을 다 묻느냐는 양 하녀장의 눈에 의뭉스러움이 서렸다.

"……아가씨를 잘 모시지 못한 죄로 3개월간의 감봉과 빨래 담당을 맡게 되었습니다."

"그래?"

"그런데 그 애는 무슨 일로……."

담담한 가면을 뒤집어쓰고 있던 하녀장의 얼굴에 묘한 초조함이 서렸다.

'대충 일의 전말을 알고 있나 보네.'

아니면 그 하녀 뒤에 있는 진짜 주동자라든가.

비죽 조소를 삼킨 나는 태연하게 말했다.

"그냥 계속 내 전담 하녀 하라 그래."

"……네?"

"당장 시중들 사람이 없으니까 불편해. 어차피 새로 뽑아 봤자 일을 배울 때까지 미숙하게 굴 거 아니야. 그럴 바엔 차라리 원래 하던 이가 조금이라도 더 낫겠지."

페넬로페였다면 절대로 이런 자세한 설명을 덧붙이지 않았을 것이다. 하지만 내가 필요해서 요청하는 것이므로 잠시 상냥하게 굴기로 했다.

"알아들었으면 가서 올려보내. 부탁할게."

입을 떡 벌린 채 차마 말을 잇지 못하는 하녀장을 바라보며 싱긋 웃었다.

그녀는 내 생소한 모습에 눈알을 도록도록 굴리다가 조심스럽게 말문을 열었다.

"하, 하오나 아가씨. 그 애는 아가씨에게 불경한 죄를 지어 레널드 도련님께서 직접 벌을 내린……."

"그래서. 안 된다고?"

"……."

나는 구구절절한 변명을 가로막고 되물었다. 그러자 꿀 먹은 벙어리처럼 하녀장의 입이 다물어졌다. 긍정이었다.

고작 이틀째였지만, 이 집 사람들은 페넬로페의 말을 한 번에 재깍재깍 들어주는 법이 없었다.

'원래 이런 건가?'

그렇다고 보기엔 그간 보아 왔던 소설이나 영화 속 계급사회에서는 무조건적인 상명하복이었다.

게다가 노멀 모드에서 여주의 말을 떠받들다시피 들어주던 공작가의 고용인들을 떠올리면 원래 그런 것만도 아니었다.

좋게 생각하기로 한 것이 채 1분도 지나지 않아 스멀스멀 짜증이 차올랐다.

"내가 모처럼 사람 말을 할 때 들어주는 게 좋을 텐데……."

무려 부탁까지 입에 담았다. 진짜 페넬로페처럼 굴었어야 했나?

"불편하다잖아. 올려 보내라면 올려 보내. 아니면 하녀장이 직접 내 시중들고 싶어?"

"그럼 공작님께 먼저 여쭤본 후 데리고 오겠습니다, 아가씨."

끝까지 내 말은 듣지 않겠다는 심산이다. 당당한 그녀의 태도에 헛웃음이 나왔다.

"아니, 그럴 것 없어. 아버지는 내가 지금 당장 찾아뵐게."

나는 자리에서 벌떡 일어났다.

"이왕 이렇게 된 거, 어제 일에 대해 상세히 말씀드리고 내가 에밀리를 용서했다는 것을 밝히면 되겠지."

"……."

"아버지 어디 계셔?"

"아, 아가씨!"

당장이라도 방 밖으로 나갈 채비를 하자 하녀장의 두 눈이 휘둥그레졌다.

그저 하녀 하나의 강등으로 어영부영 넘어갈 수 있던 일이 자칫 내가 나선다면 걷잡을 수 없이 커질 수도 있었다. 무려 공녀를 학대했다. 게다가 목격자가 차남이었다.

"고, 공작님께선 아침 일찍 황궁으로 가셨어요."

"그래? 그럼 이따 돌아오시면…….."

"에밀리를 바로 데리고 오겠습니다!"

내가 혹여라도 아버지를 찾아 나설까 봐 겁이 났는지 하녀장이 허겁지겁 읍소했다.

"나이를 먹으니 걱정만 늘어서, 제가 미처 아가씨의 넓은 아량을 바로 알아듣지 못했어요. 죄송해요."

내 앞에 여러 번 머리를 조아리는 하녀장의 모습이 통쾌하기보단 씁쓸했다.

굳이 주변인과의 관계를 개선하여 명성을 쌓을 생각은 없었지만, 있는 명성마저 마이너스로 깎여 나가는 기분이 들었다.

"지금 에밀리를 데리고 올까요, 아가씨?"

내 눈치를 보며 하녀장이 허둥지둥 물었다.

"앞으로 두 번 말하는 일이 없었으면 좋겠어, 레이나."

나는 이미 손쓸 수 없을 만큼 망쳐 버린 하루의 시작을 깊이 애도하며 그녀를 물렸다.

"나가 봐."

하녀장에게 무슨 말을 들었는지 에밀리는 곧장 아침 식사를 들고 내 방으로 올라왔다.

"아, 아가씨. 아, 아침 식사를 주, 준비하겠습니다……."

내가 보는 앞에서 테이블 위에 접시를 내려놓는 에밀리의 손이 바들바들 떨렸다. 어제 그렇게 끌려간 이후 퍽 마음고생을 한 듯했다.

그래도 상한 음식을 처먹는 미친 짓을 한 게 보람은 있는 듯, 접시 위에 놓여 있는 음식들의 상태가 괜찮았다. 싱싱한 샐러드와 윤기가 흐르는 스테이크.

'겉보기엔 괜찮아 보이네.'

그러나 어제의 충격이 단단히 몸에 배었는지 썩 구미가 당기지 않았다.

나는 내 옆에 경직된 채 서 있는 에밀리를 부러 빤히 바라보며 천천히 음식을 먹었다. 당연하게도 그녀는 내 눈을 제대로 쳐다보지도 못했다.

'속이 좀 뜨끔하려나.'

내가 왜 본인을 다시 전담 하녀로 쓰겠다는 건지 생각하느라 정신이 없을 것이다.

나는 결국 반도 채 먹지 못하고 포크를 내려놓은 후 그녀를 불렀다.

"에밀리."

"네, 네, 아가씨!"

깊은 상념에 잠겨 있던 그녀는 화들짝 놀라 지나치게 큰 음성으로 답했다. 나는 그런 그녀에게 한 손을 내밀었다.

"바늘을 좀 줘 보렴."

"네? 무슨……."

"매일 아침 나를 찔렀던 바늘 말이야."

"헉!"

아침 인사를 하듯 여상한 말투에, 에밀리는 바로 이해하지 못한 건지 한발 늦게 반응했다.

날카롭게 숨을 집어먹더니, 이내 시퍼레진 얼굴로 황급히 무릎을 꿇는 것이다.

"아, 아가씨! 죄, 죄송해요! 용서해 주세요!"

쿵, 쿵. 그녀는 바닥에 이마를 찧으며 잘못을 빌었다.

'참나. 이렇게 바로 시인할 거, 그런 대담한 짓은 어떻게 한 거야?'

나는 영 배짱 없어 보이는 에밀리의 모습에 기가 막힌 한편, 역시나 학대의 주동자가 그녀가 아니라는 사실에 기분이 더러워졌다.

잘 구슬려 볼까 했던 마음이 증발하자 누가 들어도 표독스러운 목소리가 튀어나왔다.

"하녀장한테 못 들었니? 내가 두 번 말 하는 거 싫어한다고."

"아, 아가씨……."

"바늘 내놔."

사시나무처럼 퍼들퍼들 떠는 에밀리는 거의 쓰러지기 일보 직전 같아 보였다.

그러나 내 압박에 못 이겨 결국 하나로 묶어서 틀어 올린 제 머리칼을 뒤적이기 시작했다. 얼마 안 가 그녀의 손끝에 반짝이는 대바늘이 딸려 나왔다.

'오호라, 잘도 숨겨 두었네.'

이러니 페넬로페가 속절없이 당한 것이다. 자신을 해코지한 하녀에게 길길이 날뛰고 싶어도 증거를 찾기가 쉽지 않았을 테니.

"여, 여기……."

에밀리는 덜덜 떨리는 손으로 바늘을 내게 건넸다.

나는 그간 페넬로페를 무던히도 괴롭혀 왔던 물체를 내려다보았다. 고작 한 줌도 되지 않을 쇳덩이였다.

그러나 이 작고 가는 바늘이 어마어마한 통증을 선사한다는 것을 나는 어제 몸소 겪었다.

'얼마나 아팠을까.'

매일 아침 고통에 몸부림치며 눈을 뜨고 팔뚝이 피딱지로 너덜너덜해져도, 그 누구 하나 알아주지 않았을 것이다.

"고개 들렴."

나는 이를 악물고 명령했다. 에밀리가 주춤주춤 고개를 들었다. 포악한 공녀에게 곧 당할 일들을 상상하는지 흔들리는 그녀의 눈동자에 참담함이 내려앉아 있었다.

그러나 안타깝게도, 지금부터 내가 하려는 일은 페넬로페를 위한 복수가 아니었다.

"똑바로 잘 봐, 에밀리."

에밀리의 앞에 이번엔 바늘을 들지 않은 손을 내밀었다. 상처 하나 없이 하얗고 가녀린 손등이었다.

나는 에밀리가 건넨 바늘을 망설임 없이 그 위에 내리꽂았다.

"악! 아가씨!"

바늘에 찔린 건 난데, 에밀리는 제가 찔리기라도 한 것처럼 비명

을 질렀다. 나는 이내 내 손으로 반 이상 꽂았던 바늘을 바로 뽑아
냈다.

'윽.'

바늘이 빠진 자리에 핏방울이 몽글몽글 솟아올랐다. 각오는 했지
만, 진짜 너무 아팠다. 눈물이 그렁그렁해질 정도였다.

하지만 내색하지 않고, 핏방울이 맺힌 바로 옆자리에 또다시 바
늘을 내리꽂았다.

"아!"

이번에는 고통을 참지 못하고 신음이 터져 나왔다.

"아, 아가씨!"

에밀리가 숨넘어갈 듯 헐떡였다. 내 괴악한 행동에 눈물을 질금
질금 흘리며 어쩔 줄 몰라 하는 그녀의 모습이 조금 웃겼다.

'지금까지 제가 하던 짓인데 뭘 그렇게 놀라고 그러실까.'

"아가씨, 흐흡! 아가씨, 대체 왜 이러세요!"

"그렇게 울 것 없단다, 에밀리. 이건 네가 만든 상처니까."

나는 울음을 터뜨리는 에밀리에게 사근사근 말을 건넸다. 그러자
그녀의 얼굴이 일순 멍해졌다.

"……네?"

"지금은 두 개지만, 앞으로 세 개가 될 수도 있고, 네 개, 다섯 개
가 될 수도 있겠지."

"……."

내 말에 에밀리는 숨을 멈췄다. 볼썽사납게 벌벌 떨리던 몸 또한
덩달아 멈춰졌다.

"나는 앞으로 네가 해 준 것들은 의심하지 않고 모두 받아들일

거야. 네가 준비한 세숫물, 옷, 음식. 모든 것들을 말이야."

"아, 아가씨……."

"그럴수록 지금 이 손등처럼, 드러난 곳에 생기는 바늘구멍의 수가 점점 늘어날지도 모르지. 그러면 누구 하나 상처를 알아보는 사람이 생기지 않을까?"

"……"

"에카르트를 무시하는 건방진 귀족 학대범이 누굴까, 그런 의혹을 품는 사람도 나오겠지. 이를테면, 레널드 오라버니처럼."

나는 에밀리를 향해 피어나는 꽃처럼 활짝 웃음을 터뜨리며 쐐기를 박았다.

"앞으로 네가 어떻게 행동하느냐에 달렸단 소리야."

내 전담 하녀는 협박과도 같은 내 말에 아무런 답도 하지 않았다. 새하얗게 질린 안색이, 꼭 목이라도 졸린 사람 같았다.

"그만 일어나렴. 주인이 식사를 다 마쳤으니 이제 네 할 일을 해야지."

나는 그녀에게 내밀었던 손을 거두었다. 그리고 테이블 옆에 있는 커다란 창으로 무심하게 고개를 돌렸다.

무릎을 꿇은 채 옴짝달싹하지 않던 에밀리는 얼마 안 가 자리에서 벌떡 일어났다. 그리고 기계적인 손길로 테이블 위를 빠르게 정리해 나갔다.

'말은 잘 알아듣는 편인가 보네.'

다행이었다. 앞으로 쉽게 이용해 먹을 수 있을 것 같았다.

어차피 전담 하녀가 새로운 사람으로 바뀌어도 내 처지가 크게 달라지진 않았을 것이다. 계속해서 당할 수는 없으니 나는 적당히 이용할 패를 만들기로 했다.

학대를 주도한 전담 하녀. 마침맞게도 내게 유리한 상황이 주어졌다.

게다가 잇속에 따라 줏대 없이 움직이는 에밀리의 성격도 마음에 들었다.

그런 생각을 하며 에밀리를 관찰하는 동안, 그녀가 빠르게 손을 놀리던 테이블도 얼추 정리가 끝났다. 그때였다.

쾅—! 갑작스럽게 방문이 부서질 만큼 세게 열렸다. 나는 깜짝 놀라 고개를 돌렸다.

사랑스러운 분홍빛 머리칼이 휘날렸다. 양반은 못 될 놈인지, 공작의 차남 레널드 에카르트가 일그러진 얼굴로 나를 노려보고 있었다.

"너."

그는 방 안으로 조급하게 들어섰다. [호감도 -3%]가 순식간에 코앞으로 다가왔다.

"너 대체 무슨 꿍꿍이야?"

흉흉한 기운을 흩뿌리며 한달음에 다가오던 레널드는, 문득 테이블 옆에 선 에밀리를 발견하고 얼굴이 더 험악해졌다.

"넌……!"

"도, 도, 도련님."

에밀리는 사색이 되어 얼어붙었다. 나는 허둥지둥 테이블 위를 바라보았다.

내 바로 앞에 놓여 있는 포크 하나만 제외하고 식기들이 모두 쟁반 위에 올려져 있었다.

'에비!'

불길한 예감에 나는 얼른 포크를 들어 쟁반 위로 올려놨다. 그리고 혹여라도 흉기로 쓰일 만한 물건이 있는지 한 번 더 주변을 살살이 훑어본 후 말했다.

"그만 나가 보렴, 에밀리."

에밀리는 그 말을 기다렸다는 듯 쟁반을 번쩍 들었다. 그러자 레널드가 신경질적으로 외쳤다.

"어딜 나가!"

"얼른."

괴팍한 도련님이 날뛰기 전에 빨리 나가란 뜻으로 눈짓하자, 기민하게 알아들은 하녀가 부랴부랴 방문으로 달려갔다.

꼭 어제 데릭에게 죽기 싫어서 꽁지가 빠져라 도망가던 내 모습 같았다.

기어이 에밀리를 내보내자 레널드의 부리부리한 시선이 내게로 꽂 박혔다.

"말해. 무슨 꿍꿍이로 이러는 건지."

나는 잠시 뭐라고 대답할지 고민했다. 게임에서 페넬로페는 아주 건방지게도 레널드에게 찍찍 반말을 했다.

레널드는 그녀보다 두 살 많았다. 나이 차도 얼마 나지 않으니 두 사람이 개와 고양이처럼 번번이 충돌할 만했다.

'마치 나랑 둘째 개새끼 사이 같네.'

물론 나는 페넬로페처럼 독하게 맞서 싸운 게 아니라 일방적으로 당하기만 했다.

어쨌든 레널드가 연장자이니 데릭처럼 깍듯이 존댓말을 써 줘야 할까 잠시 고민했지만, 이내 그 생각을 털어 냈다.

어제까지만 해도 '야, 너'거리던 애가 하루아침에 변모해서 존댓말을 쓰는 것도 우스운 일이었기 때문이다.

"이제 아예 내 말은 무시하기로 했냐? "

바로 답하지 않자 레널드가 삐딱하게 물었다.

'거참, 성격 급하긴.'

나는 진짜 페넬로페처럼 아무렇지도 않게 대꾸했다.

"……뭐가?"

"저 계집을 왜 다시 전담 하녀로 쓰겠다는 거냐고!"

흩날리는 예쁜 분홍빛 머리카락 위로 [호감도 -3%]가 위협스럽게 반짝였다.

어떻게 대답해야 데드 플래그를 피할 수 있을까. 지금이라도 선택지를 켤까 싶었지만, 이미 너무 늦어 버렸다.

'아니야. 선택지를 켰어도 또 미친 대사들만 있었을 거야.'

나는 씩씩거리는 레널드를 바라보며 마른침을 삼켰다. 페넬로페였다면 분명, 이 상황에서 '신경 꺼.' 내지는 '내 방에서 꺼져.'와 같은 죽음을 자초하는 말들을 했을 것이다.

"별일 아니야. 신경 쓰지 마."

하지만 나는 페넬로페가 아니었으므로 그것들을 살짝 순화했다.

어차피 뭔 말을 해도 레널드는 고깝게 받아들일 터였다. 때문에 이 정도면 무난히 넘길 수 있으려니 싶었다.

"……뭐?"

그러나 역효과였는지 레널드의 눈빛이 살벌하게 번뜩였다.

"주인에게 썩은 음식을 먹인 게, 별일이 아니야?"

"아니, 그건⋯⋯"

"에카르트를 능멸하는 것도 유분수지. 천한 것이 주제도 모르고 감히!"

"⋯⋯."

"그런 발칙한 하녀 따윈 저택에 필요 없다. 돈을 안 받아도 괜찮으니 이 집의 노비로 죽고 싶다는 이가 널리고 널렸다고!"

레널드는 버럭 역정을 내었다. 서둘러 별일이 아니라던 말을 정정하려 했던 나는, 의외로운 반응에 할 말을 잃었다.

당사자인 나보다 더 화를 내는 그의 모습에, 갑자기 헛웃음이 터져 나왔다.

천한 것이 주제도 모르고 감히. 레널드가 언제나 페넬로페를 보며 쏟아 냈던 폭언이었다.

"웃음이 나오냐?"

픽, 바람 빠진 소리를 내자 놈이 미간을 잔뜩 찌푸리며 핀잔을 주었다.

"하녀 따위에게 얼마나 우습게 보였으면 그런 일이나 당하고 앉아 있어."

그래, 맞아. 얼마나 공녀를 우습게 여기던지, 여기 있는 고용인들은 단 한 번도 내 말을 바로 들어주는 법이 없더라.

혹여 한마디라도 잘못하면 죽음으로 직행할까 봐 폭풍우 치던 가슴속이 순식간에 고요해졌다.

"안 그래도 어제 그 일로 아버지를 뵙고 왔어."

나는 전보다 차가워진 눈으로 그를 바라보았다.

"그래. 아버지도 동의하셨겠지. 내가 곧바로 저 발칙한 계집을 내쫓으라 일렀으니까."

레널드는 그런 제 행동이 자랑스럽기도 한 것처럼 가슴을 한껏 쭉 펴며 당당하게 말했다. 그토록 경멸하던 가짜 여동생에게 칭찬이라도 받고 싶은 걸까?

안타깝게도 난 그럴 생각이 전혀 없었다.

"아버지와 첫째 오라버니는 에밀리를 내쫓길 원하지 않으셨어."

"뭐?"

이어지는 내 차분한 목소리에, 레널드의 새파란 눈이 커다래졌다.

"아버지와…… 형이?"

생각지도 못한 일이었는지 그의 얼굴이 얼떨떨해졌다.

사실 둘 다 직접적으로 그런 말을 한 적은 없었다. 데릭이 에밀리의 경력이 10년 차니 어쩌니 들먹거린 것도 오로지 페넬로페를 압박하기 위함이었다. 넌 내쫓길 하녀보다 못한 존재라는.

하지만 아무렴 어떤가. 없는 소릴 지어낸 것도 아니고.

'나중에 혹시 그걸로 뭐라 하면 난 그런 뜻인 줄 알았다고 발뺌하면 되지.'

되묻는 레널드에게 태연하게 고개를 끄덕였다.

"그래서 저 하녀를 내쫓지 않고 다시 네 전담 하녀로 쓰기로 했다고?"

"응."

그의 고운 미간이 다시 와작 구겨졌다. 곧바로 버럭 내질러지는 고함에 귀가 따가웠다.

"넌 병신이냐? 너라도 싫다고 했어야지!"

"그럼 뭐가 달라지는데?"

"뭐가 달라진다니! 그러면 계속 썩은 음식을 먹다가 뒈지겠다는 거야, 뭐……!"

"새로 온 하녀는 또 안 그런다고 장담할 수 있어?"

"……."

내 말에 고래고래 소리를 지르던 레널드의 입이 딱 다물렸다. 나는 레널드의 머리 위, [호감도 −3%]를 주의 깊게 바라보며 놈을 납득시킬 말을 골랐다.

절대로 네놈들의 태도 때문에 벌어진 일이라고 탓해서는 안 된다. 에카르트에 대한 자긍심이 철철 흘러넘치는 놈의 반감만 살 뿐이다.

차라리 호감도 게이지 바가 분노 게이지 바였으면 좋겠다. 그렇다면 그때그때의 분노 게이지를 보며 저 지랄 맞은 놈의 비위를 수월하게 맞출 수 있을 텐데.

호감도가 −3%에서 또 떨어지면 죽음이었다.

'하…….'

이래서 레널드의 호감도가 올랐을 때 전혀 기쁘지 않았던 것이다.

"난 어제 하녀를 내쫓나 마냐에 대해 아버지께 상의하러 간 게 아니야."

신중히 말을 고른 나는 느릿하게 입을 열었다.

"근신 처분을 받은 와중에 물의를 일으켜서 죄송하다고 무릎 꿇고 빌고 왔어."

"뭐라고?"

덧붙여진 말에 레널드는 경악을 금치 못했다. 한 번도 잘못했다는 말을 입에 담은 적이 없던 페넬로페가 무릎을 꿇었단 말이 어지간히 놀라웠나 보다.

"네가 잘못을……? 아니, 아버지가 네게…… 잘못을 빌라고 했어?"

물론 시킨 것은 아니고 내가 막무가내로 빈 것이지만. 이번에도 나는 그런 내막은 숨긴 채 다른 말을 했다.

"앞으로 근신하는 동안 소란 일으키는 일 없이 행동 조심하겠다고 말씀드렸어."

"……."

"그러니까 그냥 조용히 넘어가 줘."

사실 나한테 신경 끄라는 말을 하고 싶었다. 솔직히 이 괴팍한 놈만 조용히 있어도 데드 엔딩의 위험성이 절반은 사라질 것이다.

'그러니까 제발 시비 걸지 말고, 서로 조용하게 살자. 응?'

하지만 그런 말을 곧이곧대로 할 수는 없는지라, 나는 간절함을 담아 읊조렸다.

"제발 부탁할게, 오라버니."

고개까지 살짝 숙인 채 넘어가 달라고 청하는 내 모습에 레널드는 기괴한 것을 보는 눈으로 나를 멀거니 바라보기만 했다.

한동안 입술을 달싹대던 그는 가까스로 음성을 만들어 냈다.

"너 대체……."

다시 험악하게 찌푸려지는 레널드의 얼굴을 보며, 그다음 말을 예상했다.

예전처럼 말도 안 되는 시비를 걸겠지. 미쳤냐고, 썩은 음식물을 먹더니 돌아 버린 게 틀림없다고.

지금 내 행동이 그간의 페넬로페답지 않게 너무 고분고분하긴 했으니까.

"넌 자존심도 없냐?"

그러나 막상 터져 나온 벼락같은 노성은.

"그 꼴을 당하고도 조용히 넘어가겠다고?!"

예상을 뛰어넘어 내 스위치까지 건드렸다.

"제정신이야? 차라리 전처럼 꽥꽥 괴성을 지르면서 물건을 때려 부숴! 그편이 더 너다우니까!"

레널드는 마치 페넬로페가 당한 일들이 제 일이라도 되는 양 길길이 날뛰었다. 그런데 애석하게도 조금도, 쥐꼬리만큼도 고맙지 않았다.

"내 방에 공녀의 목걸이를 가져다 놨을 때부터 예상했던 일 아니야?"

나도 모르게 통제를 벗어난 날카로운 목소리가 마구 튀어 나갔다.

"이런 걸 바라고 지금까지 나한테 그래 왔던 거잖아."

"……뭐?"

레널드가 입을 떡 벌렸다. [호감도 −3%]를 생각하면, 이러면 안 되었다. 하지만 지금 이 순간엔 그런 자각도 들지 않았다.

놈은 나에게 자존심을 운운해선 안 되었다.

'페넬로페를 이 지경까지 이르게 만든 장본인이 누군데.'

집사, 하녀장, 에밀리는 차라리 약과였다. 진짜 주동자가 바로 여기 있지 않은가.

내 담담한 어투에 레널드는 숨이 막힌 사람처럼 쥐어짠 목소리로 나를 불렀다.

"……페넬로페, 그건……."

"지금 와서 그 일로 널 원망할 생각 같은 건 없어. 나도 그간 멍청하고 오만하게 굴어 왔으니까."

"……."

"그런데 이제 모든 게 다 지겨워졌어."

나는 새파란 눈동자를 똑똑히 바라보며 말했다.

"곧 성인식을 앞둔 성년씩이나 됐는데, 언제까지 내가 에카르트에서 뻗댈 수만은 없잖아."

레널드의 안색이 순간 하얗게 질렸다.

"너…… 그게 무슨 소리야? 그럼 네까짓 게 출가라도 하겠다는 거냐?"

"모든 건 아버지와 첫째 오라버니에게 달린 일이지."

나는 어깨를 으쓱해 보였다. 물론 내뱉는 말과 속마음은 전혀 달랐다. 이런 세계관 배경이 으레 그렇듯 공작이나 소공작의 입맛대로 정략결혼에 희생될 생각은 전혀 없었다.

어차피 게임 스토리상 그럴 일도 없을 테니 그건 안심이었다. 난 무조건 남주들 중 한 명과 엔딩을 본 후 이 망할 곳에서 뒤도 안 돌아보고 탈출할 것이다.

'그 남주들 중에 넌 포함 안 되니까 걱정 붙들어 매라고.'

나는 레널드에게 다시 한번 부탁을 가장한 무시를 요구했다.

"그러니까 내 일에 관심 가질 필요 없어, 레널드."

내 일은 내가 알아서 할 테니까. 차라리 꼴좋다고 여기면서 평소처럼 신경 끄란 말이야.

"이제 목욕할 시간이야. 그만 나가 주겠어?"

방문 쪽을 흘깃 눈짓하며 그에게 축객령을 내렸다. 그러자 레널드의 얼굴이 처참하게 일그러졌다.

게임 속에서 한 번도 본 적 없는 모습이라, 새삼 놀랐다. 그리고 그와 동시에 덜컥 심장이 내려앉았다.

'설마 호감도 떨어지는 거 아니야? 안 돼—!'

레널드만 보면 광견처럼 으르렁대는 페넬로페같이 군 것도 아니었다. 그냥 놈이 납득할 만한 말만 골라 했는데, 대체 왜!

그 순간이었다. 레널드의 사랑스러운 핑크빛 머리 위, 텅 빈 게이지 바가 반짝이기 시작하더니…….

[호감도 3%]

'뭐야.'

일순 머릿속이 멍해졌다.

'왜 호감도가 오르는 건데?'

그것도 무려 6%씩이나.

레널드와 그 위의 호감도를 번갈아 바라보며 어리둥절해하는 사이, 어느새 일그러진 표정을 갈무리한 그가 짓씹듯 뇌까렸다.

"……너 따위에게 잠시라도 신경을 쓴 내가 병신이지."

나를 사납게 쏘아보는 파란 눈이 어쩐지 퍽 속이 상해 보였다. 그는 그 한마디를 끝으로 홱 몸을 돌렸다.

'잘못 본 거겠지.'

찬바람을 일으키며 쌩하니 방을 빠져나가는 레널드의 뒷모습을 보던 나는, 역시 잘못 본 거라 단정 지었다.

쾅—! 문이 거세게 닫힌 후 방 안은 고요해졌다.

테이블에 턱을 괴며 나는 상념에 잠겼다. 기분이 묘했다. 가망성이 제로라고 생각했던 인물의 호감도가 오르는 것을 실시간으로 보는 건 꽤 괜찮은 일이었다.

"어쨌든 선택지 끄고 좀 나아지긴 한 건가?"

페넬로페를 혐오하는 이 집 형제들의 호감도가 모두 떨어지지는 않았으니.

"앞으로도 계속 끄고 있어야지."

그렇게 마음먹은 나는 그만 자리에서 일어났다. 목욕을 하겠다는 말이 마냥 핑계는 아니었기 때문이다.

하녀를 부르는 설렁줄을 잡아당길 때, 문득 한 줄기 생각이 스쳐 지나갔다.

이제 더 이상 레널드를 마이너스라 부를 수 없게 되었다고.

Chapter 2

Chapter 2

영원할 것만 같았던 근신 기간은 생각보다 빨리 끝나 버렸다.

"황궁에서 초대장이 왔다고?"

"네, 아가씨. 소공작님께서 준비하라고 말씀하셨습니다."

"소공…… 아니, 첫째 오라버니가?"

나는 고용인들이 하듯이 무심결에 '소공작'이라 부르려다가 황급히 호칭을 바꿨다.

어쨌든 나는 이 집의 막내딸이다. 데릭을 제외하고 너무 큰 위화감을 조성해서는 안 된다.

'그나저나 데릭이 그랬다니.'

직접 말한 것은 아니었지만, 사실상 근신형의 종료나 다름없었다.

"여기 초대장이에요, 아가씨."

에밀리가 공손하게 내게로 온 초대장을 내밀었다. 황가의 상징인 황룡이 금장으로 새겨진 빳빳한 종이 위에, 페넬로페란 이름이 똑똑히 적혀 있었다.

2황자의 탄신 연회. 바로 내일이었다.

"준비를 서둘러야겠네……."

그렇게 중얼거리면서도, 난 근신형이 벌써 끝났다는 게 좀 아쉬웠다.

이 집 형제 놈들과 부딪칠 일도 없이, 에밀리의 극진한 시중을 받으며 지내는 나날들이 얼마나 편했는지 모른다.

근신형이 끝나면 어쨌든 게임 진행상, 필연적으로 데릭과 레널드와 엮여야 할 텐데…….

'잠깐.'

태평하게 공작가에서 일어날 일들을 걱정하고 있던 나는, 이어지는 생각에 멈칫했다.

'황궁으로 가는 거면…… 황태자를 만날 수도 있다는 소리잖아!'

만날 수도 있는 게 아니라 만나는 것이 확정이었다. 게임에서 황궁으로 가는 장면이 나오지 않아서 그렇지, 이건 바로 황태자 루트가 시작되는 에피소드였기 때문이다.

황태자 놈이 뽑아 든 칼에 수차례 목이 잘렸던 페넬로페의 일러스트가 떠오르자 나는 반사적으로 비명을 질렀다.

"안 돼—!"

"아, 아가씨?"

에밀리가 내 비명 소리에 깜짝 놀라 바라보았다.

'절대 가면 안 돼. 그냥 아파서 못 간다고 할까?'

그 미친놈을 피하려면 이 방법밖에 없었다. 혹시 무슨 실수라도 저지른 걸까 봐 기가 팍 죽어 있는 에밀리에게 나는 다급히 물었다.

"에밀리. 아버지도 내일 연회에 참석하신다니?"

"내일 공작님께서는 일이 있으셔서 소공작님이 아가씨를 에스코트하기로 하셨어요."

망했다…….

나는 좌절했다. 결국 연회에 안 가려면 공작이 아닌 데릭에게 가서 호소해야 한다. 하지만 그러면 그놈의 호감도가 깎일지도 모르는 일이었다.

'차라리 레널드였으면 도박이라도 해 볼 텐데.'

어제 막 마이너스에서 벗어난 레널드의 호감도를 떠올리며 나는 깊은 한숨을 내쉬었다.

호감도 0%를 유지하는 것도 기를 쓰고 있는 마당에, 데릭을 두고 도박을 해 볼 시도 따윈 엄두도 내지 말아야 했다.

"아, 아가씨…… 괜찮으세요? 얼굴이 창백해지셨어요."

심각해진 내 표정에 에밀리가 조심스럽게 눈치를 살피며 물었다.

"생각할 게 있으니 나가 있으렴."

나는 귀찮다는 표정으로 손짓했다. 그리고 그녀가 방을 나가자마자 땅이 꺼져라 한숨을 쉬었다.

"하……."

안 가도 죽고, 가도 죽는다니. 뭐 이런 미친 게임이 다 있냔 말이다. 천국과도 같았던 지난 근신 기간들이 벌써부터 그리워졌다.

"최대한 피하면 되겠지?"

나는 곰곰이 게임 내용을 떠올려 보았다. 그런데 딱히 떠오르는 것도 없었다.

황궁의 미로 정원에서 황태자를 만나고, 제대로 된 이야기를 나누기도 전에 죽었다. 계속, 계속. 과장 안 하고 리셋 버튼을 5초당 한 번씩은 눌렀을 것이다.

"역시 그냥 아파서 도저히 못 가겠다고 최대한 사정해 보는 게……."

아.

그 순간 기발한 생각이 뇌리를 스쳤다.

"……그냥 죽어 볼까?"

생각해 보니 그랬다. 여기서 죽으면 그냥 내가 살던 곳으로 돌아 갈 수 있을지도 모르는 일 아닌가. 플레이어가 게임 오버 당했는데 뭐 어쩔 거야.

가망성도 없는 놈들을 붙잡고 어떻게서든 엔딩을 보기 위해 아등 바등할 바엔 빠르게 포기하는 편이 나았다.

게다가 이 게임엔 리셋 버튼이 있었다. 그 이름도 찬란한 리. 셋. 버. 튼.

물론 진짜 게임 화면과는 달리 내 시야에 설정이나, '뒤로 가기' 같은 아이콘이 보이지는 않았다. 당장 볼 수 있는 것은 선택지가 뜨는 네모 창뿐.

하지만 [선택지 ON/OFF] 기능이 존재하는 것처럼, 분명 리셋 버튼도 존재하지 않을까?

"왜 이 생각을 못 했지?"

리셋이 있는 이상 밀쳐야 본전이었다.

"좋았어."

황태자를 만나서 한번 죽어 보자고!

평소보다 더 이른 시간에 하녀들에게 강제 기상당한 나는 꼭두새벽부터 때 빼고 광내느라 정신이 없었다.

우유와 향유를 푼 물에 목욕을 하고, 마사지를 받고, 팩을 올리고. 이 지루한 과정이 여러 차례 반복되었다.

간신히 욕실에서 나와 화장대에 앉혀졌을 때 나는 이미 기진맥진한 상태였다. 그러나 끝이 아니었다.

"아가씨, 이 드레스는 어떠세요? 저번에 사 두고 아직 한 번도 입어 본 적 없는 새것이에요."

"이 귀걸이는요? 드레스랑 잘 어울릴 것 같아요."

"머리는 틀어 올리는 것보다 반 묶음이 나을 것 같은데, 어떻게 생각하셔요?"

"화장은 어떤 식으로 해야……."

나를 붙들고 하녀들이 쉴 새 없이 조잘대었다.

'얘네 페넬로페 미워하는 거 맞아?!'

어째 파티에 직접 참석하는 나보다 본인들이 더 들떠서 난리였다.

나는 고개를 돌려 거울에 비친 내 모습을 확인했다. 팩을 올리고 씻어내는 귀찮은 짓을 여러 차례 반복한 것이 헛되진 않았는지, 평소보다 얼굴에서 광이 났다.

'하긴. 확실히 이 얼굴이면 꾸밀 맛이 나긴 하지.'

하녀들의 반응을 이해한 나는 고개를 끄덕이며 무심하게 말했다.

"드레스는 목까지 다 가려지는 거로 다시 가져와. 액세서리는 최소한으로 하고, 나머지도 다 대충해."

"네에?!"

내 명령에 하녀들이 펄쩍 뛰었다. 그리고 황급히 덧붙였다.

"하지만 아가씨. 무려 황궁에서 열리는 파티인걸요……."

누구보다 예쁘게 꾸며야 하지 않겠느냐는 속내가 담겨 있었다.

그녀들이 가지고 온 네크라인이 깊이 파인 붉은빛 드레스는 확실히 페넬로페의 진분홍색 머리와 잘 어울렸다. 거기에 맞춘 듯한 액세서리들이 그녀의 화려한 미모에 정점을 찍어 줄 것이다.

하지만 나는 공작새처럼 미모나 뽐내려고 황궁에 가는 것이 아니었다. 그렇다고 죽으러 가는 거란 소리를 할 순 없으니, 페넬로페처럼 그냥 막무가내로 우겼다.

"공들여서 꾸밀 것 없어. 시키는 대로 해."

내 싸늘한 목소리에 하녀들은 차마 더 호소하지 못하고 시무룩한 얼굴로 드레스 룸으로 향했다.

얼마 후 그들이 들고 온 세 벌의 드레스는 전에 것과 달리 모두 얌전하기 그지없는 종류였다.

"이걸로."

내가 고른 것은 암녹색의 이브닝 드레스였다. 쇄골까지 완벽하게 가려지는 것도 그렇고, 가장 튀지 않는 어두운 색상이었기 때문이다.

드레스를 갖춰 입고 하녀들을 닦달하여 화장을 최대한 옅게 끝냈다. 액세서리 또한 페넬로페의 눈동자 색과 같은 자그마한 에메랄드 귀걸이 하나로 끝냈다.

치장을 마친 후 거울에 비친 내 모습은 당장 예배를 드리러 가도 될 만큼 정숙하기 그지없었다.

'이 정도면 눈에 안 띄겠지.'

흡족한 표정을 짓는 나와는 달리, 나를 바라보는 하녀들의 표정은 어둡기만 했다.

"에밀리만 남고 다들 그만 나가 봐."

내쫓다시피 그녀들을 물린 후, 나는 홀로 남은 내 전담 하녀에게 한 가지를 더 요청했다.

"에밀리. 드레스와 같은 색의 장갑을 준비해 줄래?"

"아가씨, 장갑까지 끼시게요?"

그럼 정말 완벽한 성당 룩의 완성이었다. 그것만은 말리고 싶었는지 에밀리는 재깍 움직이지 않고 미적거렸다.

"그럼, 이걸 모두에게 다 보여 주고 다닐 순 없잖니."

나는 그런 그녀에게 며칠 전 바늘로 찌른 손등을 바짝 들이밀며 음산하게 뇌까렸다.

피딱지가 떨어진 바늘 자국들은 이제 잘 보이지 않을 만큼 희미해졌다. 그러나 파티에 참석한 수많은 사람 중 공녀의 흠을 알아보는 날카로운 눈을 가진 귀족이 있을지 모르는 일이었다.

내 손등의 자국을 본 에밀리의 얼굴이 단번에 희게 질렸다.

"가서 빨리 가져와."

"네, 네!"

허겁지겁 돌아서는 그녀를 바라보며 나는 쯧, 혀를 찼다.

요즘 좀 잘해 줬더니 정말로 내게 신임이라도 받는 줄 알고 종종 기고만장해질 때가 있었다. 주기적으로 바짝 조여 줄 필요가 있다.

잠시 후 에밀리가 가져다준 장갑을 착용하는 것으로, 황궁으로 갈 준비가 모두 끝났다.

데릭은 대문을 나온 나를 위아래로 훑어보며 의외라는 표정을 지었다.

"근신하는 동안 제법 사람이 된 것 같군."

며칠 만의 재회였지만, 페넬로페를 향한 빈정거림은 여전했다.

그러나 나는 그것에 부아가 치밀 새도 없었다. 그의 머리 위에서 반짝이는 글씨 때문이었다.

[호감도 5%]

'뭐야. 대체 언제 오른 거지?'

나도 모르는 새 데릭의 호감도가 올라 있었다. 무려 5%나!

좀 어이가 없어졌다. 만난 적도 없는데 호감도가 오를 정도면, 얼마나 페넬로페를 싫어한다는 소리란 말인가.

'이럴 줄 알았으면 아파서 못 간다고 말이나 해 볼걸.'

뒤늦게 아쉬움이 몰려왔다. 하지만 이미 늦었다. 에카르트의 문장이 새겨진 화려한 마차가 대문 앞에 떡 당도해 있었다.

나는 살짝 고개를 숙여 그에게 인사한 후 마차 근처에 서 있던 호위 기사에게 손을 내밀었다. 마차의 높이가 생각보다 많이 높았기 때문이다.

치마를 들어 올리는 데 여념이 없어, 나는 데릭이 뭘 하는지 보지 못했다.

마침내 마차에 올라탄 후 고개를 돌렸을 때였다. 데릭이 허공을 향해 어정쩡하게 손을 뻗은 채, 굳은 얼굴로 나를 빤히 바라보고 있었다.

'왜 저래?'

나는 영문을 몰라 고개를 갸웃거렸다. 연회 시간에 맞추려면 빨리 출발해야 한다.

그가 끔찍이 여기는 페넬로페와 같은 마차를 타고 갈 리는 없었으므로, 나는 마차 문이 닫히기를 기다렸다.

그런데 그 순간, 굳어 있던 데릭 놈이 불쑥 마차 위로 올라섰다.

'뭐야, 뭐야! 왜 올라오는 건데!'

순간 내가 뭘 잘못한 게 있나 재빨리 머리를 굴렸다. 그러나 아무것도 생각나는 게 없었다. 이제 막 만나서 인사를 한 게 끝이니 당연했다.

그러는 와중, 데릭이 완전히 반대편에 주저앉았다. 당황한 나머지 나도 모르게 불쑥 말을 내뱉고 말았다.

"가, 같이 타고 가시게요?"

내 물음에 데릭이 와락 눈썹을 찌푸렸다.

"불만 있나?"

"아, 아니요. 그건 아니고……."

'왜 이래! 너 한 번도 이런 적 없잖아!'

그 말을 삼킨 채 황급히 고개를 저었다. 하지만 이미 구겨진 데릭의 표정은 펴질 줄 몰랐다.

"싫으면 네가 내려서 다른 마차를 타든지."

그가 차가운 목소리로 쏘아붙였다. 나는 정말로 그럴까 싶어서 마차 문을 슬쩍 바라보았다. 그러나 그가 들어오면서 닫아 버린 통에, 굳게 닫힌 문을 다시 열고 내리는 것도 우스웠다.

"……싫지 않아요."

나는 다시 데릭 쪽으로 시선을 옮기며 마음에도 없는 소리를 힘겹게 내뱉었다.

"좋…… 아요?"

그리고 조심스레 데릭의 눈치를 살폈다. 내 말에 잠시 나를 쏘아보던 그는 곧 홱 고개를 돌려 떨떠름한 내 얼굴을 외면했다.

'아니, 이렇게 싫어할 거면서 왜 서로 불편하게 이러냐고.'

신종 페넬로페 괴롭히기인가? 냉기를 풀풀 풍기는 그의 모습에 정말로 어처구니가 없어졌다.

그러나 다시 본 그의 머리 위를 보고 마음을 달리 먹었다.

[호감도 6%]

1%가 올랐다. 놀란 눈으로 그를 바라보던 중 덜컹, 하고 마차가 움직이기 시작했다.

'그래. 이왕 같이 탄 거, 별일이야 있겠어.'

내겐 6%나 되는 호감도가 있었다. 설마 마차를 타고 가는 그 짧은 사이에 6%가 확 깎일 만한 일이 생기진 않을 것 아닌가.

피할 수 없으면 즐기라는 말이 있듯, 나는 좋게 좋게 생각하기로 했다.

하지만 출발한 지 얼마 되지도 않아, 나는 데릭과 같은 마차를 타게 된 걸 두고두고 후회했다.

'숨 막혀! 살려 줘!'

황궁에 도달할 때까지는 정말이지, 끊임없는 인고의 시간이었다.

팔짱을 끼고 다리를 꼰 채 요요히 앉아 있는 냉미남을 흐뭇하게 감상하는 것도 잠시뿐이었다. 고요한 마차 안에는 숨 막히는 정적만 가득했다.

참다못해 마차에 달린 창문이라도 열까 싶어 몸을 움찔거렸지만, 기다렸다는 듯 데릭의 서늘한 시선이 내리꽂혀 꼼짝도 할 수 없었다.

이후에도 내가 불편함에 조금이라도 뒤척일라치면 눈을 감고 있던 놈이 귀신같이 눈을 뜨고 나를 시퍼렇게 노려보았다.

'아, 왜 그렇게 쳐다보는데!'

데릭의 머리 위 [호감도 6%]를 연신 흘끔거리며 나는 식은땀을 뻘뻘 흘렸다.

옴짝달싹도 못 하고 그저 부동자세로 앉아서 이동해야 했던 나는, 마침내 마차가 멈췄을 때 속으로 환호성을 내질렀다. 드디어 이 죽음의 마차를 탈출할 수 있다.

'빨리 문 열고 나가서 숨부터 내쉬어야지.'

덜컥. 그런데 마차가 멈추는 기척이 느껴지자마자 데릭 놈이 튀어 오르듯 자리에서 벌떡 일어났다. 그리고 나보다 먼저 문을 박차고 나가는 게 아닌가.

그러더니…….

"잡아."

뒤늦게 거추장스러운 치맛자락을 잡고 내려서던 내게 데릭이 불쑥 손을 내밀었다.

'뭐 잘못 먹었니?'

나는 눈을 휘둥그레 뜨고 나를 에스코트하려는 데릭을 멍하니 바라보았다. 그러자 그의 미간이 슬쩍 찌푸려졌다.

"뭐 하는 거지? 안 내릴 건가?"

나는 그제야 아차 싶어 주변을 둘러보았다. 우리처럼 막 도착하여 내리는 귀족들의 시선이 적나라하게 이쪽으로 쏠려 있었다.

"감사해요."

나는 얼른 데릭의 손을 잡고 마차에서 내려섰다. 그의 손을 잡은 채로 무도회장으로 향하는 새하얀 계단을 올랐다.

"에카르트 공작가의 데릭 에카르트 소공작님과 페넬로페 에카르트 공녀님 드십니다!"

시종의 커다란 외침과 함께 무도회장의 거대한 문이 열릴 때쯤이었다.

"경거망동하지 마라."

데릭의 차가운 목소리가 귓가에 내리꽂혔다.

"바로 어제 근신 처분이 풀렸다는 것을 잊지 않았겠지?"

"……."

"이번에도 소란을 일으킨다면 고작 방에 갇히는 걸로 끝나지 않을 것이다."

모처럼 들떴던 마음에 찬물이 확 끼얹어졌다. 데릭의 밉살맞은 소리에 반항하고 싶은 말이 목 끝까지 치밀어 올랐지만, 꾹꾹 내리눌렀다.

"네, 조심할게요."

애써 미소를 지으며 고분고분 답하자, 데릭이 휙 고개를 돌렸다.

'쳇.'

나는 놈이 보지 못한 틈을 타 입을 삐죽였다.

황궁 파티는 무척 점잖았다. 다시 말하면 몹시 지루하다는 소리였다.

연회장 안으로 들어서자마자 데릭은 나를 내팽개친 채 다가오는 수많은 사람들의 인사를 받기 바빴다.

어쩜 나에게 다가오는 사람은 단 한 명도 없었다. 건들면 광견처럼 날뛴다는 페넬로페의 명성이 실로 자자한 듯했다.

주변을 둘러보니 또래 귀족 영애들은 저들끼리 몰려다니며 춤을 추고 속닥거리기 바빴다.

외따로운 섬처럼 그네들에게서 동떨어진 나는 사람이 잘 지나다니지 않는 구석진 벽에 붙어 서서 상황을 관조했다.

'난 절대 외롭지 않아.'

이건 절대 자기 세뇌가 아니다. 정말이다. 나는 이곳에 온 목적이 분명했고, 그것을 달성하면 어쩌면 이 망할 곳에서 벗어날 수…….

'아악! 이 망할 놈의 황태자는 대체 언제 오는 거야!'

연회가 무르익을수록, 오늘따라 유난히 조용한 나를 흘끔흘끔 쳐다보며 속닥거리는 시선들이 점점 더 많아졌다.

홀로 뻘쭘하게 서 있는 것도 이젠 한계다 싶을 때쯤.

"황비마마와 2황자님 드십니다!"

드디어 게임 스토리가 본격적인 궤도에 오르기 시작했다.

하하호호 떠들던 귀족들이 하나같이 입구를 향해 무릎을 꿇었다. 나 또한 눈치를 보며 적당히 몸을 낮추었다.

막 들어선 황비와 2황자는 '내가 바로 황족이다.'라는 포스를 풀풀 풍기며 레드 카펫 위를 파워 워킹했다. 황족들의 상징이라던 금발이 조명에 비쳐 반짝였다.

그들은 연회장을 가로질러 가장 끝에 이어진 계단을 올랐다. 황족들만이 앉을 수 있는 높다란 자리였다.

그 모습을 숨죽인 채 몰래 지켜보던 나는, 의자에 앉는 2황자의 모습을 보고 깜짝 놀랐다.

'저긴 황태자 자리 아니야?'

2황자가 앉은 곳은 가장 높고 정중앙에 위치한 상석 중의 상석. 화려한 황룡이 휘감고 있는 금좌. 황제의 자리였다.

하지만 이 게임에서 황제는 거의 모습을 드러내는 일이 없었으므로 공식 석상에서는 황태자가 황좌를 모두 차지했었다.

'그런데 어째서 2황자가?'

나는 황태자의 자리를 꿰차고 앉았음에도 태연하기 그지없는 황비와 2황자의 모습에 어리둥절해졌다. 생일의 주인공은 황좌에 앉혀 주는 풍습이라도 있는 건가?

"모두 그만 일어나도록."

착석을 마친 2황자가 근엄하게 명령했다. 사람들이 우르르 몸을 일으켰다.

"모두들 바쁜 와중에도 내 탄신 연회에 참석해 주어서 고맙소. 조촐한 자리지만 부디 즐거운 시간이 되었으면 좋겠군."

생일 당사자의 축언을 끝으로 본격적인 연회의 막이 올랐다. 아니 오르려던 찰나였다.

쾅—! 불현듯 입구 쪽에서 엄청난 굉음이 울려 퍼졌다.

"뭐야?"

"무, 무슨 일이래?"

귀족들이 소리가 난 쪽을 바라보며 웅성거렸다. 누군가 사람들을 헤치고 연회장 안으로 걸어 들어왔다.

뚜벅, 뚜벅—. 나지막한 발소리가 들렸다. 그와 동시에 '지익, 지익—' 무언가 바닥에 질질 끌리는 소리 또한 같이 잇따랐다.

"화, 황태자님이야!"

그때 누군가 외쳤다. 나는 그 소리에 귀가 트여 허겁지겁 그쪽을 바라보았다. 황금을 잘라 붙이기라도 한 것처럼 화려한 금발이 휘날렸다.

방금 전, 2황자와 황비를 보고 반짝인다고 생각했던 것은 착각이었다. 붉은 망토를 휘날리며 걷고 있는 금발의 남자는 그야말로 눈이 부셨다.

"저, 저거…… 사람 아니야?"

"헉! 저, 저게……!"

그 순간 지나치는 황태자와 가까이 있던 사람들이 새된 비명을 질렀다.

지익, 지이익—.

황태자의 외모에 시선을 빼앗겨서 미처 바로 알아보지 못했다. 그가 연회장 안으로 질질 끌고 들어 온 것이, 축 늘어진 사람이란 것을.

"생일을 축하한다, 동생아."

마침내 황비와 2황자가 앉아 있는 곳까지 당도한 황태자는 계단 앞에 질질 끌고 온 이를 내던졌다.

"혀, 형님!"

"화, 황태자!"

황비가 자리에서 벌떡 일어나 황태자를 손가락질했다.

"이, 이 무슨 경우 없는 짓이란 말이냐!"

"동생의 생일 연회에 형이 참석하는 것이 어째서 경우 없는 짓입니까, 어머니?"

"황태자씩이나 되어 초대받지 못한 자리에서 이런 망측한 짓을……!"

사람을 때려눕혀 끌고 온 것을 차마 입에 담지 못하겠는지, 황비는 새빨갛게 달아오른 얼굴로 부들부들 떨었다.

"초대를 받지 못했다니요. 섭섭하게 그런 말씀을."

"네가 감히 여기가 어디라고 와!"

"연회에 초대를 받았으니 제가 바쁜 정무도 제쳐 두고 한달음에 이곳으로 달려온 것 아니겠습니까."

황태자가 어깨를 과장되게 으쓱였다. 섭섭하다는 것과는 전혀 거리가 먼 얼굴이었다.

나는 두 사람의 대립이 잘 이해가 안 갔다.

'황태자의 모친이 황비가 아닌 건가?'

그러는 사이 황태자가 이어 말했다.

"그런데 초대장을 가지고 온 시종이 너무 미숙하더군요."

말이 끝나자 황태자가 훅 몸을 숙였다. 그러더니 제가 끌고 온 이의 머리채를 잡고 억지로 반쯤 세웠다.

검은색 복면으로 가려져 그자의 얼굴이 보이지 않았다. 하지만 다시 보니 암복을 입은 차림새가 영락없는 암살자 같았다.

"자꾸 달라는 초대장은 줄 생각을 않고 딴짓거리만 하기에 제가 손을 좀 봐줬습니다."

"……."

"그러니까 제대로 된 시종을 뽑지 그랬느냐, 동생아."

그 순간이었다. 스릉— 황태자가 빈손으로 순식간에 검을 뽑아 들더니, 그대로 붙들고 있던 암살자의 목을 베었다.

촤악—! 피가 분수처럼 솟아오르기 시작했다.

"생일 선물은 이것으로 대신하지."

황태자가 댕강 잘린 목을 2황자의 발치에 집어 던졌다.

"아아아악—!"

황비의 찢어지는 비명이 연회장에 울려 퍼졌다. 공처럼 데굴데굴 굴러다니는 사람의 머리통.

2황자는 곧 졸도할 사람처럼 시퍼렇게 질린 얼굴로 아무 말도 하지 못했다.

"내게서 또 선물을 받고 싶거든 얼마든지 보내라고."

경악으로 가득 찬 연회장. 그 안에서 오로지 황태자만이 미소를 지었다. 사납게 웃는 그 얼굴이, 지옥에서 온 사자 같았다.

그는 등장할 때와 마찬가지로 빠르게 사라졌다. 엄청난 충격과 정적만을 남겨 둔 채.

황태자의 자취가 완전히 사라지자, 여기저기서 막힌 숨이 터져 나오는 소리가 들렸다. 그건 나 또한 마찬가지였다.

'……뭐야.'

나는 벌렁거리는 가슴을 부여잡고 필사적으로 기억을 되살렸다.

'이런 장면은 게임에서 진짜 없었잖아!'

아무리 생각해도 이런 엄청난 광경 따위, 떠오르지 않았다. 페넬로페의 바늘 자국들처럼, 스쳐 지나가듯 본 것도 아니었다.

[2황자와 사이가 좋지 않았던 황태자는 작은 소동으로 기분이 상

한 채 연회장 밖을 나선다.]

게임에서 나온 서술은 이 정도가 다였다.
'이게 어떻게 작은 소동이냐고, 이 미친 게임아!'
나는 시종들이 시체를 치우고 핏자국을 닦아 내는 광경을 바라보며 절규했다.
그 순간이었다. 눈앞에 하얀 네모 창이 떴다.

〈SYSTEM〉 지금부터 [철혈의 황태자, 칼리스토 레굴루스] 에피소드가 시작됩니다. 미로 정원으로 바로 이동하시겠습니까?
[예. / 아니오.]

나는 한참을 고민했다. 실제로 본 황태자는 게임보다 훨씬 더 미친놈 같아서 쫓아갈 엄두가 안 났다.
'만나자마자 바로 목이 베이는 거 아니야?'
하지만 죽음에 대한 두려움도 한순간이다. 어차피 죽으러 온 게 아닌가.
'이번 한 번만 참으면, 집으로 돌아갈 수도 있어.'
게다가 나한텐 리셋이란 보험이 있었다. 진짜 죽게 된다면 리셋을 하면 되겠지.
그렇게 애써 겁먹은 속을 달랜 나는 바들바들 떨리는 손으로 [예.]를 눌렀다. 그러자 눈앞이 새하얗게 점멸됐다.
다시 눈을 떴을 때, 나는 미로 정원 입구에 서 있었다.
"이건 편하네."

사실 길치라서 내심 걱정되던 차였다. 게임이랑 똑같이 순간 이동 기능이 있는 줄은 몰랐다.

"자, 이제 한번 죽어 보러 가자고."

나는 비장하게 마음을 먹고 미로 정원 안으로 들어섰다.

다행히도 미로에서 길을 잃을 걱정은 없었다. 시스템의 배려인지 뭔지, 맞는 길에만 등불이 켜져 있었기 때문이다.

등불을 따라 깊숙한 미로 속에 다다를 때까지 한참을 걸었다.

'대체 어디까지 가야 하는 거야.'

꽤 오래 걸었지만, 등불들은 끝날 기미가 보이지 않았다.

구두를 신은 발이 욱씬욱씬 아파 올 때쯤, 저 멀리 모서리 끝에 달린 등불 하나가 반짝거렸다. 드디어 끝이었다.

나는 한달음에 모서리까지 달려갔다. 그리고 방향을 꺾었다. 모서리 너머는 작은 분수와 쉴 수 있는 벤치가 마련돼 있는, 널찍한 공간이었다.

"뭐야. 어디 있는 거지?"

어디에도 더 켜진 등불은 없었다. 분명 여기가 끝이 맞았다. 그러나 어디에도 황태자의 모습은 보이지 않았다.

나는 고개를 갸웃거리며 주춤주춤 분수를 향해 걸어갔다. 그 순간이었다.

서걱—. 목 옆에 차갑고 묵직한 감각이 느껴졌다.

"헉!"

"어떤 쥐새끼가 살금살금 기어 다니는가 했더니."

황태자가 뒤에서부터 반원을 그리며 내 앞으로 걸어왔다. 그에 따라 내 목에 겨눠진 칼날도 피부를 스치며 빙 돌아갔다.

따끔. 살이 썰리는 섬뜩한 감각과 함께 뜨끈한 게 주르륵 흘러내렸다. 하지만 나는 살갗이 베였다는 것을 알아차릴 새가 없었다.

"이거, 에카르트의 미친개가 아닌가?"

달빛에 반사된 찬란한 황금빛 머리칼, 피에 젖은 것 같은 시뻘건 동공.

재밌는 일이라도 마주한 것처럼 나를 바라보는 황태자는 귀신같은 얼굴로 웃었다. 그러나 그도 잠시였다.

"연회장에서 그 꼴을 보고도 쫓아올 생각을 다 하다니. 죽고 싶어서 환장했나 봐?"

순식간에 무표정해진 얼굴에 소름이 쫙 끼쳤다.

"말해. 쥐새끼처럼 왜 날 쫓아 온 거지?"

목을 파고드는 칼날이 조금씩 깊어졌다. 그보다 더 따갑게 느껴지는 살기.

나는 직감했다. 지금 황태자가, 나를 죽이리라는 것을.

'리셋 버튼!'

나는 허겁지겁 눈을 굴려 리셋 버튼을 찾았다. 죽을 때 죽더라도 리셋 버튼이 어디에 있는지는 알아 두고 죽어야 하지 않겠는가.

"대답이 없는 걸 보니, 이만 공작과 오라비들에게 마지막 인사를 해 볼까."

그러나 시야가 닿는 그 어디에도.

"유언은 친히 에카르트에 전달해 주지."

'리셋! 리셋 어딨어! 리셋—!'

그 어디에도 리셋 버튼은 없었다.

'리셋 버튼이 없어!'

나는 기절할 것만 같았다. 아무리 찾아도 리셋 버튼이 없었다.
그러는 와중 황태자는 정말로 나를 죽일 심산인지 칼을 든 팔을 높
이 쳐올렸다.

"자, 잠깐! 잠깐!"

나는 황급히 소리쳤다. 황태자가 고개를 삐딱하게 기울이며 물었다.

"이제 좀 말할 기분이 들었나 보지?"

"네! 말할게요! 마, 말할게요!"

나는 미친 듯이 고개를 끄덕였다. 놈이 들었던 팔을 내려 다시
내 목에 칼날을 가져다 댔다. 그리고 거만하게 나를 내려다보았다.

"어디 한번 해 봐."

"그, 그게……."

급한 마음에 말한다고 하긴 했지만, 막상 할 말이 생각나지 않았다.

대체 뭐라 하냔 말이다. 죽기 위해 쫓아왔다고 할 수도 없고, 리
셋 버튼이 없는 이상 막 죽어 볼 수도 없는 노릇이었다.

'선택지를 켤까?'

하지만 선택지라고 살 수 있는 것도 아니었다. 오히려 선택지를
껐기에 지금까지 잘 버텨 온 것이 아닌가.

"머리 굴리는 소리가 여기까지 들리는데?"

그때였다. 미친 듯이 생각을 거듭하고 있자 그새를 못 참고 황태
자가 비릿하게 웃었다.

"무슨 말을 할지 몹시 기대가 돼."

놈의 머리 위에서 [호감도 0%] 가 위태롭게 깜박였다.

"내가 납득할 만한 이유여야 할 거야, 공녀."

"……."

"나는 중간에 누가 날 막는 것을 아주 싫어해서 말이야."

황태자가 음산하게 뇌까리며 내 목에 칼날을 바짝 들이밀었다. 뜨끈한 핏줄기가 흘러내렸다.

죽음에 대한 생리적인 공포와 두려움. 그것이 이성을 완전히 마비시켰다.

"⋯⋯조, 좋아합니다!"

그리하여 마침내 나는 뇌를 거치지 않고 개소리를 내뱉었다.

"⋯⋯뭐?"

놈의 적안이 살짝 커졌다. 나는 눈을 질끈 감고 소리쳤다. 이미 내 입은 내 통제를 벗어난 후였다.

"화, 황태자 전하를 여, 연모해 왔어요!"

"⋯⋯."

"아까 전 작은 소동으로 인해 마음이 많이 상하신 것 같아서, 위로를 해 드리려고⋯⋯."

이건 노멀도 하드도, 그 어디에서도 나온 적 없는 끔찍한 개소리였다.

노멀 모드에서 여주가 황태자를 만나 위로해 주는 것은 사실이지만, 그건 아까 암살자의 목을 베는 황태자를 못 봤기에 가능한 일이었다.

'X 됐다.'

할 말이 아무리 없어도 그렇지 어떻게 이런 또라이 같은 놈을 좋아한다고 했을까.

하지만 귀족 영애가 이런 으슥한 미로까지 남자를 쫓아올 이유는 하나뿐이지 않은가⋯⋯ 는 정상적인 남녀 사이에서나 통할 법한 이야기였다.

'안녕, 이 미친 게임아. 내가 지금 죽어 원래 집으로 돌아가거든, 무조건 별점 1개에 쌍욕 리뷰다.'

나는 눈을 감은 채 다가올 고통에 바들바들 떨었다. 그러나 아무리 기다려도 칼날이 허공을 가르는 소리는 들리지 않았다.

"흠. 공작가의 미친개가 황가의 망나니를 연모한다라."

밤바람이 콧등을 살랑 간지럽혔다. 나는 황태자의 혼잣말 같은 중얼거림에 조심스럽게 눈을 떴다.

"그것참……."

"……."

"생각지도 못한 변명인걸?"

피처럼 붉은 눈이 바로 눈앞에 있었다. 나는 숨을 멈췄다. 놈은 퍽 흥미롭다는 얼굴을 하고 나를 바라보았다.

"공녀는 날 몇 번 본 적도 없지 않나? 기껏해야 저번 내 귀환 연회에서 스치듯 본 게 전부일 텐데."

사실 아예 초면이다. 내가 이 망할 게임 속으로 들어온 건 그 직후였으니. 나는 잔뜩 경직된 채 대꾸했다.

"그, 그때 한눈에 반했습니다."

"내 어디가 좋은데?"

"그건……."

이번에야말로 완전히 말문이 턱 막혔다. 무슨 말을 하겠는가. 분명 이놈 근처엔 얼씬도 말자고 엑스를 수도 없이 쳤었는데!

눈을 굴려 필사적으로 황태자의 모습을 살핀 나는, 놈의 인내심이 다 하기 전에 가까스로 이유를 쥐어짰다.

"외모가 워낙 출중하셔서……."

"내 매력이 고작 얼굴뿐이라니, 이거 좀 서운한데."

"……요, 용맹하시고, 칼을 잘 쓰시기도……."

"너무 틀에 박힌 말이군. 좀 더 참신한 거 없나?"

"그게…… 그게……."

간신히 짜내는 족족 되돌아오는 답변에 나는 이제 거의 실신하기 직전이었다. 사실 아까부터 다리가 후들거려 쓰러질 것 같은 걸 안간힘을 써서 참고 있었다.

목 옆에 붙어 있는 서늘한 흉기의 감각이 너무 무섭고 두려웠다.

"그게…… 또……."

내가 울먹거릴수록 황태자의 붉은 입꼬리에 걸쳐진 미소가 더욱 짙어졌다. 내가 잠시 미쳤다. 이렇게 끔찍한 미친놈한테 죽을 생각을 했다니.

기어이 뒤로 넘어가기 바로 직전이었다.

"좋아. 썩 성에 안 차지만, 이번은 통과시켜 주지."

목을 파고들던 칼날이 거둬졌다. 깜짝 놀라 고개를 들자 황태자가 적안을 반짝이며 들뜬 목소리로 지껄였다.

"하지만 다음에 만날 땐 왜, 어떻게, 무슨 연유로 날 좋아하게 됐는지 자세하게 설명해야 할 거야."

나는 미친 듯이 고개를 끄덕였다.

"가 봐, 그만."

스릉, 놈이 칼집에 칼날을 집어넣으며 손짓했다.

그때였다. 화려한 금발 위로 호감도 게이지 바가 반짝이기 시작했다. 그리고.

[호감도 2%]

나는 멍하니 그것을 바라보았다. 기뻐서가 아니라, 너무…… 너무 기가 막혀서.

"안 가고 뭐 하고 있지? 또 빨간 줄 긋기 놀이를 하고 싶은가 보지?"

멍청하게 서 있기만 하는 날 보고 놈이 경악스러운 말을 지껄이며 엄지로 제 목을 직 그어 보였다.

"아, 아니요!"

나는 제자리에서 펄쩍 뛰었다. 그리고 주춤주춤 뒷걸음질 쳤다. 그러다 들어온 미로 입구에 다다랐을 때쯤, 뒤돌아 빠르게 걷기 시작했다.

황족에게 예를 차려 인사를 할 생각 같은 건 들지 않았다. 뒤통수에서 느껴지는 놈의 시선에 당장 뛰지 않고 걷는 것이 내 최대였다.

허겁지겁 모서리를 도는 순간, 나는 기다렸다는 듯 미친 듯이 달리기 시작했다.

휙휙 찬 바람이 베인 목 주변을 따갑게 스쳐 지나갔다. 그러나 내 머릿속은 고통이 자리할 공간이 없었다.

'리셋 버튼이 없다.'

황태자가 뽑아 든 칼에 베이기 직전, 날 가장 두렵게 만든 사실은 바로 그것이었다.

믿고 있었던 보험이 존재하지 않는다는 것. 그러면 마음대로 죽어 볼 수도 없다는 소리다.

'막상 죽었는데, 그게 끝이라면? 원래 살던 내 집으로 돌아가는 게 아니라, 그냥 죽는 거면……?'

난 그냥 평범한 여대생이었다. 그럴 위험을 감수할 만큼 배짱이 두둑하지 못했다.

그렇다면 남은 방법은, 처음 생각했던 것처럼 꼼짝없이 여기서 아무나랑 이어지고 엔딩을 보는 것이었다.

'그런데 어떻게?'

조금만 삐끗해도 날 죽이려는 놈들에게서 대체 어떻게, 무슨 수로 버티고 버텨서 엔딩을 본단 말인가?

남주들의 호감도가 올랐다는 사실은 중요하지 않다. 그깟 호감도는 아무리 올려 봤자 모래성처럼 한순간에 와르르 무너질 수 있는 수치였으니까.

'용을 써 가며 호감도를 올려놨는데, 게임에서 하던 것처럼 한순간에 폭락하면?'

그럼 죽음이다. 하지만 난 죽기 싫었다.

'내가 왜.'

피가 섞인 이복 오빠 놈들 밑에서도 죽기 살기로 버텨서 탈출한 마당에.

'내가 왜 이 미친 곳까지 와서 처음 보는 놈들 비위 맞추다 어이없이 죽어야 하는데!'

"흐, 흐윽."

거친 헐떡임 사이로 나도 모르게 울음이 새어 나왔다.

등불을 따라 미친 듯이 달린 덕인지, 나는 들어올 때보다 금방 미로 정원의 입구에 다다랐다. 완전히 미로를 빠져 나가던 그 순간이었다.

퍽―. 어두운 시야 때문에 미처 보지 못했던 반대편 사람과 부딪쳤다.

"아!"

두려움이 극에 달해 제정신이 아니었던 나는, 기어이 날 죽이려고 쫓아온 황태자일까 싶어 덜컥 겁이 났다.

다시 재빠르게 도망을 가려던 순간 탁, 손목이 붙잡혔다.

"놔!"

난 소스라치게 놀라 비명을 질렀다.

"이거 놔!"

"영애?"

"내가 왜 죽어야 하는데! 난 죽기 싫어! 죽기 싫다고!"

"영애! 영애!"

발작처럼 잡힌 손을 털어 내던 나는, 순간 어깨를 와락 부여잡고 몸을 흔드는 손길에 정신을 차렸다.

"괜찮으십니까?"

놀라 확장된 군청색 눈동자가 보였다. 희미한 등불에 비친 은색 머리카락. 이어서 그 위에 선명히 빛나고 있는 [호감도 0%].

"흐, 흐으……."

"쉬, 진정하십시오. 해치려는 게 아닙니다."

울음 때문에 거칠게 헐떡이자, 남자가 듣기 좋은 미성으로 날 얼렀다.

'또 남주야?'

나는 부딪친 남자가 누군지 깨닫고 절망했다.

뷘터 베르단디. 마법사이자 후작이었다.

"이제 괜찮…… 괜찮아요."

황태자가 아니란 사실 하나로 덜덜 떨리던 몸은 금방 진정이 되었다. 나는 더듬더듬 손을 들어 흘러내린 눈물 줄기들을 닦아 냈다.

빨리 집으로 돌아가고 싶다. 한시도 이곳에 더 있고 싶지 않았다. 게다가 새로 만난 뷘터를 상대할 정신 또한 남아 있지 않았다.

"처음 보는 분께 추태를 부렸네요. 부디 못 본 것으로 해 주세요. 그럼."

대충 얼굴을 추스른 나는, 속사포처럼 읊조렸다. 그리고 고개를 숙여 인사한 후 빠르게 그를 스쳐 지나가려 했다. 그러나 또다시 앞이 가로막혔다.

"피가 많이 납니다."

그가 내 목을 가리키며 말했다.

"안색도 창백하시고요. 의원에게 가시죠."

"아니에요. 급히 돌아가야 해서……."

"그럼 이거라도."

더는 엮이고 싶지 않은 나와는 달리, 뷘터는 나를 놓아주지 않은 채 재빨리 품에서 무언가를 꺼내 건넸다.

"환부에 대고 누르십시오. 지혈될 겁니다."

하얀 손수건이었다. 나는 잠시 멍하니 그것을 바라보다가 순순히 건네받았다. 어차피 피를 질질 흘리고 있는 꼴로 연회장에 들어갈 수도 없는 노릇이었다.

나는 다시 한번 고개를 살짝 숙이며 무미건조하게 말했다.

"감사합니다. 답례는 나중에 꼭 하도록 할게요."

"답례는 괜찮습니다."

정중하게 거절한 그는 불현듯 손을 뻗었다. 그리고.

"대신, 다음에 보았을 땐 부디 이 고운 눈에서 슬픔이 가셔 있었으면 좋겠군요."

따뜻한 온기를 담은 손가락이 닿을 듯 말 듯, 내 눈가를 살짝 어루만졌다.

[호감도 9%]

그의 머리 위에서 반짝이는 글씨에 신경이 쏠려, 나는 그가 어떤 눈으로 나를 바라보는지 제대로 확인하지 못했다.

뷘터가 건네준 손수건을 목에 댄 채 연회장 앞에 도착했을 때, 그의 말대로 정말 피가 멈춰 있었다. 마법사라 그런지 손수건에도 어떤 마법을 부려 놨는지 모를 일이었다.

데릭을 찾기 위해 곧바로 안으로 들어가려던 나는 멈칫, 하고 내 차림새를 점검했다.

'별생각 없이 고른 암녹색 드레스가 신의 한 수가 될 줄이야.'

색이 어두운 탓에 흘러내린 핏자국들이 거의 보이지 않았다. 때문에 나는 뛰느라 흐트러진 머리만 좀 정돈하고 곧장 문을 지나쳤다.

데릭을 찾는 것은 무척 쉬웠다. 우리의 냉미남 남주께서는 사람들이 바글바글 몰려 있는 한가운데서 홀로 고고히 빛나고 있었기 때문이다.

'소란 피우지 말고 조용히 있으랬는데…… 목이 베인 걸 보면 분명 난리 치겠지.'

황궁에 당도했을 때 그가 했던 경고를 떠올리기 바빠, 나는 내게와 닿는 사람들의 시선이 어떤지 깨닫지 못했다.

드레스가 멀쩡하다 해서 내 상태가 멀쩡한 것은 아니라는 사실을.

"……오라버니."

주위를 의식해 작게 그를 불렀다. 다행히 그는 속삭임에 가까운 목소리를 용케 알아듣고 내 쪽으로 휙 고개를 돌렸다.

"몸이 좋지 않아서 먼저 집에 가야 할 것 같아요."

피로 흥건히 젖은 시뻘건 손수건을 목에 댄 채, 곧 쓰러질 것처럼 새하얗게 질린 여동생을 발견한 데릭의 푸른 눈동자가 서서히 커졌다.

"지금 당장."

그 순간 눈앞이 까맣게 물들었다. 내게로 달려오는 데릭의 창백한 얼굴을 마지막으로, 나는 정신을 잃었다.

연회장에서 혼절한 이후 어떻게 됐는지 기억이 하나도 나지 않는다.

"아가씨—!"

"어서! 어서, 의원을!"

날카로운 비명, 다급한 발걸음 소리가 아득하게 들렸다.

고작 목이 조금 베인 것뿐인데, 공작가로 돌아오게 된 나는 우습게도 며칠간 사경을 헤맸다. 그간 살아남기 급급해 애써 무시해 왔던 스트레스가 한 번에 폭발한 것 같았다.

좀체 정신을 차리지 못하는 동안 나는 수없이 많은 꿈을 꿨다. 이제 페넬로페가 됐으니 이전처럼 그녀의 과거를 꿀 줄 알았는데…….

끊임없이 펼쳐지는 것은 모두 잊고 있었던 내 과거들이었다.

그 집에 들어가고, 재벌가의 자제들만 다닌다는 고등학교에 입학

한 지 얼마 안 됐을 때였다.

여느 때와 다름없이 종례를 마치고 가방을 싸고 있는데, 누가 툭 어깨를 쳤다.

— 야. 네 오빠가 너 찾아. 체육관 창고로 오래.

학교 권력의 중심이나 다름없던 둘째 개새끼에게 알랑거리는 애들 중 하나였다.

나는 그 말을 듣고 별생각 없이 창고로 향했다. 둘째 놈이 은근히 왕따를 조장하고 있다는 것을 어렴풋이 눈치채고는 있었지만, 크게 신경 쓸 만한 일은 없었을 때였기 때문이다.

— 오빠……?

끼익, 창고 문을 조심스레 열고 안으로 들어섰다.

사방이 컴컴해서 아무것도 보이지 않았다. 주변을 두리번거리던 그때, 무언가가 덥석 내 머리 위에 쓰였다. 비닐봉지 같았다.

— 뭐, 뭐…… 아악!

얼굴이 가려진 나는, 창고 안으로 속절없이 내팽개쳐졌다. 그리고 말 그대로 뒈지게 맞았다.

몸을 밟고 걷어차는 수십 개의 발. 정신을 차릴 새도 없었다. 내가 할 수 있는 것은 쏟아지는 폭력에 비명을 지르며 몸을 움츠리는 것뿐이었다.

— 와, 속이 다 시원하다! 어디서 거지 같은 게 갑자기 튀어나와서는. 지가 우리랑 같은 학교 다닐 레벨이나 돼?

— 야. 근데 얘네 오빠가 알면 큰일 나는 거 아니야?

— 모르는 소리 마. 그 형 얘 존나 싫어해. 얼마 전에 아버지 모임 따라갔다가 얘 얘기 나왔는데, 아주 그냥 치를 떨더라니까?

정신을 차리기 위해 안간힘을 쓰고 꿈틀거리는 내게 놈들은 키득거리며 쓰레기 같은 말을 지껄여 댔다. 그 폭언들이, 방금 전 쏟아진 발길질보다 더 아팠다.

— 야. 앞으로 나대지 말고 조용히 살아라, 응? 괜히 오늘 일 나불거리고 다니지 말고.

그 말을 끝으로 놈들이 우르르 창고를 나가는 소리가 들렸다.

나는 족히 1시간은 넘게 바닥에 꿈쩍도 않고 누워 있었다. 너무 아파서, 몸을 움직일 수조차 없었기 때문이다. 그야말로 눈 깜짝할 새 당한 집단 폭행이었다.

한참이 지나서야 가까스로 몸을 일으킬 수 있었다. 머리에 쓰인 봉지를 벗겨 내자, 교복도 가방도 엉망진창이었다.

화장실에 가서 옷에 찍힌 수많은 발자국을 지워 내다가 문득 거울을 보았는데, 교복 걱정이나 할 때가 아니었다.

맞다가 얼굴을 잘못 걷어차였는지 눈두덩이가 시푸르뎅뎅했다. 누가 봐도 '나 후드려 맞았소' 같은 몰골에 웃음이 나왔다.

아니, 사실 정신이 없고 머릿속이 온통 혼몽해서 그때 기분이 어땠는지 기억이 잘 나지 않았다.

터벅터벅 걸어 그 지옥 같은 집에 갔다. 들어가기 죽기보다 싫었지만, 딱히 갈 곳이 없었다.

막 현관에 들어섰을 때, 하필이면 친부와 놈들이 거실에서 다 같이 다과를 들고 있었다.

— 다녀왔어요.

나는 그 자리에 낄 수 없는 존재였으므로, 꾸벅 인사한 후 빠르게 계단으로 향했다.

— 잠깐. 너 거기 서 봐.

평소 같았으면 내가 오든 말든 신경도 안 썼을 인간들이었다. 그런데 오늘따라 일진 사나운 일들의 연속인지, 둘째 개새끼가 나를 불렀다.

— 야, 거기 서 보라고!

나는 무시하고 마구 걸었다. 그러자 둘째 놈이 벌떡 일어났다. 채 계단을 오르기도 전에 손목이 붙잡혔다.

— 야, 너 이거 뭐야? 꼴이 왜 이래?

— ……별일 아니야. 그냥 넘어졌어.

나는 얼굴을 푹 숙인 채 대꾸했다. 머리카락으로 시퍼런 눈덩이를 가리기 위해서였다.

— 야, 나 봐 봐. 너 맞았어?!

— 아니야. 넘어진 거라니까.

— 아, 얼굴 좀 들어 보라고!

그만 올라가서 쉬고 싶은데, 놈이 자꾸 우악스럽게 머리카락을 들췄다.

— 너, 멍 이거 뭐야? 어떤 새끼야. 어떤 개새끼가……!

놈의 손에 엉망진창이 된 얼굴이 적나라하게 드러났다.

— 별일 아니라고.

— 이 계집애가 이게 별일이 아니긴, 뭐가……!

— 별일 아니라고, 제발! 별일 아니라고, 별일 아니라고 했잖아一!

치부가 까발려진 나는, 나도 모르게 둘째의 손을 뿌리치고 발작처럼 소리 질렀다. 내가 화를 내는 모습을 한 번도 본 적이 없는 아버지와 첫째마저 놀란 눈으로 나를 바라볼 정도였다.

그 순간 내 자신이 그렇게 비참할 수 없었다. 저들끼리 오붓하게 모여서 과일이나 먹고 있을 때, 나는 체육 창고에서 피 터지게 얻어맞고 있었단 사실이.

— 언제부터 나한테 신경 썼다고!

그런데도, 현관에 들어섰을 때 거실에 정답게 앉아 있는 그들의 모습이 너무 부러워서. 거기에 낄 수 없는 내 처지가 너무…….

— 제발 나 좀 가만 놔둬! 내가 언제 뭐 해 달라고 한 적 있어? 그냥 가만있기만 했는데, 왜! 왜 자꾸……!

거실에 소름 끼치는 정적이 내려앉았다.

울면 지는 거라고 생각했는데, 그 순간엔 도저히 참을 수가 없었다. 그간 꾹꾹 눌러 참아 왔던 눈물이 봇물처럼 쏟아져 나왔다.

나는 그 인간들이 날 어떻게 보는지도 모르고 어린애처럼 엉엉 울었다.

며칠 후, 눈덩이에 시퍼렇게 들었던 멍이 다 빠질 때쯤 둘째 놈이 나를 찾아왔다.

— 그 새끼들 다 찾아내서 죽기 직전까지 후드려 팼어.

인사도 없이 대뜸 꺼낸 말이 그거였다. 몇몇 문제아들이 한꺼번에 우르르 병원에 입원했다는 소문이 파다해서 대충 알고 있었다.

— 네가 평소에 얼마나 우습게 보였으면, 그런 날파리 같은 새끼들이 그 지랄을 하겠냐?

놈이 아무 말 없이 고개를 숙이는 나를 보고 빈정거렸다.

— 아무튼 다시는 그럴 일 없을 테니까, 그런 줄 알아라.

으스대듯 지껄이는 둘째 놈이 조금도 고맙지 않았다. 나는 학교

에서 더 고립됐다. 왕따가 더 심해졌으면 심해졌지 나아진 건 하나
도 없었다.

— ……고마워, 오빠.

차마 나오지 않는 목소리를 억지로 쥐어짜 고맙다고 하는 대신,
너 때문이지 않냐고 괴성을 지르고 싶었다.

네가 싸지른 똥 네가 치우는데, 내가 왜 고마워해야 하냐고. 나
는 그냥, 네가.

네가 정말로…….

"……것뿐이라면서, 왜 아직도 정신을 못 차리는……!"

커다란 고함이 귓가에 텅텅 메아리쳤다. 머리가 아팠다. 나는 떠
지지 않는 눈을 가물가물 떴다.

"……라도 해 봐. 너는 물론이고 황태자 그 미친 새끼를 당장……!"

"……시끄러워."

짓눌리듯 잘 나오지 않는 목소리를 쥐어짜 내자, 누군가 곧장 다
가왔다.

"야, 너 정신이 좀…….'

시야가 온통 흐릿했다. 다가온 이의 얼굴이 잘 보이지 않았다.

하지만 익숙한 말투 때문에 누군지 바로 유추할 수 있었다. 우리
집 둘째 개새끼였다.

"……난 네가…… 싫어."

나는 그때 하지 못했던 말을 있는 힘껏 쥐어짰다.

"……진짜, 너무 싫어. 네가 날 싫어하는 것보다 백 배, 천 배는
더……."

"……."

"네가 제일 싫다고."

힘겹게 그 말을 마친 나는, 한결 편안해진 마음으로 눈을 감았다. 그리고 다시 정신없이 잠에 빠지느라, 미처 보지 못했다.

지진 일 듯 흔들리던 푸른색 눈동자, 석상처럼 굳어진 분홍 머리를.

나흘이 지나서야 나는 자리를 털고 일어날 수 있었다.

"아가씨…… 이젠 괜찮으신 거죠?"

눈을 뜨자마자 가장 먼저 마주한 것은 울먹이는 에밀리의 얼굴이었다.

"응. 괜찮아."

"정말 다행이에요! 제가 얼마나 마음 졸였는지 아세요? 공작님과 도련님들도 걱정 많이 하셨어요."

"그러니?"

의례적으로 하는 말이겠거니 싶어서 나는 무성의하게 대꾸했다. 그러자 에밀리가 고개를 마구 끄덕이며 조잘거렸다.

"그럼요! 소공작님이 사색이 돼서 아가씨를 안고 저택까지 뛰어오셨다니까요!"

"……첫째 오라버니가?"

"네! 공작님께선 수도에 있는 명의들을 몽땅 불러들이라고 성화셨고, 둘째 도련님이 당장 황궁으로 뛰쳐나간다고 하시는 것을 집사님이 간신히 말리셨어요."

이어지는 에밀리의 말에 나는 내심 놀랐다. 물론 과장이 섞여 있긴 하겠지만, 페넬로페라면 치를 떠는 이 집 인간들이 내가 쓰러진 것을 신경 쓸 줄 전혀 예상치 못했기 때문이다.

"제가 정말 아가씨 어떻게 되시기라도 할까 봐……."

"고생했겠네, 에밀리."

"고생은요! 그런 소리 마세요. 전 아가씨 전담 하녀잖아요."

정신을 차리지 못한 사이 꽤 여러 일이 있었나 본데?

바늘로 찌를 땐 언제고, 눈물을 글썽이다 냉큼 '전담 하녀'를 강조하는 에밀리의 모습이 좀 어이없었다.

"아 참! 이럴 때가 아닌데. 아가씨가 깨어나셨다고 얼른 공작님께 말씀드리고 올게요!"

에밀리는 부산을 떨며 자리에서 일어났다. 나는 선선히 고개를 끄덕이며 답했다.

"올 때, 메론 셔벗."

일어나자마자 나는 거울부터 확인했다. 앓아누운 게 거짓이 아닌지 얼굴이 말이 아니었다. 게다가 황태자의 칼에 닿았던 목은 붕대로 두껍게 칭칭 감겨 있었다.

"무슨 붕대를 이렇게 많이 감아 놨어?"

누가 보면 베인 상처가 아니라 목이 부러진 줄 알 정도였다.

답답한 기분에 붕대를 풀까 하던 나는, 이내 조금 더 참기로 했다. 당분간 환자 노릇을 하는 것도 나쁘지 않겠다 싶었기 때문이다.

에밀리가 돌아오면서 가져다준 조개 스튜와 메론 셔벗까지 야무지게 먹은 후 침대에 늘어지게 누워 있을 때였다.

똑똑—. 노크 소리가 울렸다.

"아가씨, 펜넬입니다."

방문자는 집사였다. 지난번 일 이후로 그는 더 이상 허락 없이 방문을 열어젖히는 몰상식한 행동을 하지 않았다. 그러나 나는 눈살을 찌푸렸다.

'분명 용건이 있을 땐 다른 이를 보내라고 했는데?'

아직 집사를 완전히 용서한 건 아니었기에, 나는 에밀리를 대신 보냈다.

"가서 무슨 일로 찾아왔는지 듣고 오렴."

에밀리는 군말 없이 방 밖으로 나갔다. 잠시 후 다시 돌아온 그녀는 뜻밖의 소식을 전했다.

"아가씨, 공작님께서 찾으신다는데요?"

"아버지가?"

이 집의 절대 권력인 가주의 명령을 다른 이를 통해 전할 수는 없는 노릇이었다. 나는 집사가 내 방을 찾아온 이유를 어느 정도 납득하며 침대에서 일어섰다.

"겉옷 좀 가져다줘, 에밀리."

"옷은 안 갈아입으시게요, 아가씨?"

에밀리는 의아하다는 듯 물었다. 방금 일어난 나는 하얀색 원피스 잠옷 차림새였다. 어른을 찾아뵙기엔 적절치 않았다.

"환자가 옷 차려입는 거 봤니?"

그러나 그녀가 가져다준 겉옷을 잠옷 위에 껴입으며 나는 여상하게 대꾸했다.

'내놓은 양딸이라지만, 일어난 지 얼마나 됐다고 그새를 못 참고 불러 대냐.'

자의가 아니었지만 어쨌든 황궁 연회에서 또 소란을 일으켰다. 지난번에도 가차 없이 근신형이 내려졌는데, 이번에는 또 얼마나 구박을 해 댈까.

탓하는 소리를 조금이라도 피하려면 아프다는 티를 팍팍 내야 했다. 다행히도 사경을 헤매는 동안 얼굴에 살이 내려서 굳이 티 내지 않아도 병자 같은 몰골이었다.

'에휴, 내 팔자야······.'

나는 깊은 한숨을 내쉬며 방문을 열었다. 문 앞에 서서 꽤 오랜 시간을 기다린 집사가 내 기척에 번뜩 몸을 바로 했다.

"가시죠, 아가씨."

그리고 배에 손을 올린 채 앞쪽을 향해 공손히 손짓하는 것이다.

'뭐지?'

공작의 방을 모르는 건 아니지만, 지금까지 집사는 먼저 앞장서서 안내해 왔다. 의아하다는 눈으로 집사를 바라보자, 그가 갑자기 깊이 허리를 숙이며 말했다.

"한낱 종 주제에 모시는 주인보다 앞서 걸을 수는 없습니다."

저번에 성질 좀 냈다고 나를 조롱하는 건가 싶어서 집사의 얼굴을 샅샅이 훑어봤지만, 그런 기미는 보이지 않았다. 오히려 비장한 얼굴이 꼭 칼을 갈고 이날을 기다린 사람 같았다.

"앞서가시지요, 아가씨."

흠잡을 데 없이 정중한 목소리가, 왠지 모르게 내 귀엔 달리 들렸다.

'기다리고 있었습니다. 오늘 제대로 모시겠습니다.'

마치 아주 오랜만에 가게를 다시 찾은 단골손님을 맞이하는 주인처럼.

오늘따라 공작가 분위기가 유달리 이상했다.

'왜들 저러는 거야?'

내가 방 밖을 나설 때마다 나를 흘겨보기 바빴던 고용인들이, 눈이 마주치기 무섭게 시선을 깔고 공손히 인사를 하는 것이다.

나는 그것이 내 뒤에서 눈을 번뜩 부라리며 걷고 있는 집사 때문이라는 것을 까맣게 몰랐다.

"아가씨, 잠시."

공작의 집무실 앞에 도착했을 때쯤, 소리도 없이 뒤에 서 있던 집사가 튕기듯 앞으로 나왔다.

똑똑똑—.

"공작님. 페넬로페 아가씨께서 내려오셨습니다."

"들여보내."

공작의 허락이 떨어지자, 집사는 아주 깍듯한 태도로 문을 열어 주었다.

"들어가시죠, 아가씨."

아무렇지도 않게 열린 문틈으로 들어가면서도 나는 내심 기분이 묘했다. 내가 앓아누운 사이 집사는 어디 예절 훈련소라도 다녀온 것 같았다.

"왔느냐."

공작은 얼마 전 보았을 때와는 달리 책상 앞에 있는 접대용 소파에 앉아 있었다.

"부르셨어요."

고개 숙여 인사하자, 그 또한 가볍게 끄덕이며 자리를 권했다.

"앉아라."

나는 공작의 맞은편 소파에 앉았다. 그리고 미리 생각해 두었던 변명들을 한 번 더 되뇌었다.

잠시간의 정적이 흐른 후 공작이 무겁게 입을 열었다.

"오늘 내가 널 부른 이유는……."

"아버지. 제가 먼저 말씀드릴게요."

나는 그가 말을 마치기 전에 재빨리 막아섰다. 그리고 방금 자리에 앉았던 것이 무색하게 벌떡 자리에서 일어나, 소파 옆에 무릎을 꿇었다.

"제가 다 잘못했어요."

내 작전은 이거였다. 무조건 선수 치기.

"근신하는 동안 아직 반성을 제대로 못 했는지, 제가 또 연회에서 소란을 일으켜 가문에 먹칠했습니다."

준비했던 말들이 막힘없이 줄줄줄 나왔다. 매도 먼저 맞는 것이 낫다고, 방금 병석에서 일어난 딸이 이렇게 잘못을 비는데 설마 내쫓기라도 하겠는가.

"아니, 잠깐."

과연 내 작전이 통한 듯, 이런 내 행동에 공작이 눈에 띄게 당황했다.

"감히 용서해 달라는 말을 꺼내지 않겠습니다. 제 잘못은 제가 가장 잘 알아요."

"그게 무슨……."

"어떤 벌이든 달게 받겠습니다. 그러니……."

"그만!"

조금만 봐주면 안 되냐는 말을 마저 하려던 나는, 한 손을 번쩍 들며 외치는 공작의 저지에 입을 다물었다.

"페넬로페 에카르트."

공작이 한껏 가라앉은 목소리로 나를 불렀다.

'헉. 한번 써먹어서 이제 안 통하는 건가?'

뒤늦은 걱정이 들었다. 나는 마른침을 삼키며 답했다.

"……네, 아버지."

"일어나라."

"……네?"

전혀 예상치 못한 말이라 어리둥절한 얼굴로 되물었다. 그러자 공작의 눈썹이 꿈틀거렸다.

"에카르트는 그 어떤 경우에도 무릎을 꿇지 않는다. 그러니 함부로 몸을 낮추지 마라, 페넬로페."

"……."

"네가 에카르트인 이상 그 누구도 너를 무릎 꿇게 만들 수 없다. 설령 그것이 황족일지라도!"

'황족'에서 유난히 목소리가 커지던 공작은, 이내 나를 돌아보며 강력하게 명령했다.

"알아들었으면 당장 자리에서 일어나거라."

"……네, 넵!"

나는 곧바로 자리에서 벌떡 일어나 소파에 앉았다. 게임에서도 보지 못했던 공작의 엄청난 카리스마에 가슴이 두근거렸다.

'내가 뭔 말을 잘못했나?'

그런 생각을 할 때쯤, 공작이 다시 근엄한 목소리로 운을 뗐다.

"페넬로페. 내가 오늘 너를 부른 건, 널 탓하기 위해서가 아니다."

"네? 그럼……."

"황궁에서 무슨 일이 있었는지 자세히 듣고자 함이야."

"……."

"말해 보아라. 황태자와 대체 무슨 일이 있었던 거지?"

그의 물음에 나는 기절하기 직전의 일들을 되돌아보았다.

죽겠답시고 황태자를 쫓아갔다가, 놈이 뽑아 든 칼에 목이 베일 뻔했다. 그리고 그 미친놈을 좋아한다는 개소리를 시전해서 간신히 목숨을 구했다.

그때를 떠올리자니 또다시 간담이 서늘해졌다.

"그게……."

반사적으로 창백해지는 내 얼굴을 공작이 날카롭게 주시하는 줄도 모르고, 나는 어렵사리 변명을 만들어냈다.

"바람을 좀 쐬러 미로 정원으로 나갔다가 길을 잘못 들어서 황태자님을 마주치게 되었어요. 그런데 마침 전하의 기분이 별로 좋지 않으실 때여서……."

진짜 전말과는 완전히 동떨어진 소리였다. 여기로 온 후 나는 프로 거짓말쟁이가 돼 가고 있는 기분이었다.

하지만 뭐 어떤가. 사실대로 말할 수도 없는 노릇이고, 어차피 완전 틀린 이야기도 아니었다.

"그래서."

"……."

"황태자가 기분이 안 좋다며 네 목을 그렇게 난도질해 놓은 것이냐?"

말끝을 흐리는 내 모습에 공작이 눈을 새파랗게 빛내며 득달같이 물었다.

"예? 아니요. 난도질까진……."

"난도질이 아니면! 망나니도 아니고, 그깟 제 기분 좀 안 좋다고 가만있던 귀족 여식에게 칼을 들이밀어!"

무슨 이유에선지 공작은 크게 대노했다. 어디서 황태자가 귀가 간지럽다고 지껄이는 소리가 들리는 듯했다.

가만히만 있던 것은 아니었기에, 나는 얼른 덧붙였다.

"머, 먼저 그분의 심기를 거스른 건 저인걸요."

"잘했다."

"……네?"

"네 병환을 빌미 삼아 황태자에게 무언가를 요구할 수 있겠지. 훌륭한 에카르트의 일원이 되었구나, 페넬로페."

나는 번번이 예상을 빗나가는 공작의 반응에 까무러칠 지경이었다.

"어차피 한 번쯤은 콧대를 꺾어 놨어야 했다. 전쟁 영웅이라는 명성을 등에 업고 너무 기세등등해졌지."

"아, 아버지."

누가 들으면 큰일 날 소리다. 황족 모독이나 다름없지 않은가. 그러나 당황하는 나와 달리 공작은 태연히 말을 이었다.

"에카르트가 중립파라는 것쯤은 너도 알고 있겠지, 페넬로페."

"네, 그럼요."

아니. 전혀 몰랐다.

"아무리 적통일지라도 뒷배가 없으면 살아남기 힘들기 마련이다. 황후마마께서 돌아가시고, 황태자를 지지하는 세력이 많이 줄어들었지."

"……."

"게다가 황태자가 전쟁터로 나간 틈을 타 2황자의 모친인 황비가 황궁을 장악해 버렸다."

"……."

"다음 대의 황제가 누가 될지 아직 판가름 나지 않은 시기야."

나는 황태자에게 이런 뒷배경이 있는 줄 까맣게 몰랐다. 빌어먹을 게임에선 남주들을 공략하는 것 말고는 아무것도 안 나왔기 때문이다.

'어쩐지. 연회에서 미친놈처럼 날뛴 이유가 있었구나.'

왜 황비와 2황자가 황태자에게 암살자를 보냈는지 알 수 없었는데 이제야 이해가 갔다.

"그러니 앞으로도 너는 하던 대로 행동하면 된다."

말을 끝맺은 공작은 흡족한 얼굴로 새로운 주제를 꺼냈다.

"이번에는 특별히 행동거지를 잘했으니 벌이 아닌 상을 줘야겠군. 원하는 게 있느냐?"

"상이요?"

혼날 각오만 하고 왔지, 상을 받을 줄은 몰랐다. 휘둥그레진 눈으로 공작을 바라보자 그가 고개를 까딱였다.

"또 보석상들을 불러 주랴? 아니면 계절이 바뀔 시기니 전에 입던 드레스들은 모두 버리고 새로 맞추는 것도 괜찮겠구나."

스케일이 남다른 보상에 입이 떡 벌어졌다.

'이게 웬 떡이냐.'

하지만 페넬로페가 사들인 것만으로도 넘치게 많았으므로, 공작이 말한 것들은 딱히 필요하지 않았다. 뭘 받으면 좋을지 고민하던 나는 이내 간결하게 답했다.

"조금만 더 생각해 보고 다시 말씀드릴게요."

달칵, 공작의 집무실 문을 닫고 나왔을 때였다. 불현듯 눈앞에 하얀 네모 창이 떠올랐다.

〈SYSTEM〉 공작가 주변인들과의 관계 개선으로 명성이 +5 되었습니다. (total : 5)

"허."

나는 기가 막혀서 헛웃음이 나왔다.

'대체 뭘 했다고?'

관계 개선을 위해 한 게 아무것도 없었기 때문이다. 기껏해야 기어오르지 못하게 조금 협박한 정도…….

'황태자 때문에 다친 게 그렇게 큰일이었나?'

공작의 반응도 그렇고, 생각과는 너무 다른 일이 마구 일어나 놀라웠다. 그러면서 한편으론 좀 뿌듯하기도 했다. 호감도든 명성이든, 플러스는 무조건 좋은 것이니까.

'좋아. 이대로만 가자고.'

"아가씨, 돌아오셨어요?"

막 방으로 돌아온 나를 에밀리가 반겼다. 나는 성의 없이 고개를 끄덕이며 빠르게 책상으로 가 앉았다. 공작에게 뭘 받아 낼지 외에도 생각할 것이 많았기 때문이다.

"아가씨. 이거…….."

그런 내 뒤를 에밀리가 쪼르르 쫓아와 무언가를 건넸다.

"아가씨 쓰러지시던 날, 목에 대고 계시던 것이에요. 소공작님께서 그냥 버리라고 하셨는데, 혹시 몰라 세탁해 두었어요."

"아."

나는 에밀리가 내민 것을 빤히 바라보았다.

하얀 손수건. 뷘터 베르단디가 줬던 것이다. 까맣게 잊고 있었다.

"고마워, 에밀리."

나는 모처럼 마음에 드는 짓을 한 에밀리를 칭찬했다. 그러자 그녀의 얼굴이 환해졌다.

피로 흥건히 젖었던 것이 언제였냐는 양 본래의 순백색으로 돌아간 손수건을 바라보며, 나는 이걸 어떻게 처리할지 고민했다.

'답례를 하긴 해야 하는데.'

원하지 않은 배려였지만, 어쨌든 예의는 차려야 했다. 그리고 그가 남주인 이상 한 번은 다시 만나 볼 필요가 있었다.

"에밀리, 집사에게 가서 내일 보석상을 불러 달라고 전해 줄래?"

"보석상이요?"

뜬금없는 내 요청에 에밀리가 고개를 갸웃거리다 손뼉을 쳤다.

"아! 아가씨, 축제 때문에 새로 액세서리를 맞추시려고요?"

"축제?"

처음 듣는 소리에 어리둥절 되묻자 그녀가 곧바로 답했다.

"다음 주가 건국제잖아요! 황태자님이 귀환하셔서 이번에는 축제가 훨씬 성대할 거라고…….."

"황태자 얘기는 하지 말고."

싸늘해진 내 목소리에 에밀리가 헙, 입을 다물었다. 나는 황태자라면 이제 진저리가 났다. 그새 내 눈치를 보기 시작하는 에밀리의 모습에 나는 귀찮다는 듯 손짓했다.

"어서 집사한테나 다녀와."

"네! 얼른 다녀올게요!"

그녀가 나가고 방 안이 다시 고요해졌다. 손가락으로 책상을 톡톡, 치며 나는 생각에 잠겼다.

"다음 주가 축제란 말이지……."

게임에서는 각 남주들과 만나는 에피소드가 차례대로 열린다.

이를테면, 가장 처음 마주하는 데릭과 레널드 루트를 어느 정도 진행하자 황태자 루트가 열린 것처럼 말이다.

뷘터까지 바로 연달아 만난 것은 좀 의외였다. 어쨌든 그도 황궁 연회에서 만나는 건 맞으니, 지금까지는 게임과 다를 바 없이 진행된 것이다.

이제 남은 건, 뷘터 다음으로 등장하는 마지막 남주, 기사 이클리스. 게임에서 공작이 마지막 남주를 데려왔을 때가 분명 축제 기간과 맞물렸다.

"축제 때 페넬로페가 뭐 했더라……."

나는 공작이 새로운 남주를 데려왔다는 알림만 확인했을 뿐, 하드 모드에선 이클리스의 머리털도 보지 못했다. 왜냐면 데릭과 레널드 루트 중 '함께 축제 구경하기' 에피소드가 있어서 그거 깨다가 계속 죽기 바빴다.

"그때 생각하니까 또 혈압 오르려고 하네."

결국, 그놈들 중 아무와도 축제 구경을 하지 못했었다.

은근히 치미는 부아를 애써 밀어내며 나는 허겁지겁 서랍을 열었다. 그리고 깊숙이 숨겨 둔 종이를 꺼냈다.

이전에 적어 두었던 것을 빠르게 읽어 내린 후 혼잣말처럼 중얼거렸다.

"공작보다 먼저 구해야 해."

황태자가 뽑아 든 칼에 죽다 살아난 후 나는 한 가지 굳게 다짐했다. 이제 막 죽어 볼 수도 없는 처지니, 누구보다 빠르게 엔딩을 깨서 이 망할 곳을 탈출하겠다고.

그러기 위해서는 호감도를 올리기 가장 만만한 놈에게 몰빵해야 했다.

"이클리스."

나는 마지막 남주의 이름을 바라보며 두 눈을 번뜩였다.

"너로 정했다."

나는 요즘 산책이라는 명목하에 바깥을 쏘다니기 바빴다.

공작저는 마을 하나라고 해도 과언이 아닐 만큼 드넓었다. 아름답게 가꿔진 후원과 드넓은 뜰을 지나면, 가문의 기사들이 사용하는 연무장과 숙소, 그리고 작은 숲이 펼쳐진다.

'개구멍이 어디 하나쯤은 있을 텐데…….'

실은 축제를 대비하여 몰래 빠져나갈 구멍을 찾기 위함이었다. 하지만 부지가 워낙 넓어 영 쉽지 않았다.

오늘도 개구멍 찾기에 실패한 나는 지친 걸음으로 후원으로 돌아왔다. 그리고 에밀리에게 다과를 부탁한 후, 커다란 나무 아래 철푸덕 주저앉아 책을 읽었다.

책 내용이 한참 클라이막스에 올랐을 때, 문득 '바스락—' 하는 인기척이 들렸다.

"에밀리. 나 책갈피 좀."

끝이 얼마 남지 않아 책에 시선을 떼지 않은 채 손만 뻗었다. 그러나 남은 페이지를 모두 다 읽을 동안 돌아오는 답이 없었다.

"……에밀리?"

책을 덮으며 고개를 돌렸을 때였다.

"몸은…… 좀 괜찮나?"

내 옆엔 에밀리가 아닌 전혀 뜻밖의 인물이 다과 쟁반을 들고 서 있었다.

"어…….""

[호감도 8%]

나는 며칠 만에 다시 본 데릭의 머리 위를 보고 멍청한 소리를 냈다. 마지막으로 봤을 때가 6%였는데 대체 왜 더 올랐는지 모를 일이었다.

휘우웅—. 그와 나 사이에 산뜻한 꽃향기를 담은 바람 한 줄기가 스쳐 지나갔다. 흩날리는 내 머리카락 때문에 시야가 잠시 가려지자, 그제야 정신이 들었다.

앉은 채로 방자하게 그를 올려다보고 있다는 사실을 깨달은 나는 주섬주섬 자리에서 일어났다. 그러자 데릭이 말렸다.

"됐어. 일어날 것 없다."

"괜찮아요. 이제 들어가려고 했거든요."

"그럼 다과는 필요 없는 건가?"

"아……."

나는 그가 들고 있는 쟁반을 다시 보고는 눈살을 와락 찌푸렸다.

'어디 시킬 사람이 없어서, 하필!'

"에밀리가 소공작님께 이런 부탁을 하던가요?"

"아니. 너와 긴히 나눌 대화가 있으니 내가 먼저 들고 가겠다고 했다."

"저랑요?"

페넬로페의 뒷모습만 봐도 혐오스러워하던 놈이 무슨 할 말이 있단 말인가?

순간적으로 의아해졌던 나는, 금방 그가 하려던 말을 알아차렸다.

"그날 일 때문이시죠?"

공작은 어찌어찌 넘어갔다 하더라도, 데릭 놈은 어림없을 것이다.

'에휴. 공작에게 하려던 사과의 연장이라고 생각하자.'

나는 한숨을 삼키며 말을 골랐다. 그리고 기계처럼 영혼 없이 와다다 내뱉었다.

"경거망동하지 말라고 하셨는데, 소란을 일으켜서 죄송해요."

"……."

"저 때문에 많이 당황스러우셨죠, 소공작님. 아버지께 당분간 알아서 집에서 근신한다고 말씀드렸어요. 혹시 그때 하셨던 것처럼 더 엄벌이 필요한 거라면……."

"내가 하려던 말은."

그때 그가 내 말을 차갑게 끊었다.

"내가 하려던 말은 그게 아니야."

나를 보는 그의 얼굴이 미묘하게 일그러져 있었다.

'뭐야. 이거 아니야?'

나는 그의 머리 위를 힐끔거리며 되물었다.

"그럼 무슨 일로……."

"왜 다시 소공작으로 돌아간 거지?"

"……네?"

"아니, 아니다. 말을 잘못했군."

내가 채 알아듣기도 전에 데릭은 빠르게 화제를 전환했다.

"내가 널 찾은 이유는 이것을 주기 위해서였다."

그는 한 손으로 쟁반을 받쳐 든 채 다른 한 손으로 품을 뒤적이는 기교를 부렸다.

나는 데릭이 내게 건네는 것을 보고 눈이 휘둥그레졌다. 크고 투박한 손과는 전혀 어울리지 않는 여성용의 스카프였다.

"이건……."

"공식 석상에서까지 지금 같은 꼴을 하고 있을 수는 없지 않느냐."

그가 쌀쌀맞게 뇌까리며 내 목을 흘깃 눈짓했다. 놈의 분노를 피하고자 아직까지도 목에 깁스처럼 붕대를 둘둘 감싸 놓은 상태였다.

그러고 보니 이런 내 꼴이 우스울 만도 한데, 데릭의 얼굴은 웃음기 한 점 없이 무표정했다.

"안 그래도 네 평판이 바닥을 치고 있는 마당에, 이름도 모르는 놈팡이가 준 것을 가지고 있다가 또 무슨 소문이 돌지 모르지."

"……."

"무엇을 행하기 이전에 네가 가진 성의 무게를 항시 생각하도록."

나는 스카프와 데릭을 번갈아 보며 입을 떡 벌렸다. 그는 지금 뷘터가 준 손수건에 대해 얘기하고 있었다.

데릭이 에밀리에게 버리라고 시켰지만, 그 손수건은 고이 세탁된 채 지금 내 방 서랍에 보관 중이다.

'남자가 준 것은 또 어찌 알았대?'

나는 소름 끼치는 그의 통찰력에 혀를 내둘렀다.

보자마자 필시 주제 파악 못 하고 또 사고를 쳤냐고 구박할 줄 알았는데……. 데릭마저 이럴 줄은 몰랐다.

나는 이런 그의 반응을 어떻게 받아들여야 하는지 고민하다가, 이내 답했다.

"……감사합니다."

그리고 페넬로페를 극도로 싫어하는 그를 배려하여, 서로의 손이 닿지 않도록 신중을 기하며 스카프를 받아 들었다.

'올. 좀 비싸 보이는데?'

선물답지 않게 포장지나 케이스 같은 것도 없었지만, 손에 닿자마자 보드랍게 감겨드는 천 자락이 딱 봐도 값이 나가 보였다.

예상치 못한 선물에 나는 흐뭇하게 웃었다.

"소중히 사용할게요, 소공작님."

그리고 고개를 들어 감사 인사를 마쳤을 때였다. 마주친 데릭의 푸른 눈이 일순 흔들리더니, 무표정하던 얼굴이 갑자기 얼음처럼 차갑게 굳어졌다.

'왜, 왜 이래?'

나는 심상치 않은 그의 모습에 가슴이 철렁 내려앉았다. 위태롭게 반짝이는 호감도를 조마조마하게 바라보던 중.

"그…… 급한 일을 깜박했군."

그가 휙 몸을 돌렸다. 그러더니 다과 쟁반을 그대로 든 채 빠른 걸음으로 성큼성큼 후원을 벗어나는 게 아닌가.

"갑자기 왜 저러는……."

멀어지는 그를 바라보던 나는 그 순간 눈이 커다래졌다.

[호감도 10%]

그의 머리 위, 흰 글씨가 변했다.

"대체 뭐냐, 이 게임……."

순식간에 데릭이 사라지고, 혼자 남겨진 나는 멍하니 중얼거렸다. 이 집 형제 놈들의 호감도는 좀체 종잡을 수가 없었다.

'하긴, 그러니까 계속 죽은 거겠지만.'

손에 들린 스카프를 내려다보자니, 어째 이곳으로 들어오기 전 플레이 했던 게임과 점점 멀어지고 있는 것 같다는 찝찝한 기분을 떨칠 수 없었다.

"찾았다!"

마침내 저택 밖을 뒤지고 뒤져 빠져나갈 구멍을 찾아냈다.

저택을 감싸고 있는 담벼락은 철통 방벽이나 다름없었다. 하지만 연무장 근처에서 기사들이 땡땡이를 칠 때 몰래 이용하는 듯한 개구멍을 발견했다.

수풀로 위장을 잘해 놓은지라, 돌부리에 걸려 그 위로 넘어지지 않았더라면 결코 찾아내지 못했을 것이다.

"하, 이 망할 게임은 왜 이런 건 안 알려 주는 거냐고."

자리에서 일어나 옷에 묻은 먼지를 털던 나는, 갑자기 부아가 치밀어 올라 걸려 넘어진 돌을 걷어찼다. 그리고 돌아간 스카프를 원래대로 잘 여몄다.

얼마 전부터 우스꽝스러운 붕대 신세에서 벗어나 데릭이 준 스카프로 상처를 가리고 다니는 중이다.

"후…… 그래도 축제 전날에 찾아서 다행이네."

축제의 시작이 바로 내일, 코앞까지 다가와서 얼마나 걱정했는지 모른다.

물론 공작이나 데릭에게 허락을 구한다면 쉽게 나갈 수 있을 것이다.

그러나 온갖 인파가 수도로 몰리는 기간에 호위 하나 없이 공녀 홀로 길거리에 내보내는 것은 있을 수 없는 일이었다. 깊은 밤중에 은밀히 열리는 노예 시장에 참석하는 것은 더더욱.

"이렇게 개고생하면서 구하러 가는 거니 그만큼 내 기대를 충족시켜야 할 거야, 이클리스."

나는 드러난 개구멍을 내려다보며 나지막이 중얼거렸다. 그리고 넘어지는 바람에 흐트러진 위장 수풀을 원래대로 정리했다.

막 일을 끝내고 허리를 폈을 때였다.

"야, 너 거기서 뭐 하냐?"

뒤에서 나를 부르는 목소리가 들렸다. 나는 화들짝 놀라 눈에 띄게 몸을 움찔거리며 뒤를 돌아보았다.

이내 분홍 머리칼 위에서 반짝이는 글씨를 보고 곧바로 눈을 의심했다.

[호감도 7%]

일주일 만에 보는 레널드의 호감도가 4%나 올라 있었다.

'아니, 이 집 형제 놈들은 페넬로페를 아예 안 봐야지만 호감도가 오르는 거야?'

나는 뭔가 억울해졌다. 게임할 때는 에피소드를 깨야 하니 안 볼 수가 없어서 몰랐다. 이렇게 쉽게 호감도를 올릴 수 있었다니. 수없이 리셋을 반복하느라 지새웠던 내 날밤이 너무 아까웠다.

"뭘 멍하니 보고 서 있어. 뭐 하냐니까?"

"어, 어?"

재촉하는 레널드의 목소리에 정신이 들었다. 나는 얼른 호감도에서 눈을 떼고 말했다.

"그냥, 산책 좀."

"그냥 산책……?"

내 대답에 레널드의 눈이 가느다래졌다.

"그냥 산책을 하필 개구멍 근처에서 하다니, 그것참 기가 막힌 우연이네."

"……."

헉, 하고 기겁하는 소리를 낼 뻔한 것을 가까스로 참았다. 뒷목에 소름이 확 끼쳤다.

'대체 이놈이 어떻게 알아차린 거지? 다시 잘 가려 놨는데!'

도로 정리해 놓은 위장 수풀을 흘끔 곁눈질했지만 흐트러지기 전과 다를 바 없이 똑같았다.

나는 덜컹거리는 가슴을 추스른 후 애써 아무렇지도 않게 말을 돌렸다.

"……그러는 넌 왜 여깄어?"

"이제 훈련 끝나서 돌아가는 중이다."

그러고 보니 다시 본 레널드의 분홍 머리가 땀에 푹 젖어 있었다. 훈련을 위해 입은 헐거운 옷자락 사이로 속살이 보일 듯 말 듯 비쳤다.

'오호. 몸 좋은데.'

곱상한 얼굴과는 달리 단단한 근육질인 몸의 괴리가 묘하게 섹시했다.

'그래. 이런 볼거리라도 있어야 이 망할 곳에서 살아남을 맛이 나지.'

나는 게슴츠레 놈을 훑어보다가, 안 그런 척 새침하게 대꾸했다.

"그럼 가던 길 가. 나도 마저 산책하러 갈 테니까."

그리고 마치 아무 일도 없었다는 양 걸음을 옮겼다. 녀석에게서 몇 발자국 멀어졌을 때였다.

"야, 아서라."

문득 뒤통수에서 이죽거리는 목소리가 들렸다. 무시하고 싶었지만, 호감도 때문에 어쩔 수 없이 멈춰 뒤돌았다.

"……뭐가?"

"너 4년 전에 이 근처에서 땡땡이치는 놈들 따라 한답시고 담벼락 넘다가, 다리 몽둥이 부러져서 싹 다 증축한 거 벌써 잊었냐?"

"······."

"그때 기사들이 네 욕하던 거 적어서 책으로 만들면 열 권도 넘게 나올 거다."

어쩐지 저택 부지 주변을 두른 담벼락이 유난히 하늘 높은 줄을 몰랐다.

'그런 일이 다 있었단 말이야?! 하. 얘는 진짜······.'

4년 전이면 14살, 아무리 늦어도 예절 수업을 거의 다 깨쳤을 때였다. 게임에선 나오지 않았던 페넬로페의 엄청난 과거와 레널드의 빈정거림에 짜증이 솟았다.

"······그런 거 아니야."

내가 들어도 못 미더운 목소리였다. 레널드는 그런 내게 무시무시한 목소리로 엄포를 놓았다.

"차라리 아버지께 허락 맡고 당당하게 대문으로 나가라. 또 기상천외한 짓거리해서 욕 들어 처먹지 말고."

"그런 거 아니라니까."

퉁명스럽게 쏴붙이자 놈은 더 말을 보태진 않았다. 대신 끝까지 나를 미심쩍게 응시하다가 휙 몸을 틀어 나보다 먼저 자리를 떴다.

멀어지는 [호감도 7%]를 가만히 응시하고 있을 때였다. 문득 눈앞에 하얀 네모 창이 떠올랐다.

〈SYSTEM〉 돌발 퀘스트 발생! [레널드]와 함께 [축제 구경하기] 퀘스트를 진행하시겠습니까? (보상 : 레널드의 호감도 +3% 외 기타.)

[수락 / 거절]

아니나 다를까, 내가 우려하던 퀘스트가 나타났다.

"이걸 저놈이랑 또 해야 한다고? 게다가 보상이 고작, 3%?"

방금 전 싸가지가 아주 훌륭하던 레널드 놈의 말투를 떠올리며 나는 진저리를 쳤다.

게임할 때는 그 3%가 아쉬워서 퀘스트를 수락했다. 그리고 무한 리셋을 눌러야 했다. 더 억울한 건 결국 끝까지 못 깼다는 것이다.

"안 해, 안 해!"

더 볼 것도 없이 '거절'을 연타로 눌렀다.

"지금도 이렇게 나만 보면 으르렁거리는 놈이랑 무슨 축제 구경을 해?"

나는 이제 고작 3%가 아쉬운 처지가 아니다. 내게는 무려 '10%'와 '7%'나 있지 않은가! 게다가 태평하게 축제나 보자고 이 고생을 하며 나가려는 게 아니었다.

나는 이미 사라지고 없는 레널드가 서 있던 자리를 노려보며 생각했다.

'얄미운 놈.'

그렇게 밉살맞게 말하면 페넬로페는 당연히…….

"……하고 싶어지는 게 인지상정 아니겠어? 헉, 헉."

나는 레널드에게 어제 미처 못다 한 말을 중얼거리며 창밖으로 침대보 묶음을 던졌다. 그리고 힘에 부쳐 창틀에 엎어진 채 한참을 헉헉거렸다.

축제의 첫날이 밝았다. 밤이 될 때까지 차분히 기다린 나는 에밀리가 잠자리 시중을 마치고 나가자마자 벽장에서 침대보를 다 꺼내어 묶었다. 탈출하는 가장 고전적인 방법이었다.

"이제 한번 내려가 보자고."

어느 정도 호흡이 진정된 나는 창틀에서 몸을 일으켰다. 이미 준비는 철저하게 끝마친 상태였다. 머리카락과 얼굴이 보이지 않도록 두꺼운 로브를 구해 입었다.

그리고 공작이 일전에 준다던 보상으로 받아 낸 백지 수표와 소량의 금화도 챙겼다. 남은 것은 무사히 2층을 내려가는 것뿐이다.

"하…… 이런 짓까지 해야 한다니."

창문 아래를 내려다보며 잠시 한탄하던 나는, 이내 굳게 마음을 먹고 몸을 내렸다.

침대보 밧줄에 매달린 후 빠르게 아래로 내려갔다. 어차피 고작 2층이었다. 저택 밖을 오가며 눈대중을 여러 번 해 본 결과 충분히 내려올 수 있다고 판단했다.

분명 그랬는데…….

"……미친."

묶은 침대보의 길이가 훨씬 짧았다. 그냥 뛰어내리기엔 누군가를 깨울 만큼 요란한 소리가 날 수도 있고, 어두워서 자칫하면 큰 부상으로 이어질 만한 높이였다.

"대체……!"

눈대중과 현실이 이렇게 차이가 크다는 것을 깨달은 나는 절규했다.

위를 올려다보니 방 창문까지의 거리가 상당했다. 게다가 다시 거꾸로 오를 만한 체력도 남지 않았다. 간신히 떨어지지 않도록 침대보를 붙들고 있는 것이 내가 할 수 있는 일의 전부였다.

"하…… 나 어떡해."

팔이 부들부들 떨렸다. 얼마 안 가 손바닥에 땀이 차올랐다. 그러더니 조금씩, 조금씩 몸이 미끄러지는 것이 아닌가.

아래를 흘끔 내려다보자, 의욕이 앞서 까맣게 잊고 있었던 고소 공포증이 갑작스레 몰려왔다.

"나 진짜 어떡해……."

나는 이러지도 저러지도 못하는 절망스러운 상황에 훌쩍거렸다. 그때였다.

"야. 너 지금, 뭐 하냐?"

불현듯 아래쪽에서 목소리가 들렸다. 나는 흘끔 아래를 내려다보았다. 그 순간 누군가와 눈이 마주쳤다.

"허."

헛웃음이 연달아 들려왔다.

"……레널드?"

희미한 달빛에 분홍 머리칼이 비쳤다. 레널드가 아래쪽 창문에서 기가 막힌다는 얼굴로 나를 올려다보고 있었다.

"네, 네가 왜 거기서 나와?"

"장난하냐? 네 방 아래층이 내 방이거든?"

"……."

나는 입을 다물었다. 놈의 방이 페넬로페의 방 밑인 줄 내가 어찌 안단 말인가.

"너 지금…… 하, 어이가 없어서 말도 안 나오네. 너 지금 가출하냐?"

"가출이라니!"

나는 매도하는 말에 펄쩍 뛰었다.

"자, 잠깐 외출 좀 하려는 거야."

"외출? 요즘 네 또래 기집애들 사이에선 외출할 때 벽 타고 다니는 게 유행인가 보지?"

"……."

나는 차마 대꾸할 말이 생각나지 않아 먼 산을 바라보았다. 그러나 너무 당황한 나머지 깜빡 잊고 있었다. 침대보를 붙들고 있는 내 팔이 한계에 다다랐다는 것을.

나도 모르게 손에서 힘이 풀리더니 눈 깜짝할 새 주르륵 미끄러졌다.

"아악!"

나는 비명을 지르며 떨어지기 직전 간신히 침대보 끝자락을 붙잡았다.

"헉, 허억……."

내 몸은 고목나무에 붙은 매미 같은 꼴로 저택 외벽에 붙어 대롱대롱 흔들렸다.

"야!"

그때, 레널드가 버럭 소리치며 제 방 창틀 위로 재빠르게 올라섰다. 나를 연신 올려다보며 허겁지겁 창밖으로 뛰어내리는 그의 얼굴이 어쩐지 조금 창백해 보였다.

"손 놔."

밖으로 나온 레널드는 내가 매달려 있는 쪽을 향해 양손을 벌리며 말했다.

"뭐, 뭐라고?"

"손 놓고 내 쪽으로 뛰어내리라고. 받아 줄 테니까."

그 순간 '널 뭘 믿고?' 하는 말이 목구멍까지 치올랐다.

"뛰어내리기 싫으면 거기 계속 매달려 있든지."

그러나 망설이는 사이 쏘아붙이는 그의 목소리에 별수 없이 선택해야 했다.

"……놓치면 안 돼. 잘 받아 줘."

나는 그에게 신신당부했다. 설마 아무리 미운 양동생이라지만 일부러 죽이기야 하겠는가.

그 생각을 애써 되뇌며 마침내 꽉 움켜쥐고 있던 침대보 자락을 놓았다.

"흐읍—!"

매서운 바람이 볼을 스치고 지나갔다. 놀이 기구를 타는 것처럼 아찔함이 전신을 덮쳤을 때.

탁—.

"잡았다."

눈을 뜨니 악동처럼 씨익 웃고 있는 레널드의 얼굴이 보였다.

"……내, 내려 줘."

나는 얼굴이 너무 가까이 붙어 있는 것을 깨닫고 허둥지둥 그의 품에서 내려왔다. 흐트러진 로브 자락을 정리하고 있을 때였다. 레널드가 불쑥 물었다.

"어디 가려는 건데."

"그냥 산……."

"또 그냥 산책 얘기하는 거면 아버지한테 지금 달려간다."

득달같이 말을 자르는 놈을 원망스레 노려보았다. 왜 걸려도 하필 이놈한테 걸려 가지곤.

'아니야. 그래도 데릭한테 걸리는 것보단 낫지.'

나는 이내 생각을 달리하며 순순히 변명을 내뱉었다.

"축제 구경하러 가려는 거야."

"훤한 대낮 놔두고 이 오밤중에 구경하러 간다고? 이 난리를 치면서?"

"그럴 사정이 있었어. 네가 알 필욘 없는 사정이야."

"호위 하나 없이 혼자 축제 보러 가는 게 사정은 무슨! 너 이 시기에 집 밖이 얼마나 위험한지 아냐? 계집애가 겁도 없이……."

"레널드."

나는 짜증스럽게 그를 불렀다.

"도와준 건 정말 고마워. 그런데 내가 저번에 부탁했잖아. 이제 내 일은 내가 알아서 할 테니까 더 이상 관심 갖지 말라고."

"야. 너……."

레널드는 차갑게 선을 긋는 내 모습에 말문이 막힌 듯 버벅댔다.

나는 [호감도 7%]를 흘긋 바라보며 차분하게 입을 열었다.

"나도 이제 성인이잖아. 무슨 일이 일어나더라도 그건 온전히 내 스스로 책임질 일이야. 그리고 형제로서 이런 일은 그냥 못 본 척 배려해 주는 게……."

"그럼 나도 같이 가."

"……뭐?"

대뜸 들려온 대답에 이번에는 내 말문이 막혔다. 멍한 표정을 짓는 내게 레널드 놈은 태연스럽게 지껄였다.

"같이 가면 되겠네. 그럼 네 호위 노릇도 하고, 겸사겸사 형제로서의 배려도 지키고. 다 된 거 아니냐?"

"……."

"아버지한테 비밀로 해 줄게. 같이 나가."

'허.'

나는 너무 황당해서 아무 말도 할 수 없었다. 대체 이놈이 왜 이런단 말인가.

'페넬로페만 보면 이를 갈기 바쁜 놈이, 무슨 축제 구경을 같이 가자고!'

나는 마구 떨리는 눈으로 이제는 그를 설득하기에 이르렀다.

"넌 나 싫어하잖아. 그런데 왜 굳이……."

"누가 싫대?!"

하지만 채 말이 끝나기도 전에 놈이 신경질적으로 소리 질렀다.

"백 배, 천 배 싫어 죽겠다고 빽빽거린 건 지면서!"

"쉿!"

난 깜짝 놀라 검지를 입에 가져다 댄 후 주위를 두리번거렸다. 혹시나 누군가 놈의 우렁찬 목소리를 들었을까 겁났다. 다행히 아무도 듣지 못한 건지 주변은 여전히 고요했다.

"아님 말지 왜 소리를 지르고 그래?"

나는 인상을 쓰며 놈에게 속삭였다.

'그리고, 내가 언제 그런 말을 했어?'

말 지어내지 말라고 대거리를 하고 싶었지만, 상황이 썩 여의치 않았다. 빨리 이클리스를 구하러 가야 한다. 그런 생각을 할 적, 레널드 놈이 불퉁하게 통보했다.

"아무튼, 같이 가는 걸로 알아라. 네가 싫대도 뒤따라 갈 거야."

그 순간이었다.

〈SYSTEM〉 돌발 퀘스트 발생! [레널드]와 함께 [축제 구경하기] 퀘스트를 진행하시겠습니까? (보상 : 레널드의 호감도 +3% 외 기타.)

[수락 / 거절]

눈앞에 하얀 네모 창과 함께 어제 거절했던 퀘스트가 다시 떴다.

나는 단단히 결심한 듯 고집스러운 레널드의 얼굴과 퀘스트 창을 번갈아 바라보며 깊은 한숨을 내쉬었다. 그리고 어쩔 수 없이 선택했다.

"그래. 같이 가자, 가."

레널드와 함께 말없이 연무장까지 걸었다. 어제 발견한 개구멍 앞에 도착하자 놈이 그럼 그렇지, 하는 표정을 지었다.

빠르게 위장 수풀을 치우고 드러난 개구멍에 막 몸을 쑤셔 넣으려던 찰나였다.

"지금 둘이 거기서 뭐 하는 거지?"

날카로운 목소리가 들려왔다. 나와 레널드는 소스라치게 놀라 고개를 돌렸다. 어둠 속에서도 환히 빛나는 호감도가 제일 먼저 보였다.

"이 밤중에 어딜 가려는 거냐."

"형."

뚜벅뚜벅 걸어 다가온 데릭은 막 개구멍에 몸을 쑤셔 넣으려던 나를 날카롭게 노려보았다.

"그, 그게……."

환장할 상황에 뭐라 답해야 할지 몰라 우물쭈물할 때였다. 빌어

먹을 레널드 놈이 선수 쳐서 나를 가리켰다.

"얘가 축제 구경 가고 싶대, 형."

"축제 구경……?"

"어. 그래서 내가 애 사고 치나 안 치나 호위 및 감시 겸 따라가기로 했어."

잠시 레널드에게 옮겨 갔던 데릭의 눈이 다시 내 쪽으로 향했다. 서슬 퍼런 시선에 몸이 절로 움츠러들었다.

'이클리스 몰빵은 실패야.'

채 시작도 못 하고 막혀 버린 이클리스 루트에 우울한 얼굴을 하고 고개를 푹 수그릴 때였다.

"귀족의 호위는 기본이 2인 1조다."

데릭의 서늘한 목소리가 귀에 꽂혔다.

"그러니 나도 같이 가지."

예상치 못한 말에 깜짝 놀라 고개를 들었다. 그 순간, 불현듯 하얀 네모 창이 또다시 떠올랐다.

⟨SYSTEM⟩ 돌발 퀘스트 발생! [데릭]과 함께 [축제 구경하기] 퀘스트를 진행하시겠습니까? (보상 : 데릭의 호감도 +3% 외 기타.)

[수락 / 거절]

'망했구나. 하하하!'

나는 완전히 해탈한 채 그냥 웃었다.

과연 축제의 꽃은 밤거리인지, 공작저를 얼마 벗어나지 않았는데도 거리는 인산인해를 이루었다. 한산하기 그지없던 대로변은 화려한 풍등과 온갖 노점상들로 북적였다.

이런 축제들은 현생에서도 많이 접했다. 때문에 나는 그냥 무심하게 휙휙 지나쳤다.

"야. 너 구경하러 나온 애 맞냐?"

그런 내 모습이 영 이상했는지 참다못한 레널드가 물었다. 나는 그를 흘긋 바라보며 성의 없이 답했다.

"구경하고 있는데?"

"무슨 계집애가 뭐 사 달라는 것도 없고. 너 액세서리 같은 거 환장하잖아."

그는 몰려 있는 여성용 잡화 노점들을 가리키며 말했다.

'그럼 내가 진짜 너랑 같이 축제나 즐기자고 나왔겠냐.'

나는 그런 그를 짜게 식은 눈으로 한번 바라본 후 말없이 고개를 돌렸다.

솔직히 지금 축제고 뭐고 아무것도 눈에 들어오지 않았다. 어디서부터 이클리스를 찾아야 할지 감도 안 잡혀서 심란하기 그지없었기 때문이다.

"야, 잠깐 이리 와 봐."

"어, 어!"

그때, 레널드가 내 손을 덥석 붙잡고 마구 끌고 갔다. 그런 나와 레널드의 뒤를 데릭이 별말 없이 뒤따랐다.

"자. 여기 좀 괜찮은 거 있네."

레널드가 나를 이끌고 도착한 곳은 한 보석 잡화점 앞이었다.

"아이고, 어서들 오십쇼! 한번 골라 보세요, 손님들! 이번에 동방
에서 가져온 물건들이 많이 들어왔습니다요."

뭐 하자는 건지 몰라서 그저 올려다보고만 있자, 그가 답답하다
는 듯 버럭 외쳤다.

"아, 한번 골라 보라잖아! 봐 봐, 얼른!"

그의 말에 나는 그제야 진열대를 바라보았다. 확실히 축제 기간
에만 볼 수 있을 법한 독특한 장식품들이 많이 있었다.

그러나 별로 사고 싶은 기분은 들지 않았다. 페넬로페의 보석함
은 이미 과포화 상태였다. 나는 금방 흥미를 잃었다. 그런데 그때.

"이게 좀 괜찮군."

내 옆으로 불쑥 팔이 뻗어 나왔다. 데릭이 무언가를 잡아 들었다.
백금 줄에 잘 익은 자두색의 보석들이 자잘하게 달린 팔찌였다.

"아이고! 역시 보통 눈이 아니십니다, 손님! 이 팔찌로 말할 것
같으면 저어기 동방의 광산에서만 발견되는 희귀한 보석을 석 달
밤낮으로 가공한……."

건수를 잡았다 싶었는지, 상인이 침을 튀기며 영업을 하기 시작
했다.

나는 데릭이 들고 있는 팔찌를 보고 기분이 묘해졌다. 자줏빛 보
석들이 내 머리 색과 비슷한 것 같다는 생각이 들었기 때문이다.

'에이, 설마. 나 주려는 거겠어?'

나는 [호감도 10%]를 똑똑히 보고 있었다. 지나친 억측이었다.

"그럼 난 이거."

레널드가 계산하는 분위기 같길래, 나도 얼른 마음에 드는 것을 하나 골랐다. 데릭이 든 팔찌에 대해 구구절절 설명하던 상인의 입이 왜인지 이번엔 딱 다물렸다.

"……진짜냐?"

레널드는 내가 든 것을 바라보며 미간을 한껏 구겼다. 표정이 이상한 건 데릭도 마찬가지였다.

"응. 이 가면."

내가 고른 것은 가판대 구석에 쑤셔 박혀 있던 흰색 가면이었다. 웃는 상으로 휘어진 눈코와 입만 뚫려 있는 것이, 하회탈이랑 비슷했다.

생각해 보니 아무리 로브를 뒤집어썼다 해도, 노예 시장에서 나같이 어린 여자애를 들여보낼 리 없었다.

그렇기에 내 선택은 정당하고 현명한 것이었다.

"이걸로 살래."

"야. 너 안 그래도 내가 좀 물어볼 게 있었는데……."

확정 짓는 나를 보며 레널드가 심각해진 얼굴로 물었다.

"요즘 어디 아픈 데 없냐? 머리가 가끔 어지럽고, 깜빡 잠들었다 정신을 차리면 다른 장소에 서 있고, 막 그러진 않냐고."

"사 주기 싫으면 싫다고 말해."

"아니, 싫은 게 아니라……! 진짜로 이걸 가지고 싶다고?"

"그렇다니까!"

나는 몇 번이고 확인하는 레널드 놈에게 결국 신경질을 부렸다.

놈은 영 미심쩍은 눈으로 나를 흘끔거리며 마지못해 데릭의 팔찌와 내 가면을 계산했다. 그 순간이었다.

뿌우우우—! 멀찍이서 시끄러운 소리가 들렸다. 그쪽을 바라보니 한 무리의 사람들이 거리 한복판을 가득 메운 채 걸어오고 있었다.

팡, 팡 폭죽이 터지더니 주위가 삽시간에 소란스러워졌다. 퍼레이드의 시작이었다.

퍼레이드 행렬을 보기 위해 사람들이 마구 쏟아져 나왔다. 퍽, 어깨를 치이는 일이 연달아 일어나 당황할 무렵.

"잡아라."

불쑥 눈앞에 고급스러운 겉옷 소매가 들이밀어졌다. 데릭이 무뚝뚝한 얼굴로 나를 내려다보고 있었다.

"……감사해요."

이러다 인파에 휩쓸릴 것 같았으므로 나는 얼른 그의 팔을 잡았다. 하지만 짚은 곳이 잘못됐는지 손바닥에 무언가가 달그락거렸다.

뿌우우—! 그때, 퍼레이드의 행렬이 막 우리가 서 있는 노점상 앞을 지나갔다. 나는 휩쓸리지 않도록 데릭의 소매를 있는 힘껏 쥐었다.

그러나, 투툭—.

"어, 어……!"

"페넬로페!"

무언가 뜯어지는 감촉과 함께 데릭의 급박한 얼굴이 점점 멀어졌다.

"아, 안 돼……."

무아지경으로 사람들 틈에 껴서 이동하던 나는, 한참이 지난 후 간신히 빽빽한 인간들 틈에서 벗어날 수 있었다.

다시 정신을 차리자 처음 오는 음침한 골목 구석에 서 있었다.

데릭의 소매에서 뜯어진 금 단추 하나와 레널드가 사 준 가면만 달
랑 든 채.

"······여기가 대체 어디야."

나는 어두컴컴한 주변을 둘러보며 울상을 지었다.

그 순간이었다. 문득 눈앞에 하얀색 네모 창이 떠오르더니.

〈SYSTEM〉 지금부터 [비운의 패전국 노예, 이클리스] 에피소드
가 시작됩니다. 노예 경매장으로 이동하시겠습니까?

[예. / 아니오.]

나는 멍하니 입을 벌렸다.

"이렇게 갑자기······?"

그리고 쫓아온 놈들 때문에 실패라고 생각했던 이클리스 루트를
곧바로 시작하게 되었다.

[예.]를 누르고 눈을 뜨니 노예 경매장 앞에 도달했다. 겉으로 봐
서는 절대로 몰라볼, 어느 허름한 건물이었다.

입구에는 몇몇 사람들이 줄을 서고 있는 것이 보였다. 하나같이
가면을 쓰고 있었다.

'역시, 내 선택이 옳았어.'

비록 다른 귀족들이 쓴 것과는 달리 경박하기 짝이 없는 모양새
였지만 어쨌든 얼굴만 가리면 되는 거 아닌가.

나는 얼른 들고 있던 하회탈 가면을 쓰고 줄 뒤에 섰다. 머리 색이 안 보이도록 뒤집어쓴 로브를 한 번 더 여미는 것도 잊지 않았다.

순서는 빠르게 줄어들어 내 차례가 되었다.

"초대장을 보여 주십시오."

조폭처럼 우락부락한 덩치의 사내가 내게 손을 내밀었다.

'초대장이 있어야 한단 말이야?'

나는 당황했다. 초대장이 있어야만 들어갈 수 있는 줄은 상상도 못 했기 때문이다.

'그런 얘긴 없었잖아, 이 망할 게임아!'

내가 대꾸 없이 우왕좌왕하자 덩치가 험악하게 인상을 찌푸렸다.

"초대장 없습니까? 이곳은 철저한 회원제로 운영되기 때문에 초대장 없인 못 들어갑니다. 그럼 다음……."

"자, 잠깐!"

회원제란 말에 번뜩 좋은 생각이 스쳤다. 나는 허겁지겁 주머니를 뒤졌다.

"여기."

내가 덩치에게 내밀어 보인 것은 뜯어진 데릭의 단추였다. 볼록 튀어나온 황금 위에 에카르트 가문의 상징이 선명하게 음각되어 있었다. 단추를 본 덩치의 눈이 휘둥그레졌다.

"초대장을 깜빡 잊고 놓고 왔다. 이 정도면 되겠지?"

"귀, 귀한 분을 미처 몰라뵀었습니다. 어, 어서 드시지요!"

그는 허겁지겁 비켜섰다. 나는 태연히 건물 입구를 지나쳤지만 속으론 내심 놀랐다.

'공작가의 세가 이렇게 강했구나.'

물론 가끔 쓸 만한 노예를 구해 올 만큼 공작이 이미 이러한 암흑 조직의 VIP 고객이었기에 쉽게 먹힌 걸지도 모른다. 게임 배경치곤 씁쓸한 일이었다.

"경매장으로 안내해 드리겠습니다."

입구를 지나자 안내를 맡는 시종이 붙었다. 나는 그를 따라 좁은 계단을 내려가기 시작했다.

얼마쯤 걸었을까. 저 끝에서 희미한 빛이 보일 때쯤, 계단이 끝났다. 그리고 나는 허름한 건물과는 어울리지 않을 만큼 호화스럽고 광활한 공간에 다다랐다.

'이렇게 넓은 공간이 숨겨져 있었단 말이야?'

드넓은 홀은 마치 콜로세움처럼 꾸며져 있었다. 관중석에 앉으면 아래 무대를 내려다볼 수 있도록.

"이쪽으로 앉으세요. 그리고 이걸 받으시지요."

시종은 나를 무대가 가장 잘 보이는 앞쪽 자리에 안내한 뒤 피켓 하나를 건네고 떠났다. 경매할 때 쓰는 것이었다. 멍하니 아래를 내려다보고 있으니.

"신사 숙녀 여러분! 드디어 경매가 시작되었습니다!"

곧바로 경매가 시작되었다. 사회자의 커다란 목소리를 시작으로 무거운 추를 단 쇠사슬에 묶여 있는 노예들이 무대 위로 올라왔다.

"10골드! 10골드, 더 없습니까? 10골드 낙찰!"

하나같이 음울한 표정인 노예들의 의사와는 관계없이 빠르게 그들의 값이 매겨지고 낙찰되기를 반복했다.

뒤로 갈수록 점점 신기한 재주를 부리거나 빼어난 외모를 가진 노예들이 등장하면서 낙찰되는 값도 기하급수적으로 치올랐다.

"100골드! 100골드 없습니까? 아, 102골드!"

낙찰을 위한 눈치싸움과 치열한 경쟁으로 경매장 안이 후끈 달아올랐다. 그리고 마침내.

"귀빈 여러분, 모두 오래 기다리셨습니다. 드디어, 대망의 마지막 노예!"

무심한 눈으로 경매 진행을 지켜보던 나는, 무대 위로 올라오는 마지막 노예를 보고 몸을 부쩍 바로 했다.

"제국에 처절하게 패한 야만인들의 나라에서 건너온! 노예, 이클리스를 소개합니다!"

잿빛에 가까운 회갈색 머리. 구속구에 입이 틀어 막힌 흉한 몰골에도 관중석을 향해 섬뜩하게 빛나고 있는 눈동자.

이클리스였다.

"여기 계신 여러분 모두, 이 노예의 소문을 들으셨겠죠?"

사회자가 헤벌쭉 웃으며 말했다. 나는 이클리스에 대한 소문을 전혀 들어 본 적이 없었다. 그러나 주변 인간들은 이미 알고 있는 사실인지 고개를 끄덕이며 웅성거렸다.

"하지만 한낱 귀로 듣는 소문과 직접 눈으로 보는 것은 큰 차이가 있기 마련입죠! 그래서 저희가 오늘 오신 귀빈들을 위해 특별한 이벤트를 준비했습니다! 보시죠!"

사회자의 손짓과 함께 일꾼 하나가 이클리스에게 무언가를 휙 던졌다. 어린아이들이 처음 검술 연습을 할 때 쓰는 작은 목검이었다.

'대체 뭐 하려는 거지?'

나는 그것을 보고 고개를 갸웃거렸다. 그때였다. 한쪽 구석에서 '좌르륵—' 쇠창살 열리는 소리가 들리더니.

"크르르르—!"

하이에나들이 무대 위로 훌쩍 뛰어올랐다. 무려 다섯 마리나.

'저, 저게 뭐야? 지금 무슨…….'

나는 펼쳐지는 상황에 경악했다.

맹수들은 잔뜩 굶주렸는지 침을 질질 흘리며 우뚝 서 있는 이클리스의 주변을 맴돌았다.

그는 손발이 모두 구속되어 있었다. 양발에 채워진 족쇄마저 사슬에 연결되어 있어 움직임이 제한됐다. 그에게 주어진 건 작은 목검 하나뿐.

게다가 하체만 대충 가려 놓은 천 조각 빼고는 보호막 하나 없이 헐벗은 상태였다.

'너무하잖아!'

가슴이 철렁 내려앉았다. 꼼짝없이 굶주린 짐승들에게 뜯어 먹히란 소리가 아닌가.

'어떡하지?'

지금 당장 자리에서 일어나서 저 노예를 내가 사겠다고 소리쳐야 하나 고민할 무렵이었다.

"크르르르—."

간을 보던 하이에나 중 가장 덩치가 큰 놈이 이클리스를 향해 펄쩍 뛰어올랐다. 그와 동시에 바닥을 구른 이클리스가 번개처럼 목검을 집어 자신을 덮친 하이에나의 눈에 찔러 넣었다. 그리고 거세게 발로 걷어찼다.

"깨갱—!"

하이에나가 울부짖으며 떨어져 나갔다. 그리고 이내 미동 없이 축 늘어졌다.

"크르르, 크헝!"

그것을 시작으로 나머지 짐승들이 동시에 뛰어 올랐다.

"헉!"

나는 짧게 비명 질렀다. 하나씩은 상대할 수 있어도 여러 마리를 동시에 상대하는 것은 무리일 게 뻔했다.

그러나 그런 걱정은 기우였다. 이클리스는 무척이나 절제된 동작으로 날카로운 발톱과 이빨을 피하며, 하이에나들을 하나씩 도륙해 나갔다. 고작 목검 하나로.

순식간에 두 마리가 더 바닥에 늘어졌다. 이제 남은 것은 두 마리.

하나를 상대하느라 미처 뒤를 신경 쓰지 못할 때, 다른 하나가 그의 뒤를 노렸다. 상대하고 있던 놈의 목을 우둑 꺾은 그가 재빠르게 목검을 들고 뒤돌았다.

"캐앵—!"

그리고 자신을 덮치던 하이에나의 뱃가죽에 들고 있던 목검을 쑤셔 넣었다. 끝이 뭉뚝한, 연습용 목검을.

털썩—! 피를 흩뿌리며 바닥에 내던져진 마지막 하이에나를 끝으로, 모든 상황이 종료됐다.

"허억, 헉……."

거칠게 어깨를 들썩이는 그의 손을 타고 시뻘건 짐승의 피가 뚝뚝 떨어졌다. 경매장 안에 정적이 내려앉았다.

얼마 후 짝, 짝, 한 명이 낸 소리를 시작으로 우레와 같은 박수가 터져 나왔다.

"감사합니다!"

조명이 켜지며 사회자가 큰 소리로 성공적인 쇼의 막을 내렸다.

"우으!"

피를 본 이클리스는 잔뜩 흥분했는지, 여전히 목검을 쥔 채 길길이 날뛰었다.

다가오는 일꾼들을 향해 위협적으로 팔을 휘두르던 그가, 갑자기 경련을 일으키며 바닥에 풀썩 쓰러졌다. 그리고 무대 밖으로 질질 끌려 나갔다. 반항하는 노예를 제압하기 위해 어떤 조치를 해 놓은 것 같았다.

"하핫, 워낙 혈기 넘치는 놈인지라…… 보통 방법으로는 다루기가 쉽지 않습니다."

자칫 위험할 뻔했던 상황에 사회자가 허허실실 웃으며 소란스러운 관중을 잠재웠다.

"자, 그럼! 가볍게 50만 골드부터 시작해 볼까요?"

드디어 이클리스의 경매가 시작되었다. 확실히 전에 나오던 노예들과는 시작 단위부터 달랐다. 나는 바짝 긴장한 채 경매에 집중했다.

"60만!"

"90만!"

"100만! 100만 골드 나왔습니다!"

이클리스의 가격은 빠른 속도로 솟구쳤다. 이 속도라면 내가 예상했던 1000만 골드까지는 쉽게 도달할 것 같았다.

"200만! 아, 저기 400만이 나왔군요!"

이클리스를 향한 치열한 경쟁은 다행히도 시간이 지날수록 차차 줄어들었다.

사실 패전국의 노예, 그것도 밤 시중이나 여흥을 바로 즐길 수도 없는 저런 위험천만한 노예를 500만 골드 이상씩 주고 사는 이는 거의 없었다. 보통 미친 인간이 아닌 이상에야.

"500만! 600만! 600만 나왔습니다!"

그사이 치솟은 값은 작은 집 하나를 사들일 수 있는 수준이 되었다.

이제 남은 것은 두 사람뿐이었다. 가면으로 가려져서 잘 보이지는 않았지만, 목주름이 자글자글한 늙어 보이는 여자와 엄청나게 뚱뚱한 남자였다.

게슴츠레하고 번들거리는 눈빛들. 둘 다 무슨 이유로 이클리스를 노리는 것인지 알 만했다.

"900만! 900만 나왔습니다!"

늙은 여자가 300만을 확 올리며 마지막 승부수를 던졌다.

"1000만! 1000만입니다!"

하지만 뚱뚱한 남자도 지지 않았다. 입이 찢어질 듯 벌어진 사회자가 늙은 여자 쪽을 바라보았다. 하지만 패배인 듯, 그녀는 사납게 피켓을 집어 던졌다.

"1000만! 1000만 더 없으면 이대로 가겠습니다! 5! 4!"

카운트다운이 시작됐다. 나는 신중하게 주변을 둘러보았다. 뚱뚱한 남자에게 더 대적할 만한 사람이 있는지 확인하기 위해서였다.

"3! 2……!"

그리고 없다는 확신이 들자, 그제야 피켓을 들었다.

"1억."

장내가 순식간에 고요해졌다. 내 쪽으로 확 쏠리는 시선들에 소리가 있다면 분명 엄청나게 시끄러웠으리라.

"1……!"

사회자가 입을 떡 벌렸다. 제가 들은 금액이 믿기지 않는 듯 한참을 버벅대던 그는 이내 희열에 찬 얼굴로 버럭 소리쳤다.

"1억! 1억 골드 나왔습니다! 더 없습니까!"

있을 리가 없었다. 설사 있더라도 딱히 상관없었다. 나는 무조건 가장 마지막 경매가의 열 배를 부르기로 작정한 상태였으니까.

내 목숨이 달린 일이었다. 그것이 1억이 아니라, 10억이라도.

"1억 골드, 낙찰!"

나는 기꺼이 웃으며 지불할 것이다.

"이, 이쪽으로 오십시오!"

경매가 모두 끝나고 사회자는 직접 나를 안내했다. 보아하니 마냥 얼굴마담이 아니라, 이 경매장을 운영하는 조직에서 한 위치를 맡은 자인 듯했다.

나는 그를 따라 노예들을 가둬 놓는 감옥으로 이동했다. 거기서도 더 깊숙하게 자리한 독방에 이클리스는 가둬져 있었다.

쫘악—. 여러 일꾼들의 손에 들린 채찍이 그의 맨살에 떨어졌다.

낙찰된 노예는 곧바로 쇠창살이 달린 이동장으로 옮겨져 얼마 후 구매한 사람의 자택으로 배송된다. 내가 사들인 이클리스 또한 그렇게 배송될 예정인지, 이동장으로 옮겨지는 중이었다.

쫘악—! 또 한 번의 채찍질이 그의 등 위로 떨어지고, 피가 튀었다.

'세상에.'

차마 볼 수 없을 만큼 처참한 몰골에 나는 눈살을 찌푸렸다.

본디 게임에서 공작은 축제가 한창 무르익었을 즈음 이클리스를 데려왔다. 다른 이에게 먼저 낙찰돼 배송되기 직전이었던 그를 알아보고 웃돈을 준 후 데리고 온 것이다.

나는 공작을 앞서기 위해 축제 첫날부터 무리하게 탈출을 강행했다. 결과적으로 낙찰을 받았으니 다행이라고 해야 할까.

"값은 어떻게 치르실까요, 손님."

그때 사회자, 아니 노예상이 굽신거리며 물었다.

"자."

"헉!"

나는 품에서 백지 수표를 꺼내 건넸다. 그를 본 노예상이 숨을 집어 먹었다. 하지만 이내 희번덕거리며 물었다.

"금액 청구는 어느 가문으로 하면 될깝쇼."

"에카르트 공작저로."

나는 당당하게 말했다. 노예를 사는 데 1억씩이나 썼다는 것을 알면 공작이 역정을 내겠지만, 적당한 변명을 이미 생각해 둔 상태였다.

노예상은 내 말에 놀란 표정을 짓다, 이내 미심쩍은 눈빛을 보냈다.

"그…… 시, 실례지만 신원을 보장할 수 있는 증표를 좀 볼 수 있겠습니까?"

"지금 날 의심하는 건가?"

나는 차갑게 되물었다. 그러자 노예상이 손사래를 쳤다.

"아, 아니요! 그럴 리가 있겠습니까! 하, 하지만 평소 저희 경매장을 방문해 주시던 분과 다른 분이신지라……."

그 말에 나는 하는 수 없이 주머니를 뒤져 무언가를 꺼냈다. 그리고 신경질적으로 그것을 노예상에게 던졌다.

"값을 치르러 올 때 그걸 같이 들고 찾아오든지."

"아, 아이고! 제, 제가 귀한 분을 미처 몰라뵈었습니다!"

에카르트 가문의 상징이 선명하게 새겨진 데릭의 금 단추를 보고 노예상이 깊이 허리를 숙였다. 이어서 그는 허겁지겁 무언가를 꺼내 건넸다.

"여기 이것을 받으십시오, 손님."

커다랗고 새빨간 루비가 박힌 반지였다.

"이게 뭐지?"

"저 노예의 주인 되는 분께 드릴 증표입니다."

나는 일단 반지를 건네받았다. 뭐에 쓰는지 몰라 가만히 바라보고만 있자, 놈이 손가락으로 어딘가를 가리켰다.

"노예의 목에 달린 가죽이 보이십니까?"

이클리스의 목에는 노란색 구슬이 달린 가죽 초커(choker)가 채워져 있었다.

고개를 까딱이자 노예상이 설명을 더했다.

"저 초커에는 마비 마법이 걸려 있습니다. 이 반지의 루비를 누르시면 노란색 구슬에서 충격파가 뿜어져 나와 반항하는 노예를 제압할 수 있게 되는 것이지요."

아까 전 무대에서 날뛰던 이클리스를 단번에 무력하게 만든 것이 이것이었나 보다.

"그런데 너무 많이 사용하면 뇌가 녹아 버리니 조심하시기 바랍니다."

노예상이 주의사항을 덧붙이며 말을 마쳤다.

'뇌가 녹는다니…….'

너무 잔인한 일이었다. 나는 내 손에 들린 반지를 내려다보며 오만상을 찌푸렸다.

"하지만 손님같이 여린 분께서 다루기에 저놈은 무척 위험한 놈이니, 항시 끼고 계십시오. 어서 껴 보세요, 어서요."

그러나 가면 때문에 찌푸린 내 표정을 보지 못하는 노예상은 여러 번 당부했다. 놈의 재촉에 못 이겨 나는 반지를 검지에 끼는 시늉을 했다.

그때였다.

"아악―!"

불현듯 앞쪽에서 날카로운 비명이 울려 퍼졌다. 화들짝 놀라 그쪽을 바라보니, 한 일꾼이 이클리스의 양 허벅지 사이에 낀 채 목이 졸리고 있었다.

양발을 연결하고 있던 족쇄의 사슬은 어느새 끊어진 상태였다.

"이, 이봐! 다, 당장 제압해!"

노예상이 희게 질린 얼굴로 꽥 소리쳤다.

쫘악, 쫘악― 일꾼들은 동료를 죽이고 있는 사나운 노예에게 차마 다가가지도 못하고 멀찍이 선 채, 채찍만 내리쳤다.

"꺼윽……."

시간이 지날수록 목이 졸린 일꾼은 죽어 가고, 이클리스의 맨살은 너덜너덜한 넝마처럼 변해 갔다.

사람이 죽는 것을 더 두고 볼 수만은 없었다. 나는 한참을 망설이다가, 왼손에 낀 반지의 루비를 꾹 눌렀다.

"으윽!"

그와 동시에 이클리스의 몸이 딱딱하게 굳어지더니, 이내 덜덜 경련하며 자리에 쓰러졌다.

"푸헉! 헉, 허억……!"

덕분에 풀려난 일꾼이 시퍼레진 얼굴로 헐레벌떡 감옥을 빠져나갔다. 나는 바닥을 기며 벌벌 떨고 있는 이클리스에게로 뚜벅뚜벅 걸어갔다.

"소, 손님!"

노예상이 기겁을 하며 나를 말렸지만 개의치 않았다.

"크윽……!"

이클리스는 극심한 고통을 느끼는 중에도 내가 다가가자 살기가 가득 담긴 눈으로 나를 노려보았다. 거리가 가까워질수록, 그의 회갈색 머리 위에 있는 [호감도 0%]가 위태롭게 반짝거렸다.

나는 그 앞에 주저앉아, 힘없이 처진 그의 고개를 잡아 들었다.

"이클리스."

눈을 맞추며 나직이 그를 불렀다. 그의 눈이 사납게 빛났다. 충격이 가시기만 한다면 곧장 나를 죽여 버리겠다는 속내가 읽혔다.

이러면 도저히 공작저까지 데리고 갈 수가 없었다. 나는 잠시 입술을 깨물며 고민하다가, 한 손을 들어 쓰고 있던 가면을 벗었다.

"똑바로 봐, 이클리스."

날뛰는 이클리스를 진정시킬 다른 방도가 생각나지 않았다. 그저 그가 현실을 깨우치기를 바랄 수밖에.

"1억 골드나 주고 널 산, 네 주인의 얼굴을."

가면 아래 가려져 있던 얼굴이 드러났다. 그의 잿빛 동공이 일순 커졌다. 이런 장소와 전혀 어울리지 않는, 숨이 막힐 만큼 아름답고 고혹적인 페넬로페의 얼굴 때문일 것이다.

나는 그를 똑똑히 응시하며 입을 벌렸다.

"나는 돈이 썩어 나서 그 비싼 값을 주고 널 사들인 게 아니야. 이 나라에 그 어떤 정신 나간 귀족도 패전국의 노예 따위에게 1억씩이나 쏟아붓지 않는단 말이야. 응?"

내가 낙찰받기 전 이클리스의 최종 가격이 1000만 골드였던 것을 떠올리면 지극히 맞는 말이다. 1억 골드면 수도 외곽의 웬만한 성 한 채를 살 수 있는 금액이었다.

"여기서 귀족에게 반항하고, 날뛰고, 그래서 결국 탈출해 봤자 네가 대체 뭘 할 수 있지? 돌아갈 고국도 없어진 마당에."

내 말이 무언가를 건드린 듯 이클리스는 이를 악물었다. 제 턱을 들고 있는 내 손에서 벗어나기 위해 버둥거리는 것을, 힘을 줘 우악스럽게 잡아챘다.

다시 한번 내 쪽으로 시선을 고정시킨 나는 고압적으로 그를 내리깔아 보았다.

"나는 주제를 모르는 멍청한 인간들을 무척이나 싫어한단다. 난 네게서 가망성을 보았고, 그래서 기꺼이 돈을 투자했어. 그게 너와 나 사이에 있는 전부야."

투자한 것은 비단 돈뿐만이 아니었다. 이놈을 얻기 위해 얼마나 고생하며 빠져나왔던가.

"그러니 네게 지불한 1억 골드가 아깝지 않도록, 너는 내게 네 가치를 증명해야 할 거야."

"……."

"그렇지 않으면 나는 가차 없이 널 이곳으로 돌려보낼 거니까. 알아들었어?"

나는 눈을 번뜩이며 물었다.

솔직히 나조차도 내가 이렇게까지 할 줄 몰랐다. 이 미친 게임 속에서 살아남으려는 내 절박함이 이 정도였는지.

잔뜩 흥분한 그를 진정시키려면, 다소 모질더라도 냉정하게 현실을 깨우치게 하는 수밖에 없었다. 그는 더 이상 제 나라의 귀족이 아닌, 팔려 갈 처지의 노예일 뿐이라는 것을.

이클리스의 동공이 한차례 흔들렸다. 내가 자신을 사들인 이유가 고작 여흥이나 즐기기 위함이 아니라는 것을 눈치챈 듯했다.

"알아들었으면 고개 끄덕여. 빨리 집으로 가야 하니까."

그는 한참 후 미미하게 고개를 움직였다. 다행히 호감도도 변함이 없었다. 그것으로 충분했다.

"소, 손님! 어디 다치신 데는 없습니까!"

가면을 다시 내려쓴 후 자리에서 일어나자 그제야 노예상이 뒤늦게 주춤주춤 다가왔다. 퍽 두려운지 채찍을 구명줄처럼 손에 꼭 쥔 상태였다.

"이봐."

"예, 옙! 무, 무슨 하명하실 일이라도…….."

나는 비척비척 일어나는 이클리스를 턱짓하며 명령했다.

"족쇄 풀어."

"예, 예?"

"족쇄 풀라고."

"하, 하지만 손님! 이 노예는……!"

"수갑하고 목에 있는 초커만 놔두고 구속구도 다 풀어. 내가 직접 데리고 갈 거니까."

짜증스럽게 쏘아붙이자 노예상은 어쩔 수 없이 일꾼에게 눈짓했다.

잠시 후 두 팔을 제외하고 이클리스는 거동이 자유로워졌다. 일꾼들과 노예상이 재빨리 두세 걸음 물러섰지만 그는 더 난동 부리지 않고 고요히 서 있기만 했다.

"그리고 너."

나는 제일 적극적으로 채찍을 내리치던 일꾼 하나를 손가락질했다.

"저, 저요?"

"옷 벗어."

"예, 예에?!"

"속옷만 빼고 다 벗어서 옷 애 줘."

경악하는 노예상과 일꾼 앞에, 나는 챙겨온 금화 주머니를 던졌다. 털썩―.

"어서."

벌거벗고 있던 노예는 얼마 안 가 밖을 나돌아 다녀도 될 만한 몰골을 갖추었다.

이클리스를 뒤에 달고 경매장을 나왔을 땐 벌써 새벽이 저물고 있었다. 긴장으로 밤을 꼴딱 새운 나는 몹시 지친 상태였다.

"하……."

하늘에 깔린 여명을 바라보자 깊은 한숨이 나왔다. 어찌어찌 여기로 오긴 했지만, 공작저로 어떻게 돌아가야 할지 몰랐다.

"일단, 따라와."

나는 뒤에 선 이클리스를 힐끔 바라보며 말했다. 그는 아무런 대답도 하지 않았다. 노예치곤 건방진 행동이었지만, 탓할 힘도 없어서 그냥 내버려 뒀다.

나는 그를 이끌고 경매장과 가장 가까운 골목길로 들어섰다. 우선 큰길로 나갈 심산이었다. 그래야 사람들에게 공작저로 가는 길을 물어보기라도 할 수 있으니.

구불구불한 골목의 코너를 막 꺾던 찰나였다.

"저기, 나온다!"

멀찍이 있던 한 무리의 인간들이 우르르 달려왔다. 순식간에 좁은 골목길이 꽉 막혔다.

"안녕하시오."

수하들을 헤치고 처음 보는 남자가 걸어 나왔다. 키가 작고 엄청나게 뚱뚱한 남자였다.

"누구지?"

나는 경계하며 물었다. 그러자 남자가 황당하다는 듯 웃었다.

"나를 모르오? 허."

"내가 당신이 누군지 어떻게 알아."

"내가 바로 그 유명한 클루이……!"

"주, 주인님!"

거들먹거리며 제 신분을 떠벌리려던 남자를 그 옆의 수하가 허겁지겁 가로막았다. 그러자 정신을 차린 듯 남자가 헛기침했다.

"큼큼. 내가 그대를 기다린 것은 다름이 아니오라……."

"……."

"저 노예를 내게 넘기시오."

그의 눈이 슬쩍 내 뒤를 향했다. 나는 그제야 남자가 누군지 깨달 았다. 아까 전 늙은 여자와 마지막까지 경쟁하던 뚱뚱한 남자였다.

"이클리스, 물러서 있어."

나는 탐욕이 뚝뚝 떨어지는 남자의 눈으로부터 이클리스를 보호 하기 위해 앞을 가로막고 섰다.

'자고로 주인이란 제 아랫사람을 지킬 줄 알아야 해.'

나는 이제 그의 주인이니 이 상황을 의연하게 해결하기로 결심했 다. 사실 진짜 속셈은 따로 있었다.

'겸사겸사 호감도도 따고 그러지 뭐.'

돼지의 뒤에 서 있는 수하들이 좀 무섭긴 했지만, 별일이야 있겠 는가. 나는 날아가는 새도 떨어뜨린다는 에카르트 공작가의 하나 뿐인 공녀다.

자기 세뇌를 끝낸 나는 도도하게 턱을 치켜들고 말했다.

"내가 아까 1억 골드를 주고 낙찰받은 것을 벌써 잊어버렸나?"

"그, 그건······!"

내 말에 놈의 얼굴이 붉으락푸르락해졌다.

"내 오늘은 그만한 돈을 미처 들고 오지 못했소. 우선 1000만 골드를 그쪽에게 먼저 주고, 나머지 차액은 다음 주 내로 지불할 테니······."

"10억."

"······뭐, 뭐라?"

"나는 무조건 최종 경매가의 열 배를 지불할 생각이었어."

"그, 그게······!"

"당신이 아까 1억을 불렀다면 나는 10억을 불러 낙찰받았겠지. 그러니 이 노예의 최종 가격은 10억 골드야."

돼지는 내 말에 꽥 소리를 질렀다.

"그런 억지가 어디 있나!"

"억지 부리는 건 내가 아닌 것 같은데?"

돼지의 얼굴이 이제는 곧 터질 폭탄처럼 시뻘겋게 부풀어 올랐다. 손쉽게 이클리스를 빼앗을 수 있을 줄 알았는지 놈은 분을 참지 못했다.

"너, 넘기라면 넘길 것이지 왜 이렇게 말이 많아! 감히 내가 누군지 아느냐?!"

"너야말로 감히 내가 누군 줄 알아?"

여차하면 가면을 벗을 용의도 있었다. 데릭의 금 단추를 노예상에게 주고 온 탓에, 내 신분을 확인시킬 방도가 없었기 때문이다.

진분홍빛 머리칼과 청록색 눈동자.

그것을 보면 내가 누군지 충분히 알아차리리라. 그 생각을 하며 손을 움찔거릴 때였다.

"이, 이런 발칙한 계집이……!"

돼지가 한발 빨랐다. 휘익—! 높이 쳐든 퉁퉁한 손이 내 뺨을 후려치기 위해 빠르게 다가오고 있었다.

한발 늦게 알아차린 내가 뒤로 몸을 물리려던 순간.

"아악—!"

코앞에서 돼지의 손이 꺾였다. 내 뒤에서 뻗어 나온 팔에 의해.

'분명 수갑이 채워져 있을 텐데……?'

멍한 머릿속에 그 생각이 떠오를 무렵.

"아, 아흑! 잭, 잭! 이, 이것들! 이것들 다 죽여억—!"

이클리스에게서 풀려난 돼지가 꺾인 손을 부여잡고 고래고래 비명을 질렀다.

"뒤로 물러서 계세요."

정중한 손길이 내 몸을 뒤로 물렸다. 그다음 일어난 일들은 경매장의 연장선이었다.

퍽, 뿌드득— 으아악! 꺼윽!

적의 수가 많은 것은 이클리스에게는 아무런 문제가 되지 않았다. 그가 한 번 움직일 때마다 섬뜩한 소리와 함께 돼지의 수하들이 픽픽 쓰러져 나갔다.

"흐으."

나는 주춤주춤 뒷걸음질 쳤다. 무대에서 멀찍이 떨어져 앉아 짐승과 싸우던 그를 구경하던 것과는 차원이 달랐다. 진짜 살육의 현장. 그의 손짓 하나에 살이 터지고 피가 튀었다.

선명한 선홍색 핏줄기가 눈앞에 솟구치자, 갑자기 숨이 턱 막혔다. 일전에 황궁에서 황태자가 암살자의 목을 베었을 때가 떠올랐다.

그때 느꼈던 경악, 코를 찌르는 비린내.

'무서워……'

나는 벽에 딱 붙은 채, 살인 기계처럼 움직이는 이클리스를 보며 덜덜 떨었다.

상황은 순식간에 종료됐다. 피떡이 되어 늘어진 남자들 틈에 주저앉아 있는 돼지가 나처럼 경악으로 눈을 홉뜬 채 굳어 있었다.

벌어진 그의 고간 사이가 짙은 색으로 젖어 들기 시작하더니, 아래에 누런 웅덩이가 생겼다.

그것을 보고 더럽다고 느낄 새가 없었다. 모든 일을 끝마친 이클리스가 터덜터덜 내 쪽으로 걸어오기 시작했기 때문이다.

완전히 부서진 채 그의 손목에서 덜렁거리는 수갑. 그 끝에서 끈적한 핏방울들이 뚝뚝 떨어졌다.

"흐읍."

나는 다가오는 무표정한 회갈색 머리의 사내를 보고 겁에 질렸다. 저런 무서운 이를 두고 아까 전엔 감히 어떻게 협박을 할 생각을 다 했을까.

가면을 벗지 않아서 다행이었다. 안 그랬으면 두려움에 떨고 있는 얼굴이 놈의 시선 아래 고스란히 노출되었을 테니까.

"……주인님."

단숨에 내 앞에 당도한 이클리스는 느닷없이 바닥에 털썩 무릎을 꿇었다. 그 행동에 채 놀라기도 전에.

"제가 모조리 해치우고 왔어요."

나를 응시하는 이클리스의 잿빛 눈동자가 진득했다. 그는 아무렇게나 놓여 있던 내 손 위에 제 얼굴을 가져다 댔다.

"칭찬해 주세요, 주인님."

그리고 애교를 부리는 강아지처럼 한껏 뺨을 비비적거렸다. 차가웠던 손바닥이 마찰로 인해 점점 따뜻해졌다.

나는 그가 뺨을 비비는 손이 초커를 제어하는 반지가 끼어 있는 손이라는 것조차 알아차리지 못했다. 그저 바짝 얼어붙은 채, 아랫배 근처에 놓여 있는 그의 머리만 멀거니 바라볼 뿐.

[호감도 18%]

내 선택은.

결코 틀리지 않았다.

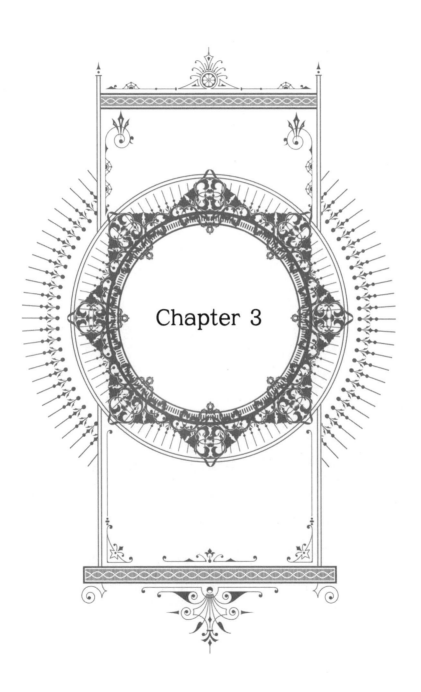

Chapter 3

Chapter 3

"아, 아가씨!"

이클리스를 데리고 간신히 물어물어 공작저에 도착했을 때는 이미 아침이 밝아 있었다.

멀찍이 걸어오는 나를 발견한 집사와 에밀리가 사색이 되어 달려왔다.

"페넬로페 아가씨. 대체……!"

"대체 간밤에 어디 계셨던 거예요!"

말을 잇지 못하는 집사를 대신하여 에밀리가 비명 지르듯 물었다. 그들의 반응에 나는 이클리스를 데리고 몰래 들어가는 것은 실패라는 것을 직감했다.

"……아버지도 아시니?"

"그럼요! 도련님들은 기사들을 이끌고 아가씨 찾으려고 밤새 돌아다니시고, 그 와중에 꼭두새벽부터 노예상들이 찾아와서 저택이 발칵 뒤집혔다고요! ”

나는 들려오는 에밀리의 말에 이마를 부여잡았다. 내 신분을 미심쩍어하던 노예상 놈이 기어이 날이 밝자마자 값을 치르러 왔다. 그것도 나보다 먼저.

게다가 쉬쉬해도 모자랄 판에 데릭과 레널드가 난리를 쳐 놨다니.

'미친…… 그놈들을 데리고 나오는 게 아니었는데.'

끙, 하고 앓는 소리를 내자 에밀리가 펄쩍 뛰며 나를 대문 안으로 밀었다.

“어서 들어가셔요, 아가씨. 어서!”

“아가씨. 저자는 누구입니까?”

저택으로 들어가는 내 뒤를 자연히 바짝 따르던 이클리스를 집사가 막아섰다.

“앞으로 내 전담 호위가 될 이야. 적당한 방을 내주고, 쉴 수 있도록 준비해 줘.”

“아, 아가씨! 그게 무슨……!”

그는 상처투성이에 허름한 차림새의 이클리스를 위아래로 훑어보며 질색했다.

“그럴 수는 없습니다, 아가씨! 신원도 모르는 이를 어떻게 저택 안으로 들일 수……!”

“집사. 며칠이나 지났다고 벌써 내 말이 우습게 들리는 모양이야.”

노예 경매장에서 밤을 꼴딱 새운 나는 몹시 피곤한 상태였다. 당장 내 방으로 올라가 침대에 몸을 던지고 싶었지만, 해결할 일이 산더미였다. 한가하게 고용인들이나 상대하고 있을 틈이 없다.

“이클리스가 머무를 수 있도록 신경 써 줘. 부탁할게.”

"······알겠습니다, 아가씨."

집사는 정말 마지못해 한다는 듯 고개를 숙였다. 부탁 다음은 협박이었다. 더 힘 뺄 일이 일어나지 않아 다행이었다.

그들과 함께 빠르게 저택의 현관에 들어섰을 때였다.

"야! 너······!"

현관 앞에서 초조하게 왔다 갔다 하던 레널드가 제일 먼저 나를 알아보았다. 그 목소리에 앉아 있던 공작이 벌떡 자리에서 일어났다.

"페넬로페!"

"······아버지."

공작의 서슬 퍼런 시선에 짓눌려 나도 모르게 주춤했다. 그런 나를 보며 공작이 레널드처럼 버럭 소리를 지르려다 꾹 참았다. 대신.

"······지금 당장 집무실로 따라와라."

찬바람을 쌩하니 일으키며 집무실로 사라지는 공작의 뒷모습에 절로 깊은 한숨이 터져 나왔다.

'에휴. 이제 또 어떻게 빌어야 한담.'

이클리스 놈 하나 얻자고 이게 다 무슨 개고생이란 말인가. 괜한 원망에 그쪽으로 사납게 몸을 돌렸던 나는 이내 회갈색 머리칼 위를 보고 푸시식 식어 버렸다.

[호감도 18%]

참아야 했다. 내 유일한 살 구멍이지 않은가.

그사이 내 뒤에 바짝 붙어 있는 이클리스를 발견한 레널드가 험악하게 뇌까렸다.

"이 거지 같은 놈은 또 뭐야?"

"집사를 따라가 있으렴, 이클리스."

괜한 소란이 생길까 두려워 나는 얼른 이클리스에게 말했다.

"집사를 따르긴 어딜! 여기가 어디라고 들여!"

레널드는 버럭 신경질을 내며 할 말이 많다는 얼굴을 했다. 그러나 당장 공작에게 가야 하는 내 처지 때문인지 더 물고 늘어지지 못하고 씨근덕거렸다.

그것은 이클리스도 마찬가지였다. 말없이 나를 바라보던 그가 입술을 달싹였다.

"어서, 착하지."

무슨 할 말이 있는 듯했지만, 나는 단호하게 막았다. 지금은 그럴 시간이 없었다.

나는 들고 있던 가면을 에밀리에게 맡긴 후 서둘러 공작을 좇아 갔다. 달칵, 집무실 문을 열고 안으로 들어서자마자 차가운 목소리가 사정없이 내리꽂혔다.

"페넬로페 에카르트."

"네, 아버지."

나는 그의 앞에 다가가 공손히 섰다. 공작은 책상을 등진 채 앉아 있었다.

"어떻게 된 건지 자초지종을 설명해 보거라."

무거운 공작의 목소리에 간담이 서늘했다. 그의 표정이 어떤지 내 쪽에선 보이지 않아서, 이 상황을 지금까지처럼 잘 해결해 나갈 수 있을지 자신이 없었다.

공작과의 관계 개선으로 쌓았던 명성 따위야 떨어져도 상관없었다. 하지만 그의 입김이 기껏 쌓아 놓은 두 형제의 호감도에 영향을 미칠까 걱정됐다.

나는 짧은 사이 수많은 고민 끝에 일단 지금까지 먹혔던 방법을 써먹기로 했다.

"……말도 없이 나가서 죄송해요, 아버지."

"요즘 네게서 가장 많이 듣는 소리로군."

그러나 두 번까진 쉬웠을망정, 세 번은 먹혀들지 않았다. 곧바로 쏟아지는 공작의 말에 나는 말문을 잃었다.

"매번 말로만 사과할 뿐 실제로 반성하는 일은 드문 것 같은데. 어떻게 생각하느냐."

"그건……."

입술을 잘근잘근 깨물던 나는 그가 지금까지의 페넬로페에게서 가장 우려해 오던 것부터 황급히 꺼냈다.

"맹세코 가문에 먹칠할 일은 저지르지 않았어요, 아버지."

"그딴 소리나 듣자고 밤새 기다렸던 게 아니야!"

쾅! 그러나 내 말이 끝나기 무섭게 공작이 버럭 화를 내며, 팔걸이를 내리쳤다.

"흐읍……."

나는 작게 숨을 집어 먹었다. 언제나 페넬로페에게 무관심하기만 했지, 이렇게 화를 내는 공작의 모습은 게임에서도 본 적이 없어서 와락 두려움이 몰려왔다.

'어떻게 해야 하는 거야!'

정신이 혼비백산했다. 저번 황태자와의 소란에서도 그랬듯, 이번에도 대충 반성하는 척 빌면 쉽게 넘길 수 있을 거란 생각은 오산이었던 걸까.

"본론이나 얘기하거라, 페넬로페 에카르트. 공작가의 공녀가 왜 호위 하나 없이 밤거리를 나섰지?"

내가 겁을 먹은 채 아무 말도 못 하자, 공작이 한차례 거친 숨을 몰아쉬었다. 그리고 한결 누그러진 목소리로 물었다.

"아침에 저택으로 쳐들어온 상스러운 놈들은 또 뭐고. 하룻밤 사이에 무슨 일이 있었던 거냐."

나는 들리지 않게 한숨을 내쉬었다. 공작이 이렇게까지 하는 이상, 더 잘못을 비는 것은 의미가 없었다.

"……축제의 밤거리가 보고 싶어서 몰래 나가게 됐어요."

"훤한 대낮을 놔두고, 왜 굳이 밤에 몰래 나간다는 것이지? 그리고 정 나가고 싶었으면 허락을 구했으면 될 것 아니냐!"

"허락하지 않으실 것 같아서요."

"……뭐?"

"공식 석상이 아니면 함부로 나가지 못하게 하셨잖아요."

사실이었다. 내가 이클리스를 구하기 위해 눈이 빠져라 개구멍부터 찾아다닌 이유였다.

게임에서조차 페넬로페의 배경은 거의 다가 공작저 아니면 연회장뿐이었다. 자세한 설정은 나오지 않았지만, 나는 이곳으로 돌아오자마자 바로 눈치챌 수 있었다.

페넬로페는 평소의 삶 자체가 근신이나 다름없었다. 사고 치는 것을 미연에 방지하기 위해, 그녀의 이름으로 온 초대에 참여하는 것을 빼곤 저택에 하염없이 가둬 뒀다.

때문에 귀족 영애들에게 꼭 배정되는 전담 호위조차 존재하지 않았다. 불필요한 인력 낭비였으니까.

"……."

공작은 한동안 아무 말도 하지 못했다. 그는 한참 후에야 낮게 잠긴 목소리로 다음을 종용했다.

"……그래서."

"나가는 길에 오라버니들과 마주치게 되었어요. 처음엔 못 가게 막으셨지만 제가 너무 가고 싶다고 애원해서, 결국 같이 가 주셨습니다. 제 호위 하나 맡기자고 가문의 기사들을 깨울 수는 없는 노릇이니까요."

"…….."

"함께 축제 거리를 구경하다가 퍼레이드 행렬에 휩쓸려서 오라버니들과 떨어지게 됐어요. 어느 음침한 골목길을 헤매고 있는데, 질이 좋지 않은 귀족을 마주쳐서 큰일을 겪을 뻔했지요."

"……뭐, 뭐라고!"

그 순간 공작이 의자에서 벌떡 일어났다.

"그놈이 누구냐! 어떤 놈이 감히……!"

"너, 너무 경황이 없어서 누군지 알지 못했어요."

나는 예상외로 격한 그의 반응에 깜짝 놀랐다. 이글이글 타오르는 공작의 눈이 당장 누군지 밝히지 않으면 큰일 날 것 같았다.

"그냥 클루이 어쩌고라고 들었던 것밖에는……."

"클루이, 클루이란 말이지."

그 돼지 놈으로 대충 얼버무리려 했지만, 공작은 마치 '클루이'란 단어를 머리에 새기려는 사람처럼 여러 번 반복해서 되뇌었다.

다시 자리에 앉으면서도 계속 음산하게 중얼대는 그를 보자니 속이 뜨끔했다. 괜한 불똥이라도 튈까 무서워 나는 허겁지겁 말을 돌렸다.

"그때 지나가던 이클리스가 저를 도와줬어요."

"……이클리스? 네가 데려온 놈을 말하는 것이냐?"

"네. 이클리스는 노예 경매장을 탈출해서 도망가던 중이었어요."

노예라는 말에 공작의 미간이 불쾌하게 찌푸려졌다. 나는 얼른 덧붙였다.

"패전국의 귀족 출신이라고 해요."

그제야 공작의 얼굴이 펴졌다. 그 변화에 입이 썼다.

"저를 도와주느라 이클리스는 뒤쫓아 온 노예상들에게 잡혀 다시 끌려가게 되었어요. 마침 제게는 아버지가 준 백지 수표와 데릭 오라버니의 단추가 있어서 그를 경매장에서 사들였고요."

"1억 골드씩이나 주고 말이냐?"

"생명의 은인을 도저히 외면할 수 없었습니다."

실제 상황과는 무척이나 다른 이야기였지만, 어쨌든 이클리스는 '생명의 은인'이 맞았다.

정확히는, 앞으로 될 예정인.

"겨우 노예 따위나 사들이라고 네게 백지 수표를 준 게 아니다."

공작이 화를 참지 않는 목소리로 싸늘하게 일갈했다.

— 녀석, 얼마나 드레스를 사들이려고 백지 수표까지 달라는 게야.

껄껄 웃으며 수표를 건네던 그의 목소리가 생생했다. 그러나 내 이야기가 사실이라면 별수 없지 않은가.

"저 때문에 탈출에 실패하고 경매장으로 다시 잡혀가게 된 걸요."

"……."

"한낱 짐승도 은혜를 갚을 줄 아는데, 에카르트의 성을 달고 어떻게 어려운 상황에 처한 은인을 외면하겠……."

그 순간이었다.

쾅—! 공작의 집무실 문이 벌컥 열렸다. 그리고 등장한 것은.

"너, 대체……!"

온통 땀범벅에 창백한 낯빛을 한 데릭이었다.

"대체 어디에 처박혀 있었던 거냐."

그는 무서운 얼굴로 나를 노려보며 집무실 안으로 성큼성큼 다가왔다.

"오, 오라버니."

나는 공작의 눈치를 보며 속으로 엄청 당황했다. 그러나 그는 눈에 뵈는 게 아무것도 없는 사람 같았다.

"밤새 수도 곳곳 가 보지 않은 곳이 없다. 오죽하면 홍등가까지 샅샅이 뒤졌어! 인신매매단 놈들에게 혹여 납치라도 당했을까 봐, 네가!"

"……."

"그래서 네가……!"

한달음에 다가온 데릭이 두 손으로 내 어깨를 와락 붙들고 잡아먹을 듯 윽박질렀다.

그가 이런 표정을 짓는 건 한 번도 본 적이 없었다. 게다가 그의 머리 위를 보니 더 까무러칠 지경이었다.

[호감도 13%]

'이게 대체 무슨 일이야.'

소매 단추가 뜯어졌을 때, 마지막으로 본 그의 얼굴이 떠올랐다.

— 페넬로페!

멀어지는 나를 다시 붙들기 위해 안간힘을 쓰던 그 급박한 얼굴.

데릭은 페넬로페를 싫어하다 못해 혐오하고 증오했다. 오죽하면 '오라버니'라 부르기만 해도 호감도가 깎여 나갔을까.

때문에 나는 이곳에 온 이후 데릭 루트에 대해서는 단 한 번도 생각해 본 적이 없었다. 오히려 마이너스만 안 되면 다행이라고 여겼다.

그래서 나를 놓친 그의 마지막 얼굴이 평소답지 않았다는 것도 전혀 생각하지 않았다.

'……그런데 왜?'

나는 공작도 잊고 멍하니 데릭의 얼굴과 머리 위를 번갈아 바라보았다. 그런데 왜 넌, 이토록 절박한 표정을 짓고 있는가.

"데릭."

나를 닦달하는 놈을 말린 것은 공작이었다.

"독대 중에 이 무슨 버릇없는 짓이냐."

엄한 목소리에 한순간 데릭의 눈이 흔들렸다. 나 또한 혼란에 휩쓸렸던 정신을 되찾았다.

데릭은 꽉 잡고 있던 내 두 어깨를 놓고 한 발자국 물러섰다. 그리고 공작에게 고개를 숙였다.

"……죄송합니다, 아버지."

풀린 어깨가 얼얼했다. 나는 한 손으로 잡혔던 팔뚝을 쓰다듬으며 그를 지켜보았다.

'뭐야, 왜 안 나가는 거야.'

데릭은 당연하다는 듯 공작의 책상 옆에 우뚝 서서 나를 바라보았다. 공작 또한 의아하게 바라보았으나 요지부동이었다. 무조건 내 말을 같이 듣겠다는 의지가 보였다.

'후…… 상대할 보스가 둘이나 됐네…….'

나는 속으로 한숨을 푹 내쉬었다.

"……큼. 그래. 네 말은 잘 알아들었다, 페넬로페."

공작이 헛기침을 하며 상황을 정리했다. 다행히도 미리 짜 놓은 변명이 납득할 수 있는 수준은 된 것 같았다.

한시름 돌리는 사이 그가 또 다른 의문점을 지적했다.

"그런데 사들였으면 그대로 풀어 주면 될 것이지 굳이 집까지는 왜 끌고 온 것이냐."

"이클리스는 무예에 무척 뛰어나요, 아버지. 그러니 말도 안 되는 값을 치르게 된 것이지요."

나는 준비했던 말을 막힘없이 꺼냈다.

"이클리스를 견습 기사로 받아 주셨으면 해요. 쓸모가 많은 이 같습니다."

"우리 가문의 기사로 말이냐?"

"네. 그냥 고용인으로 재능을 썩히는 것보단 정식으로 검술을 배우게 해서……."

"듣고만 있자니 정도를 모르는군."

그때 데릭이 불쑥 끼어들어 내 말을 칼같이 잘랐다.

"공작가에서 일거리를 주는 것만으로도 가문의 영광으로 여기는 이들이 넘쳐난다."

"……."

"그런데 평민도 아닌, 한낱 패전국의 노예 따위에게 검술을 배우게 해서 뭐에 쓴다는 말이냐.”

공작을 돌아보니 그 또한 어느 정도 동의하는 눈빛이었다.

‘아, 저 자식은 왜 안 나가고 방해야.’

나는 치솟는 피곤함을 내리누르며 애써 아무렇지 않은 목소리로
답했다.

“제 전담 호위로 쓰려고요.”

“……전담 호위?”

“언제까지 호위 하나 없이 혼자 다닐 수는 없잖아요.”

평이한 어조에 이번에는 공작이 놀란 눈으로 되물었다.

“네가 왜 호위가 없느냐. 공작령에 있는 기사들의 수만 다 합해
도 2만이 넘는데.”

“저도 그들 사이에서 제 평판이 좋지 않다는 것쯤은 잘 알아요,
아버지.”

“…….”

“그래서 제게 호위를 배정하지 않으신 거잖아요?”

데릭과 공작이 일순 입을 다물었다.

귀족가의 여식들에게는 기본적으로 호위 인원이 대여섯 명 정도
붙여진다. 가문의 세가 강할수록 그 인원은 늘어났다. 빈틈없이 호
위 대상을 지키기 위함이었다.

하지만 레널드의 말을 듣고 에밀리에게 물었을 때, 페넬로페에게는
그간 정해진 호위 기사가 한 명도 없다는 말을 들었다. 외출할 일이
있을 때마다 기껏해야 일이 없는 기사들이 번갈아 가며 맡은 정도.

‘대체 평판이 얼마나 나쁘면. 아니, 얼마나 신경 쓸 가치가 없었
으면.’

반쯤은 때려 맞춘 것이었는데 꿀 먹은 벙어리가 된 공작과 데릭의 모습에 할 말이 없었다.

　"……절 보호하고 싶어 하지 않는 이들에게, 피차 제 안위를 맡기고 싶지 않아요."

　"……."

　"그렇지만 출가한 후에 오늘 같은 일이 또 일어나지 않는다는 보장도 없으니까요."

　"출가라니!"

　내 말에 두 명은 거의 동시에 소리쳤다.

　"그게 무슨 소리냐. 출가라니."

　공작이 다급하게 물었다.

　"말 그대로예요. 저도 이제 성인이잖아요."

　잠시 눈을 휘둥그레 뜨고 있던 나는, 이내 어깨를 으쓱거리며 말했다.

　"제 안전을 위해서라도 호위 기사 정도는 제가 원하는 이로 쓸 수 있도록 해 주세요. 부탁드려요, 아버지, 오라버니."

　나는 그들에게 고개를 숙이며 부탁했다. 완곡한 어투에 두 사람은 반대의 말을 하지는 못했다.

　'할 수 없는 것에 가깝긴 하지.'

　오늘 일은 비단 내 잘못뿐만은 아니었으니까.

　주인이 외출을 나가는 데도 안전을 걱정하며 따라붙는 아랫사람이 아무도 없다는 것은 크나큰 문제였다. 그것도 나라를 쥐락펴락하는 공작가에서.

　사실 같이 다닐 호위가 정말 필요해서 이러는 것은 아니었다. 그저 이클리스를 저택에 둘 구실이 필요했을 뿐.

"일단……."

그리고 그 구실은 꽤 잘 통했다. 침음과 함께 공작이 입을 열었다.

"알겠다. 많이 놀랐을 텐데, 그만 올라가서 쉬어라. 한숨 자고 일어나면 의원에게 찾아가라고 전해 두마."

"네, 아버지."

다친 곳이 없어서 의원을 볼 필요는 없었지만, 나는 얌전히 대답했다. 그리고 꾸벅 인사한 후 얼른 집무실을 나가려 들었다.

"데릭은 잠시 남고."

달칵, 문을 열고 막 나올 때 공작이 단호하게 덧붙였다. 문틈 새로 보자 내 뒤를 따르려 했는지, 문에 바싹 붙어 있는 데릭이 보였다.

'아오, 이 자식 정말 왜 이래!'

가슴이 철렁해서 나는 얼른 집무실 문을 닫아 버렸다. 이미 얘기 다 끝났는데 무슨 구박을 더 하려고 쫓아오냔 말이다.

"하……."

굳게 닫힌 문은 다행히도 다시 열리는 일이 없었다. 나는 그제야 안도의 한숨을 내쉬었다.

그 순간이었다. 문득 눈앞에 하얀 네모 창이 떠올랐다.

〈SYSTEM〉 [데릭]과 함께 [축제 구경하기] 퀘스트 실패!

또 한 번 도전하시겠습니까? (보상 : 데릭의 호감도 +3% 외 기타.)

[수락 / 거절]

'미친. 안 해, 안 해!'

아직 축제 기간이 많이 남아 있었다. 그러나 나는 진저리를 치며 '거절'을 연타했다. 곧바로 사라지는 네모 창을 노려보자니 불쑥 억울함이 치솟았다.

'그리고 왜 실팬데? 같이 나가서 구경했잖아!'

놈들이랑 같이 나간 것만 해도 대단한 일인데, 대체 이 빌어먹을 게임 시스템은 어떻게 되어먹은 거란 말인가.

데릭이 실패이니 레널드 또한 볼 것 없이 실패일 것이다.

'됐어. 어차피 3% 얻었어.'

분을 참지 못하고 씩씩대던 나는 애써 데릭의 까만 머리 위를 떠올렸다.

[호감도 13%]

퀘스트를 실패했지만, 다행히 보상만큼의 호감도가 오른 상태였다.

'역시. 이 집 형제 놈들은 페넬로페를 안 보는 게 공략이야.'

나는 이제 놈들을 철저히 피해 다니겠노라 두 번, 세 번 다짐하며 중앙 계단까지 걸어갔다.

그러나 다짐을 한 지 채 몇 초도 지나지 않아 기피 대상 중 한 명과 마주쳤다.

"야. 너 벙어리냐? 이거 왜 대답이 없어. 어디 출신이냐니까?"

계단 아래 우두커니 선 이클리스를 툭툭 치는 레널드와 그 옆에 안절부절못하고 있는 에밀리가 차례대로 보였다. 나는 인상을 찌푸리며 빠르게 그곳으로 다가갔다.

"뭐 하는 거야?"

내 목소리에 레널드가 고개를 돌렸다.

[호감도 10%]

아까 미처 보지 못했던 그의 머리 위가 데릭과 같이 변해 있었다.

"이 새끼 뭐냐?"

그는 내 물음에 대한 답 대신, 또 한 번 이클리스를 툭 쳤다. 나는 [호감도 10%]와 [호감도 18%]를 번갈아 바라보았다. 내 선택은 당연히 후자였다.

"이리 와, 이클리스."

레널드에겐 대꾸 하나 없이 묵묵히 서 있던 이클리스가 내 말에 번개처럼 움직였다. 그리고 내가 가리킨 내 뒤쪽으로 바짝 다가와 섰다.

"하?"

그 모습에 레널드가 얼굴을 일그러뜨리다, 기가 막힌다는 듯 헛바람을 터뜨렸다.

"에밀리한테 못 들었어? 앞으로 내 전담 호위가 될 사람이야."

"전담 호위? 노예 새끼를 호위로 쓴다고?"

"응."

"이 계집애가 가출하더니 뭘 잘못 주워 처먹고 왔나. 이제 주변 평판이고 뭐고 갈 데까지 가 보기로 했냐?"

"가출 아니라고 했지."

나는 퉁명스럽게 쏘아붙인 후 몸을 돌렸다. 이제 정말 기절하기 직전이었다.

"나 피곤해. 다음에 얘기하는 게 좋겠어."

그러나 채 한 발자국 움직이기도 전에 앞이 가로막혔다.

"이게, 어딜 가? 내 말 아직 안 끝났어."

그 순간 이클리스가 몸을 움찔거렸다. 험상궂은 얼굴로 소리치는 레널드 때문인지, 등 뒤에서 느껴지는 기세가 사나웠다.

나는 한 손으로 그의 앞을 막았다. 기껏 공작저로 데려온 지 한 시간도 되지 않아 내쫓길 순 없는 노릇이니까.

"레널드."

나는 짜증을 삼키며 한숨처럼 레널드를 불렀다. 그러자 놈이 곧장 소리쳤다.

"네가 호위 따위가 뭐가 필요한데? 매번 방구석에 처박혀 있기 바쁜 주제에."

"이제 필요해졌어. 어제 같은 일이 또 일어나지 않았으면 해서."

"그럼 밖에 널리고 널린 기사 놈들 갖다 쓰면 될 거 아니야!"

"네 말대로 내 욕을 책으로 엮으면 열 권씩이나 나올 정도로 주인을 우습게 아는 기사들은 내게 필요 없어."

"……."

레널드의 반응도 똑같았다. 공작과 데릭처럼, 갑자기 풀칠이라도 한 듯 입이 딱 다물렸다.

"그런 정신머리를 가진 놈들이 내 호위를 맡아 봤자, 얼마나 사력을 다해 나를 보호할 수 있겠어?"

바꿔 말하면 이것은 너 또한 마찬가지란 소리다. 공녀를 업신여기는 기사들을 알면서도 내버려 두고 기강을 흐트러뜨렸다. 오히려 당시엔 더 욕하라며 부추겼을지 알게 뭔가.

흔들리는 푸른색 눈. 바로 할 말을 찾지 못하던 레널드는 겨우 변명거리를 생각해 냈다.

"페넬로페. 그 말은 그냥……."

"농담이라고 할 거면 차라리 말하지 마. 이번에는 운 좋게 돌아

왔지만, 어제 같은 일이 또 반복되면 꼼짝없이……."

"……."

"이클리스가 없었다면, 난 멍청하게 길을 헤매다가 꼼짝없이 겁탈당했을 거야, 레널드."

내 말에 레널드의 얼굴이 하얗게 질렸다. 목이 졸린 사람 같았다.

실제 겪은 일과는 전혀 딴판인 얘기였다. 하지만 나는 일부러 적나라한 단어를 선택했다.

이번에야 명확한 목적 아래 움직였다지만, 가녀린 귀족 영애가 호위 하나 없이 뒷골목을 전전한다면 당할 수 있는 최악의 수들은 널리고 널린 게 사실이었다.

"이제 알았지? 내가 왜 이클리스를 호위로 쓰겠다는 건지."

"……."

"걱정시켜서 미안해, 오라버니."

나는 그 말을 끝으로 딱딱하게 얼어붙은 레널드를 스쳐 지나 계단을 올랐다. 그런 내 뒤를 무표정한 이클리스와 숙연함으로 얼굴을 푹 숙인 에밀리가 뒤따랐다.

혐오의 또 다른 말은 방관이다. 나는 언제고 일어날 수도 있는 위험에서 페넬로페를 방관한 이 집 인간들을, 도저히. 도저히 좋게 여길 수가 없었다.

'이곳에 들어오기 전의 나를 위해서도.'

막 계단을 모두 오른 순간이었다.

⟨SYSTEM⟩ [레널드]와 함께 [축제 구경하기] 퀘스트 실패!

또 한 번 도전하시겠습니까? (보상 : 레널드의 호감도 +3% 외 기타.)

[수락 / 거절]

나는 뒤도 돌아보지 않고 '거절'을 택했다.

복도를 지나 내 방문 앞에 도착했을 때까지도 이클리스는 강아지처럼 내 뒤를 졸졸 쫓아왔다. 나는 방 안까지 따라 들어오려는 그의 모습에 기겁하는 에밀리 대신, 하는 수 없이 입을 열었다.

"어디까지 따라올 생각이니?"

방 앞을 가로막고 선 나 때문에 이클리스는 더 들어올 수 없었다.

"그렇지만……."

멈춰 선 그는 잠시 고개를 갸웃대다가 어렵사리 입을 열었다.

"가치를 증명하라고 하셨잖아요."

그가 내게 맹목적으로 굴던 이유를 직접 듣게 된 나는 조금 허탈해졌다.

'노예 경매장으로 돌아가는 게 그렇게 끔찍한가 보네.'

문득 이클리스의 목에 메인 초커 한가운데에 있는 노란색 구슬이 영롱하게 빛이 났다.

'반지.'

나는 그제야 내 손에 그를 통제할 수 있는 마도구가 들려 있다는 것을 깨달았다.

[호감도 18%]에 흥분했던 머리가 차가워졌다. 단번에 족쇄를 끊어 먹고 사람을 죽이던 잔상이 아직도 눈앞에 생생했다.

모시던 주인이 악역임에도 끝까지 충성을 다하던 노멀 모드의 예의 바른 기사. 그러나 그 이전 시절의 길들여지지 않은 이클리스는, 상상 이상으로 위험했다.

어쩌면 그가 페넬로페에게 고분고분하게 굴었던 이유가 목에 메인 초커 때문일지도 모른다는 생각이 들었다.

'순한 얼굴에 속으면 안 돼. 맨손으로 하이에나들을 때려잡은 놈이야.'

나는 속으로 여러 번 이클리스에 대한 경계를 되새기며 입을 열었다.

"그게 내 밤 시중을 들라는 소리는 아니야."

"그럼……."

"아까 들었지? 내가 널 호위로 쓰기 위해 데리고 왔다는 것을."

"네."

이클리스가 순순히 대답했다.

"공작가의 모든 이들이 널 이곳에 두는 걸 인정하게 만드는 것이 네게 주어진 첫 번째 임무야."

"임무…… 요?"

"응. 내가 언제까지고 쓸모없는 이를 이곳에 두겠다고 우길 수만은 없는 일이잖니."

나는 딱딱하게 그가 해야 할 일을 읊었다. 말을 끝내고 나서야 너무 성의 없었다는 것을 깨닫고 애써 상냥함을 가장했다.

"날 실망시키지 않을 거라고 믿어. 그럴 거지?"

이클리스는 내 물음에 천천히 고개를 끄덕였다. 나를 바라보는 잿빛 눈동자가 어쩐지 반짝반짝 빛나는 것 같았다.

[호감도 20%]

그 순간 그의 호감도가 변했다. 노멀 모드에서 남주들에게 기본으로 주어지는 '호감도 30%'에 가장 근접한 수치였다.

'하…… 언제 30% 찍고, 또 언제 더 올려서 엔딩을 보냐…….'

아직 갈 길이 한참 멀었다는 사실에 벌써부터 지치는 것 같았다.

"에밀리, 집사가 준비해 놓은 방으로 이클리스를 안내해 주고 오렴."

"네, 아가씨."

그때였다.

"주인님."

나를 부르는 이클리스의 건조한 목소리가 착잡한 내 심정과 별다를 바 없이 들렸다.

"칭찬받을 수 있도록 열심히 노력할게요."

그러나 나는 아무렇지 않은 척 손을 뻗어 그의 지저분한 머리를 쓰다듬었다. 이클리스는 기다렸다는 듯 곧장 내 손바닥에 제 머리를 비볐다.

기계처럼 사람을 패던 그에 대한 생리적인 두려움이 아직 다 가신 건 아니었다. 그럼에도 내 선택이 틀리지 않았다는, 이곳에서 벗어날 수 있다는 희망이.

"절 구해 주신 분이 주인님이라서 너무 기뻐요, 주인님."

나를 기꺼이 움직이게 만들었다.

이클리스를 집에 들인 이후 나는 한동안 자체 근신을 빙자한 채 방 안에만 틀어박혀 있었다.

내게서 거짓된 자초지종을 들은 공작과 데릭은 결국 이클리스를 내쫓지 않았다. 또한 하루 종일 방 안에만 틀어박혀 얼굴 한번 내비치지 않는 방자한 내 행동도 내버려 두었다.

다만, 에밀리를 통해서 공작이 최근 '클루이'란 이름이 들어가는 제국의 모든 귀족 가문을 샅샅이 뒤지고 있다는 소리를 전해 듣고 간담이 좀 서늘했다. 그뿐 아니라 요즘 들어 가문 내 기사들의 훈련 강도와 기강이 엄청나게 강해졌다는 이야기도 들려왔다.

'설마, 그 돼지 놈을 찾아내진 않겠지……'

기어이 공작이 찾아내더라도 별일은 없겠지만, 왜인지 일이 좀 이상하게 돌아가는 것 같아 기분이 꺼림칙했다.

"아, 모르겠다!"

사색에 잠겨 있던 나는 들고 있던 책을 집어 던지며 그냥 침대에 벌러덩 드러누웠다. 반쯤 친 커튼 사이로 정오의 따스한 햇볕이 방 안으로 쏟아졌다.

어쨌든 '이클리스 구하기'라는 큰 에피소드 하나를 해결해서 그런지, 불쌍한 내게도 잠시간의 평화가 주어졌다. 오후 늦게까지 침대 위에 늘어져서 주전부리를 우물거리며 책을 읽어도 아무도 방해하지 않았다.

'역시, 근신이 최고야.'

가능하면 엔딩을 볼 때까지 데릭이 근신형을 내려줬으면 좋겠다. 빨래해 줘, 청소해 줘, 때 되면 밥도 줘. 이 얼마나 행복한 삶이란 말인가!

똑똑―.

"아휴, 아가씨! 아직도 누워 계세요? 어서 일어나세요. 점심 드실 시간이에요."

생각하기 무섭게 때마침 밥이 찾아왔다.

"오늘 점심 뭐야?"

나는 여전히 나른하게 누운 채 쟁반을 들고 방 안으로 들어오는 에밀리를 바라보았다.

"단호박 샐러드와 구운 닭다리예요."

"그게 다야?"

지나치게 조촐하다. 나는 대놓고 실망스러운 기색을 내비쳤다.

"저번에 아가씨가 매콤한 게 먹고 싶다고 하신 걸 전했더니, 주방장님이 특별하게 소스를 개발했대요."

"정말?"

그러나 덧붙여진 말에 나는 반색하며 자리에서 벌떡 일어났다. 한동안 에밀리에게 '매운 닭다리' 노래를 불렀더니 드디어 주방장의 귀에까지 전달이 된 모양이다.

"아가씨도 참. 요즘 부쩍 입맛이 변하신 것 같아요. 예전에는 자극적인 음식들은 거들떠보지도 않으시더니……."

냉큼 테이블 앞에 앉은 내 앞에 조리된 접시들을 올려놓으며 에밀리는 고개를 연신 갸웃거렸다.

속이 뜨끔했다. 아무리 무시하고 싫어해 왔을지언정 에밀리는 몇 년간 페넬로페의 시중을 든 하녀였다. 가끔 예전과 미묘하게 변한 주인의 간극을 아리송하게 여기는 것 같았다.

"원래 나이 들수록 입맛이 변한다잖아."

"그렇긴 하죠."

포크를 들며 태연히 대꾸하자 에밀리는 곧 대수롭지 않게 고개를 끄덕였다. 다행히 그녀의 위화감은 금방 사라졌다.

"드세요, 아가씨."

더는 공녀가 먹을 음식에 장난을 치지 않는 에밀리는 직접 고기의 살을 발라 내 앞접시로 열심히 날랐다.

덕분에 나는 손 하나 까딱 않고 잘 발린 살코기만 날름날름 받아먹기만 했다.

"맛은 괜찮으세요? 꼭꼭 씹어 드세요."

에밀리는 고기를 바르는 중간중간에도 내가 먹는 것을 살피는 데 여념이 없었다. 더는 예전의 모습을 떠올릴 수 없을 만큼 극진한 시중이었다.

그럼에도 나는 음식을 먹을 때마다 신경이 날카로워졌다. 제가 주는 것들을 순순히 받아먹으면서도 내가 가느다래진 눈으로 저를 주의 깊게 살피고 있다는 사실을, 그녀는 꿈에도 모를 것이다.

'그나저나 이것보다 더 달아야 하는데…… 그 매운 양념 맛이 아니잖아.'

기미라도 보는 것처럼 신중하게 음식을 맛보던 나는, 몇 초가 지났음에도 아무 이상 없자 그제야 마음 놓고 식사를 했다.

원하는 것은 현생에서 대학 친구들이랑 종종 먹던 매운 치킨이었는데. 주방장의 야심 찬 요리는 그냥 맵기만 한 구운 닭다리였다.

'이제 단짠, 단짠 노래를 불러야겠네.'

원하는 맛은 아니었지만, 간만에 먹는 화끈한 맛이 마음에 들어서 나는 발라 주는 고기를 열심히 받아먹었다.

"이제 배불러."

포크를 내려놓자, 에밀리는 재빠르게 접시를 물리고 디저트를 내었다.

"이제 건국제도 얼마 남지 않았네요, 아가씨."

메론 셔벗을 푹푹 퍼먹던 내게 에밀리가 여상히 말을 걸었다.

"그러니?"

"네! 매번 축제 때마다 나가셔서 신기한 보석들을 잔뜩 사 오셨잖아요. 이번에 나가셨을 땐 마음에 드는 게 별로 없으셨어요?"

"글쎄."

사실 정신이 온통 딴 데 쏠려 있어 뭐가 있는지 제대로 보지도 못했다.

그러고 보니 레널드도 이와 비슷한 소리를 했던 것도 같다. 이전의 페넬로페는 정말이지 보석에 환장한 듯했다.

'참 부지런한 소비러야.'

축제 기간 내내 잡화점 앞을 걸어 다니며 보석들을 사들였을 그녀를 떠올리니 기가 다 질렸다.

"참! 그러고 보니, 집사님이 일전에 보석상에게 주문했던 것이 도착했다고 그러셨어요."

"주문? 무슨…….."

"축제 기간 전에 보석상을 부르셨었잖아요."

"아."

에밀리의 말에 그제야 머릿속에 떠오르는 사람이 있었다. 이클리스 때문에 그만 까맣게 잊고 있었다.

"가서 집사님께 받아올까요?"

심각해지는 내 표정을 알아챈 에밀리는 눈치 빠르게 행동했다. 나는 가볍게 고개를 끄덕이며 긍정했다.

"응, 지금 당장."

말이 끝나기 무섭게 에밀리는 얼마 지나지 않아 보석이 담긴 상자를 들고 되돌아왔다.

　고운 벨벳으로 감싼 작은 상자는 한눈에 봐도 고급스러웠다. 상자를 받아 든 나는 지체 없이 그것을 열었다.

　"와! 색이 너무 고와요!"

　깊은 심해를 고스란히 옮겨 담은 듯한 군청색의 동그란 보석이 드러나자, 에밀리가 나 대신 감탄했다.

　청금석(Lapis Lazuli)은 보통 금색이나 백색의 자잘한 반점들이 혼입되어 있다. 반점이 없고 청색이 짙을수록 상등품에 속했다.

　상자를 돌려 가며 확인했지만, 검푸른 보석 알에는 작은 티 하나도 존재하지 않았다.

　"마음에 드네."

　나는 만족스러운 얼굴로 책상 위에 상자를 내려놓았다. 호언장담하던 보석상에게 비싼 값을 치른 보람이 있었다.

　"공작님께 선물 드리려고요, 아가씨?"

　커다란 청금석이 박힌 남성용 커프스를 연신 들여다보며 에밀리가 순진한 얼굴로 물었다.

　'그럴 리가.'

　속으로 시큰둥하게 대꾸한 나는 이내 다른 말을 꺼냈다.

　"가서 보석함 중 아무거나 하나 가지고 와 주겠니?"

　"보석함이요? 네, 아가씨."

　에밀리는 영문 모를 지시에 궁금해하는 표정을 지었지만, 별말 없이 따랐다.

　탁―. 잠시 후 그녀가 책상 위에 커다랗고 묵직한 원목 상자를 내려놓았다. 나는 그것을 바라보며 생각하는 척 시간을 끌다가 적당한 때에 말했다.

"나 대신 누군가한테 시킬 일이 하나 있는데."

"네에? 무슨 일이요?"

"혹시 상단 거리의 정보상에 대해 아는 게 있니?"

"정보상이라면……."

에밀리는 잠시 머뭇거리다 답했다.

"저는 잘 모르지만, 저와 같은 방을 쓰는 동기는 잘 알고 있을 거예요. 그 애는 저택에 들어오기 전에 상단 거리에서 심부름꾼으로 일했거든요."

"그래?"

나는 잠시간 틈을 두고 되물었다.

"그 애 이름이 뭐야?"

"레, 레나라고 하는데……."

"지금 어디 있는데?"

"……하, 하지만 레나보다 제가 더 잘할 수 있어요, 아가씨!"

에밀리는 채 대답을 끝내기도 전에 황급히 덧붙였다.

"그 애는 아는 것이 많은 만큼 입이 가볍거든요."

그녀는 눈을 굴리며 내 눈치를 보았다. 내가 자신을 내치고 바로 그 애를 부를까 봐 겁이 난 듯했다.

"에밀리. 이 일은 무척 비밀스럽고 신중하게 진행되어야 해. 때에 따라 알아서 눈치껏 행동해야 할 필요도 있어."

사실 이런 일을 시키려고 도로 전담 하녀로 쓰겠다는 것이었기 때문에 처음부터 에밀리 말고는 적당한 자가 없었다.

"그런데 그간 공녀인 나를 괄시해오던 너를."

하지만 나는 부러 위기감을 조성했다.

"내가 과연 믿을 수 있을까?"

"페, 페넬로페 아가씨!"

한동안 꺼내지 않았던 주제였다. 잊고 있었던 과거의 일을 떠올렸는지 에밀리의 얼굴이 단숨에 사색이 됐다.

"저, 저 그때 이후로 단 한 번도 불경한 생각 품은 적 없어요, 아가씨! 제가, 제가 얼마나 아가씨를 극진하게 모셨는데, 어떻게⋯⋯."

"그런 말은 공작저의 누구라도 할 수 있잖니, 에밀리."

울먹이며 억울함과 서러움을 호소하던 에밀리는 곧바로 막아서는 내 차가운 말에 입을 다물었다.

"제, 제가⋯⋯."

흐느낌 대신 잠시 머리를 굴리던 그녀는 노선을 바로 틀었다.

"제가 눈치 하나는 기똥찬 거 그간 지켜보셨잖아요, 아가씨."

나는 곧장 태세를 전환하는 그녀의 모습에 감탄했다.

'대단한걸.'

확실히 에밀리는 다른 엑스트라들에 비해 약삭빠른 구석이 있었다. 그러니 머리카락 속에 대바늘을 숨기고 수년간 페넬로페를 주도면밀하게 괴롭혀 왔겠지만.

내가 저를 바라보며 이런 생각이나 하고 있는 줄도 모르고, 에밀리는 간절한 얼굴로 호소했다.

"기억해 보세요. 지금까지 아가씨께서 시키시는 일은 단 한 번도 실수한 적 없어요."

"⋯⋯."

"그러니 제게 맡겨 주세요. 그래도 제가 아가씨 전담 하녀잖아요……."

긴 침묵이 흘렀다. 톡, 톡. 방 안에는 내가 손가락으로 책상을 두드리는 소리밖에 들리지 않았다.

발을 동동거리며 초조하게 서 있는 하녀의 애간장이 다 녹아내리기 직전.

"……좋아."

마침내 나는 수락했다.

"이번엔 널 한번 믿어 볼게."

"아가씨……."

에밀리는 찡한 얼굴로 나를 쳐다보았다.

솔직히 바늘로 협박한 후 그녀가 내게 좋은 감정을 품고 있다고 생각한 적은 없었다. 그러나 상전의 신뢰가 다른 이로 옮겨 갈지 모른다는 가정이 이토록이나 충성을 맹세하게 만드는 것이다.

"감사해요, 아가씨! 절대로 실망시키지 않을게요!"

나는 연신 고개를 조아리는 에밀리에게 대충 고개를 끄덕이며 말했다.

"보석함을 열어 보렴."

혹여라도 짧은 새 내가 변덕을 일으킬까 두려웠는지 그녀는 말이 끝나기 무섭게 움직였다.

"앞으로 내 근신이 끝날 동안은 아침 시중을 마친 후에 정보상들을 찾아가도록 해. 그들에게 사람을 찾는 의뢰를 맡길 거야."

"사람이요? 어, 어떤 분을 찾으시길래……."

"그에 대한 건 따로 적어서 줄게. 너는 그 종이를 상단주에게 보여 주면 돼. 값을 치르기 위해 저 보석함에 있는 것들은 얼마든지 써도 좋아."

함 안에는 가짜 공녀의 극에 달한 사치를 대변해 주듯, 빛나는 보석들이 미어터질 만큼 가득 쌓여 있었다.

아쉽게도 페넬로페는 큰 액수의 현금을 소지하고 있지 않기 때문에, 쓸 수 있는 재화는 보석뿐이었다.

하지만 설령 저것을 몽땅 쓴다고 해도 상관없었다. 공녀의 귀중품을 보관하는 창고에는 이 외에도 수많은 보석함이 쌓여 있었으므로.

"네! 할 수 있어요, 아가씨! 찾는 분을 금방 찾으실 거예요."

"단, 진짜 사람 찾는 일을 하는 일반 정보상은 안 돼."

내 말에 에밀리의 눈이 휘둥그레졌다.

"그, 그러면 어떤……."

"무척이나 희귀한 정보나 물건 거래를 취급하는 곳들. 고위 귀족들만이 이용할 법한 고급 정보상 말이야. 그 정도는 네가 알아서 잘 찾을 수 있겠지?"

"네! 그럼요!"

게임에서는 그런 류의 상단 중 뷘터가 운영하는 곳이 가장 크고 유명하다고 서술됐었다.

'그러니 쉽게 찾을 수 있겠지.'

물론 나는 이미 그가 후작이고 마법사이며 비밀리에 상단을 운영한다는 사실까지 모조리 알고 있다. 만나고자 한다면 그가 참석할 법한 연회만 골라 나가면 된다.

그러나 뷘터는 이클리스 다음으로 가능성이 있는 남주 중 한 명이었다. 좀 더 극적인 만남을 위해서, 나는 노멀 모드의 에피소드를 역이용하기로 했다.

[여주는 공작저로 돌아오자마자 원래의 가족을 찾을 수 있도록 도와준 은인을 찾아 헤맨다. 그녀가 그에 대해 알고 있는 것은 흰 토끼 가면을 쓴 마법사란 사실뿐.

그러나 '진짜 공녀'로서 데뷔하기 위해 참석한 연회에서 뷘터를 마주한 그녀는, 눈동자 색을 보고 단번에 그가 자신을 도와준 은인 이라는 것을 알아본다.]

'말이 돼? 어떻게 눈동자만 보고 사람을 알아차리냐고.'

쉽게 깨서 좋다며 희희낙락하던 지난날이 이제는 까마득하게 느껴졌다. 나는 여주처럼 뷘터 하나 만나겠답시고 온갖 연회에 다 참석할 생각이 전혀 없었다.

'본인이 찾아오게 만들면 되지.'

에밀리를 향해 다시 새침하게 입을 열었다.

"그리고 또 하나. 네가 높으신 귀족 아가씨의 하녀라는 것을 티 나지 않게 티 내야 해."

"네? 어떤 식으로……."

"귀족 여식이 첫눈에 반한 남자를 남몰래 찾는 것처럼 은밀하게 행동하렴."

"어머, 아가씨!"

낮게 속삭여지는 내 목소리에 에밀리가 자리에서 펄쩍 뛰었다.

"그런 건 차라리 저한테 물어보시는 게 더 빠르실지도 몰라요."

나는 그녀의 반응에 인상을 와락 찌푸렸다.

"하녀들이 모여서 하는 일이라곤 늘 높으신 분들에 대한 이야기뿐인걸요. 그것도 외모가 출중하신 미혼의 귀족 남성분들이라면 모두들 빠삭하게 외우고 있는……."

"에밀리."

나는 묻지 않았음에도 재잘거리는 에밀리를 칼같이 가로막았다.

"내가 시키는 일 할 수 있어, 없어. 그것만 말해."

"맡겨만 주세요, 아가씨! 제가 아가씨의 정인이 어떤 분인지 기필코……!"

"그런 거 아니야."

나는 딱 잘라 부정했다. 그녀가 무슨 엄한 상상을 하는지 훤히 보이는 것 같았다.

'남의 속도 모르고.'

그러나 내 말을 조금도 믿지 않는 것인지, 에밀리의 눈동자가 부담스러울 만치 반짝였다.

"우리 아가씨께도 드디어 봄이 찾아오나 봐요……."

나는 들뜬 그녀를 다시 현실로 끌어오기 위해 하는 수 없이 소매를 걷고 손등을 들이밀었다.

"신중하게 행동해. 이번 일에 네 바늘의 존폐가 결정될 거니까."

"헙……!"

"이건 엄연히 네게 주어진 기회야, 에밀리. 괜히 시키지도 않은 일을 저지르다가 이번에야말로 쫓겨날지 모르는 일이잖니."

새하얀 손등은 이제 흉한 바늘 자국 하나 남지 않고 말끔해진 상태였다. 그러나 내가 바늘로 협박했던 것을 잊지 않았는지 에밀리는 급히 흥분을 갈무리하고 숙연한 표정을 지었다.

'그새 정이라도 들었나.'

그 모습에 좀 미안한 마음이 들었다. 그때였다. 똑똑—.

"아가씨, 펜넬입니다."

노크 소리와 함께 집사가 방문을 알렸다. 이제 예전처럼 방문이 벌컥벌컥 열리는 일은 없었다. 그럼에도 나는 항상 몇 초간의 간격을 둔다.

"……들어와."

마침내 떨어진 허락에 집사가 조심스럽게 문을 열고 들어와 고개 숙여 인사했다.

"무슨 일이야?"

"황궁에서 페넬로페 아가씨 앞으로 초대장이 도착했습니다."

"내 앞으로?"

나는 고개를 갸웃했다. 얼마 전 2황자의 탄신 연회가 끝났으니 황궁에서 초대가 올 일은 당분간 없었기 때문이다.

"네, 아가씨. 이번 건국제 마지막 날에 제국의 승전을 기념하며 황궁에서 간소하게 연회가 열리는 모양입니다."

눈살이 절로 찌푸려졌다. 그놈의 황궁은 어떻게 돼먹은 건지 무슨 연회를 허구한 날 연단 말인가.

"귀환 연회는 이미 성대하게 치렀지 않나?"

"이번에는 황태자님께서 직접 주최하셨다고 합니다."

이어지는 집사의 대답에, 내 목은 기름칠 안 한 로봇처럼 삐걱거리며 돌아갔다.

"황…… 태…… 자?"

일순 방 안이 북부 벌판처럼 싸늘해졌다. 저택 내에서 '황태자'는 금기어나 다름없었다. 당장이라도 칼로 내 목을 썰어 버릴 것처럼 스산하기 그지없던 새빨간 눈.

상처가 아물어 붕대를 푼 지 꽤 오랜 시간이 지났건만, 그놈을 떠올리자 다시금 목이 욱신거렸다.

황궁에서 온 초대를 내 마음대로 거절할 수는 없는 노릇이었다. 나는 반사적으로 바르르 떨리는 손끝을 애써 움켜쥐며 물었다.

"……아버지는 어떻게 하신다니?"

"그게……."

그러나 무엇을 묻든 즉답하던 집사는 드물게 뜸을 들였다.

"페넬로페 아가씨의 앞으로만 온 초대장인지라…… 공작님께서는 아직 모르십니다."

"미친……!"

쾅―! 나는 더는 아무렇지 않은 척을 이어 가지 못하고, 책상을 내리치며 벌떡 일어났다.

"아, 아가씨!"

집사도, 에밀리도 대경실색해서 나를 바라보았다. 하지만 그들의 시선 따위 느껴지지 않았다.

'완전 미친놈 아냐, 이거! 게임보다 더하잖아!'

그 미친놈은 나를 잊지 않았다. 잊기는커녕, 일부러 이러는 게 분명했다. 2황자의 탄신 연회 이후로 황궁에는 얼씬도 안 하는 나를 기어코 끌어내서 죽이려고.

― 다음에 만날 땐 왜, 어떻게, 무슨 연유로 날 좋아하게 됐는지 자세하게 설명해야 할 거야.

그때 놈이 음산하게 지껄였던 말이 귓가에 재생되자 나도 모르게 부르르 몸서리가 쳐졌다.

'이건 에피소드에 없었잖아, 망할 게임아!'

나는 맹렬히 머리를 굴리며 원래 게임 스토리를 떠올렸다. 그런데 되새겨 봐도 없다고 확신할 수 없었다. 게임을 플레이할 적에, 페넬로페는 끝내 미로 정원을 살아 나오지 못했으니까.

"초, 초대장은 어떻게 할까요, 아가씨."

잔뜩 일그러진 얼굴로 분을 참지 못하고 있는 내게 집사가 조심스럽게 의중을 물었다.

"후…… 어쩌긴."

나는 깊은 한숨을 내쉬며 흘러내린 진분홍 머리칼을 쓸어 올렸다.

"나 아파."

도로 의자에 주저앉은 후 눕듯이 등받이에 기댔다. 그리고 나니 정말로 없던 병이 생기라도 한 듯 몸이 녹아내리는 것 같았다.

"지금 열이 펄펄 끓고 있어, 집사."

반쯤 눈을 내리깔고 나른히 말하자, 집사가 일순 당황했다. 그러나 그도 잠시였다.

"우리 아가씨, 이렇게 아프셔서 정말 큰일입니다. 감기 때문인지요?"

곧바로 연유를 되묻는 그는 과연 에카르트 공작저에서 몇십 년을 구른 수족다웠다.

"이왕이면 쇳독의 후유증이 아직까지 남아 있는 것이 더 좋겠지."

"알겠습니다, 아가씨."

집사가 정중히 인사한 후 서둘러 방을 나갔다.

"하……."

나는 지끈지끈 머리가 아파 와 이마를 부여잡았다. 그런 내 모습에 에밀리가 걱정스러운 얼굴로 물었다.

"아가씨. 괜찮으세요? 공작님께 말씀드려서 의원을 부를까요?"

"됐어. 그럴 필요까진……."

반사적으로 거절하려던 나는 곧바로 생각을 고쳐먹었다.

"아니야. 그래, 의원을 불러 주렴."

이왕 이렇게 된 거 공작저 전체에 아주 공표를 박아서 칩거 기간이나 늘려야겠다.

'당분간 집 밖은 물론이고, 이불 밖도 얼씬 말아야겠어.'

황태자 놈이 내게서 완전히 관심을 끌 때까지 말이다.

늘어난 내 근신 기간 동안 에밀리는 순조로이 내 명령을 수행했다. 커프스가 제때 만들어져서 다행이었다.

축제 기간이 한창이라 뻔질나게 밖을 나가는 그녀를 이상하게 여기는 사람은 아무도 없었다.

"다들 처음엔 시큰둥하더니, 보석함을 꺼내니까 눈빛이 달라지는 거 있죠?"

이틀간 정보상 네 군데를 돌아다니고 온 에밀리는 조잘대며 다녀온 곳들에 대해 보고했다.

대부분의 수다를 흘려듣던 나는, '다른 직원 하나 없이 흰 토끼 가면을 쓴 사내만 덜렁 앉아 있는 이상한 상단'이란 대목에서 눈을 번뜩였다.

'좋아. 미끼를 물었어.'

게임에서 나오는 뷘터의 신상과 일치했다. 나는 나머지 상단들에 대해 더 설명하려는 에밀리를 한 손으로 막아서며 말했다.

"비도 오는데 고생했어. 그만 숙소로 돌아가서 쉬어."

"네. 그럼 이따 저녁 시간에 다시 돌아올게요!"

비 맞은 생쥐 꼴에도 에밀리는 활기차게 외치며 방을 나섰다. 다행히 감기라도 걸려 온 것은 아닌 듯했다.

탁, 문이 닫히고 방 안은 다시 정적에 휩싸였다. 나는 몸을 돌려 커다란 창 너머를 바라보았다. 며칠 전까지 화창했던 것이 무색하게, 창밖은 온통 회색 빛깔로 물들어 있었다.

"왜 하루 종일 비만 내리냐."

턱을 괸 채 멍하니 추적추적 내리는 비를 바라보자니 덩달아 기분이 가라앉았다. 나는 비 오는 날을 무척 싫어했다. 유독 내 치부가 드러나는 날이었기 때문이다.

어릴 때는 우산을 가지고 학교로 데리러 와 주는 엄마를 가진 친구들이 참으로 부러웠다. 결국 쏟아지는 비를 고스란히 맞으며 운동장을 걸을 때, '넌 엄마 없냐'는 순진한 물음들이 그렇게 부끄럽고 비참할 수가 없었다.

하지만 어릴 적 그 치기 어린 감정들은 나이가 들어서도 변함없었다. 우산을 챙겨 온 애들에게 붙어 삼삼오오 학교를 떠나가던 애들. 그리고.

— 도련님! 얼른 뛰어오세요!

— 아씨, 오늘 비 온다는 얘기 없었는데. 짜증 나게 다 젖었잖아.

김 비서, 얼른 집으로 가.

— 그런데, 아가씨는…….

— 뭔 상관이야? 알아서 오겠지! 빨리 출발해.

부우웅— 멀어지는 자동차.

순식간에 텅 빈 교정에 한참 동안 서 있던 나는 결국…….

"……재수 없게."

문득 떠오른 기억 한 조각에 와락 인상이 찌푸려졌다. 나는 진저리를 치다시피 고개를 저으며 애써 우울함을 털어냈다.

"지금 한가하게 비 내리는 거나 구경할 때냐고."

자리에서 벌떡 일어났다. 말마따나 뭐라도 해야 한다. 그래야 하루라도 빨리 이 망할 게임에서 벗어날 테니까.

우산을 챙겨 든 나는, 곧바로 살며시 방을 빠져나갔다.

뿌연 안개에 휩싸인 공작저 부지는 무척 고요했다. 끈질기게 내리는 비로 인해 바깥에 나와 있는 사람들이 아무도 없는 것 같았다.

나는 천천히 정원을 가로질러 걸었다. 뭐라도 해야겠다 싶어서 나오긴 했는데, 막상 나오니 아무 생각이 들지 않았다.

오히려 사람이 더 없을 만한 쪽으로 향하고 있었다. 정확히는, 공작의 아들놈들이 없을 만한 곳으로.

찰박, 찰박. 사색에 잠긴 채 얼마간 빗길을 걸었을까. 발 가는 대로 몸을 맡기다가 문득 정신을 차렸을 땐, 주변이 묘하게 익숙했다.

"여긴……."

연무장으로 들어서는 숲길이었다. 개구멍을 찾느라 한동안 미친 듯이 들쑤시고 다녔더니, 지형만 봐도 어디쯤인지 알아차리는 경지에 이르렀다.

"레널드랑 마주칠지도 모르는 장손데."

나는 멈칫하며 중얼거렸다. 이미 한번 훈련을 마치고 돌아가던 레널드와 마주친 전적이 있었다. 레널드는 물론이고, 데릭과도 마주칠 가능성이 있었다.

"에비, 에비!"

너무 멀리까지 왔다. 나는 얼른 도리질을 치며 뒤로 돌았다. 뭐라도 해야겠다 싶어 나오긴 했지만, 그건 나를 안 봐야지만 호감도가 오르는 두 놈에게는 해당 사항이 없었다.

다시 저택 쪽으로 가기 위해 발걸음을 옮기려던 찰나였다.

휙, 휘익—!

어디선가 바람을 가르는 소리가 들렸다. 검을 휘두르는 소리였다.

'비가 오는데도 훈련을 한단 말이야?'

최근 들어 기사들의 훈련 강도가 높아졌다는 소리를 여러 번 접해 들은 후여서 그런지 기분이 좀 이상해졌다.

바보가 아닌 이상, 모를 리 없었다. 외부에서 데리고 온 정체 모를 노예를 호위 기사로 지정한 나 때문이란 것을.

멈칫했던 걸음을 다시 천천히 옮기기 시작했다. 솔직히 최근 기사들의 반응이 어떤지, 궁금증이 들었다.

'욕을 바가지로 하고 있으려나.'

그래도 별 상관없었다. 어차피 욕먹는 건 진짜 내가 아니니까.

'겸사겸사 이클리스가 껴 있는지도 확인해 봐야겠다.'

그러나 막상 도착한 연무장은 텅 비어 있었다. 구석에서 홀로 목검을 휘두르고 있는 단 한 명을 제외하고.

처음엔 바로 알아보지 못했다. 비에 푹 젖은 회갈색 머리칼이 암울한 회색 하늘과 꼭 닮아 있어서.

나는 그가 눈치채지 못하게 조용하고 느리게 움직였다. 멀리 있던 인영은 가까이 갈수록 점점 선명해졌다.

사내는 상의를 탈의한 채 기계처럼 아래위로 검을 휘둘렀다. 거칠게 움직이는 오밀조밀한 등과 어깨 근육 사이로 깊게 파인 흉터들이 가득했다. 안쓰럽기보단 되레 흉악스러워 보이는 모습이었다.

'추울 텐데.'

얼마나 집중하고 있는지 남자는 내가 다가가는 기척을 전혀 느끼지 못했다. 그리하여 마침내, 그의 뒤에 도달한 순간.

휘익— !

별안간 남자가 번개처럼 상체를 돌렸다. 날카로운 것이 사납게 허공을 가르는 소리와 동시에 눈을 한번 깜빡이자, 목덜미에 서늘한 감촉이 닿아 있었다.

"허억, 헉……."

이클리스는 거칠게 어깨를 들썩이며 나를 바라보았다. 내게 오롯이 향해진 시퍼런 살기에 머리끝이 쭈뼛 섰다. 방금 전까지 위아래로만 검을 휘두르고 있던 사람이라곤 믿을 수 없을 만한 반사 신경이었다.

곧바로 내 목을 벨 듯 노려보던 그의 눈이 곧바로 나를 인식하기 시작했다. 살기가 가시고, 점차 당황으로 물들어 가는 눈빛.

종국엔 나를 완전히 알아본 이클리스가 얼굴을 일그러뜨렸다.

"주…… 인님."

어지간히도 놀랐는지, 그의 목소리가 형편없이 떨렸다. 나는 그제야 그때까지 내 호흡이 멎어 있었다는 것을 깨달았다.

잠시간 바르르 입술이 떨리더니, 막혔던 숨이 터져 나오듯 음성이 터져 나왔다.

"비가……."

여전히 목 옆에 차가운 목검이 닿아 있지만 나는 아무렇지 않은 척, 놀라지 않은 척, 두렵지 않은 척 안간힘을 쓰며 상냥히 말을 건넸다.

"비가 오잖니, 이클리스."

나를 바라보는 잿빛 동공이 길을 잃고 흔들렸다. 그의 머리 위의 글씨가 다시 반짝이기 시작했다.

[호감도 23%]

짧은 사이 호감도가 순식간에 3% 증가했지만, 전혀 유쾌하지 못한 상황이었다.

"여긴 어떻게……."

"우선, 이것 좀 치워 주겠니?"

나는 흘긋 눈을 굴려 여전히 목 옆에 바싹 들이밀어진 목검을 가리켰다.

"차갑거든."

"……아."

탄성과도 같은 침음을 내뱉은 이클리스는 엄청난 빠르기로 목검을 든 손을 쳐들었다.

후욱—. 그 순간 길쭉한 그림자가 얼굴 위로 드리워졌다. 나도 모르게 눈이 질끈 감겼다. 그럴 리 없다는 것을 알면서도, 그가 나를 내리칠지도 모른다는 생각이 들었다.

콱—!

질끈 감겼던 눈은 무언가 '우지끈' 하고 부서지는 소리가 울려 퍼졌을 때야 다시 뜨였다. 곧바로 바닥에 거세게 집어 던져져 두 동강이 난 목검이 보였다.

'이게 무슨……'

땅에 못 박혔던 고개를 천천히 들자, 이클리스가 질퍽한 흙바닥 위에 털썩 주저앉았다.

"주인님."

"……."

"잘못했어요."

그는 내 앞에 무릎을 꿇은 채 절절하게 제 잘못을 빌었다.

"제가 감히 주인님께……."

잔뜩 일그러진 그 얼굴이 울음이 터지기 직전의 아이 같았다.

"벌을 내려 주세요."

쏴아아— 가늘게 내리는 빗줄기가 한층 더 굵어졌다. 이클리스의 높다란 코끝과 날카로운 턱선을 타고 쉴 새 없이 빗방울들이 똑똑 떨어졌다. 퍽 애처로운 모습이었다.

하지만 나는 그의 시선이 어디를 향해 있는지 곧바로 눈치챘다. 내 왼쪽 검지에 끼어 있는 새빨간 루비 반지.

입 사이로 실낱같은 한숨이 새어 나왔다. 나는 이클리스와 두 동강 난 채 땅바닥을 뒹구는 목검 조각들을 번갈아 바라보았다.

'벌을 내려 달라면서 손가락이라도 까딱였다간 바로 달려들 기세네.'

거세게 내던져진 충격 탓인지 부러진 검 조각이 비로 인해 질척해진 흙 속에 파묻혀 있었다.

하늘로 솟은 단면이 송곳처럼 날카로웠다. 발이라도 헛디뎌 넘어지면, 그대로 꿰뚫릴지도 모를 만큼……

'으……'

머릿속을 스치는 끔찍한 상상에 몸이 부르르 떨렸다. 그러자 문득 꺼둔 지 한참 된 게임의 선택지가 떠올랐다.

'게임이었으면, 이 장면에서 어처구니없이 죽었겠지.'

그러면 나는 리셋을 눌러 다음 장면으로 넘어갈 때까지 이 장면을 반복했을 것이다.

물론 하드 모드에서 이클리스 루트를 진행해 본 적은 없기에 확신할 수 없었다. 하지만 이 세계에 얼마간 있다 보니, 자연스럽게 감이 왔다.

또다시, 선택의 기로에 섰다는 것을.

'……여기서 살려면 페넬로페는 무슨 말을 해야 할까.'

나는 내 앞에 무릎 꿇고 있는 이클리스를 냉정하게 내려다보았다. 쏟아지는 비를 고스란히 맞으며 애처롭게 눈을 내리깔고 있지만, 그 속은 과연 어떨까.

하루아침에 고국이 사라지고, 노예가 되어 밑바닥을 구르는 검술의 귀재. 비싼 값을 주고 자신을 산 오만한 귀족 계집을 증오하면서도, 살아남기 위해 고분고분 고개를 조아려야 하는 자신의 처지가 암담하고 끔찍할 것이다.

이클리스가 지금 느끼고 있을 감정들을 추측하는 건 어렵지 않았다. 가까이 다가선 것만으로도 누군지 분간도 않고 검을 휘두르던 모습. 방금 전 느껴졌던 그 숨 막히는 살기.

그것들이 그가 얼마나 분노를 삭이고 있는지 충분히 짐작게 만들었다.

답은 하나뿐이다. 노멀 모드의 여주처럼 살기 따윈 아무것도 모른다는 얼굴로 천진하게 웃으며—

'괜찮다고, 별일 아니라고 말하면 돼.'

하지만 빈말이라도 괜찮다는 말이 나오지 않았다.

'대체 어떻게 괜찮다고 할 수 있어?'

하마터면 목검에 처맞고 목이 부러져 죽을 뻔했는데.

"……이클리스."

나는 간헐적으로 떨리는 손을 아득 움켜쥐며, 결국 다른 말을 꺼냈다.

"혹시 누가 널 괴롭히니?"

이클리스를 구해 왔음에도 나는, 여전히 살 궁리를 해야 했다. 내가 이 게임 속 악역 페넬로페인 이상.

"공작가는 기사들의 대우가 그리 팍팍하지 않은 걸로 아는데……. 왜 이런 날씨에 훈련을 하고 있을까."

"……."

"그것도 너 혼자서."

기를 쓰고 미소 지었다. 혹시라도 놈이 나를 목검의 잔해 쪽으로 밀 기미를 보이진 않는지 샅샅이 살피며.

"응?"

대답을 재촉하는 내 모습에 무표정했던 이클리스의 얼굴이 일순 멍해졌다.

"흠뻑 젖었잖아."

아무 소용없을 테지만 그럼에도 허리를 굽혀 쓰고 있던 우산을 그의 위에 기울였다.

빗방울이 가득 맺힌 기다란 속눈썹이 무거워 보였다. 나는 손을 뻗어 그의 눈꺼풀 옆을 스치듯 닦아 주었다.

"말해 보렴. 감히 누가 네게 이런 짓을 하라고 시켰는지."

내 손가락이 닿자 이클리스는 마치 화인이라도 찍힌 양 움찔거렸다. 그리고 이내 한숨과 같은 답을 토해 냈다.

"……아무도."

"……."

"아무도 시키지 않았어요."

"그럼?"

"그냥, 제가……."

그가 불현듯 말끝을 흐렸다. 그리고 내 손에 못 박아 뒀던 시선을 들어 눈을 마주쳤다.

"하루빨리 정식 기사가 되어 주인님의 곁에 있고 싶어서……."

"……."

"그래서 홀로 훈련하고 있었어요, 주인님."

들려오는 대답에 나는 다정하게 웃었다.

"기특하구나."

어느새 나를 응시하는 회색 눈동자에선 잔떨림이 사라진 후였다.

"열심히 훈련을 했으니 상을 줘야겠네."

나는 다시 깜빡이기 시작하는 이클리스의 머리 위를 보았다. 그리고 엉망진창이 된 속을 내색하지 않도록 연기했다.

"비를 맞지 않고 훈련에 매진할 수 있도록 아랫것들에게 천막을 치라고 일러둘까? 아니면 따로 원하는 것이라도 있니?"

"……."

이클리스는 말없이 고개를 저었다. 도르륵 굴러가던 내 눈이 문득 흉악하게 부러진 목검에 닿았다.

"아, 그래. 검이 부러졌으니 새로 사 줘야겠구나."

"……."

"무기상을 불러야겠어. 아니면 아예 대장장이를 부르는 게 좋을……."

"주인님이."

불쑥 그가 내 말을 자르고 입을 열었다.

"주인님이 자주 찾아와 주셨으면 좋겠어요."

예상치 못한 답에 말문이 막혔다. 살짝 커진 눈으로 이클리스를 바라볼 무렵, 그가 마저 말을 이었다.

"저를 여기에 둔 이후로 한 번도 찾아오신 적이 없어서……."

"……."

"절 잊으신 줄 알았거든요."

나를 빤히 응시하는 그 눈빛이 언뜻 맹목적이기까지 했다. 꼭 사랑을 갈구하기라도 하는 것처럼.

"……하."

조소인지, 자조인지 모를 웃음이 비죽 튀어나왔다. 나는 이제야 확신할 수 있었다. 살인 기계처럼 다른 이들을 패면서도 내 앞에서 쉽게 무릎을 꿇던, 그 모습에서 느꼈던 위화감.

내가 호감도를 위해 상냥한 주인의 가면을 뒤집어쓴 것처럼, 이클리스 또한 생존을 위해 충실한 개를 흉내 내고 있었다.

'사실은 강아지가 아니라 승냥이 새끼를 주워 왔는지도 몰라.'

멍청하게도, 나는 그간 이클리스 루트가 안전하리란 것을 추호도 의심한 적이 없었다. 하지만 지금 와선 잘 모르겠다. 어쩌면, 하드 모드의 모든 루트를 다 해 보지 못한 내 패착일지도.

그러나, 그럼에도 불구하고, 나는 이제 멈출 수 없었다.

"……그래. 네가 원한다면 얼마든지."

[호감도 25%]

내 대답에 이클리스가 희미하게 웃음 지었다.

"감기에 걸리겠어, 이클리스."

격한 움직임을 멈춘 남자의 입술에 점점 푸르스름한 한기가 올라오기 시작했다.

나는 제법 부드러운 목소리로 그를 얼렀다. 그러나 그와 달리, 굽혔던 허리를 펴는 데엔 망설임이 없었다.

덩달아 내 손에 쥐어진 우산도 들렸다. 이클리스의 위로 다시금 빗줄기가 쏟아지며 헐벗은 상체를 후려치기 시작했다.

"오늘 훈련은 그만하도록 해. 이건 명령이야."

그 말을 끝으로 나는 곧장 등을 돌렸다. 막 한 걸음을 떼던 차였다.

"주인님."

이클리스가 나지막이 나를 불렀다. 흘끗 뒤를 돌아보자, 여전히 무릎을 꿇은 채 우두커니 앉아 있는 그가 보였다. 바보처럼 쏟아지는 비를 피할 생각도 않고 그저 나를 가만히 응시한 채.

"……벌을 내리지 않으세요?"

"……"

"자칫하면 제가 주인님을 해칠 뻔했어요."

아니야. 고작 해칠 뻔한 게 아니라…….

'너는 날 죽일 뻔한 거지.'

나는 바르르 떨리는 입꼬리를 억지로 끌어 올려 싱긋 웃었다.

"주인에게 충성하는 기사를 사소한 일로 징벌하는 건 멍청한 작자들이나 하는 짓이야, 이클리스."

"……."

"일부러 그런 게 아니잖아. 그렇지?"

나는 그가 대답할 틈도 주지 않고 휙 몸을 돌려 걸음을 빠르게 옮겼다.

연무장을 빠져나갈 때까지 뒤통수로 시선이 끈덕지게 따라붙었다. 끝끝내 일어나라는 명령도, 용서도 받지 못한 나의 하나뿐인 호위 기사.

다행히 그가 제 주인을 다시 멈춰 세우는 일은 더 일어나지 않았다.

치맛자락이 젖든 말든 빠른 속도로 걸었다. 주변 경관이 휙휙 지나갔다. 혹여 빗물이 튈세라 조심조심 걸어 올 때와는 확연히 달랐다.

'이클리스 루트라고 안전한 게 아니었어.'

새로 알게 된 사실에 기분이 바닥을 쳤다. 사실 새로울 것도 없었다. 다섯 명의 메인 남주 모두 호감도 0 아니면 마이너스. 하드 모드의 시작부터 그렇게 죽어 댔는데 쉬운 루트란 게 있을 리가.

'그런데 대체 뭘 믿고 그 자식한테 겁 없이 다가갔을까.'

그에게 닿기도 전에 빗물을 가르며 목에 닿았던 싸늘함. 그 순간을 떠올리자 다시금 눈앞이 아찔해졌다.

"아……."

몰려오는 현기증에 나는 비틀거리며 걸음을 멈췄다. 옷이 젖는 줄도 모르고, 옆에 있는 나무 기둥을 짚었다. 후들거리는 다리가 기어이 풀릴 것 같았기 때문이다.

어지러움이 가실 때까지 뿌연 안개 너머를 노려보던 나는, 문득 한 가지 떠오른 생각을 중얼거렸다.

"빨리 뷘터를 만나 봐야겠어."

25%.

이클리스는 현재로서 압도적으로 높은 호감도를 가졌다. 하지만 마냥 좋아하기엔 간과하고 있던 찜찜함이 자꾸만 마음에 걸렸다.

데릭이나 레널드는 기껏해야 2, 3%, 많아 봤자 5%가 오르는 정도다. 그러나 만난 지 며칠 되지도 않는 이클리스의 호감도는 폭주기관차처럼 치솟고 있었다.

'높이 나는 새가 더 빨리 떨어지기 마련이야.'

되새겨 보면, 하드 모드에서의 호감도 폭락은 예상치 못한 곳에서 자주 발생하곤 했다. 때문에 이클리스를 탈출의 주구로 삼되, 맹목적으로 믿어서는 안 된다.

"……혹시 모르니 보험을 하나쯤 만들어 놓는 게 좋겠지."

우산 밖으로 드러난 팔에 차가운 비를 고스란히 맞고 있자니, 혼란스러웠던 머리가 점점 차분하게 정리됐다.

"그래, 그러면 돼. 예상 가능했던 일이니까 초조해할 필요 없어."

나는 스스로를 재차 다독였다. 거칠었던 숨소리가 차차 고르게 변했다. 그러자 현기증 또한 씻은 듯이 사라졌다.

"에밀리가 난리 치겠네."

문득 차가운 느낌이 들어 고개를 내리자, 어깨까지 쫄딱 젖어 버린 옷소매가 보였다. 쯧, 혀를 찬 나는 이내 다리를 움직였다.

마음이 안정되자 느끼지 못했던 한기가 으슬으슬 몰려왔다. 속히 돌아가지 않으면 의외로 연약한 페넬로페의 몸뚱이는 필시 앓아누울 것이 자명했다.

에밀리가 다녀온 상단들은 이틀도 지나지 않아 의뢰를 완수했다.

"아가씨. 여기, 맡기신 일에 대한 답신들이어요."

부탁한 홍차와 케이크를 책상 위에 내려놓은 에밀리가 쟁반 옆에 은밀히 봉투를 올려놓았다. 봉인한 밀랍 위에 각 상단을 상징하는 문양이 선명하게 찍혀 있었다.

나는 읽던 책을 내려놓고 그것들을 모두 뜯어 보았다.

모든 봉투 안에는 수많은 이름과 가문 명이 빽빽하게 기입된 종이 한 장만이 달랑 들어 있었다. 적혀 있는 이름의 수만 한두 개 차이가 날 뿐, 목록은 세 개 모두 비슷했다.

"이것뿐이니?"

나는 그것들을 보는 둥 마는 둥 대강 훑어보며 물었다. 에밀리가 부쩍 몸을 바로 했다. 제가 가져온 결과물을 내가 탐탁지 않아 한다고 생각한 듯, 그녀는 허겁지겁 덧붙였다.

"심부름꾼들이 전하기로는, 찾는 분에 대한 정보를 조금 더 말씀해 주시는 게 좋을 것 같다고 해요, 아가씨. 그래야 그 목록에서 더 특정 지을 수 있다고……."

내 손에 들린 종이들을 흘긋 곁눈질한 에밀리의 목소리가 점점 작아졌다. 금방 찾을 거라고 호언장담하며 나갔는데, 터무니없이 많은 이름들이 적힌 목록이 돌아왔으니 그녀로선 당황스러울 수밖에.

하지만 그건 에밀리의 잘못이 아니었다.

[2황자의 탄신 연회에 흰 손수건을 지참한 채 참여한 귀족 남성.]

내가 그녀에게 적어 준 종이는 애당초 누군가를 특정 지을 수 있을 만한 정보가 아니었다. 연회장에 손수건을 지참하는 것은 귀족 남성들의 기본 중 기본 소양이었기에.

"다, 다른 상단에도 의뢰해 볼게요, 아가씨."

"아니. 목록은 이걸로도 충분해."

나는 진짜 사람을 찾는 게 아니었으므로 에밀리의 의기소침한 물음에 고개를 저었다.

"내가 말한 건 상단의 수야. 분명 네 군데를 다녀왔다고 했잖니."

"아……."

에밀리는 그제야 긴장으로 굳어 있던 얼굴을 풀었다.

"그러고 보니 한 군데에서만 아직 연락이 없네요."

그녀가 이상하다는 듯 고개를 갸웃거렸다.

나는 다시 손에 들린 세 장의 종이들을 확인했다. 어디에도 '흰 토끼' 문양은 없었다.

'바로 답이 올 줄 알았는데.'

예상외로 잠잠한 뷘터의 반응에 허탈해졌다. 그가 모습을 드러내지 않는 이상, 남은 방법은 하나뿐이었다. 노멀 모드 여주처럼, 후작이 올 만한 연회마다 참석해서 직접 찾아 헤매야 한다.

'귀찮게 됐네.'

나는 나지막이 한숨을 내쉬었다.

"……다시 다녀올까요?"

실망스러운 내 기색을 알아챈 듯 에밀리가 조심스럽게 물었다.

"됐어. 그보다 정보 값은 잘 치렀니?"

"네. 찾아온 심부름꾼들에게 모두 원하던 보석을 들려 보냈어요."

"잘했어."

나는 노멀 모드에서 나왔던 앞으로 열릴 연회를 떠올리며 대충 흘려 말했다.

"며칠간 고생했으니 보상으로 보석함에 남은 것들은 모두 네가 가지렴."

"그, 그런……!"

생각보다 너무 후한 보상이었는지, 에밀리가 입을 떡 벌린 채 기함했다.

"아니에요, 아가씨! 정리를 끝내고 곧바로 들고 오도록 할게요."

"왜? 보석 싫어? 그럼 금화를……."

"아뇨, 아뇨!"

에밀리가 마구 도리질을 치며 연거푸 거절했다.

"저는……! 저는 그런 거 바라지 않아요, 아가씨."

나는 그제야 생각을 멈추고 그녀를 돌아보았다. 에밀리의 안색이 별로 좋지 않았다.

'보통 이런 거 준다고 그러면 희희낙락 받지 않나?'

하지만 연이어 내게 호소하는 목소리는 언뜻 억울해 보이기까지 했다.

"보상은 괜찮아요, 아가씨. 저는 그것보단……."

"아."

말끝을 흐리는 그녀의 모습에 나는 내가 보상으로 약속했던 또한 가지를 떠올렸다.

"걱정할 것 없어. 약속대로 네 바늘은 없애 줄 테니."

"어, 없애지 않으셔도 돼요! 그냥 아가씨께서 가지고 계셔요."

"……응?"

나는 영문 모를 표정을 지었다.

'바늘 때문에 그간 전전긍긍하던 사람이, 이젠 그냥 가지고 있으라고?'

나는 도통 알 수 없는 그녀의 반응에 슬며시 눈살을 찌푸렸다.

"원하는 걸 정확히 말해."

싸늘해진 내 안색에 에밀리는 내 눈치를 보다가 이내 우물쭈물 원하는 것을 털어놨다.

"저는…… 저는, 아가씨의 진짜 하녀가 되길 바라요."

"……."

나는 잠시 진의를 가늠하듯 에밀리를 응시하다, 이내 무심하게 말했다.

"넌 이미 내 전담 하녀야. 그 이상의 직책은 내가 어떻게 해 줄 수 있는 권한이 아니란다."

"아가씨!"

에밀리는 별안간 책상 옆에 털썩 주저앉아 무릎을 꿇었다.

"제가, 제가 잘못했어요!"

"……."

"이전까지 제가 아가씨께 크나큰 죄를 저질렀어요. 제가 감히…… 감히 주제를 모르고…… 아가씨께서, 저를 믿지 못하시는 것이 당연해요."

"에밀리."

"그, 그렇지만 한 번만 더 제게 기회를 주시면, 증명해 보일게요! 제가 얼마나 쓸모 있는 하녀가 될 수 있는지요!"

나는 그녀의 반응에 잠시 말을 잃었다.

"그러니까, 내 수족이 되고 싶다고?"

"네!"

나는 좀체 이해할 수 없었다. 그간 에밀리는 페넬로페를 괴롭히는 데 지대한 공헌을 했다. 그만큼 이 집에서 페넬로페의 영향력은 최하위였다.

일하는 고용인들보다 못한 존재. 그것이 바로 '가짜 공녀'의 위치가 아니던가.

'앞으로 나한테 붙으면 이깟 보석함보다 더 큰 보상을 받을 수 있을 거라 생각하는 건가?'

하지만 애석하게도, 사치가 극심한 페넬로페에겐 따로 책정되는 예산이 없었다. 그때그때 떼를 써서 공작이나 집사를 통해 상인을 불러 보석을 구매할 뿐, 개인 소유 재산은 하나도 없다. 몇 년간 전담 하녀를 맡은 에밀리가 그 사실을 가장 잘 알고 있을 것이다.

'무슨 꿍꿍이지?'

미심쩍은 내 시선에 에밀리는 결연한 얼굴로 답했다.

"바늘은 그대로 가지고 계시다가, 제가 못 미더우시면 공작님께 보여드리도록 하셔요."

"……진심이니?"

내 되물음에 에밀리는 힘차게 고개를 끄덕였다. 그녀의 얼굴을 살살이 훑어보았지만, 거짓을 말하는 것 같지 않았다.

무릎을 꿇은 에밀리를 앞에 둔 채 나는 잠시 고민했다. 이건 예상치 못한 전개였다. 적당한 보상을 줘여 주면 쉽게 움직일 수 있는 패 정도로 생각한 엑스트라가 자진해서 내 편이 된다니.

'이것도 게임 에피소드 중 하나인가?'

현실이라면 솔직히 말이 되지 않는 개연성이다. 그렇지만 내게 나쁜 일은 아니었다.

'뭐든, 충성스러운 하녀가 하나쯤 있는 것도 좋겠지.'

고민은 길지 않았다.

"그럼 남은 보석들을 원래 자리에 갖다 놔."

"아가씨……!"

내 대답을 눈치껏 알아들은 에밀리는 감동을 한 움큼 집어 먹은 얼굴로 자리에서 벌떡 일어났다.

"감사합니다! 감사해요, 아가씨! 앞으로 최선을 다해 모실게요!"

"그만 나가 봐."

에밀리는 귀찮다는 내 손짓에도 연거푸 감사의 말을 읊조렸다.

탁—. 얼마 후 그녀가 방을 나가는 것과 동시에 눈앞에 흰 네모 창이 떠올랐다.

〈SYSTEM〉 공작가 주변인과의 관계 개선으로 명성이 +10 되었습니다. (total : 15)

"별일이네."

나는 새삼스러운 눈으로 네모 창 안의 글씨를 바라보았다. 진작
에 포기했던 내 명성은 놀랍게도 계속 상승세를 타고 있었다.

방 안에 있는 커다란 통창으로 찬란한 햇빛이 쏟아져 내렸다. 나
는 창문 앞에 뒀던 테이블을 옆으로 미뤄 두고, 맨바닥에 쭈그려
앉아 꾸벅꾸벅 졸고 있었다.

산책이라도 나갈까 싶었지만, 언제 어디서 엑스 친 놈들을 만날
지 몰라 자중하는 중이었다. 산책 대신 볕이라도 쬘 겸 이러고 있
으니 그나마 기분이 나아졌다.

'평화롭네……'

사실 이럴 때가 아니긴 했다. 에밀리가 정보 상단에서 받은 답신
들을 전한 후에도 이틀 정도 더 기다렸지만, 뷘터 놈에게선 끝내
연락이 없었다.

그 때문에 나는 울며 겨자 먹기로 집사에게 부탁할 수밖에 없었다.

— 고위급 젊은 귀족 남성들이 참여할 만한 파티 초대장 좀 싹
모아 놔.

라고 말이다.

다시 사교 활동을 시작하겠다는 암시에 집사는 퍽 불안한 표정부
터 지었다. 그간의 페넬로페가 얼마나 밖에서 패악을 떨었으면 자
동 반사적으로 저런 얼굴이 나올까.

'에휴, 내 해피 근신 라이프여. 이제 이 평화도 끝이로구나⋯⋯.'

앞으로 뷘터 놈의 꽁무니를 쫓기 위해 온갖 연회에 다 참석해야 할 내 앞날이 너무 안쓰러워, 나는 조는 중에도 눈물을 머금었다.

그때였다. 끼이익―.

조금 열어 뒀던 창문이 느닷없이 밀리면서 활짝 열렸다. 그리고 곧바로 열린 창문 너머에서 강한 돌풍이 방 안까지 몰아쳤다.

화악―!

"뭐, 뭐야!"

나는 깜짝 놀라 가물가물 눈을 떴다. 하지만 눈꺼풀을 벨 듯이 시리게 스치는 칼바람에 도로 감을 수밖에 없었다.

휘이익―! 바람에 휘말린 머리카락이 얼굴 위로 마구 헝클어졌다.

"으읏!"

몸을 웅크린 채 허둥지둥하던 것도 잠시.

갑작스레 몰아친 돌풍은 순식간에 잦아들었다. 마치 바람이 분 적도 없다는 것처럼 잠잠해진 주변에, 나는 조심스럽게 수그렸던 고개를 들었다.

"대체 이게 무슨⋯⋯."

"뀨?"

그 순간, 기괴한 울음소리가 들렸다. 나는 멍하니 그 소리를 따라 시선을 옮겼다. 그리고 바닥에 늘어진 내 치맛자락 위로 보이는, 새하얀 솜뭉치⋯⋯.

"뀨!"

아니, 토끼가 있었다.

"이 무슨⋯⋯."

나는 이 황당한 전개에 말을 잇지 못했다. 갑자기 돌풍이 불더니 토끼가 방 안에 솟아났다.

혹시 아직도 잠이 덜 깼나 싶어서 눈을 비벼 보았지만, 여전히 내 앞에 있는 것은 새하얀 아기 토끼였다.

"꾸꾸!"

멍하게 저를 바라보는 인간을 마주 보며 토끼가 고개를 갸웃거렸다. 그러더니 이내 내 쪽으로 깡충깡충 뛰어오는 것이 아닌가.

순식간에 흰 솜뭉치가 무릎 위로 기어 올라왔다.

"허. 너 대체 어디서 왔어? 여기 2층인데……."

"꾸?"

"설마 바람에 휩쓸려 오진 않았을 테고."

내 말을 영 알아듣지 못하는지, 토끼는 그저 빨간 눈을 도로록 굴리다 또 한 번 고개를 갸웃거렸다.

"하긴. 내 말을 알아들으면 그건 그것대로 호러겠네."

그 순간이었다. 나를 빤히 응시하던 토끼가 갑자기 자그맣게 입을 벌렸다. 앙증맞은 두 개의 앞니가 보였다. 그와 동시에.

"의뢰를 완수했습니다."

귀여운 토끼의 입에서 굵직한 성인 남성의 목소리가 흘러나왔다.

"아악!"

1초간 얼어 있던 나는, 비명을 지르며 화다닥 뒤로 물러섰다. 그 탓에 무릎 위에 올라 있던 토끼가 거의 집어 던져지듯 바닥에 내팽개쳐졌다.

아차 싶었으나, 다행히도 토끼는 운동 신경이 좋은지 푹신한 카펫 위에 잘 착지했다. 그리고서 아무 일도 없었다는 양 순진한 얼굴로 나를 올려다보았다.

"뀨?"

"뭐, 뭐야? 방금…….."

분명 남자의 굵직한 목소리가 토끼 입에서 흘러나오지 않았는가.

고작 내 주먹 크기의 작은 동물이었지만 나는 잔뜩 겁을 집어먹고 토끼를 경계했다.

한참이 지난 후에도 토끼에게서 또다시 인간 말이 흘러나오지는 않았다. 나는 얼떨떨한 얼굴로 멍하니 웅얼거렸다.

"뭐야. 환청이라도 들은 거…….."

"의뢰를 완수했습니다. 답변을 원한다면 상단으로 직접 찾아와 주십시오."

"엄마야!"

그러나 내가 환청이라고 치부하기도 전에 또다시 굵직한 목소리가 토끼의 작은 입에서 흘러나왔다.

나는 다시 기겁을 하고 파다닥 뒷걸음질 쳤다. 얼마나 필사적으로 도망을 쳤는지, 어느새 등에 침대 기둥이 닿았다. 소스라치게 놀란 나를 더 겁박할 생각은 없는지, 토끼는 내게로 더 다가오진 않았다.

"흰 토끼 상단입니다. 그럼 이만."

토끼가 어디서 왔는지 출처를 밝히는 것을 끝으로 방 안에 다시 강한 돌풍이 몰아쳤다.

휘이익―. 바람이 잦아들었다. 흩날리는 머리를 정리하며 고개를 들었을 때. 강한 존재감을 내뿜던 흰 토끼는 온데간데없이 사라져 있었다.

"이 무슨……."

나는 방금 전까지 토끼가 있던 카펫 위를 멍하니 바라보았다. 그러다 이것이 뷘터가 노멀 모드에서 여주에게 연락을 보내던 방식이란 사실이 문득 떠올랐다.

그는 신분을 철저히 숨기기 위해, 직접 움직이는 일이 드물었다.

보통 새나 쥐, 강아지 같은 소동물을 통해 메시지를 전했는데, 그중 자신의 상단을 나타내는 흰 토끼를 가장 많이 이용했던 것이 지금에서야 기억났다. 그것이 꽤 로맨틱하다고 생각했던 과거 내 감상도.

하지만 내가 이렇게까지 소스라치게 놀라게 된 이유는.

"이렇게 목소리로 전해 준다는 건 안 알려 줬잖아……."

실제 게임에서는 목소리 더빙이 없었다. 뷘터가 전하는 메시지는 문자로 떠서 눈으로만 읽었지, 동물을 통해 직접 목소리를 전할 줄은 상상도 못 했다.

"하."

작고 귀여운 토끼에게서 흘러나오던 굵직한 남성의 목소리. 다시 생각해도 어처구니없는 방금 전 상황에 실소가 터져 나왔다. 멀쩡한 편지나 심부름꾼 놔두고, 무슨 이딴 방법으로 의뢰인에게 연락을 한담.

'설마 이놈도 좀 미친 건 아니겠지…….'

순간 드는 섬뜩함에 곧바로 강하게 도리질 쳤다. 나는 벌써 가장 수월할 것이라 믿고 몰빵하려 했던 이클리스에게 한번 뒤통수를 맞은 상태였다.

호감도 폭락을 대비하여 보험이 될 루트에 새로이 도전하는 것인데, 이마저도 믿을 수 없다면…….

"아니야. 설마 다섯 명 다 미친놈들만 있겠어."

나는 다시 한번 강하게 부정하며, 노멀 모드 스토리와 황궁에서 잠시 마주쳤던 뷘터를 떠올렸다.

그는 악역에게도 선뜻 제 손수건을 내줄 정도의 매너남이었다. 어쩌면 이쪽이 호감도를 올리기 더 쉬울지 모른다.

"일단 만나러 가 봐야겠어."

놀란 마음이 차분히 진정되자, 나는 바닥에서 주섬주섬 일어났다. 일어나고 보니 원래 앉아서 졸던 자리에서 너무 멀리 떨어져 있었다.

고작 한주먹거리의 작은 동물에 겁을 먹고 여기까지 도망쳐 온 것이 좀 민망했다.

'설마 그놈이 다 보고 있지는 않겠지.'

어쨌든 그에게서 먼저 연락이 온 것은 희소식이 분명했다. 그를 만나기 위해 온갖 연회에 참석하지 않아도 되었으니.

그렇게 결론을 내린 순간 마침맞게도 눈앞에 하얀 네모 창이 떠올랐다.

〈SYSTEM〉 지금부터 [수상한 마법사, 뷘터 베르단디] 에피소드가 시작됩니다. 상단으로 바로 이동하시겠습니까?
[예. / 아니오.]

"좀 기다려."

시스템 창이 내 말을 알아들을 수 있는 것도 아닌데, 나는 멋대로 명령하며 뒤돌았다. 그리고 정신없이 나갈 채비를 했다. 남들 몰래 나갔다 들어오려면 약간의 사전 준비가 필요했다.

우선, 일전에 이클리스를 구하러 갈 때 입었던 로브부터 찾아 입었다. 에밀리가 버린다고 난리 친 것을 몰래 빼돌려 옷장에 박아 두길 잘했다.

그리고 보석함에서 사파이어 목걸이를 하나 뺐다. 의뢰 값이었다. 뷘터의 흰 손수건과 그에게 줄 답례품은 혹시나 하는 마음에 덩달아 챙겼다.

"이것까지 가져가야 하나?"

나는 마지막으로 레널드가 사 준 하회탈같이 생긴 흰 가면을 들고 잠시 고민했다. 어차피 토끼를 내 방으로 직접 보낸 걸로 보아, 정체를 숨기는 건 사실 아무런 소용이 없었다.

하지만 나는 '은밀하게 남자를 찾는 고위 귀족 여식' 콘셉트이지 않은가.

'당분간은 콘셉트에 충실하자.'

가면을 얼굴 위에 주섬주섬 뒤집어쓴 나는, 마지막으로 거울을 보고 점검한 후 후닥닥 시스템 창이 있는 곳으로 뛰어갔다.

"다 됐어. 고!"

하얀빛과 함께 눈을 떴을 때 나는 인적이 드문 골목길에 서 있었다.

"여긴가?"

내 앞에는 허름한 건물이 있었다. 나무로 만들어진 낡은 문에 토끼 그림이 흐릿하게 그려져 있었다.

물론 이미 게임을 통해 보았기 때문에 이 건물이 뷘터의 상단이란 건 잘 알고 있었다.

나는 망설임 없이 계단을 올라 문을 두드리려 했다. 그런데 문 앞에서 한 손을 들어 올리니 '끼이익-' 하고 거짓말처럼 문이 열렸다.

"뭐야⋯⋯."

누군가 나를 지켜보고 있을지도 모른다는 생각에 괜히 목덜미가 좀 섬뜩했다. 나는 컴컴한 문틈 새를 바라보다가, 그대로 문을 열고 안으로 들어갔다.

내부는 기억하는 게임의 장면과 똑같았다. 책상과 책꽂이, 접객용 소파. 평범한 사무실이나 다름없었다. 그러나 아무리 둘러봐도 찾는 이는 없었다.

"⋯⋯어디 갔나?"

흰 토끼에게 메시지를 전달받고 거의 곧바로 온 것이나 다름없는데, 텅 비어 있는 사무실에 좀 허탈했다.

다시 공작저로 돌아가야 하나 고민하던 나는, 이왕 여기까지 왔으니 조금만 기다려 보기로 했다.

사실 돌아가는 길을 몰라서 상단에서 부리는 마차를 타고 돌아갈 생각이었다. 여기는 마차가 택시나 다름없으니까.

그런데 나름 이름 있는 고급 정보상이란 곳에 어째, 허드렛일하는 사람조차 없었다.

'무슨 상단이 고용인도 안 써.'

불만스럽게 중얼거리던 나는 바로 납득했다.

'하긴, 그러니까 성인 남자 목소리를 내는 소름 끼치는 토끼나 보

내는 거겠지…….'

출입문을 닫고 소파로 걸어가 앉았다. 어쨌든 초대받은 손님인 입장이니 편히 앉아 기다릴 심산이었다. 그리고 다시 한번 내부를 쭉 둘러보던 그 순간이었다.

쿠우우우웅―!

갑자기 어디선가 굉음이 울려 퍼지더니, 엉덩이를 통해 커다란 진동이 느껴졌다.

"뭐, 뭐야!"

나는 깜짝 놀라 다시 벌떡 일어났다. 건물 전체가 흔들리는 것 같던 진동은 곧바로 사라졌다.

"……잘못 느꼈나?"

고개를 갸웃거리며, 다시 소파에 앉으려던 때였다.

쿠르르룽―. 다시 몸이 휘청거릴 정도의 강한 진동이 느껴졌다.

"악!"

나는 비틀거리다 간신히 소파를 잡고 짧게 비명 질렀다.

'뷘터 놈 얼굴이나 한번 보려고 왔는데 대체 이게 무슨 봉변이야!'

소파마저 덜덜 흔들릴 정도로 커다란 진동은 곧바로 멎었다.

"지, 지진인가?"

나는 소파의 팔걸이를 꽉 붙잡고 다음 흔들림에 대비했다. 한참 동안 기다려 보았지만, 다행히도 추가적인 진동은 없었다.

그 틈을 타 소파에서 허둥지둥 내려온 나는 창문 밖을 확인했다. 게임 속 세계의 자연재해까지는 알지 못했다. 때문에 다른 사람들이 어떻게 처신하는지 보기 위함이었다.

"……응?"

그러나 막상 바라본 밖은 놀라울 정도로 평화로웠다. 이렇게 커다란 진동이 두 번이나 강타했는데 건물 밖으로 뛰쳐나온 사람, 하다못해 길을 거니는 행인조차 없었다.

"아무리 인적 드문 골목이라지만, 이 건물만 있는 것도 아닌데……."

게다가 아직 축제 기간이 끝나지 않아서 수도에 자연재해가 일어난다면 아주 난리가 날 것이다.

나는 인상을 찌푸린 채 창가에 귀를 가져다 대었다. 실내에 있어서 바깥 소리가 잘 들리지 않나 싶어서. 그런데.

쿠웅—! 정작 소음은 다른 곳에서 들려왔다. 바로 등 뒤쪽, 건물 안에서.

"헉."

나는 화들짝 놀라 헛바람을 들이키며 몸을 돌렸다. 그때였다. 벽에 이상한 것이 보였다.

"……웬 선이지?"

벽지 위에 사각형이 그어져 있었다. 나는 그곳을 향해 성큼성큼 다가갔다.

쿵—! 그러는 사이 묵직한 소음이 한 번 더 울려 퍼졌다. 이번에야말로 확신할 수 있었다. 이 소리가 선이 그려져 있는 벽 쪽에서 나고 있다는 것을.

한달음에 벽에 도달한 나는 손으로 반듯한 네모를 그린 선을 매만져 보았다.

"이건……."

가까이서 보니, 선이 아닌 균열이었다. 그것은 다름 아닌 문이었다. 아마도 비밀 통로로 이어지는 듯한.

"오. 그래도 진짜 마법사라 이건가?"

소설이나 영화에서나 볼 법한 비밀 통로에 가슴이 좀 두근거렸다.

게임에서 뷘터는 여주가 슬프거나 기분이 안 좋을 때마다 귀신같이 나타나서 샤랄라한 마법들을 선보였다. 뷘터란 캐릭터에 대한 제작자의 의도야 뻔했다.

'기분이 안 좋을 때마다 짠 하고 나타나 재롱을 피우는, 나만을 위한 키링남!'

을 노렸겠지.

노멀 모드는 전체적으로 난이도가 쉬웠지만 뷘터 루트는 더더욱 쉬웠다. 까칠한 다른 놈들과는 달리, 자신이 발견한 진짜 공녀한테 처음부터 호감을 거의 퍼 주다시피 했으니.

그래서 엑스 치지 않고 놔뒀다. 기본 값이 다정하니까, 혹시나 해서.

'지금은 빨리 보험으로 만들어야 하는 패가 됐지만.'

자조적으로 웃던 나는, 이내 눈살을 찌푸리고 선이 그어진 자리를 샅샅이 훑었다.

"이건 대체 어떻게 여는 거야?"

문고리도 없고, 미닫이문처럼 열 수 있는 홈이 있는 것도 아니었다. 문 모양으로 균열만 덩그러니 나 있을 뿐이다.

"인테리어는 당연히 아니겠고."

턱을 매만지며 심각하게 문을 바라보던 나는, 다시 한번 손을 벽에 가져다 댔다. 혹시 주변에 눈에 보이지 않는 버튼이 있을지도 모른다.

그렇게 더듬거리기 시작하던 찰나였다. 문득 눈앞에 새 하얀 네모 창이 떠올랐다.

〈SYSTEM〉 히든 퀘스트 발생! [마법사의 비밀을 밝혀라!]
〈SYSYEM〉 마법사의 은밀한 공간을 발견했습니다. 들어가 보시
겠습니까? (보상 : 알 수 없는 무언가.)
[수락 / 거절]

뜬금없는 히든 퀘스트에 눈이 휘둥그레졌다.
"뭐야?"
노멀 모드에는 없던 퀘스트였다. 보상부터 빠르게 확인하던 나는
눈살을 와락 찌푸렸다.
"아오!"
히든 퀘스트는 말 그대로 '히든'이라서 보상도 무엇인지 알려 주
지 않았다. 일전의 [선택지ON/OFF] 기능처럼 말이다.
"굳이 가야 하나?"
나는 수락 버튼을 노려보며 고민했다. 사실 내겐 뷘터의 호감도
만 중요할 뿐, 놈의 비밀이 뭔지 별로 알고 싶지도 않았다.
사람이란 다 각자만의 프라이버시가 있기 마련인데, 그걸 굳이
밝혀서 뭐에 쓴단 말인가.
'보상으로 호감도가 보장된 것도 아니고, 이거 괜히 건드렸다가
역풍 맞는 거 아니야? 에비!'
그렇게 생각하고 미련 없이 거절을 누르려던 순간이었다.
쿠웅—. 문득 한 번 더 커다란 굉음이 울렸다. 벽이 진동했다. 이
번에는 내 눈으로 똑똑히 보고 있는 와중이었다.

"……그런데 마법사의 수상한 공간이면, 뷘터가 이 안에 있을지도 모른다는 소리잖아."

그러고 보니, 시간이 꽤 오래 지났는데도 놈은 코빼기도 비치지 않았다. 근시안적으로 생각할 게 아니라, 어쩌면 이건 내가 게임할 때 미처 열지 못한 하드 모드의 루트 중 하나일지도 모른다.

나는 다시 한번 시스템 창 안의 글씨를 신중히 읽었다. 역시나 보상만 적혀 있을 뿐 실패 시 페널티는 적혀 있지 않았다. 그러니 퀘스트를 실패하더라도 별 이상은 없을 것이다. 아마도.

"그래. 여기까지 왔는데 얼굴은 보고 가야지."

나는 마음을 바꿔 수락을 눌렀다. 그러자 드르르륵, 하고 벽이 옆으로 밀리면서 비밀 통로가 나왔다. 나는 망설임 없이 그 안으로 들어갔다.

벽 너머에는 어둡고 널찍한 복도가 기다랗게 이어져 있었다. 밖에서 볼 때는 이 정도의 공간이 존재할 수 있을 만한 규모의 건물이 전혀 아니었다.

막상 이런 곳으로 들어오니 꼭 영화 속 주인공이 된 것 같아서 좀 설렜다.

쿠우웅, 쾅―!

그때, 또 한 번 미약한 진동을 수반한 굉음이 울려 퍼졌다. 나는 인상을 찌푸리며 양손으로 귀를 틀어막았다.

'대체 무슨 짓을 하고 있는 거야?'

이 폭음의 원인은 복도 너머의 공간에서부터 비롯되는 것 같았다. 그쪽에서부터 환한 빛이 흘러나왔다.

나는 귀를 꽉 틀어막은 채 긴긴 복도를 가로질러 건넜다. 그리고 마침내 도달한 복도 끝에서 우뚝 걸음을 멈춰 섰다.

공작저 뒤뜰 부지만큼 어마어마하게 넓은 공간 나타났다. 각 벽마다 수많은 책이 꽂혀 있는 커다란 책장이 끝도 없이 늘어서 있었다.

공작저의 서재도 만만치 않은 규모였지만, 여긴 거의 국립 도서관 규모였다.

"와⋯⋯."

나는 넋을 잃고 게임에서도 본 적 없던 마법의 공간을 구경했다.

높다란 책의 벽 말고도 이 넓은 공간 안에는 볼거리가 정말 많았다. 바닥 곳곳에 있는 커다란 유리 케이지. 그 안에는 처음 보는 보석이나 액세서리, 혹은 알 수 없는 광물 같은 것들이 들어 있었다.

다른 쪽에는 들도 보도 못한 동물의 박제나 공룡의 화석을 복원한 것 같은 거대한 뼈들도 존재했다.

"여기 꼭⋯⋯ 박물관 같잖아?"

나는 꿈결처럼 주변을 둘러보며 중얼거렸다.

"대박, 여기 너무 좋다."

비밀스러운 공간 안에 더더욱 비밀스러운 것들이 존재하다니! 좀 더 안쪽으로 가서 이곳저곳 구경할 요량으로 귀를 막고 있던 양손을 뗐다. 그리고 신나게 발걸음을 옮기던 그 순간이었다.

쾅! 쿠웅─!

잠시 망각하고 있었던 커다란 굉음이 나를 현실로 끌어당겼다.

"야, 멍청아! 저길 맞추라고!"

"이, 이렇게?"

"이렇게!"

쾅, 콰직!

"악! 파편 조심해!"

한쪽 구석에서 아이들이 우르르 흩어지는 것이 보였다. 그와 동시에 아이들 뒤로 날카로운 얼음 파편들이 와르르 쏟아졌다.

아이들은 하나같이 동물 가면을 쓰고 있었다. 사자, 고양이, 다람쥐, 강아지, 돼지…….

"아오, 씨! 살살해! 이러다 안에 든 상자 망가지면 우리 상단주님한테 죽어!"

아슬아슬하게 얼음 조각을 피해 바닥을 뒹굴던 사자 가면을 쓴 아이가 벌떡 일어나 외쳤다.

"알았어. 이번에는 주변만 살살 깎아 볼게……."

한 명이 울적하게 중얼거리며 무언가를 들었다.

'지팡이? 마법사들인가?'

문득 쏟아지는 얼음 조각들을 피해 도망갔다 돌아온 다른 아이도 지팡이를 높이 쳐들었다.

"이번엔 네가 왼쪽 해! 난 오른쪽 한다!"

총 다섯 명의 아이들이 그들의 키보다 훨씬 커다란 얼음 덩어리를 둘러쌌다.

나는 유심히 얼음 덩어리를 관찰했다. 한가운데에 무언가 갇힌채 얼려져 있는 것이 보였다. 왠지 이 상황이 낯설지 않았다. 내 기억이 맞는다면 저건…….

'고대 마법사의 유물!'

[고대 마법사의 유물 획득!

이 목걸이는 뷘터가 북부에서 발굴한 유적 중 하나로 고대 마법사들이 사용하던 아티팩트다. 근처에 독성 물질이 있을 시 색이 변하여…….

……출빙할 때 다른 유물들은 모두 파괴되고 오로지 하나만 남은 것으로, 이 아이템 획득 시 희소성이 인정되어 뷘터의 호감도가…….]

뷘터의 호감도가 몇 퍼센트나 올랐는지까진 기억나지 않았다.

'다른 유물들은 모두 파괴되고 하나만 남은 이유가 있잖아!'

그때였다.

"놈 페르다농 페로 쏨!"

돼지 가면을 쓴 아이 한 명이 요상한 주문을 외쳤다. 그와 동시에 지팡이에서 하얀빛이 레이저처럼 쏘아졌다. 그리고 콰앙―!

빛이 얼음덩어리에 닿자마자 폭발을 일으켰다.

"아악! 피해!"

꼬맹이들이 다시 우르르 피했다. 한차례 뿌연 연기가 가시고 나자, 상자에 근접한 부분이 푹 파여 있었다.

"와, 얘들아! 드디어 모서리가 튀어나왔어! 우리가 해냈어!"

"정말이네? 한 번 더 같이해 보자!"

나는 신이 나서 방방 뛰는 애들을 보며 경악했다.

'이런 무식한 것들! 유물은 아기 다루듯 다뤄야 한다고!'

쟤들이 하는 짓을 보니 저러다가 곧 얼음덩어리는 물론이고, 그 안에 있는 상자까지 다 부숴 먹겠다.

"얘들아!"

나는 헐레벌떡 아이들 근처로 뛰어갔다.

"놈 페르다농……."

"얘들아, 그만!"

나는 또 괴상한 주문을 외는 아이들의 앞을 다급히 막아섰다.

"너희들 대체 뭐 하고 있니?"

열 살, 열한 살쯤 되었을까. 똘망똘망한 눈들이 내게로 확 쏠렸다. 사자 가면이 얼음을 가리키고 있던 작은 지팡이로 나를 가리켰다.

"헉! 아줌마는 누구예요?"

"아줌마라니!"

나는 정색했다.

"하지만 귀족 아줌마들 얼굴 같은 가면을 쓰고 있는데요!"

"맞아, 맞아! 무서운 귀족 아줌마들 얼굴이야!"

나는 그제야 내가 가면을 뒤집어쓰고 있다는 사실을 깨달았다.

'그런데 웬 귀족 아줌마?'

근본 모를 비유에 고개를 갸웃거리던 나는 이내 대충 혼자 이해했다. 아이들 눈에는 웃고 있는 흰색 가면이 하얗게 분칠한 귀족 여성을 연상케 하는가 보다.

"귀족 아줌마 아니야. 손님으로 왔단다."

나는 흥분을 가라앉히고 어른답게 설명했다. 그리고 물었다.

"그런데 너희는 누구니?"

"우린 상단주님 수제자들이에요."

"멍청아! 말하면 어떡해!"

"그런데 손님들은 여기 들어오면 안 되는데!"

"여기 못 들어오는데! 어떻게 왔지?"

아이들이 한꺼번에 왁자지껄 떠들자 정신이 하나도 없었다. 나는 원래 현생에서도 아이들한테 취약했다.

통제가 되지 않는 아이들을 보며 어쩔 줄 몰라 하던 중, 문득 유치원 구호가 떠올랐다.

"얘들아! 그만, 그만! 박수 세 번 시작!"

크게 외치며 박수를 세 번 쳤다. 구호가 생소한지 따라오는 박수 소리는 없었지만, 다행히 아이들의 이목이 집중됐다. 나는 기세를 몰아 빠르게 말했다.

"내가 누구고 너희들이 누군지 그런 건 중요하지 않아. 문제는 너희들이 지금 소중한 유물을 부수려고 한다는 거지!"

"……."

"말뚝이랑 망치 없니? 너희들 스승이 이런 식으로 얼음을 깨부수라고 지시했어?"

정말 궁금해서 물어보는 건데, 혼내는 투로 들렸는지 아이들의 고개가 점점 아래로 떨어졌다.

"아니요……."

맨 처음 지팡이로 날 가리켰던 아이가 기가 팍 죽어서 웅얼웅얼 대답했다. 그러더니 주머니에서 주섬주섬 무언가를 꺼냈다.

"사실 상단주님이 이걸 주고 가셨는데……."

아이의 손 위에 얹어져 있는 것은 작은 손 크기에 꼭 맞는 작달만 한 송곳과 망치였다. 그걸 본 다른 아이들도 각자 주머니에서 제 것들을 꺼내 보였다.

"얼음이 너무 두껍고 딱딱해서 이걸로는 캘 수가 없었어요!"

"그리고 몇 분 지나면 그 자리가 복원되는 마법이 걸려 있어요!"

"우리도 마법을 쓸 줄 아니까 상단주님처럼 금방 해낼 수 있을 줄 알았어요……."

아이들이 서러움을 앞다퉈 호소했다. 나는 짧게 한숨을 내쉬며 손을 내밀었다.

"그거 줘 봐."

한 아이에게서 송곳과 망치를 건네받은 나는 내 키만큼 커다란 얼음 덩어리 앞으로 다가갔다. 호기심이 들었는지, 아이들이 우르르 내 뒤를 쫓아왔다.

'정말이네.'

깎인 단면의 얼음이 저절로 자라나기 시작했다. 곧 움푹 파여 모서리가 드러났던 곳이 조금씩 덮였다.

나는 증식되는 얼음을 유심히 바라보았다. 가만히 지켜보자니, 증식에는 한계가 있었다. 드러난 모서리가 모두 덮이진 않은 것이다.

'잘하면 캐낼 수 있겠어.'

나는 옆에 있는 사자 가면 아이에게 물었다.

"뜨거운 물 있니?"

"네! 마법으로 만들 수 있어요!"

"유물이 상할 수도 있으니까 튀어나온 모서리에 닿지 않게 이 주변에 조금만 뿌려 줄 수 있어?"

아이는 힘차게 고개를 끄덕이며 얼음 주변에 제 지팡이를 갖다 댔다.

"워터 피숀!"

지팡이 끝에서 분무기처럼 솔솔 물이 뿜어져 나왔다. 잠시 후.

"이제 멈춰. 좀 기다렸다가 내가 뿌리라고 하면 다시 뿌려 줘."

"네!"

나는 아이들의 잘못을 더 타박하지 않고 몸소 행동했다. 뜨거운

물이 닿자 꽝꽝 얼어붙었던 얼음 단면이 조금 녹아내렸다.

상자에 닿지 않게 조심하며, 물러진 얼음 위에 송곳을 가져다 대고 망치로 세게 내리쳤다. 쩌저적—. 상자 주변으로 기다란 균열이 생겼다.

나는 이어진 균열을 따라 몇 번 더 송곳을 내려쳐 커다란 조각 한 덩이를 들어냈다. 유물 상자의 모서리가 다시 훌쩍 드러났다.

더 손대지 않고 일단 그것을 가만히 지켜보았다. 역시 예상대로였다. 게다가 한번 깎였다가 자라난 부분은, 이후 다시 한번 깎였을 때 복원되는 속도가 훨씬 더뎠다.

"⋯⋯유물이 상하지 않게 얼음을 깨려면 이 수밖에 없겠어."

"어떻게요?"

"정공법."

나는 눈을 반짝이는 아이들에게 잔인한 선고를 내렸다.

"마법으로 쉽게 해결할 생각 말고, 일일이 녹이고 손수 깨야 한다는 소리야."

"히잉⋯⋯."

아이들이 크게 실망했다. 쉽게 발굴할 수 있다고 굳게 믿은 듯했다.

"그래도 한번 깎인 부분은 복원되는 속도가 느려지는 것 같아."

"그럼 그 부분들만 골라서 계속 깨면 되겠네요?"

"그래, 맞아."

나는 선선히 고개를 끄덕이며 당부했다.

"내가 사자랑 같이 먼저 깰 테니, 너희들이 그 자리를 얼른 연달아 깨렴. 알았지?"

"네!"

나를 향해 초롱초롱 빛나는 눈들을 보니 조금 우쭐해졌다. 잘 아는 분야라서 조금 신이 나기도 했다.

힘차게 대답하는 꼬맹이들을 데리고, 나는 본격적인 출빙 작업에 나섰다. 사실 책에서나 수십 번 읽었지, 발굴을 직접 하는 것은 처음이었다.

'대학 가면 과제로나 해 볼 줄 알았는데……'

씁쓸한 미소가 새어 나왔다. 그토록 염원하던 일을, 난데없이 끌려온 게임 속에서 하게 될 줄은 꿈에도 몰랐다.

"자. 이제 여길 쳐 봐. 상자에 송곳 닿으면 안 돼. 스크래치 나니까."

"나도 해 볼래!"

"나도, 나도!"

우악스럽다고 생각했던 아이들은 예상외로 나보다 훨씬 더 섬세했다.

그렇게 출빙을 시작한 지 얼마나 흘렀을까. 나도, 아이들도 지쳐서 나가떨어질 때쯤 소중한 유물 상자는 얼음 덩어리에서 절반이 빠져나온 상태였다.

물난리가 날 줄 알았던 바닥은 의외로 출토 작업 현장보다 깨끗했다. 떨어진 얼음 가루들에도 마법이 유효한지 녹지 않았기 때문이다.

"으아, 허리야……"

쭈그려 앉아 있던 몸을 일으키자, 삭신이 쑤셨다. 나만 그런 건 아닌지, 아이들도 칭얼대며 저마다 조막만 한 손으로 제 몸들을 두드렸다.

"힘들어……"

"나도."

"그래도 반이나 했다!"

그때, 한 명이 애써 기운 차린 목소리로 유물을 바라보며 소리쳤다.

"그러네!"

덩달아 그쪽을 바라본 나는 조금도 상한 부분이 없는 상자를 바라보며 빙긋 웃었다.

"고생했어, 다들."

"아줌마 덕분이에요!"

"맞아요! 아줌마가 알려 준 덕분이에요!"

아이들이 내 쪽으로 몰려와서 짝짝짝 박수를 쳐 주었다.

'이것들이 아줌마 아니라니까.'

억울함이 치솟았지만, 가면을 쓰고 있어서 어쩔 수 없이 나도 박수를 따라 쳤다. 그때였다.

"당신, 누굽니까."

등 뒤에서 소름 끼칠 만큼 서늘한 목소리가 들렸다. 나는 손뼉을 마주친 자세 그대로 바짝 얼어붙었다.

애들이랑 좋다고 유물을 발굴하느라 까맣게 잊고 있었다. 내가 여기 온 이유에 대해서.

"지금 여기서 뭐 하는 겁니까?"

나는 기름칠 안 한 로봇처럼 삐걱삐걱 뒤를 돌아보았다. 흰 토끼 가면을 쓴 장신의 남자가 멀지 않은 곳에 우뚝 서 있었다.

"마법을 걸어놔서 일반인은 알아채지도, 들어오지도 못할 텐데."

가면에 뚫린 구멍으로 보이는 군청색 눈동자가 얼음처럼 차가웠다. 그 말과 동시에 그는 서서히 손을 내 쪽으로 내밀었다.

아이들의 것과는 차원이 다를 만큼 크고 우람한 지팡이가 내게 겨눠졌다.

"가면을 쓴 걸 보니 당신, 마법사인가?"

그 끝에서 하얀 빛 덩어리가 발광하기 시작했다. 금방이라도 그것이 쏘아질 것 같았다. 나는 마른침을 삼키며 머리를 굴렸다.

'히든 퀘스트 진행하느라 왔는데요.'라고 대답할 수도 없고. 대체 어떻게 해야 이 상황을 타파할 수 있을까.

'지금 당장 가면이라도 벗을까? 그래서 내가 누군지 그냥 확 밝혀?'

망설이고 있을 때였다.

[호감도 9%]

빈터 놈의 머리 위가 불현듯 위태롭게 반짝이기 시작하더니…….

'호감도 −1%'

'호감도 −2%'

'호감도 −2%'

'호감도 −1%'

나는 그의 호감도 게이지 바 위에 갑작스럽게 우르르 뜨는 작은 글씨들을 보며 입을 떡 벌렸다.

'뭐야? 저거 뭐야!'

[호감도 3%]

'안 돼! 안 돼, 제발—!'

9%였던 호감도가 순식간에 폭락했다. 그마저도 3%에서 완전히 멈춘 게 아니라 위태롭게 깜빡이는 것이다.

나는 벌벌 떨리는 입술을 꽉 깨물었다.

'페널티 없다며. 분명 없댔잖아, 그런데 왜!'

가면으로 얼굴이 가려져 있어 천만다행이었다. 안 그랬다면, 손 쓸 틈도 없이 떨어진 호감도를 보며 꼴사납게 울었을지도 모르니까.

뷘터는 여전히 내게 겨눈 지팡이를 까딱이며 대답을 종용했다.

"여기에 어떻게 들어온 건지 당장 대답하는 게 좋을 겁니다."

"그, 그게……."

처음 겪는 호감도 폭락에 머릿속이 새하얬다. 너무나도 당황한 상태라, 아무 말도 떠오르지 않았다. 바보처럼 입술만 달싹일 뿐 제대로 대응하지 못할 무렵.

"저희가 데리고 왔어요!"

뒤에서 아이들이 우르르 뛰어와 내 앞을 막아섰다.

"아줌마가 유물 발굴에 대해 잘 아는 것 같아서 도와 달라고 했어요!"

"맞아요!"

"이 아줌마가 도와주셔서 거의 다 했어요! 봐요, 상단주님!"

아이들이 나를 감싸며 뒤에 있는 얼음 덩어리를 손가락질했다. 손짓을 따라 유물을 확인한 뷘터의 눈이 잠시 커졌다가 원래대로 돌아왔다. 그리고 엄한 목소리로 아이들에게 말했다.

"외부인을 절대로 이곳에 출입시키면 안 된다고 수차례 말했지 않느냐."

"아줌마는 외부인 아니라 손님이라고 했어요!"

"그리고 상단주님이 내주신 숙제는 너무 어려웠는걸요……."

고작 몇 시간 본 아이들이 이렇게까지 나서서 나를 도와줄 줄은 몰랐다. 그런데 고맙다는 생각을 할 틈도 없었다.

아이들의 입에서 나온 '손님'이란 말에 뷘터는 눈빛을 달리했다.

유물과 나를 번갈아 보며 잠시 가늠하던 그는, 이내 빛이 나는 지팡이를 내리고 정중히 고개를 숙였다.

"아이들에게 도움을 주신 분께 제가 무례를 저질렀군요. 죄송합니다. 이곳은 아무나 들어올 수 없는 곳인지라."

이클리스의 입바른 사과 이후, 남주 후보에게서 처음으로 받은 사과였다. 이곳에선 그 누구도 페넬로페에게 사과하지 않았다.

하지만 뷘터에게서 무례를 사과받고도 나는 기쁘지 않았다. 오랜만에 보는 발굴 현장의 모습에 신이 나서 얼음이나 캐던 내가 너무 한심하고, 죽을까 봐 무서워서.

꼼짝없이 죽는 줄 알았다. 손 쓸 새도 없이 호감도가 마구 떨어지는 그 순간의 공포, 두려움.

잠시라도 즐거움을 느낄 새도 없이 위험이 닥치는 이 게임 속 세상이 너무나도 무섭게만 다가왔다.

나는 호감도 폭락에 대한 충격의 여파로 부들부들 떨리는 두 손을 뒤로 감춰 맞잡았다. 그리고 입을 열었다.

"……비밀 공간인지 몰랐어. 내가 실례했군."

턱 끝을 잠식한 공포에도 불구하고, 나는 움츠러드는 턱을 필사적으로 치켜들었다. 두려움 따윈 모른다는 듯 악착같이 오만한 귀족 여식을 연기해야 했다. 끔찍했다.

뷘터는 예상외로 여린 미성과 당당한 태도에 조금 놀란 눈치였다.

"……일단 이쪽으로 오시죠. 이곳은 의뢰 상담을 하는 곳이 아닙니다."

그는 예의 바른 몸짓으로 안내를 도맡으려 들었다. 말이 안내였지, 당장 이 비밀스러운 공간에서 쫓아내고 싶은 것 같았다.

나는 최대한 천천히 움직였다. 시스템 창이 뜨는지 확인하기 위해서였다. 그러나 퀘스트 내용대로 '수상하고 비밀스러운 공간'에 들어왔지만, 성공했다는 창은 뜨지 않았다.

호감도가 폭락한 것으로 보아, 들키지 않고 들어갔다 나오는 게 '히든 퀘스트'였던 듯했다. 그리고 나는 장렬하게 실패했다.

하드 모드의 히든 퀘스트는 원래 이렇게 모든 정보를 알려 주지 않는 것일까.

'미친 게임 같으니라고. 퀘스트고 뭐고 다신 수락 안 해.'

나는 수차례 다짐하며, 축 늘어진 발걸음으로 터덜터덜 빈터의 곁에 도달했다. 그는 내가 다가오기 무섭게 몸을 돌려 복도 쪽으로 움직였다.

'내가 애들 해치는 괴물이라도 되니?'

불쑥 억울함이 치솟았다. 물론 주인 몰래 들어온 건 잘못했지만, 애들이랑 같이 유익하고 재밌게 잘 놀았는데 왜 이런 취급까지 당해야 하는 건가.

그때였다.

"귀족 아줌마! 잘 가요!"

"다음에 또 같이 놀아요, 아줌마!"

문득 들리는 소리에 뒤를 바라보니, 새끼 동물들 다섯 명이 옹기종기 모여 내게 손을 흔들고 있었다. 개중 제일 먼저 나를 감싸 준 사자 가면의 아이가 검지를 제 입에 '쉿' 하고 가져다 대며 찡긋 윙크했다.

'깜찍한 것들.'

감싸 줘서 고맙다는 말도 제대로 못 한 채 쫓겨나듯 이곳을 떠나야 해서 영 미안했다.

나는 손을 흔들어 주었다. 비록 가면에 가려져 내 웃는 얼굴이 보이지 않겠지만 활짝 웃어 주기도 했다.

그러다가 가던 걸음을 멈추고 나를 빤히 응시하고 있는 토끼 가면에 놀라 후닥닥 손을 내리고 그쪽으로 빠르게 걸어갔다.

처음 들어올 땐 혼자였던 복도를 뷘터와 함께 되돌아가는 동안, 단 한 마디도 오가지 않았다.

'어쩌다 이 지경에 이르렀을까…….'

나는 음울한 눈으로 [호감도 3%]를 바라보았다.

앞을 막아서며 거짓말을 해 준 아이들이 아니었다면 꼼짝없이 놈이 쏜 마법인지 레이저인지에 맞고 죽었을 것이다. 보험으로 삼기는 개뿔, 호감도가 더 떨어지지 않은 것에 감사해야 하는 처지에 이르게 되었다.

'하…….'

나는 속으로 깊은 한숨을 내쉬었다.

돌아오는 복도는 훨씬 짧았다. 뷘터는 열린 문 옆에 비켜서서 내가 먼저 바깥으로 나가기를 기다렸다. 속으로는 벌벌 떨면서도 나는 겉으론 아무렇지 않은 척 그의 앞을 지나쳤다.

곧바로 내 뒤를 따라 나온 뷘터가 나를 등지고 선 채 열려 있는 문을 향해 지팡이를 까딱였다. 드르르륵— 옆으로 밀렸던 문이 닫혔다.

'어?'

나는 다시 벽으로 변모한 그곳을 멍하니 바라보았다. 문이란 걸 눈치챌 수 있었던 네모난 선조차 완벽히 사라졌다. 다음에 왔을 땐 어디가 비밀 통로인지 전혀 찾지 못할 것 같았다.

뷘터는 내가 마법 행위를 보는 것을 개의치 않는 것 같았다. 아주 그냥 이중삼중으로 잠그는 듯, 여러 번 지팡이를 까딱이던 그가 마침내 손을 내리고 내게로 시선을 돌렸다.

"아이들을 돌봐 주셔서 감사합니다."

"……."

"하지만 의뢰를 받기에 오늘은 너무 늦었으니 다음에 다시 찾아와 주시지요."

솔직히 나는 그가 어떻게 이 안으로 들어오게 된 거냐고 더 추궁할 줄 알았다. 하지만 그는 그러지 않고, 정중한 어투로 축객령을 내렸다.

나는 그의 말에 흘긋 출입문 옆, 창밖을 바라보았다. 창밖은 어느새 넘실넘실 노을이 내려앉고 있었다. 오랜만에 집중하는 바람에 시간 가는 줄도 몰랐다. 내가 방에 없다는 것을 에밀리가 눈치채고도 남았을 것이다.

"……틀렸어."

'공작이랑 면담 확정이구나…….'

라고 생각하며 나는 치솟는 눈물을 삼켰다. 이왕 이렇게 된 거, 아예 뻔뻔하게 나가기로 했다.

"의뢰를 맡기러 온 게 아니라, 흰 토끼를 통해 보낸 메시지를 받고 답변을 들으러 온 거야."

"아……."

"아무도 없어서 꽤 오랫동안 기다렸어. 바로 돌아가도 됐지만, 내가 또다시 이곳을 방문할 만큼 한가하지 못해서 말이야."

실상은 시간이 남아돌았지만, 나는 바빠서 두 번은 못 오는 척 말했다. 공녀의 자존심이었다.

"그러던 차에 아이들이 저곳에서 나와서 도와 달라고 했어."

알겠냐? 이건 내 잘못이 아니라 네놈이 늦게 와서 그런 거라고.

나는 마지막까지 철면피를 뒤집어쓰고 쐐기를 박듯 빠져나온 벽을 손가락질했다.

뷘터는 확실히 '흰 토끼'란 단어를 들었을 때부터 당황하는 눈치였다. 마법사라도 비밀스러운 공간에 마구 침입한 무뢰배가 오늘 연락드린 고객일 줄 알아보는 능력은 없나 보다.

그는 의외로 순순히 고개를 숙여 사과했다.

"죄송합니다. 의뢰자분들은 보통 연락을 받고 하루나 이틀 후에 찾아오시기 마련인지라…… 이렇게 빨리 방문하실 줄 몰랐습니다. 제 불찰입니다."

얼굴이 화끈 달아올랐다. 가면에 가려져 있어서 다행이었다.

'뭐야, 그런 관례가 있었단 말이야?!'

귀족 놈들이 연락받고 하루나 이틀 후에 찾아오는지 내가 어찌 안단 말인가.

참을성도 없이 답변을 듣기 위해 메시지를 전달받자마자 헐레벌떡 달려온 사람이 돼 버렸다. 게다가 그 듣겠다는 의뢰 내용이.

'연회에서 본 남자를 애타게 찾는다는 거였잖아……!'

어쩌면 뷘터는 이 의뢰를 받자마자 내가 찾는 이가 본인이라는 것을 알아차렸을지 모른다. '손수건'이란 힌트를 줄 때부터 그런 걸 의도했으니까.

그 생각까지 미치자 차마 그의 얼굴을 바라볼 자신이 없었다.

"의뢰는 없었던 걸로 해. 날 기다리게 만든 것에 대한 무례는 내가 저곳에 들어간 것으로 대신하지."

나는 몸을 강타하는 쪽팔림에 아무 말이나 내뱉고 휙 뒤돌았다. 계획이고 추가 의뢰고 모르겠다. 일단 여기서 나가고 보자.

허둥지둥 출입문으로 뛰쳐나가려던 순간이었다.

"잠깐."

다급한 목소리가 분주한 발걸음을 붙들었다.

"잠깐만 기다려 주십시오."

"……뭐지?"

나는 더 도망가지 못하고 마지못해 토끼 가면을 돌아보았다. 군청색 눈동자가 나를 올곧게 바라보며 말했다.

"기다리시게 만든 것도 모자라, 아이들을 돌봐 준 은인께 큰 무례를 저질러 놓고 이대로 보낼 수 없습니다."

머릿속에 물음표가 떠올랐다.

'방금 전까지는 못 쫓아내서 안달 내었으면서 갑자기 왜?'

나는 떨떠름한 목소리로 과장된 그의 말을 부인했다.

"됐어. 은인까진……."

"제게 부디 엄수하지 못한 신뢰를 만회할 기회를 주십시오, 레이디."

그러나 뷘터가 내 말을 자르며 한 번 더 간곡히 부탁했다.

나는 다음에 만회하자며 거절하려 했다. 말도 없이 공작저를 나선 것이 대대로 알려지기 전에 빨리 돌아가야 한다. 게다가 히든 퀘스트로 인해 전부 어그러진 계획을 재정비해야 했다.

하지만 그 순간 그의 머리 위가 반짝이더니.

[호감도 6%]

나는 곧바로 마음을 바꿔 먹었다.

"……그럼 의뢰에 대한 답을 들어 보도록 할까."

도도하게 대꾸한 채 먼저 발을 옮겨 접객용 소파에 앉았다.

얼마 후 뷘터 또한 내 맞은편에 자리했다. 그가 문득 무언가를 부르듯이 허공에 손짓했다. 그러자 어디선가 휙, 하고 찻잔과 주전자가 날아왔다.

나는 내 앞에 사뿐히 내려앉은 찻잔에 김이 나는 뜨거운 홍차가 저절로 따라지는 모습을 흥미진진한 눈으로 바라보았다. 어차피 가면으로 가려져 있어 마법 처음 보는 촌사람 티는 안 날 것이다.

"드시죠."

그가 손을 내리자 주전자도 테이블 위에 가볍게 안착했다. 나는 잔을 들어 적당한 온도로 우러난 홍차를 한 모금 머금었다. 뷘터가 곧 입을 열었다.

"……레이디께서 아실지 모르겠지만, 이곳이 마법사가 운영하는 상단이라는 것은 극소수만이 아는 사실입니다."

'난 네가 후작인지도 알고 있다고.'

난 속으로 우월하게 중얼거리면서도 겉으론 묵묵히 고개를 끄덕였다.

"더더군다나 저 공간을 본 자는 아무도 제 발로 돌아간 적이 없습니다."

그러나 다음으로 들려오는 말에 머금고 있던 홍차를 뿜을 뻔했다. 다급히 잔을 내려놓은 나는 싸늘해진 목소리로 되물었다.

"지금 날 죽이기라도 하겠다는 뜻인가?"

"……예? 아닙니다. 그건 범죄지 않습니까."

뷘터가 황당하다는 듯 답했다.

"기억을 지우는 마법은 몸에 무리가 많이 가서 깊은 잠에 들기 때문에 제 발로 걸어 돌아갈 수 없다는 뜻이었습니다."

"크흠!"

나는 급 무안해져 헛기침했다.

"본래는 레이디의 기억 또한 지워야 마땅하나……."

다행히 뷘터는 내 민망함을 모른 척해 주며 차분히 말을 이었다.

"오늘 제가 지키지 못한 약속과 아까 저지른 무례로 인해 차마 그럴 수 없었습니다."

"……."

"상단의 가장 중요한 덕목은 고객과의 신뢰가 아니겠습니까. 기억을 지우게 되면 저희 상단에 의뢰를 맡기신 일까지 모조리 지워야 하는데, 그렇게까지 하고 싶지는 않습니다."

가만히 경청하던 나는 지운다는 기억의 범위에 눈살을 와락 찌푸렸다. 하마터면 꼼짝없이 온갖 무도회를 돌며 뷘터를 찾아다니는 척해야 했다.

"그래서. 내게 하고 싶은 말이 뭐야?"

"부디 오늘 본 공간에 대한 비밀을 지켜 주십시오."

"……."

"대신 레이디께서 찾는 이에 대한 정보를 대가 없이 원하는 만큼 제공해 드리겠습니다."

나는 바로 덧붙여지는 파격적인 조건에 깜짝 놀랐다. 대관절 저 비밀 공간이 뭐길래 이렇게까지 입단속을 하는가.

"안에 있는 아이들이 뭐기에? 반역자의 자손들이라도 돼?"

"반마법 단체에 의해 감금된 채 학대받다가 구출된 고아들입니다."

"반마법 단체……?"

'이 게임에 그런 심오한 설정도 있었나?'

머리를 굴려 떠올려 봤지만, 딱히 생각나는 게 없었다. 뷘터가 씁쓸한 목소리로 설명을 덧붙였다.

"마법이 상용화되기 시작하면서 신실한 교인을 자처하는 자들이 마법사들을 강하게 탄압하기 시작했습니다. 교리를 그르치는 사특한 흑마술이라 모함하면서 말입니다."

"……."

"현 황가 또한 정통성을 신탁에 결부하고 있기에, 마법사들의 처우가 갈수록 각박해지고 있습니다."

뷘터는 잠시 숨을 돌렸다가 마저 말을 이었다.

"몇몇 이교도 중에서는 사특한 요술을 부리는 자들이 모두 사라져야 신이 선택한 진정한 황제가 탄생한다는, 허황된 주장을 하는 무리도 있습니다."

"……."

"얼마 전 황태자가 군대를 이끈 전투에서 패배한 레일라 신국의 잔당들이 요즘 많은 문제를 일으키고 있다는 것을, 레이디께서도 아시겠지요."

"물론."

물론 전혀 몰랐다. 그러나 모두 아는 척 진중하게 고개를 끄덕였다.

"허무맹랑한 말이지만 의외로 제국의 귀족 중에서도 같은 주장을 하는 이들이 많습니다."

"제국의 귀족들이……? 그들이 왜 그런 짓을 하는 거지?"

"주로 마도구들을 대량 생산하는 사업을 하는 자들이 그렇지요. 마법사들을 이용은 하지만, 그들의 존재는 지워야 마법을 이용한 모든 시장을 본인들이 독점할 수 있을 테니까요."

게임을 할 때는 뷘터가 왜 자신이 마법사임을 숨기는지 알 수 없었다.

'그냥 제작자 설정값인 줄 알았는데…….'

이렇게 심오한 사정이 숨겨져 있을 줄은 상상도 못 했다. 이전에 겪었던 황태자의 배경도 그렇고, 그저 기본 설정이라 생각했던 것에는 다 나름의 정당한 이유가 있었다.

나는 점점 더 내가 알고 있던 원래 게임과의 괴리감을 떨칠 수 없었다.

"부탁드립니다, 레이디."

그때, 뷘터가 머리 숙여 한 번 더 당부했다.

"아이들의 목숨이 달린 일입니다."

아이들을 걱정하는 뷘터의 머리 위로 [호감도 6%]가 반짝이기 시작했다. 나는 곧바로 알아차렸다. 여기서 내가 어떻게 답하느냐에 따라 호감도의 감소와 증가 여부가 결정된다는 것을.

입조심하겠다고 대답하기 위해, 입을 연 순간이었다.

'그런데…….'

문득 위화감이 느껴졌다.

'여기서 왜 호감도가 관련되는 거지?'

오늘 겪은 일은 모두 돌발 상황들이었다. 특히 히든 퀘스트는.

'정보상에 뷘터를 찾는 의뢰를 넣는 것부터 원래의 게임 스토리엔 없는 일이지 않나……?'

그렇게 생각하던 나는 돌연 눈을 부릅떴다. 내 생각의 커다란 오류를 찾아냈기 때문이다. 내가 아는 게임 설정의 기준은 모두 노멀 모드 기준이라는 것을.

'……나는 하드 모드의 뵌터를 모른다.'

뵌터는 게임에서도 주기적으로 뒷골목 고아들을 거두어 돌보고, 가난한 사람들을 도와주는 선량한 설정이었다.

[가난한 사람들을 돕기 위해 빈민가를 전전하던 마법사는 어느 가난한 평민이 주워 키우던 진짜 공녀를 발견한다.

마법사의 도움으로 공작저로 돌아온 마음씨 착한 여주는, 그를 따라 성심성의껏 불우한 아이들을 돕고 아낌없이 제 것을 기부했다.]

머릿속에 줄줄 설정을 나열하던 나는 불현듯 의문이 들었다.

'그런데 이렇게 다정하고 인성이 착한 뵌터가 왜 하필, 페넬로페의 성인식에 여주를 데리고 왔을까?'

가짜 공녀가 가장 주목받는 때. 누가 봐도 페넬로페를 엿 먹이기 위해서가 아닌가.

"……레이디?"

한참 동안 대답이 없자, 뵌터가 이상하다는 듯 나를 불렀다. 순식간에 묘한 기분이 몸을 감쌌다. 뜬금없이 등장한 히든 퀘스트. 폭락한 뵌터의 호감도.

하드 모드의 스토리를 정확히 모르는 나는, 지금까지 내 나름대로 원 스토리를 파괴하며 죽음을 잘 피해 가고 있다고 믿어 의심치 않았다.

'……하지만 사실 이 모든 게 하드 모드에 포함된 루트 중 하나라면?'

나는 떨리는 손을 꾹 다잡으며, 오랜 기간 꺼 둔 선택지를 켰다.

'……선택지 ON.'

당장 확인해야 했다. 곧바로 눈앞에 하얀 네모 창이 떠올랐다.

〈SYSTEM〉 선택지를 [ON] 하시겠습니까?
[예. / 아니오.]

나는 [예.]를 눌렀다. 그러자 바로 선택지가 생겼다.

1. 내가 왜 그래야 하는데?
2. 글쎄…… 별로 구미 당기는 제안이 아니네. 뭐 희귀한 보석 없어?
3. 내가 만약 아이들에 대해 떠들어 대고 다닌다면? 그럼 어쩔 건데?

'아…….'

나는 탄식했다. 왜 불길한 생각은 항상 들어맞는 것일까.

노멀 모드에서 모든 남주들에게 미움을 산 페넬로페의 이면에는 이미 이러한 상황들이 촘촘히 깔려 있었던 것이다.

나는 바르르 떨리는 손으로 선택지 중 하나를 선택했다.

"……내가 만약 아이들에 떠들어 대고 다닌다면? 그럼 어쩔 건데?"

오랜만에 내 통제를 벗어난 입이 마음대로 움직였다. 그러나 말이 끝나기가 무섭게 가면에 뚫려 있는 구멍 틈으로 보이는 빈터의 눈동자가 무섭게 굳어졌다. 그에게서 뿜겨져 나오는 기세가 전과 확연히 달랐다.

"그렇다면 지금 쥐고 있는 알량한 지위마저 위태로워질 겁니다, 손님."

그가 스산한 목소리로 내 정체에 대해 속삭였다. 머리를 숙였다고 부탁이 아니었다. 이건 경고였다.

'알고 있었구나.'

하긴, 흰 토끼를 받았다고 말한 이상 내가 누군지 모를 리가 없었다.

노멀 모드에서 페넬로페는, 뷘터의 이런 경고에도 불구하고 생각 없이 떠들고 다녔다는 전제가 깔린 것이었다.

'선택지 OFF.'

다시 선택지를 끄며 나는 비로소 내 의지로 입을 열었다.

"……입조심하도록 하지."

내 확답에 남자에게서 쏟아져 나오던 살기가 사라졌다. 그리고.

[호감도 8%]

폭락했던 호감도가 처음과 엇비슷하게 회복됐다. 그것에 안도하는 내가 너무 비참했다.

나는 자리에서 벌떡 일어났다.

"할 얘기는 다 끝났나? 시간이 너무 늦어서 그만 가 봐야겠어."

혼자만의 가면 무도회에 나는 너무 지쳤다. 이럴 줄 알았으면 답답하게 가면을 쓰고 오지도 말걸 그랬다.

뷘터가 나를 따라 덩달아 자리에서 일어나며 의아하다는 듯 물었다.

"레이디께서 찾는 분에 대한 정보는……."

"그건 됐어."

서둘러 손을 들어 그의 말을 막았다. 짧은 사이 결정을 빠르게 끝낸 나는 냉정하게 뇌까렸다.

"사실 다른 정보상에서 찾아내서 이미 누군지 아는 상태니까."

그가 움찔, 몸을 굳혔다. 예상치 못한 한 방이었던 듯했다. 그러나 별로 통쾌하지도 않았다.

다른 남주들에 비해 뷘터는 지극히 정상적이었지만, 결국 보험으로 삼겠다는 계획은 실패. 망할 히든 퀘스트 때문에 놈의 비밀을 강제로 알게 되면서 모든 게 틀어졌다.

게다가 뷘터는 곧 노멀 모드의 여주를 찾아낼 예정이다. 주기적으로 만나는 빈민가의 아리따운 아가씨와 오늘로써 입에 폭탄을 품은 공작가의 미친개.

내가 희망을 걸었던 뷘터의 '다정함'은 결국 양날의 검이라는 것을 간과했다.

'차라리 아직 여주를 만나기 전인 놈들을 공략하고 말지.'

나는 그가 나를 어떻게 보고 있든, 신경 쓰기를 관뒀다. 그리고 [호감도 8%]를 싸늘하게 지나쳤다.

"아참."

그러다 문득 여기 오기 전 꾸역꾸역 챙겨 온 부산물들이 떠올랐다.

"입을 다무는 대가로 정보를 제공한다고 했지."

나는 다시 원래 서 있던 자리로 돌아갔다. 그리고 로브 주머니에서 무언가를 꺼냈다.

"정보는 됐고, 이것들을 그 사람한테 전해 줘. 오늘 여기 온 건 이걸 추가로 의뢰하기 위해서였으니까."

찻잔 옆에 흰 손수건과 고풍스러운 벨벳 상자를 차례대로 올려놨다.

"뭐라고 전달드리면 될까요?"

"답례, 라고 하면 알아듣겠지."

군청색 동공이 조금 커졌다. 그 순간.

[호감도 13%]

호감도가 크게 상승했다. 그러나 나는 미련 없이 출입문으로 걸어갔다.

"그럼 수고해."

이걸로 그에게 진 빚은 모두 끝났다.

'빨리 방으로 돌아가서 종이에 엑스부터 쳐야겠어.'

그런 생각을 하며 출입문을 열던 찰나였다. 탁, 문이 열리기가 무섭게 다시 닫혔다.

'……응?'

다시 문고리를 돌리던 나는, 불쑥 머리 위로 뻗어져 나온 팔을 보고 당황했다. 내 뒤로 다가온 남자가 손을 뻗어 출입문을 막고 있었다.

황급히 뒤돌자 토끼 가면이 코앞에 있었다. 나는 어느새 그의 커다란 덩치 아래 갇힌 상태였다.

"……레이디."

머리 위에서 낮고 짙은 음성이 울려 퍼졌다. 예상치 못한 자세에 나는 눈에 띄게 당황했다.

"뭐, 뭐야? 아직 할 말이 남았나?"

뷘터는 잠시간의 틈을 두고 말했다.

"……오늘 아이들을 돌봐 준 것에 대해 답례를 하고 싶습니다."

"됐어. 내가 먼저 출입하면 안 되는 장소에 들어간 것이니……."

"저는 빚지고는 못 사는 성격이라 말입니다."

그가 그런 말을 하며 천천히 내 위로 고개를 숙였다. 가면과 가면 사이의 거리가 한층 가까워졌다.

'확실하게 입 다물라고 협박하는 건가?'

목이 바싹 탔다. 그렇게 압박하지 않아도, 놈과 더 엮이지 않도록 알아서 입 다물고 있을 생각이었다.

나는 그를 피해 문 쪽으로 몸을 바싹 붙이면서도 애써 태연한 척 어깨를 으쓱였다.

"딱히 필요한 거 없는데?"

답례는 무슨, 여기서 나가면 넌 뒤도 안 돌아보고 엑스다.

내 말에 뷘터는 잠시 침묵하다 뜬금없는 말을 내뱉었다.

"전 마법삽니다."

"……."

"일반인이 해결할 수 없는 일을 해낼 수 있는 능력이 있지요."

나는 좀체 진의를 파악할 수 없어 당황했다.

'그래서 일반인은 날 죽이지 못하지만, 자기는 날 죽일 수 있다는 거야 뭐야.'

신종 협박에 뭐라 답을 해야 할지 몰라 버벅거릴 때였다.

"도움이 필요하시다면 언제든 이곳을 다시 찾아 주십시오."

그 순간이었다. 내 쪽으로 상체를 숙인 뷘터의 머리 뒤편으로 하얀 네모 창이 떠올랐다.

〈SYSTEM〉 히든 퀘스트 [마법사의 비밀을 밝혀라!] 미션 완료!

〈SYSYEM〉 마법사의 은밀한 공간에서 무사히 비밀을 획득했습니다. 보상으로 [마법사의 도움 1회]가 주어집니다.

〈SYSTEM〉 보상을 받으시겠습니까?

[예. / 아니오.]

"하."

보상의 내용에 기가 막혀서 헛웃음이 터져 나왔다.

예상치 못한 퀘스트로 인해 내가 겪었던 두려움, 치열한 고민, 결정. 이젠 다신 놈을 만나지 않을 생각으로 허겁지겁 도망치는 나에게 주어지는 보상치곤, 참으로 터무니없지 않은가.

"……진짜 너무하네."

"예?"

혼잣말처럼 작게 중얼거린 말에 뷘터가 의아하다는 듯 되물었다.

나는 고개를 저으며 내 위를 막고 선 그의 가슴팍을 살포시 밀었다.

힘이라곤 전혀 들어가지 않은 손짓이었는데, 문을 못 열게 막아서던 방금 전과는 달리 그는 의외로 순순히 물러섰다.

이윽고 완전히 시스템 창 뒤로 밀려난 그에게서 손을 떼는 척하며 [예.]를 눌렀다.

"필요한 일이 있으면 다시 찾아오지."

나는 그 기막힌 보상이나마 받아 놓을 수밖에 없는 처지였다. 목숨이 위태위태한 내 상황에, 어디서 어떻게 써먹을지 모르기 때문에.

"그럴 리는 없겠지만."

물론 최대한 그럴 일은 없어야 한다.

〈SYSTEM〉 [마법사의 도움 1회]를 획득했습니다.

사용 시에는 [도움]을 외치십시오.

마지막 시스템 창을 확인한 후, 나는 몸을 돌려 출입문을 활짝 열었다.

마침내 뷘터의 상단에서 빠져나왔을 때, 골목길은 노을이 지고 어두컴컴한 땅거미가 길게 내려앉은 상태였다.

"하, 미친……."

터덜터덜 출입문 앞 계단을 내려가며 나는 깊은 자괴감에 휩싸였다.

"마차 불러 달라는 걸 깜빡하면 어떡해, 멍청아……."

정신이 없어서 까맣게 잊고 있었다. 돌아갈 땐 순간 이동 기능을 쓰지 못한다는 것을.

'다시 들어가서 도와 달라고 할까?'

꽉 닫고 나온 문을 돌아보며 나는 잠시 고민했다.

그러나 이내 그 고민을 털어 냈다. 네 도움 따윈 필요 없다고 당당하게 선언하고 나와 놓고, 다시 들어가서 마차를 불러 달라 그러면 얼마나 황당할까.

오늘치의 철판을 다 써 버린 나는 더는 수치를 감당할 수 없었다.

'하…… 언제 돌아가냐. 공작이 아직 퇴근하기 전이어야 할 텐데.'

나는 우선 일직선으로 이어진 골목 너머를 바라보았다. 다행히 골목 끝은 바로 대로변으로 이어지는지 환한 불빛이 가득했다. 아직 축제 기간이 끝나지 않아 왁자지껄한 소음도 전해져 왔다.

'일단 큰길로 나가자. 그럼 마차를 잡아타거나 할 수 있는 곳이 있겠지.'

이클리스를 구할 때처럼 깊고 미로같이 꼬인 골목이 아님에 감사하며, 나는 서둘러 걸음을 옮겼다.

짧은 골목을 금방 가로지르자, 예상대로 큰길이 나왔다. 거리에는 일전에 공작의 아들놈들과 함께 구경했던 축제의 거리와 흡사한 광경이 끝없이 펼쳐져 있었다.

마차를 잡아타야 하는데 마차가 지나다니기는커녕, 사람 떼가 넘쳤다. 나는 인상을 북북 쓰며 주변을 두리번거렸다.

그때였다. 문득 익숙한 문양이 그려진 갑옷이 눈에 들어왔다.

"신분 패 좀 보여 주십시오."

얼마 떨어지지 않은 곳에서 은빛 갑옷을 입은 기사 두 명이 인상이 썩 좋지 않은 사내 한 명을 잡고 검문했다.

"내 시, 신분 패는 왜 보려는 거요."

"축제 기간 동안 수도에 숨어든 범죄자들을 철저히 단속하라는 명이 떨어졌습니다. 어서 꺼내십시오."

"그, 그게……."

기사들과 사내 사이에 작은 실랑이가 벌어졌다.

'어디서 많이 본 갑옷이네.'

곰곰이 생각하며 그것을 지켜보던 나는 눈을 부릅 홉떴다.

'헐! 저거 에카르트 문양이잖아!'

다시 한번 주변을 돌아보니 공작가의 기사들이 일정한 간격을 두고 쫙 깔려 있었다.

'기사들이 여기 왜 있는 거지? 설마, 내가 없어진 걸 벌써 눈치채고 날 잡으러……?'

동공이 정신없이 흔들리는 것이 느꼈다. 큰일 났다. 현재 가문의 기사들을 실질적으로 이끄는 것은 데릭이었다. 주변에 그가 있을

지도 모른다는 소리였다.

'몰래 나온 거, 걸리면 죽는다.'

내 입으로 근신한다고 했지만, 아직 공식적인 철회가 떨어진 상태는 아니었다.

나는 황급히 주변을 둘러보았다. 데릭 놈에게 들키지 않고 집에 도착해야 했다. 그런데 그 순간이었다.

"무슨 일이지?"

실랑이가 벌어졌던 쪽에서 낯익은 목소리가 들려왔다.

"단장님 오셨습니까!"

기사들이 각 잡힌 자세로 누군가에게 인사했다. 나는 설마, 하는 간절한 마음으로 그쪽을 바라보았다.

새까만 머리칼. 에카르트의 문양이 순은으로 음각된 갑옷 위로 화려한 검은색 망토를 휘날리며 걸어오는 남자. 데릭이었다.

놈은 바로 근방까지 당도했다. 들킬까 봐 가슴이 벌렁거렸다. 그나마 다행인 건, 내가 로브 후드와 가면으로 완벽하게 얼굴을 숨긴 상태라는 것이었다.

'설마 가면을 알아보진 않았겠지.'

벌써 일주일 전의 일이었다. 나를 혐오하는 데릭은 내가 산 가면까지 기억할 만큼 섬세한 인간이 아니었다.

주변에 사람이 우글거려서 그는 아직 나를 발견하지 못했다. 나는 최대한 몸을 움츠렸다. 적당한 때 인파에 몸을 숨겨 이동할 생각이었다.

'좋아, 저 무리다!'

때마침 나처럼 가면을 뒤집어쓴 한 무리가 다가오고 있었다. 데릭을 힐끗거리며 타이밍을 잴 무렵이었다.

부하에게 자초지종을 듣던 그가 불현듯 고개를 번쩍 쳐들었다. 그리고 정확히 내가 있는 쪽을 응시하는 게 아닌가.

나는 소스라치게 놀라 뒷걸음질 쳤다. 그 순간, 눈이 마주쳤다. 무언가를 가늠하듯 의문이 서렸던 그의 얼굴이 천천히 일그러지기 시작했다.

"너……."

'X됐다.'

나는 그가 완전히 나를 알아보기 전에 뒤돌았다. 그리고 골목 안으로 줄행랑을 쳤다.

하지만 골목 끝은 뷘터의 상단을 비롯한 건물들이 들어선 막다른 길이었다. 데릭 놈이 쫓아온다면 꼼짝없이 잡힐 수밖에 없었다.

나는 별수 없이 눈물을 머금고 계단을 올랐다. 그리고.

쾅!

"도움—!"

나는 필요 없다고 허세 부리며 나온 지 5분도 안 돼 퀘스트 보상 구호를 외쳤다.

"헉, 허억……."

"……."

내부에 싸늘한 정적이 내려앉았다. 놀랍게도 뷘터는 문 앞, 나를 막아섰던 자리에 그대로 서 있었다.

커다랗게 확장된 군청색 동공에 얼굴이 터질 듯 달아올랐다. 가면을 써서 천만다행이다. 괜히 썼다고 불평했던 것이 무색하게 손바닥 뒤집듯 생각이 뒤집혔다.

"……일단 문부터 닫으시고 안으로 들어오시죠."

놀란 눈으로 나를 응시하던 뷘터는 이내 몸을 옆으로 비켜섰다.

"큼, 큼."

'제기랄, 쪽팔려.'

나는 몰려오는 수치심에 억지로 헛기침을 하며 서둘러 문을 닫았다. 꽉 닫기 전에 문틈으로 어둠이 내려앉은 골목길을 샅샅이 훑어보았지만, 데릭은 없었다.

'따돌린 건가?'

그렇다고 좋은 것만은 아니었다. 놈이 이대로 저택으로 돌아가 내가 방에 없는 것을 확인하면 끝이었다.

"갑자기 말 바꿔서 미안하지만, 아까 주겠다던 도움은 아직 유효하겠지?"

"물론입니다."

"그 도움, 지금 쓰지. 나를 헤밀튼 스트리트로 데려다줬으면 좋겠어. 지금 당장."

숨도 안 쉬고 말을 토해 냈다. 데릭보다 빨리 저택에 도착해야 한다는 생각에 마음이 급해졌다. 마법을 쓸 줄 아는 뷘터라면 무언가 방법이 있을 것이다.

"헤밀튼 스트리트라면……."

그는 내가 말한 거리명이 어딘지 생각하는 눈치였다.

'어디긴.'

에카르트 공작저에서 한 블록 떨어진 거리였다.

어차피 이미 내 정체가 들통난 상태이니, 대놓고 내 방까지 데려다 달라고 하면 훨씬 편할 것이다.

하지만 그냥 계속 모른 척 연기하기로 했다. 어차피 오늘 이후로 다시 볼 놈도 아니었기에.

"축제 때문에 사람이 너무 많아서 마차를 잡기 어려워."

나는 한발 늦게 변명을 중얼거렸다.

"호위를 데리고 오지 않으셨습니까?"

토끼 가면 틈으로 보이는 눈동자가 진중함으로 물들었다. 나는 저택에 놓고 온 내 하나뿐인 호위를 떠올렸다. 말이 호위지 이클리스를 정말로 그렇게 쓸 생각은 없었다.

'몰빵이 확정됐으니 이제 앞으로 더더욱 아기 다루듯이 다뤄야 돼.'

나는 어깨를 으쓱이며 속마음과는 전혀 다른 답을 했다.

"……레이디에게는 하나쯤 은밀한 비밀이 있기 마련이니까."

의문스러운 눈빛이 거둬졌다. 뷘터는 내 대답을 대충 납득한 것 같았다. 그는 품에서 지팡이를 다시 꺼냈다. 그리고 내게 한 손을 내밀었다.

"손을 얹어 주시겠습니까?"

예상대로 마법을 써서 이동하려는 모양이었다.

'다행이다.'

나는 크게 안도하며 기꺼이 그가 내민 손 위에 한 손을 겹쳐 올렸다. 불현듯 그가 와락 힘을 줘 내 손을 움켜잡았다.

그 순간이었다. 눈앞에 하얀 네모 창이 떠올랐다.

〈SYSTEM〉 [마법사의 도움 1회]가 사용됐습니다.

〈SYSTEM〉 [헤밀튼 스트리트]로 이동합니다.

"조금 어지러울 수도 있습니다."

다정한 목소리를 끝으로 눈앞이 하얗게 점멸했다.

다시 눈을 떴을 때, 우리는 익숙한 거리 옆의 인적 드문 골목에 서 있었다. 마법으로 순식간에 헤밀튼 스트리트까지 이동한 것이다.

'됐어. 이 정도면 확실히 데릭 놈보다 앞서 왔겠지.'

회심의 미소를 짓던 나는 문득 기이함을 느꼈다. 뷘터의 마법으로 이동한 건데, 그 느낌이 꼭…….

'……내가 시스템으로 순간 이동할 때랑 비슷하잖아?'

아리송한 기시감에 고개를 갸웃거릴 때였다.

"이제 놓으셔도 됩니다."

불쑥 옆에서 뷘터가 말을 걸었다.

"응? 뭘…….."

"잡고 계신 제 손 말입니다."

그의 말에 반사적으로 시선이 내려갔다. 외간 남자의 손을 깍지까지 껴서 꼭 붙들고 있는 내 손이 보였다.

"으헉!"

나는 기겁을 하며 그를 잡고 있던 손을 내팽개치듯 털어 냈다.

'뭐야. 언제 이렇게 꽉 잡고 있었던 거지?'

우왕좌왕하는 것도 잠시, 곧바로 거둬지는 그의 손을 보니 좀 과했나 싶어 미안해졌다. 어쨌든 요긴하게 그의 도움을 써먹긴 했으니, 나는 진심을 담아 감사 인사를 전했다.

"……도와줘서 고마워."

뷘터는 겸손하게 고개를 저었다.

"아닙니다. 레이디께 빚진 것을 갚을 수 있어 기쁩니다."

"신뢰는 확실히 회복했네."

칼 같은 빚 타령에 조금 웃음이 나왔다. 따지고 보면 후작이라는 높은 위치에 있는 남자가 아닌가. 상단을 위해 이렇게까지 자신을 낮출 수 있다는 게, '괴짜 마법사'란 설정에 충실한 것처럼 느껴졌다.

내 농담에 뷘터는 묘한 눈으로 나를 바라보았다.

"그럼, 저희 상단을 또 찾아 주시는 겁니까?"

"……글쎄."

나는 뷘터의 물음에 웃음기를 지우고 그를 마주 보았다.

"우리가 다시 볼 일이 있을까."

서늘한 밤바람이 한차례 골목을 스치고 지나갔다.

가면을 쓰고 정체를 숨긴 채 서로를 바라보고 있는 우리 두 사람.

'내가 자신의 정체를 알고 있을 거란 사실은 까맣게 모르겠지.'

끝까지 모른 척하는 게 나았다. 곧 여주를 찾아낼 그도, 나도, 서로에게 득 될 것 없는 비밀만 쥐고 있을 테니.

"안녕."

나지막이 인사를 건넨 나는 곧장 몸을 돌렸다. 막 골목길을 빠져나가려던 찰나였다.

"……만약 레이디께서 전달해 달라 하셨던 물건을 전한 후."

바람결에 실려 온 뷘터의 목소리가 발목을 붙들었다.

"그에 대한 답변을 듣는다면……."

"…….."

"그걸 다시 전해 드리는 건 됩니까?"

나는 잠시 멈춰 흘깃 그를 돌아보았다. 어둠에 잠긴 골목에 우뚝 서 있는 토끼 가면이 어쩐지 오싹했다.

"아니."

가면 아래 가려진 그의 얼굴이 지금 어떤 표정을 짓고 있을지 가늠할 수 없었다. 다만.

[호감도 15%]

단호한 거절에도 상승하는 호감도가 조금 의외였다.

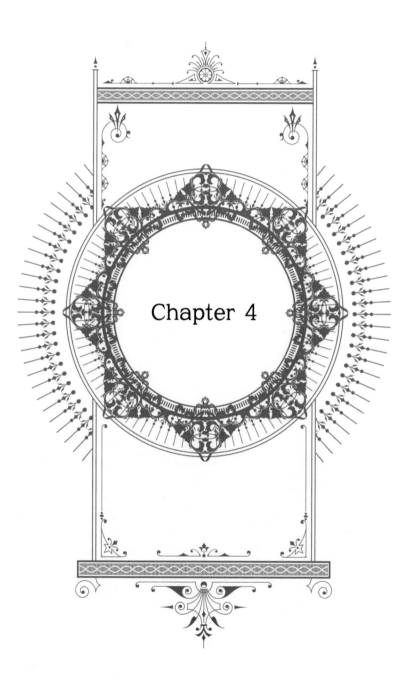

Chapter 4

Chapter 4

뷘터와 헤어진 나는 곧장 거리를 돌아 공작저로 갔다. 정확히는 저택을 감싸고 있는 높다란 담벼락으로.

"분명 여기 어디쯤이었던 거 같은데······."

나는 눈을 최대한 커다랗게 뜨고 담벼락을 샅샅이 훑고 있었다. 개구멍을 찾기 위해서였다.

담벼락의 범위가 워낙 넓기도 했고, 어두운 시야 때문에 벽인지 구멍인지 구분하기가 힘들었다.

데릭이 곧 돌아올지도 모른다는 초조함에 식은땀이 새어 나올 무렵.

"찾았다!"

드디어 개구멍을 발견할 수 있었다. 나는 서둘러 그 앞에 쭈그려 앉았다. 구멍의 폭이 워낙 좁아서 바닥을 기다시피 해야 했다.

있는 힘껏 몸을 웅크린 후 머리부터 구멍 안으로 막 집어넣으려 던 순간이었다.

저벅, 저벅. 불현듯 묵직한 발걸음 소리와 함께.

"페넬로페 에카르트."

등 뒤로 얼음장처럼 차가운 음성이 내려앉았다.

"역시, 네가 맞았군."

나는 바닥에 엎드린 자세 그대로 딱딱하게 얼어붙었다.

'제발…….'

나는 짧은 사이 온갖 신을 부르짖으며 현실을 부정했다.

'제발 환청이라고 해 주세요.'

그러나 이 망할 게임에 신은 없었다.

"당장 일어나."

빠드득, 이를 가는 소리에 나는 자리에서 벌떡 일어났다. 어둠 속에서 살벌하게도 나를 노려보는 시퍼런 동공이, [호감도 13%]보다 더 선명하게 빛났다. 나는 기가 막힌 전개에 차마 말을 잇지 못했다.

"어떻, 어떻게……."

"그런 우스꽝스러운 가면을 뒤집어쓰고 돌아다닐 계집이 너뿐인데 못 알아볼 리가."

어떻게 난 줄 알고 득달같이 쫓아왔냐는 뜻을 바로 알아들은 데릭이 사납게 비웃으며 답했다.

'우스꽝스럽다니!'

놈의 조롱에 분노가 치솟았지만 나는 잠자코 고개를 숙였다. 검은 머리칼 위가 위태롭게 반짝였기 때문이나.

"대체, 왜 그러는 거지?"

데릭이 오만상을 찌푸리며 대답을 강요했다.

"말해."

"……."

"밤늦게 축제 구경을 하러 가겠답시고 날뛰던 것도 가만 놔뒀다. 호위를 두고 싶다기에 근본 모를 노예 새끼를 집 안에 데려온 것도 묵인해 주었지."

"……."

"그런데 대체 뭐가 불만이라 이런 짓거리를 또 하는 거지?"

그가 말하는 '이런 짓거리'란 호위 하나 없이 몰래 빠져나가는 일을 말하는 것이었다. 하지만 안타깝게도 나한테 대답을 강요해 봤자 딱히 할 말이 없었다.

"……죄송해요."

나는 앵무새처럼 사과를 되뇌었다. 억울하지 않은 건 아니었지만 별수 없었다. 네놈들에게서 살 구멍을 찾느라 이러는 거라고 사실대로 말할 순 없는 노릇이지 않은가.

"어떤 벌을 내리시든 달게 받을게요, 소공작님."

"그놈의 벌, 벌, 벌."

그러나 이제 데릭에게 더는 통하지 않는 방법인지, 방금 전까지 잠잠했던 놈이 갑자기 얼굴을 험악하게 일그러뜨렸다.

"네가 내게 하는 소리라곤 매번 벌을 내려 달라는 것뿐이군."

"그게……."

"그렇게 벌을 받고 싶은 건가?"

나는 신경질적으로 보이는 데릭의 모습에 당황했다.

'벌을 받고 싶은 사람이 세상에 어딨겠니.'

당연히 나도 벌받기 싫었다. 그러나 채 부인하기도 전에 놈이 탁, 손을 잡아챘다.

"따라와."

"어, 어……."

놈이 막무가내로 걷는 바람에 속절없이 끌려갈 수밖에 없었다.

'왜 이래! 대, 대체 무슨 벌이길래!'

나는 좋지 않은 놈의 기세에 더럭 겁이 났다. 페넬로페를 극도로 싫어하는 그와 이런 접촉이 생길 줄은 꿈에도 몰랐다.

"……어디 가시는 거예요?"

"……."

"소공작님."

나는 불안한 눈으로 연신 데릭의 머리 위를 바라보며 물었다. 그러나 돌아오는 답은 없었다.

'하. 오늘 일진이 왜 이렇게 사납냐…….'

지금이라도 바짓가랑이를 잡고 빌어야 하는 걸까. 자꾸만 예상치 못한 방향으로 흘러가는 전개에 나는 깊은 시름에 잠겼다.

'설마. 아무리 꼴 보기 싫은 가짜 동생이라지만, 집 밖으로 좀 나갔다고 황태자처럼 칼로 찔러 죽이기라도 하겠어?'

나는 필사적으로 긍정 회로를 돌렸다. 하지만 그러기 무섭게 섬뜩한 생각이 치고 올라왔다.

'……물론 칼로 찔러 죽이진 않겠지만, 말려 죽이긴 하겠지?'

이를테면, 이대로 저택으로 끌고 가서 놈이 말한 내 '우스꽝스러운' 몰골을 모든 공작가 일원들에게 낱낱이 까발리는 것이다.

작은 실수 하나라도 크게 부풀려 모든 이들의 눈 밖에 나게 하기. 특히 페넬로페를 입양해 온 공작의 눈에는 더더욱.

게임에서 잘못된 선택지를 고를 때마다 놈들이 곧잘 하던 짓이었다.

'에휴. 그래, 마음대로 해라.'

나는 빠른 포기를 택했다. 지금 와서 빈다고 뭐가 달라지는 것도 아니고.

사실 현생에서 한두 번 겪은 것도 아니었기에 나는 그런 상황에 이골이 나 있었다. 분을 참지 못하고 끝내 괴성을 지르며 제 명을 재촉하던 페넬로페와는 다르게 말이다.

나는 모든 것을 내려놓고 데릭이 이끄는 대로 따라 걸었다. 그가 가는 방향은 예상대로 저택의 대문 쪽이었다. 굳게 닫힌 웅장한 철문 옆에 서 있던 문지기들이 다가오는 데릭을 알아보고 깎듯이 묵례했다.

나는 그때까지만 해도 그가 당연히 문 안으로 나를 끌고 들어갈 줄 알았다.

"어……?"

하지만 데릭 놈은 그대로 철문을 지나쳤다.

'얘 대체 어디로 가는 거야?'

나는 눈을 휘둥그레 뜨고 그의 뒤통수를 바라보았다. 애써 잠재워 뒀던 불안감이 폭발하기 시작했다.

한참을 걸어 메인 스트리트로 나온 그는, 얼마 후 인적이 드문 샛길로 빠졌다. 띄엄띄엄 세워져 있던 건물들을 지나치니, 어느 순간 경사로가 나왔다. 그 너머로 무성한 나무와 풀숲이 보였다.

하지만 보통의 노상길은 아닌지, 섬세하게 세공된 작은 전등이 곳곳에 길을 밝히고 있었다. 꼭 반딧불이라도 되는 양 예뻤다. 불빛에 비친 나무와 수풀들을 자세히 보니, 관리가 잘된 정원처럼 정갈했다.

초입에 있는 '이스트 힐'이란 표지판을 발견한 나는 의아해졌다.

'여긴 갑자기 왜 왔지?'

나도 어렴풋이 아는 곳이었다. 이곳은 공작저 소유의 동산을 깎아 만든 산책로였다. 또한 노멀 모드에서 여주와 남주들 간의 주데이트 장소기도 했다. 물론 남주 놈들과 데이트할 일이 없던 나는 처음 오는 것이었다.

이 산책로는 호화스러운 만큼 출입이 엄격히 통제됐다. 일반 평민들은 이용하지 못한단 소리다.

'설마, 인적 드문 곳에서 찔러 죽이려고?!'

표지판을 지나던 나는 불쑥 든 생각에 걸음을 번뜩 멈췄다.

"자, 잠깐만요!"

그러자 데릭이 차갑게 나를 돌아보았다.

"……뭐지?"

"여, 여기는 왜 올라가는 거죠?"

"벌을 받고 싶다고 하지 않았나? 잠자코 따라와."

놈이 다시 뒤돌아 먼저 걷기 시작했다. 순식간에 입구를 지나쳐 경사로에 올랐다.

내가 먼저 한 말이 있어서 반항할 수도 없었다. 가기 싫다고 했을 때 나올 놈의 반응도 예측할 수 없었고.

그렇게 어쩔 수 없이 따라가는데, 비루먹은 가짜 공녀의 몸뚱이는 얼마 걷지 않았음에도 금방 숨이 찼다. 게다가 빠른 속도로 무지막지하게 걷는 놈을 따라가느라 나는 거의 뛰다시피 해야 했다.

"헉, 허억……."

가면 속으로 거칠게 숨을 헐떡이며 나는 생각했다.

'설마, 그 벌이란 게 등산으로 굴리는 걸 말하는 건가?'

만약 그렇다면 참으로 잔인한 새끼였다.

레이디에 대한 배려 따위 없이 뒤도 돌아보지 않고 걷는 놈에게 질질 끌려가던 나는, 결국 참지 못하고 한 번 더 멈췄다.

"헉, 잠깐만요!"

"또 뭐냐."

이번엔 아예 걸음도 멈추지 않은 채 데릭이 짜증스럽게 뇌까렸다. 나는 더럭 겁을 먹었다. 그렇지만 이렇게 질질 끌려갈 순 없었다. 벌써 로브 자락이 잔뜩 끌려 더러워졌다.

"……그렇게 빨리 걸으시면 따라가기 힘들어요."

나는 소심한 목소리로 항의했다. 솔직히 놈이 내 말을 무시할 줄 알았다. 아니면 매번 그랬듯 재수 없는 말을 쏘아붙이든가.

그러나 놀랍게도 그의 발걸음이 차차 늦춰지기 시작했다. 그리고 어느 순간, 내 보폭에 맞춰 그와 나 사이에 일정한 거리가 유지됐다.

'……괜찮은 거 맞지?'

나는 연신 그의 머리통 위를 흘깃거렸다. 어둠 속에서도 지표처럼 [호감도 13%]가 환하게 빛나고 있었다.

침묵 속에서 얼마쯤 걸었을까. 멀찍이 아름다운 가제보(gazebo)가 보였다. 드디어 동산의 꼭대기에 오른 것이다.

서둘러 그 안을 들여다본 나는 와락 인상을 찌푸렸다.

'뭐야, 데이트 명소라며!'

게임에선 분명 남녀 간의 비밀스러운 만남이 이루어지는 곳이라고 나왔는데, 막상 와 보니 사방이 텅 비어 있었다.

'난 얘랑 단둘이 있기 무섭다고요…….'

깊이 상심한 채 비척비척 벤치 쪽으로 걸음을 옮겼다. 여길 올라오
느라 모든 체력이 고갈된 상태였다. 내겐 간절히 휴식이 필요했다.

"이쪽으로 와."

그러나 한 발자국 떼기도 전에 데릭이 다시 나를 질질 끌고 갔
다. 기어이 언덕의 끄트머리에 도달한 후에야 놈의 걸음이 멈췄다.

"아래를 내려다보도록 해."

나는 반쯤 해탈한 채 시키는 대로 했다. 그런데.

"어……."

눈앞에 펼쳐진 광경에 점점 눈이 커다래졌다. 경사가 완만하다고
우습게 여기다간 큰코다칠 것이다. 언덕 아래로 축제가 한창인 화
려한 수도의 모습이 한눈에 내려다보였다.

색색의 등불로 수놓아진 밤거리, 고풍스러운 건물들과 그 사이로
파도처럼 넘실거리는 수많은 사람들.

노멀 모드에서는 축제가 포함되어 있지 않았다. 하드 모드에서는
축제의 '축' 자도 구경하지 못했고. 때문에 지금 보는 장면은 게임
에서도 보지 못한 절경이었다.

"와……."

나는 넋을 잃고 언덕 아래를 내려다보았다. 저곳을 직접 누비고
다닐 때는 이토록 아름다운 세상인지 전혀 알지 못했다.

그런 걸 느낄 새가 없었다. 나는 항상 바짝 긴장해 있었고, 혹시
모를 상황에 대비하느라 정신이 없었으니까.

그건 현생에서도 마찬가지였다. 내 인생은 언제나 주변을 둘러볼
여유가 없었다. 그런데 이렇게 한 발자국 물러서서 세상을 바라보
니까……

'왜 이렇게 현실적으로 느껴지지?'

기분이 너무 이상해졌다. 가슴이 울렁거렸다.

'고작해야 게임 속 한 장면일 뿐인데…….'

그때였다. 문득 데릭이 손을 들어 어느 한 곳을 가리켰다.

"저길 보아라, 페넬로페."

나는 쓸데없는 감상에서 벗어나, 시선을 돌려 그가 가리키는 곳을 유심히 바라보았다.

언덕에서 별로 멀리 떨어지지 않은 곳이었다. 많은 사람들이 걷고 있는 커다란 대로변. 인파를 뚫고 은빛 갑옷을 입은 기사 두 명이 빠른 속도로 달리고 있었다.

"저건……."

한 남자가 뒤를 쫓는 기사들을 피해 정신없이 도망치고 있었다.

그러나 그도 잠시였다. 그는 기사들만큼 요령 있게 인파를 뚫고 달리지 못했고, 결국 잡혀서 제압당했다. 사람들이 붐비는 곳에 흔히 나타나는 소매치기 같았다.

'현실이건 게임 속이건, 사람 사는 곳은 다 똑같네.'

그런 생각을 하고 있을 때쯤, 나와 같은 곳을 바라보던 데릭이 불쑥 입을 열었다.

"저런 좀도둑은 약과다. 축제 기간에는 수도 사방에서 온갖 범죄들이 들끓지."

"……."

"눈이 닿지 않은 곳엔 더 심한 일들이 벌어지고 있을 것이다. 어제도 헤밀튼 스트리트에 있는 술집에서 살인 사건이 일어났지. 방구석에 처박혀 있던 넌 모르겠지만."

'앞담 하는 거니?'

나는 의아한 눈으로 데릭을 올려다보았다. 갑자기 이런 소리를 내게 왜 하는 건지 모르겠다.

"공작가의 관할 구역에서도 이러할진대, 하물며 질 나쁜 범죄자나 용병들이 자주 드나드는 상단 거리는 어떨 것 같지?"

그러나 덧붙여지는 물음에, 나는 이것이 아까 전 개구멍 앞에서 나눴던 대화의 연장선이란 것을 깨달았다.

'그렇다면 이건 훈계인가, 조롱인가.'

이젠 여기까지 끌고 온 목적 파악만 남았다.

"이젠 하다못해 그런 저급한 놈들이랑 어울기라도 할 심산인가?"

답은 곧바로 나왔다. 조롱이었다.

'에휴. 이놈이 그럼 그렇지.'

한숨을 한번 내쉰 나는 잠시간의 틈을 두고 입을 열었다.

"……맹세코 가문에 누가 되는 짓은 한 적 없어요."

"평판이란 것은 네가 정하는 것이 아니라 네가 저지르는 행동마다 따라붙는 것이지."

"그래서 가면을 썼잖아요."

나는 어깨를 으쓱였다. 데릭이 서늘한 눈으로 나를 쏘아보았다.

"나처럼 널 단번에 알아보는 이가 있으면? 아니, 그전에 천것들이 네가 계집임을 눈치채고도 가면을 고이 씌워 둘 것 같나?"

"저는 어린애가 아니에요, 소공작님."

나는 단호하게 그의 가정을 잘랐다.

"지금까지 주제를 모르고 추태를 부려 온 것은 사실이나, 그렇다고 제 발로 위험한 곳으로 걸어 들어가는 바보 천치는 아니에요."

이런 말을 하면 그가 어떻게 나올지 무섭긴 했지만, 어차피 한 번은 겪어야 하는 일이었다.

지금까진 공작을 상대하느라 데릭과 제대로 대립한 적이 별로 없었다. 그러니 레널드처럼, 지금을 기회 삼아 확실히 선을 그어야 했다.

"천치가 아니라 공녀씩이나 돼서 개구멍을 기어 나간 건가?"

"오늘 말도 없이 몰래 나간 이유는……."

나는 말끝을 흐리며 재빨리 머리를 굴렸다. 과하지 않지만, 공작보다 더 어려운 데릭을 납득시킬 만한 적당한 변명.

"……앞으로 신경 쓰실 일 없게 쥐 죽은 듯이 산다고 말씀드렸잖아요. 소공작님께서도 그러길 바라셨고요."

"……."

"그래서 소란 피우지 않고 조용히 나갔다 돌아온 것뿐이에요."

그래. 네가 쥐 죽은 듯 살라서 조용히 나갔다 온 거야.

훌륭한 변명이었다. 그러나 썩 좋지 않은 발언이었는지, 데릭의 파란 눈동자가 더욱 시퍼렇게 얼어붙었다.

"……상단 거리에 간 목적이 뭐지?"

그는 추궁을 멈추지 않았다. 나는 문득 깊은 피로감을 느꼈다.

"그것까지 보고드려야 하나요?"

"대답하는 게 좋을 텐데."

"정보상에서 사람을 찾을 일이 있었어요."

레이디의 비밀 운운하는 건 뷘터에게나 통하는 말임을 잘 알았다. 나는 한숨을 삼키며 적당히 사실과 거짓말을 버무렸다. 데릭 앞에서 늘 하는 일이었다.

"황궁에서 도움을 주셨던 분이 있는데, 그분이 준 소지품을 제가 잃어버려서 따로 사과를 드리고 싶었거든요."

"……."

내 말이 끝나기 무섭게 따져 묻던 데릭이 갑자기 입을 딱 다물었다.

나는 그런 그의 모습에 통쾌함을 느꼈다. 그가 버리라고 지시했던 뷘터의 손수건 얘기였기 때문이다.

데릭은 잠시 입을 다물고 있다가 무겁게 입을 열었다.

"……꼭 필요한 일이었다면 아랫것들을 시키면 될 일 아니냐."

"아직 혼담도 오가지 않는 귀족 영애가 미명의 남자를 찾는다는 소문이야말로 가문의 명예를 실추시키는 일이겠지요."

나는 매끄럽게 읊조리며 쐐기를 박았다. 데릭의 시선으로 보는 페넬로페도 변화가 필요했다.

매번 괴성을 지르며 말도 안 되는 패악과 억지를 부리는 기생충이 아니라, 조금쯤 생각이라는 걸 하고 사는 미물 정도로.

'그래야 내가 뭘 하든, 네가 나한테 완전히 신경을 끄지 않겠어?'

나는 냉정한 눈으로 [호감도 13%]를 바라보았다. 최대한 나를 낮추고 공손히 말했으니 하락할 일은 없을 것이다. 하지만 딱히 상승을 원하지도 않았다.

"……페넬로페."

그런데 왠까. 데릭은 깊은 한숨을 내쉬며 입을 열었다.

"너도 이제 곧 성인이니, 목적지를 알리고 싶시 않은 외출까지 굳이 막진 않겠다."

"……."

"하지만 어딜 나갈 거면 채신머리없이 개구멍이나 이용하지 말고, 그냥 당당하게 정문을 이용해. 집사에게 일러 둘 테니까.”

[호감도 17%]

“아니면 네가 끌고 온 그 거지 같은 놈이라도 데리고 나가든지.”

데릭의 호감도가 올랐다. 나는 이해가 가지 않았다. 그의 호감도는 물론이고, 내게 하는 말까지.

‘……내가 쥐도 새도 모르게 죽으면 오히려 달가워할 놈이, 왜 호의를 베푸는 거지?’

과거의 페넬로페를 생각해 보면 비밀스러운 외출에 대한 그의 추궁은 정당했다. 또 어디 가서 미친개처럼 날뛰고 오기라도 한다면 그 뒷수습은 온전히 그의 몫일 테니까.

하지만 그가 앞으로도 오늘과 같은 외출을 인정하겠다는 건 예상에 없던 시나리오였다.

“……벌은 안 주세요?”

나는 얼떨떨한 얼굴로 물었다. 데릭은 답변 대신 눈살을 찌푸렸다.

“그런 멍청해 보이는 가면을 쓰고 저택 안까지 돌아다닌 건 아니겠지?”

“……네?”

그가 불쑥 내게로 손을 뻗었다. 그러더니 얼굴에 쓰고 있던 가면을 와락 붙들었다.

“에카르트의 위상을 떨어뜨린 죄로, 이건 압수다.”

“어…….”

아차 할 새 없이 가면이 벗겨졌다. 온종일 갑갑하게 가려져 있던 얼굴 위에 시원한 밤바람이 닿았다.

좁은 시야로 올려 보던 데릭은 무척이나 차갑고 화가 난 것 같았다. 그러나 막상 트인 눈으로 내 하회탈 가면을 들고 있는 그를 보니, 왠지…….

"이게 오늘의 벌이야."

즐거워 보이는 건 착각일까?

"레널드가 사 준 건데……."

나는 그의 얼굴과 빼앗긴 내 가면을 번갈아 바라보며 멍하니 중얼거렸다.

"자."

그러자 그가 불쑥 내게 뭔가를 내밀었다.

"보석들에 마법을 새겼다. 끼고 있으면 보호 마법과 외양 변화 마법이 발동되지."

"……."

"시행한 마법사가 말하길, 다른 이의 눈으로 볼 땐 네 또래 소년의 모습으로 보일 것이라더군."

건틀릿을 낀 커다란 손바닥 위에, 진분홍빛 보석들이 자잘하게 달린 백금 줄 팔찌가 덩그러니 놓여 있었다.

"원래 달려 있던 것들은 싸구려라 그런지 자꾸 깨져서, 아예 최상등품의 가넷으로 바꿔 달았다."

데릭이 덧붙였다. 꼭 투덜거리기라도 하는 말투였다.

나는 우두커니 그의 커다란 손을 내려다보았다. 이클리스를 구하기 위해 몰래 나온 축제 첫날, 내가 가면을 고를 때 데릭이 골랐던 팔찌였다.

잘 익은 자두색의 보석들을 보며 내 머리 색과 비슷한 것 같다는 생각을 하긴 했지만, 설마 그가 이것을 내게 선물할 거라곤 생각지 않았다.

왜냐면 충분히 분홍색이라고도 말할 수 있는 색이었으니까. 갖고 있다가 나중에 여주에게나 주겠지 싶었는데. 그랬는데…….

'그러고 보니 벌써 두 번째 선물이잖아.'

값비싸 보이는 스카프와, 마법까지 새겨진 팔찌.

고개를 들어 다시 데릭의 푸른 눈을 보자니, 기분이 묘해졌다.

"……왜요?"

그래서였다. 생각보다 말이 먼저 튀어 나간 건.

"……뭐?"

"왜 제게 이런 걸 주세요?"

나는 그렇게 물어보며 다시 한번 팔찌를 흘깃 내려다보았다.

최상등품의 가넷으로 바꿨다더니, 어둠 속에서도 진분홍빛의 작은 보석들이 영롱하게 빛을 발했다. 액세서리에 별로 관심 없는 나조차도 혹할 만큼 팔찌의 자태가 참 고왔다.

하지만 팔찌를 주는 것에 대한 고마움보다는, 의문과 의심부터 앞섰다. 이미 놈과 레널드에겐 전적이 있었으니까.

— 천박한 것.

페넬로페의 기억에 새겨진 그 오물 보는 것 같던 눈빛.

"제가 사치를 부리는 것을 싫어하셨잖아요."

"……액세서리를 좋아하는 게 아니었나?"

내 말에 왜인지 데릭은 조금 당황하는 눈치였다.

"좋아해요."

나는 순순히 인정했다. 게임에서도 페넬로페는 화려한 액세서리라면 사족을 못 썼다. 하지만 그건 고독과 서러움을 채우는 유일한 수단이었을 뿐.

"남의 것을 훔치지도, 빼앗지도 않은 온전한 제 보석들을요."

그런 나를 그토록 경멸하던 네가, 왜 이런 걸 주는지 모르겠어.

데릭이 내 말을 어디까지 파악했는지는 알 수 없었다. 확실한 건, 내 말에 떠오르는 기억이 있는지 그의 표정이 딱딱하게 굳어졌다는 것과.

"갖기 싫으면,"

"……."

"버려."

그는 팔찌를 얹어 놓았던 건틀릿을 손쉽게 뒤집었다. 반짝이는 백금 줄이 땅으로 추락했다. 그리고 그대로 더러운 흙바닥을 뒹굴었다.

황당한 그의 행동에 버벅대는 사이, 데릭은 몸을 돌려 빠르게 내리막길을 걸어 내려갔다.

따라가야 하는지 갈팡질팡하는 순간이었다.

〈SYSTEM〉 [데릭]과 함께 [축제 구경하기] 퀘스트 성공!
〈SYSTEM〉 보상을 받으시겠습니까?
[예. / 아니오.]

불현듯 눈앞에 하얀 네모 창이 떠올랐다.

"……허."

기가 막혀서 헛웃음이 터져 나왔다.

"이 퀘스트 아직도 안 끝났어?"

분명 이전에 또 한 번 하겠냐는 물음에 확실하게 '거절'을 눌렀었는데, 왜 멋대로 성공이 되냔 말이다.

나는 오만상을 찌푸리며 신경질적으로 [예.]를 눌렀다. 네모 창안의 글씨가 빠르게 바뀌었다.

〈SYSTEM〉 보상으로 [데릭]의 [호감도 +3%]와 [마법 팔찌]를 얻었습니다.

"참나, 이게 기타 보상이라고?"

'호감도 외 기타'라고 적혀 있는 건 기억하고 있었지만, 호감도 말곤 필요한 게 없었기에 딱히 신경 쓰지는 않았었다.

나는 짜게 식은 눈으로 흙바닥을 뒹굴고 있는 팔찌를 내려다보았다.

"……못 돼먹은 놈."

결국 바닥에 쭈그려 앉아 떨어진 팔찌를 주웠다.

"그렇다고 진짜로 버리냐?"

'후, 후' 하고 바람을 불어 묻은 흙을 털어내던 나는, 갑자기 보상이랍시고 이런 거나 받아야 하는 내 처지가 너무 처량 맞아 서글퍼졌다.

"그냥 좋게 선물이라고 하면 어디가 덧나냐고."

[호감도 20%]

나는 점점 더 작아지는 흰 글씨를 보며 불만스럽게 꿍얼거렸다.

근 한 달간의 길고 길었던 축제의 마지막 날이 밝았다.

마지막 날이니만큼 지금껏 행해졌던 것보다 더욱 화려한 퍼레이드, 곡예단, 불꽃놀이 등등 갖가지 볼거리가 열릴 것이라고 에밀리가 호들갑을 떨었다. 같이 나가자는 말이었다.

하지만 나는 전혀 그러고 싶은 마음이 없었기에 가볍게 무시하고 늦잠을 잤다.

느지막이 일어나 샌드위치로 간단히 아침을 때운 나는, 오랜만에 책상 앞에 앉았다.

이곳으로 온 지 꽤 오랜 시간이 지났다. 자의든 타의든 축제 기간 내내 한 명씩 돌아가면서 다 부딪친 것을 보니, 게임의 큰 에피소드 하나를 넘긴 시점 같았다.

"……그래도 아직 목이 붙어 있긴 하네."

처음에 왔을 땐 정말이지 하루하루가 죽을 고비 같았다. 물론 요즘도 썩 고비를 넘겼다곤 할 수 없었다. 앞으로 갈 길이 멀었다.

'중간 점검을 해 둬야겠어.'

나는 서랍을 열고 깊이 숨겨 두었던 종이를 꺼냈다. 처음 이곳에 와서 잊어버리지 않기 위해 적어 뒀던 남주들의 기본 설정이었다.

나는 새로운 종이를 꺼내 기존에 적어 뒀던 초기 호감도와 최근 근황을 적기 시작했다.

「 데릭 에카르트 0%→20%

레널드 에카르트 −10%→10%

칼리스토 레굴루스 0%→2%

이클리스 0%→25%

뷘터 베르단디 0%→15% 」

이렇게 한눈에 볼 만큼 적어 두고 보니 확실히 처음과는 차이가 두드러지게 보였다.

"의외네."

데릭과 레널드의 호감도를 보며 나는 눈을 동그랗게 떴다. 특히 레널드. 다른 남주들에 비하면 턱없이 저조한 호감도였지만, 마이너스로 시작했던 것을 감안하면 무려 '20%'나 상승한 것이다. 데릭도 마찬가지였다.

"가장 자주 마주쳐서 그런 건가?"

나는 고개를 갸웃거리며 두 사람의 의외의 선방에 대해 생각했다. 처음에 적어 둔 종이만 봐도 놈들의 이름엔 두 번 고려한 흔적 없이 엑스를 쳐 놨었다.

하지만 이 둘의 호감도가 앞서가고 있다고 마냥 좋아할 일은 아니었다.

"만나지 않았을 때 호감도가 소폭 상승했었으니까……."

페넬로페를 '극혐'하는 감정에서 그냥 '싫어하는 것'쯤으로 완화되었을 가능성이 컸다. 내가 본래의 가짜 공녀처럼 막무가내로 행동하지 않았기 때문이다.

"이대로 계속 마주치는 횟수를 최소화하면 유지는 할 수 있겠어."

노멀 모드에서 기본으로 주어지는 호감도가 '30%'였던 걸 생각하면 둘 다 안정권은 아니었다.

하지만 내겐 '리셋'이 없으므로, 위험을 감수하고 더 나서서 호감도를 올릴 생각도 없었다.

찍찍— 나는 전과 같이 데릭과 레널드의 이름 위에 단호하게 엑스를 그었다.

"다음, 황태자."

이놈은 뭐, 잠깐의 고려 대상조차 못 된다. 나는 틈도 없이 바로 엑스를 여러 번 쳐 놓고 다음으로 넘어갔다. 그러나 곧바로 펜을 든 손이 멈칫했다.

"이클리스……."

계획대로 이클리스는 현재 호감도 1위였다. 이제 5%만 더 올리면 노멀 모드의 기본 호감도는 채운다.

다른 남주들에 비해 어려운 일도 아니었다. 이클리스의 호감도는 상승 폭이 매우 큰 편이었으니까. 이대로만 진행된다면 엔딩을 보는 것도 금방일 것이다.

"그러고 보니, 저번 이후로 바빠서 통 찾아가질 못 했네……."

지이이익, 지이이익. 이클리스의 이름 주변으로 날카로운 펜촉이 끊임없이 원을 그렸다.

사실 입으로는 바쁘다고 했지만, 뷘터를 만난 날을 제외하곤 그렇게 바쁜 일도 없었다. 그럼에도 그를 찾지 않은 것은.

'……왜 이렇게 찜찜하게 느껴질까?'

호감도와 달리 그가 나를 어떻게 생각하고 있는지 잘 판단이 서지 않아서였다.

나는 아직도 그날의 기억이 선명했다. 눈 깜짝할 새 겨눠진 목검, 당장이라도 죽여야 할 적처럼 보는 섬뜩한 눈빛.

'으으.'

반사적으로 몸서리가 쳐진 나는, 왼손에 끼어 있는 루비 반지를 어루만지며 애써 냉소적으로 생각했다.

"개가 주인을 물려는 순간 목줄을 잡아당기면 돼."

물론 목줄이 개의 목을 조르는 순간 호감도 폭락도 감수해야 했지만.

'하나뿐인 돌파구인 줄 알았는데 왜 자꾸 모 아니면 도처럼 느껴지는 걸까.'

나는 고개를 저으며 불안한 생각을 떨쳐 냈다. 그리고 다음으로 넘어갔다.

"뷘터 베르단디."

처음으로 호감도 폭락의 공포를 맛보게 해 준 캐릭터였다. 이미 그 순간 뒤도 돌아보지 말자고 마음먹었었는데, 막상 '15%'란 수치를 보니 좀 고민이 들었다.

뷘터는 여주와 가장 빨리 접촉한다는 단점도 컸지만, 이 다섯 명 중 가장 정상에 가까운 인물이라는 장점도 컸다.

톡, 톡, 톡, 톡. 펜 끝으로 종이를 찍는 속도가 점점 빨라졌다.

"하……."

나는 뚜렷한 결정을 내리지 못하고 펜을 집어 던졌다.

"왜 어느 하나 쉬운 게 없는 거야……."

그때였다. 똑똑―. 누군가 방문을 두드렸다.

남들한테 들키지 말아야 할, 중요한 것들을 끄적이던 중이라 나는 극도로 예민한 상태였다. 때문에 본의 아니게 목소리가 날카롭게 뻗어 나갔다.

"누구지?"

"펜넬입니다, 아가씨."

집사였다.

"……기다려."

나는 비죽 웃으며, 여유롭게 책상 위에 놓여 있는 종이들을 정리하여 서랍 깊숙이 집어넣었다. 들고 있던 펜까지 펜꽂이에 꽂아 넣은 후에야 방문을 허락했다.

"들어와."

달칵. 조심스럽게 문이 열리면서 집사가 들어왔다.

"무슨 일이야?"

"공작님께서 오랜만에 같이 오찬을 들자 하신다는 말씀을 전하러 왔습니다."

"……오찬?"

눈을 껌뻑였다. 생소한 말이었다. 이곳에 들어온 이후 나는 매번 방에서 홀로 식사를 해결해 왔다.

내가 아는 귀족의 정찬에 비하면 솔직히 터무니없는 식단의 연속이었지만 나름대로 만족했다. 처음처럼 썩은 음식을 먹거나 굶는 것보단 나았기 때문이다.

괜히 공작, 그리고 그의 아들놈들과 부딪칠 일 없고. 내게 찔리는 것이 많은 에밀리가 성심성의껏 시중도 들어 준다.

'얼마나 완벽한 혼밥이야.'

굳이 1층 식당까지 내려가 불편한 사람과 마주하며 꾸역꾸역 점심을 먹고 싶진 않았다. 게다가 공녀 자리를 꿰찬 나를 극히도 싫어하는 고용인들의 눈초리를 받으며 먹는단 상상을 하니, 벌써부터 속이 더부룩했다.

"……지금껏 그래 온 것처럼 난 그냥 방 안에서 혼자 먹어도 상관없는데."

피할 수 있으면 피하고 싶어서 적당히 거절을 돌려 말했다.

"아직 자숙 기간이 확실하게 끝난 것도 아니고 말이야."

"긴히 할 말이 있으니 아가씨께서도 꼭 참석하라 명하셨습니다."

"'아가씨께서도'라면…… 오라버니들도 모두 참석한다는 소리야?"

"물론이지요."

망했다. 나는 와작 구겨지려는 표정을 간신히 다잡았다. 공작과 데릭의 최측근 앞에서 노골적으로 싫은 티를 내는 건 어리석은 짓이었다.

'후…… 마인드 컨트롤, 마인드 컨트롤…….'

나는 속으로 깊은 한숨을 내쉬었다.

"집사. 식당으로 가기 전에 시킬 일이 하나 있는데……."

"하명하십시오, 아가씨."

내 말에 노 집사는 눈빛을 달리했다.

"혹시 소화제 있으면, 오찬이 끝나고 내 방에 가져다주겠어?"

"……소화제 말입니까?"

아직 밥도 먹지 않았는데 뜬금없는 소화제 타령에 집사는 의아하다는 듯 되물었다.

"응."

강하게 고개를 끄덕였다. 왜냐하면 난 지금부터 급체할 예정이거든.

집사를 따라 방을 나섰다.

이미 오찬 준비가 모두 끝나고 아래에서 다들 나를 기다리는 상황이라 했기 때문이다. 거절할 수 없는 일방적인 통보에 준비를 핑계로 미적거릴 새도 없었다.

"요즘 공작님께서 황궁의 일로 많이 바쁘신가 봅니다."

침묵에 잠긴 채 복도를 걸어가던 중, 집사가 문득 내 보폭을 맞추며 말을 걸었다. 공작이 바쁜지 전혀 몰랐다. 귀가가 늦는 눈치긴 했지만 별로 관심 없었다.

"부쩍 그러신 것 같더군."

그러나 나는 무표정한 얼굴로 묵묵히 고개를 끄덕이며 응수했다. 왠지 모르게 그런 내 얼굴을 집사가 조심스레 살피는 것이 느껴졌다.

"이전에는 공작님께서 집에 계실 때마다 식사 자리에 꼬박꼬박 참석하지 않으셨습니까."

"……."

"혹시…… 식당에서 불편한 일이라도 있으셨습니까?"

이어지는 물음에 나는 설핏 미간을 구겼다.

'……페넬로페가 그랬다고?'

변죽도 좋지. 뭐 좋을 게 있다고 그 자리에 꾸역꾸역 참석했을까. 그래 봤자 받는 것은 무시 아니면 경멸뿐일 텐데.

'얘는 정말…… 에휴.'

하지만 왠지 그녀가 악착같이 공작의 식사 자리에 참석한 이유를 알 것 같아 함부로 비난할 수 없었다.

과거, 늘 포기가 빨랐던 나는 절대로 페넬로페처럼 굴지 않았다. 하지만 그렇다고 해서 비참함이 덜한 것도 아니었다.

부엌에서 들려오는 식기 소리, 서로를 향해 묻는 간단한 하루의 안부, 나만 빼놓으면 흠잡을 데 없는 단란한 가족의 모습이…….

"……가씨. 페넬로페 아가씨?"

나를 부르는 목소리에 눈을 깜빡였다. 어느새 계단 앞에 도달한 펜넬이 대답 없는 나를 의아한 눈으로 바라보고 있었다.

"……불편한 일 없었어."

나는 그가 이상하게 여기기 전에 앞서 계단을 내려가며 아무렇지 않게 답했다.

"잘못을 저질러서 근신하는 중이었으니 식사도 방 안에서 해결하는 게 마땅한 일이지."

"정말 그런 생각을 다…… 아니. 아닙니다. 실언을 했습니다."

페넬로페의 입에서 이런 소리가 나오는 게 어지간히도 놀랄 일이었는지 집사가 휘둥그레진 눈으로 답지 않게 말실수를 했다. 그는 황급히 하던 말을 멈추고 화제를 돌렸다.

"아가씨께서 통 방 밖을 나오시지 않으니 공작님께서 많이 적적해하셨습니다."

"……."

"식사 자리에 참여하는 것으로 나무라시지는 않을 겁니다."

집사의 말에 웃음이 나왔다. 키우던 개도 제집을 나오지 않으면 한 번쯤 들여다보기 마련이거늘.

이 집 가장은 적적함은 느껴도, 본인이 직접 입양한 막내딸이 방구석에서 밥을 먹는지 굶는지 들여다볼 성의는 없는 모양이다.

"글쎄. 첫째 오라버니도 그렇게 생각할까?"

"그건……."

내 자조적인 물음에 집사는 무어라 말을 하려 했지만, 내가 한발 더 빨랐다.

"열어."

어느덧 식당에 당도한 상태였다.

식사 시중을 위해 굳게 닫힌 문 옆에 공손히 서서 대기하고 있는 고용인들에게 오만하게 턱짓했다. 고개를 조아리며 내 명령에 순응하면서도 나를 흘기는 눈들이 곱지 못했다.

상관없었다. 시시콜콜한 엑스트라들까지 신경 쓸 여력 따위 없었다.

문이 열리고, 그 사이로 내가 진짜로 상대해야 하는 인간들의 얼굴이 드러났다. 가장 상석에 앉은 무뚝뚝한 얼굴의 중년 사내와 그의 오른편에 나란히 앉은 [호감도 10%], [호감도 20%].

"시간관념이 있는 거냐, 없는 거냐? 왜 이렇게 늦어?"

식당 안으로 들어서는 나를 보자마자 [호감도 10%]가 오만상을 찌푸리며 시비를 걸었다. 지옥에서 하는 만찬의 시작이었다.

놈들이 공작의 오른편에 앉아 있었기 때문에 나는 자연스럽게 왼편으로 이동했다. 뒤따라와 의자를 빼 준 집사는, 내가 완벽히 착석한 것을 확인한 후 물러났다.

내 발로 걸어왔는데 꼭 압송되어 온 죄인이 된 것 같은 기분이 들었다.

'오찬이라더니, 정말 상다리가 부러져라 차려도 났네.'

이곳에 온 후 구경도 해 보지 못한 호화로운 음식들의 향연이었다. 물론 2층의 방 안에서 해결해야 하니 이렇게 손 많이 가는 음식들을 먹는 건 당연히 힘들겠지만, 새삼 페넬로페의 위치가 실감났다.

멍하니 음식들의 가짓수를 세고 있을 무렵, 상석에 앉아 있던 공작에게서 묵직한 목소리가 떨어졌다.

"……들지."

본격적인 식사가 시작되었다.

사실 나는 귀족들의 식기 사용 순서에 대해 잘 몰랐다. 그러나 어차피 페넬로페는 평소에 그렇게 상식적인 인간이 아니었다. 때문에 제대로 된 예절을 구사하지 못하더라도 크게 흠 잡히지는 않을 것이다.

'더 떨어질 평판도 없어서 그 점은 참 다행이네.'

나는 곁눈질로 다들 스푼을 드는 것을 확인하고 따라 들기 위해 내 앞에 세팅된 식기를 내려다보았다.

"……하."

그리고 곧바로 서늘한 웃음이 튀어나왔다. 내게 주어진 식기들은 모두, 막 포크질을 배우는 어린아이들이 놀잇감으로 쓸 법한 것들이었다.

"무슨 일이냐."

내 웃음소리를 들은 건지, 바로 옆에 있던 공작의 날카로운 눈이 내게로 꽂혔다.

"아무것도 아니에요."

나는 황급히 고개를 저었다. 그리고 아무렇지도 않게 식기를 들었다.

생각해 보니, 어차피 저들은 내가 어떤 스푼을 들고 밥을 먹든 신경도 쓰지 않을 것이다.

'조금이라도 신경을 썼다면, 바로 옆에 있는 공작부터 벌써 알아

보았겠지.'

주방에 있는 누군가가 감히 공녀의 밥상에 이런 장난질을 쳐 놓은걸.

나는 인형 놀이를 하는 기분으로 가장 큰 스푼을 들어 보았다. 놓여 있는 것들 중 가장 컸지만, 티스푼보다 작았다. 그것으로 스프를 떠 보았으나 쥐꼬리만큼 떠질 뿐이었다.

포크는 샐러드의 양상추조차 들어 올리지 못했다. 그나마 크기가 괜찮은 나이프는 날이 얼마나 무딘지 부드럽게 구워진 고기의 겉면조차 뚫고 들어가지 못했다.

'재밌네.'

나는 장난을 치듯 번갈아 가며 식기들을 들어 올렸다. 그리고 그것들로 내 앞의 김이 모락모락 나는 음식들을 쿡쿡 건드려 보았다. 이왕 못 먹는 감 찔러나 보자는 심산이었다.

'이렇게 주방의 상황이 열악한데 에밀리는 대체 어떻게 음식들을 그렇게 열심히 날랐지?'

생각해 보니 그랬다. 썩은 음식이 배급돼도 주방에서 일하는 고용인들은 타격 하나 받지 않을 만큼 공녀의 대우가 형편없는 마당에.

에밀리는 내 협박을 받고 난 이후 꼬박꼬박 멀쩡한 음식들을 가져왔다. 게다가 가끔 먹고 싶은 음식을 얘기하면 어설프게나마 만들어 오기까지 했다.

'……방으로 돌아가면 상이라도 줘야겠네.'

그간 에밀리에게 철벽을 세운 게 좀 미안해졌다. 더불어 접시 위에 아무렇게나 나동그라진 식기들을 날카로운 눈으로 바라보며 생각했다.

'기를 한번 죽여 놓는 게 좋겠어.'

결국, 나는 단 한 입도 제대로 음식을 먹지 못했다. 예상대로 내가 밥을 먹는지, 음식을 가지고 장난을 치는지 공작과 두 오라비들은 전혀 알지 못했다.

이것이 페넬로페의 위치였다.

"벌써 축제가 끝이 나는군."

어느 정도 식사 시간이 무르익었을 때였다. 공작이 포도주로 목을 축이며 말문을 열었다. 그런데 하필 첫 표적이 나였다.

"마지막 날인데 외출은 안 하는 것이냐."

"네."

짜증이 날 대로 난 상태인 나는 퉁명스럽게 즉답했다.

페넬로페는 축제 마지막 날에 꼭 밖으로 나돌아 다녔나 보다.

난 그럴 마음도 없었고, 맛있는 것들을 앞에 두고 손도 대지 못해서 기분이 바닥을 기는 중인지라 공작의 비위를 맞춰 주기 싫었다.

하지만 내 싸늘한 태도에 곧바로 첫째 놈과 둘째 놈의 눈초리가 사나워졌다. 호감도가 깜빡인다.

'어휴, 칼같은 놈들.'

나는 애써 나오지도 않은 미소를 쥐어짜며 공작을 다시 바라보았다.

"근신 중이잖아요."

"쯧, 그놈의 근신 타령은 오래도 써먹는구나."

내 대답이 영 못마땅한 듯 공작은 혀를 찼다.

"노예 새끼 하나 때문에 근신까지 자처하는 병신은 또 처음 보네."

레널드가 빈정거렸다. 늘 있는 일인 듯 아무도 반응하지 않았다. 누군가 저놈의 주둥이를 틀어막아 줄 거란 기대도 없었기에, 나는 신경 쓰지 않고 속으로 중지를 날렸다.

"오늘 오찬을 하자고 부른 이유는 다름이 아니라……."

그러는 중 공작이 이 자리에 나까지 부른 진짜 이유를 털어놓았다.

"곧 있을 사냥 대회 때문이다."

'……사냥 대회?'

나는 곰곰이 게임 내용을 생각했다. 그런 것도 있었는지 바로 떠오르지 않았다.

"이번에도 황궁의 북쪽 숲에서 열릴 예정인가 보더군."

그사이 공작이 우아하게 식기를 내려놓으며 말을 이었다.

"모두 알겠지만, 이번 사냥 대회는 의미가 크다. 황태자가 선봉에 선 전쟁으로 속국이 된 나라의 왕족과 귀족들도 참여하는 데다, 각국을 대표하는 희귀한 동물들을 풀어 놓기로 하였으니까."

"……."

"전쟁에 참여하지 않았다는 이유로 황태자를 지지하는 놈들의 시선이 곱지 않다. 이런 때일수록 위상을 공고히 다져 놓는 것이 좋겠지."

"……."

"하여, 엊저녁 귀족 회의에서 이번 사냥 대회에 에카르트 또한 참석하겠다는 의사를 밝혔다."

위상이고 뭐고 어차피 나와 관계없는 말들이었다. 공작의 말을 반쯤 흘려듣던 중 불현듯 게임 속의 '사냥 대회'가 떠올랐다.

[잉카 제국은 분기마다 사냥 대회를 개최한다. 각 패전국의 희귀한 생물들 혹은 노예들을 학살하며 간접적인 압박을 가하기 위해

서이다.]

노멀 모드를 플레이하면서 짤막하게 배경 설명을 본 적이 있었다.

하지만 여주는 이때 사냥 대회에 참석하지 못했다. 왜냐하면, 귀환한 '진짜 공녀'에게 남주들의 관심이 쏠릴 것을 시샘한 페넬로페가 남몰래 독약을 먹였기 때문이다.

사경을 헤매느라 사냥 대회에 가지 못한 여주는, 대신 저택에 남겨진 이클리스의 호감도를 실컷 올렸다. 페넬로페가 가졌던 마지막 희망마저 떠난 순간이었다.

이후 잔혹한 제국의 악행을 보다 못한 천사 같은 여주가 황태자를 설득하면서 사냥 대회는 사라진다.

그리고 황태자 루트의 엔딩 때 페넬로페는 여주에게 저지른 만행들이 낱낱이 드러나면서 그야말로 끔찍한 고문을 받는다.

죽지 못하도록 산 채로 심장을 얼린 후, 그간 여주에게 먹였던 독들을 차례대로 먹이는 고문이었다. 독기로 인해 처참하게 녹아내리던 페넬로페의 얼굴.

'으으!'

생생한 일러스트 장면이 잇따라 떠오르자 나는 반사적으로 몸서리쳤다. 그때였다. 귀족 회의 어쩌고 이야기하던 공작이 문득 내게 시선을 돌렸다.

"페넬로페."

"네, 네?"

그가 하는 말을 전혀 귀담아듣고 있지 않던 나는 지레 놀라 바보같이 말을 더듬고 말았다. 다행히 공작은 대수롭지 않게 여겼다.

"회의에서 네 참가 금지를 해제하는 쪽으로 표결이 났다."

"참가…… 금지요?"

"그래. 어찌할 생각이냐."

나는 공작의 물음에 바로 답하지 못했다.

'참가 금지 해제는 또 뭐야?'

이전의 페넬로페가 사냥 대회에 참가해서 어떤 행패를 부렸는지 나는 알지 못했다. 마음이 불안해졌다.

내가 머뭇거리고만 있자, 공작이 재차 참여 여부를 물었다.

"참가할 것이라면 네 사냥 도구들도 손질하라고 전해 두마."

"아버지!"

그때였다. 쾅. 분홍 머리가 식탁을 거세게 내리치며 험악하게 소리쳤다.

"저 미친년, 아니, 저 계집애가 작년에 어떤 짓거리를 했는데 그걸 다시 쥐어 준다는 말을 해요!"

"레널드."

공작이 혀를 차며 둘째 아들을 불렀다.

"그때 귀족 영애들이 몰려다니면서 사냥 대회 때마다 저 망나니 같은 계집을 지하 감옥에 가둬 두라고 청원하던 걸 생각하면……!"

그러나 공작의 만류에도 레널드는 끝까지 나를 살벌하게 노려보며 치를 떨었다. 처죽일 역적을 바라보는 눈이었다.

일단 어떤 상황인지 파악해야 한다. 나는 페넬로페처럼 뻔뻔하게 나갔다.

"내가 뭘?"

"몰라서 묻냐?"

그럼 몰라서 묻지, 알면 묻겠냐?

얄밉게도 답하는 레널드 놈에게 쏘아붙이고 싶은 말이 목구멍까지 차올랐다. 그러나 꾹 참아야 했다. 놈을 도발해서 일의 전말을 알아야 하니까.

그런데 정작 내가 원하는 답은 예상치 못한 이에게서 들려왔다.

"다른 집 여식들은 관심도 두지 않는 석궁을 제작해 달라고 졸랐지."

레널드에 비하면 차분하기 그지없는 목소리에 나는 고개를 휙 돌렸다. 첫째 놈이 새파란 눈으로 나를 응시하며 조곤조곤 입을 털었다.

"위험하니 놓고 가라 해도 기어이 들고 가더니, 티파티에서 켈린 백작 영애와 그 무리들을 쏴 죽이겠다고 날뛰다가 근위병들에게 짐승처럼 제압당한 것을 벌써 잊었나 보군."

"그래서 한동안 에카르트에서 미친 침팬지에게 석궁을 가르치고 있다는 소문이 파다했었지."

데릭의 말이 끝나기 무섭게 레널드 놈이 차갑게 웃으며 빈정거렸다.

'망할……'

빼도 박도 못할 만큼 어마어마한 행패에 나는 아무 대꾸도 할 수 없었다. 하지만 각오했던 만큼 놀랍고 충격적이진 않았다.

'하긴, 게임 속 최고 악녀인데 그 정도는 해 줘야지.'

개강 총회 때마다 보는 몇몇 진상들처럼 술에 잔뜩 취해서 바닥을 기어 다닌 것도 아니고, 충분히 수습 가능한 선이었다.

"그만들 해라. 저도 충분히 반성했을 테니."

내가 침묵하는 사이, 공작이 떨떠름한 목소리로 나를 까 내리는 두 놈을 말렸다. 이미 면박받을 만큼 받은 후였지만 나쁘지 않은 타이밍이었다.

두 아들 놈들이 입을 다물자 공작은 진중한 얼굴로 나를 바라보며 경고했다.

"에카르트의 입은 무겁다는 것을 아직 기억하고 있겠지, 페넬로페."

"그럼요. 이번에는 실망하실 일 없을 거예요, 아버지."

나는 냉큼 답했다. 약이 오르는지 한쪽에서 빠드득, 이를 가는 소리가 들렸다.

"좋아. 이것으로 얘기는 끝마치도록 하지."

긴히 전할 말은 모두 끝이 났는지, 공작이 가볍게 식탁 위에 놓인 종을 쳤다. 그러자 식당 문이 열리고 카트를 끈 고용인 한 명이 들어왔다. 후식 대령이었다.

'밥을 먹지도 않았는데 뭔 놈의 후식이야.'

나는 음울한 눈으로 각각 다른 후식을 내려놓는 고용인의 모습을 바라보았다.

도나 부인이라 불리는 중년 여성은 오랫동안 공작가 주방의 총책을 도맡아 왔다. 그리고 그만큼 모시는 이들의 음식 취향을 정확히 파악하고 있었다.

공작과 데릭 앞에는 홍차가 담긴 찻잔이, 레널드의 앞에는 수제 쿠키가 놓인 접시가 놓여졌다.

그다음은 내 차례였다. 난 원래 디저트를 좋아하기 때문에 아무거나 줘도 상관없었다.

'뭐야.'

하지만 앞에 내려진 접시를 보며 인상을 찌푸릴 수밖에 없었다. 몰랑몰랑한 밀크 푸딩이었다.

"푸흡."

후식을 내려놓던 여자가 약간의 먹은 흔적도 없이 깨끗한 내 식기들을 보며 조소를 흘렸다. 내 귀에만 들릴 정도로 작은 소리였다.

눈이 마주쳤다. 즐거워 죽겠다는 듯 반달로 휘는 눈에 조롱이 가득했다.

'오호라…… 한번 해 보자, 이거지?'

나는 그녀가 자리를 뜨기 전에 재빨리 가장 작은 스푼부터 바닥에 떨어뜨렸다.

딸그랑—. 대리석과 쇠가 맞부딪치며 제법 큰 소음을 냈다. 당연히 식당 내 모든 이들의 시선이 내게로 쏠렸다.

"어머, 미안. 손이 미끄러져 버렸네?"

"……."

"주워서 가져가겠어?"

나는 호들갑스럽게 사과하며 바닥을 눈짓했다. 도나 부인은 내 돌발 행동에도 태연했다. 이래 봤자 네가 어쩔 수 있겠냐는 듯, 몹시도 익숙해 보이는 모습이었다.

"그럼요. 괘념치 마세요, 아가씨."

페넬로페였다면, 도나 부인의 머리 위에 수저를 집어 던지고 벌써 자리를 박차고 일어났을까?

'아니.'

나는 단언했다.

집사의 말을 통해 알게 된 그녀는, 그간 초대받지 않은 공작의 식사 자리에 꼬박꼬박 참여해 왔었다. 즉, 그 시간 외엔 아무도 그녀를 상대해 주지 않았다는 소리다.

저만 쏙 빼놓고 단란한 대화가 오가는 가족 식사 자리. 소외감과 비참함을 감수하면서도 억지로 끼어 앉은 자리다.

한데 식기가 마음에 들지 않는다는 이유로 패악을 부린다면 공작은 다시는 그녀와 겸상하려 들지 않았을 것이다.

페넬로페는 이를 잘 알았다. 때문에 필사적으로 배고픔과 분노를 참았을 것이다. 이 자리마저도 참여하지 못하면, 가족을 마주칠 일이 영영 없었을 테니까.

'하지만 난 아니지.'

나는 호들갑을 떨었던 게 무색할 만큼 무표정한 얼굴로 몸을 수그린 도나 부인을 내려다보았다.

그리고. 딸그랑―!

"어머나! 미안. 또 미끄러져 버렸어."

내가 떨어뜨린 스푼을 들고 막 일어나던 도나 부인의 앞에 두 번째로 작은 스푼이 떨어졌다.

관심을 끄던 인간들의 이목이 다시 내게로 휙 쏠렸다. 공작이 못마땅한 듯 혀를 찼다.

"쯧, 칠칠치 못하게 뭐 하는 짓이야."

"죄송해요. 푸딩이 말랑해서 자꾸 스푼이 엇나가네요."

나는 어깨를 으쓱이며 답했다. 데릭의 서늘하게 식은 푸른 눈이 내게로 고정되었다. 레널드도 별다를 바 없었다.

"괜찮아요, 아가씨."

도나 부인은 불만 없이 옆에 떨어진 두 번째 스푼도 집어 들었다.

"그럼, 좋은 시간 보내셔……."

그녀가 몸을 일으키고 인사를 하던 순간이었다.

딸그랑, 땅, 땅―.

나는 아예 대놓고 마지막 스푼을 바닥에 던졌다.

"페넬로페 에카르트."

공작의 낯빛과 음성이 순식간에 차갑게 얼어붙었다.

"하? 너 뭐 하냐?"

레널드는 기가 막힌다는 듯 웃었고, 데릭은 눈살을 한껏 찌푸린 채 나를 노려보았다. 놈들의 머리 위 흰 글씨가 깜빡거리기 시작했다.

끼익— 나는 시끄럽게 의자를 끌며 자리에서 일어났다.

"스푼이 더 없어서 아쉽게도 후식은 못 먹겠어요."

"앉아."

"하실 말씀 끝나셨으면 그만 방으로 올라가 볼까 해요."

공작의 얼굴에 점점 노기가 감돌았다.

"버르장머리 없이, 오래간만의 오찬 자리에서 이게 뭐 하는 짓거리야."

"너무 배가 고파서요, 아버지."

나는 과장되게 배를 부여잡았다. 생뚱맞은 내 말에 공작과 남주 놈들의 눈살이 꿈틀거렸다.

"……뭐?"

"저는 세 살배기만큼 식기를 사용하는 데 서툴러서 이런 음식들은 한 입도 먹을 수 없어요."

정말 어린애라도 된 양 나는 침울한 표정으로 내 앞을 보란 듯이 훑어보았다. 손 하나 대지 못한 음식들은 아직 식지도 않은 상태였다.

이대로 내가 방으로 올라가면 모조리 고용인들의 차지일 것이다. 멍청한 페넬로페는 매번 생으로 굶어 가며 아랫사람들을 포식시켜 주었겠지.

"그렇지, 부인?"

나는 천진난만하게 웃으며 도나 부인에게 동의를 구했다.

"아, 아가씨……."

그녀의 얼굴이 한순간에 사색이 되었다. 아까 전의 당당함과 조롱은 온데간데없이 사라진 꼴이 우스웠다.

식당에 서늘한 침묵이 내려앉았다. 자그마한 장난감 식기들과 손 댄 흔적이 없는 메인 디쉬. 양념 하나 묻지 않은 새하얀 앞접시는, 자리에 불만이 있지 않고서야 일부러 그렇게 하기도 힘들 만큼 깨끗했다.

나는 이제 모든 이들의 시선이 어디에 꽂혀 있는지 보지 않아도 잘 알았다.

"전 이제 올라가서 에밀리에게 샌드위치나 가져다 달라고 하려고요. 손으로 집어 먹을 수 있게요."

"……."

"좋은 시간 보내세요, 아버지, 오라버니들."

이번엔 아무도 나를 붙들지 않았다. 스스로 닫힌 문을 열고 식당을 빠져나오는데, 문득 허탈한 웃음이 나왔다.

'다른 사람들한텐 석궁으로 쏴 죽이네, 마네 했다더니…….'

참으로 우습지 않은가. 그런 악독하기 짝이 없는 악녀가 고작 이런 걸 못 해서 꼼짝없이 당하고 있던 것이.

하지만 그럼에도 나는, 나만은 그런 페넬로페를 비웃을 수가 없었다.

배고픔을 꾸역꾸역 참아 가며 끝까지 저 자리에 앉아 있던 그녀가 너무 한심하고.

가여워서.

곧장 방으로 올라온 나는 책장에서 읽던 책을 꺼내 들고 책상에 앉았다. 배가 고프다며 당당히 식당을 빠져나왔지만, 사실 그렇게까지 고프진 않았다.

그보다는 솔직히 깽판을 치고 나온 후 남주 놈들의 호감도에 영향이 있을까 걱정되었다.

'마지막으로 봤을 때 변동은 없었는데…….'

공작과 도나 부인을 신경 쓰느라 놈들의 표정을 제대로 확인하지 못한 게 마음에 걸렸다.

'설마, 버릇없이 스푼을 집어 던졌다고 호감도가 떨어지진 않겠지.'

그렇게 생각하던 나는 이내 태평하게 마음먹었다.

"좀 떨어져도 뭐, 별수 없지."

안일한 것일지도 모르겠지만, 어차피 엑스 친 놈들이니 얼마 정도 변동이 생기는 건 상관없었다.

'죽을 만큼의 폭락만 아니면 돼.'

그렇게 걱정을 떨쳐 낸 나는 애써 책 내용에 집중했다. 그 순간이었다.

똑똑—. 노크 소리가 들리더니, 누군가 신원을 밝혔다.

"아가씨, 저예요."

"들어오렴."

에밀리였기에 나는 흔쾌히 출입을 허용했다. 방문을 연 그녀는 뚜껑이 덮인 쟁반을 들고 조심스럽게 안으로 들어섰다.

"독서 중이세요?"

"그건 뭐야?"

흘깃 눈짓하며 묻자, 그녀는 책상 위에 들고 온 쟁반을 내려놓고 뚜껑을 열었다. 김이 모락모락 나는 스프와 스테이크, 샌드위치가 정갈히 놓여 있었다.

나는 곧바로 오만상을 찌푸렸다. 스테이크 접시가 만찬에 있던 것과 똑같은 플레이팅이었기 때문이다.

"공작님께서 지시하셔서 새로 만든 것이에요, 아가씨."

그새 일의 전말을 전해 들은 건지, 에밀리가 내 눈치를 슬슬 보며 덧붙였다.

"그리고 이건 집사님께서 아가씨께 꼭 챙겨 드리라고……."

자그마한 갈색 병, 소화제였다.

"됐어. 별로 먹고 싶은 생각 없으니까 가지고 나가."

다행인지 불행인지, 먹은 것이 없으니 체할 일도 없었다. 도로 가지고 가라는 내 말에 에밀리는 울상을 지었다.

"샌드위치를 먹고 싶다 하셨다면서요. 배고프시잖아요. 얼른 드셔요, 아가씨."

"괜찮아. 그리고 아까 먹었잖아."

"오늘 하루 종일 제대로 된 식사를 하지 않으셨잖아요. 그러니 조금이라도……."

"오늘뿐만이 아니라, 항상 그래 왔지."

나는 책을 탁 내려놓으며 짜증스럽게 뇌까렸다.

"네가 가져다준 음식 중 제대로 된 귀족의 식사라고 할 만한 것들이 있었니?"

"아, 아가씨……."

에밀리는 내 싸늘한 기색에 어쩔 줄을 몰랐다.

괜한 화풀이라는 것을 잘 알았다. 에밀리는 제가 할 수 있는 선에서 그간 내게 충분히 잘해 주었다. 한두 가지의 접시와 디저트가 전부인 식사에 크게 불만이 있던 것도 아니다. 굶지 않는 게 어딘가.

그런데도 내가 처한, 아니 페넬로페가 처한 이런 상황과 배경이 짜증이 나서 미칠 것 같았다.

"그거 들고 그만 나가 봐. 지금은 네 얼굴도 별로 보고 싶지 않으니까."

에밀리는 결국 침울한 얼굴로 쟁반을 도로 가지고 나갔다. 제 딴엔 걱정이 돼서 챙겨 준 이한테 너무했다는 생각이 들었지만, 별로 미안한 마음은 안 들었다.

나는 식당을 빠져나오는 순간부터 차오르던 감정을 꾹꾹 내리누르며 다시 책을 펴들었다. 그러나 얼마 안 가 다시 집어 던지듯 내려놓았다.

"짜증 나."

책상 앞에서 벌떡 일어난 나는 침대로 가서 벌러덩 드러누웠다.

호화롭고 고풍스러운 방 천장이 보였다. 정작 방 주인은 밥도 제대로 얻어먹지 못하는 처진데, 겉만 그럴싸하게 포장해 놓은 것 같아 우스웠다.

"……내가 왜 여기까지 와서 이런 거지 같은 일을 겪어야 하지?"

도무지 이해가 안 가서 나는 혼잣말을 중얼거렸다.

내가 아닌 다른 사람이 이 게임에 빙의됐다면, 이렇게 넓고 호화스럽게 꾸며진 방을 보고 좋아할지도 모른다.

하지만 나는 이런 것들에 별다른 감흥이 들지 않았다. 본가에서 지내던 곳 또한 남부럽지 않을 만큼 호화롭고 넓었기 때문이다.

그러나 아이러니하게도 그런 화려한 방에서 살던 나는, 당장 다음 날 먹을 것을 걱정했었다.

둘째 개새끼가 졸업한 후, 학교에서의 왕따는 정점에 달했다. 계속 줄을 새치기당해 가장 늦게 급식을 먹는 건 기본이었고, 일부러 어깨를 쳐서 식판을 쏟게 만드는 건 예삿일이었다.

온종일 쫄쫄 굶고 집으로 가도 바로 밥을 먹을 수 없었다. 나만 빼면 단란한 가족 식사에, 굳이 꾸역꾸역 참석하지 않았기에.

'그놈의 자존심이 뭐라고…….'

탈출에 성공한 지금 와서 생각하면 참으로 어리석은 짓이었다. 이왕 버틸 거 밥이라도 든든히 먹으면서 버틸걸.

하녀라도 있는 페넬로페와는 달리 내겐 따로 밥을 챙겨 주는 사람도 없었다. 도우미 아줌마는 설거지를 마치면 바로 퇴근하곤 했으니까.

악착같이 주린 배를 쥐고 참다가, 그 집 인간들이 식사를 끝내고 각자의 방으로 들어갔을 때서야 슬며시 부엌에 갔다.

그리고 식어 빠진 국에 밥을 말거나 혹은 커다란 양푼에 남은 반찬들을 쏟아붓고 비벼 허겁지겁 퍼먹었다. 그런데 그조차 온전히 먹을 수 있을 때보다 한 입도 제대로 못 먹고 뱉어 낼 때가 많았다.

― 우욱!

남은 국이나 반찬에는 식초, 설탕, 소금, 젓갈, 때론 뭔지도 모를 것들을 섞어 놔 끔찍한 맛이 났다.

둘째 개새끼가 한 짓이었다.

— 거지 같은 년. 그러니까 왜 쥐새끼처럼 몰래 처먹냐?

그놈은 가끔 숨어서 그런 나를 지켜보다가, 낄낄거리며 튀어나와 빈정댔다. 그래서 나는 그 망할 곳에서 탈출할 때까지 영양실조와 만성 위염에 시달려야 했다.

"……정말 거지 같았네."

과거를 회상하던 나는 힘없이 웃었다. 어쩌면 나보다 나을 것이 없다고 생각했던 지금의 '가짜 공녀' 처지가 훨씬 괜찮을지도 모르겠단 생각이 들었다.

"됐어, 땅 파는 짓 그만해."

나는 침대에서 벌떡 일어났다. 이럴 때일수록 몸을 움직여야 했다. 가만히 있어 봤자 우울한 생각에 잠식될 뿐이다.

나는 숄을 하나 꺼내 들고 방 밖을 나섰다. 산책이라도 하기 위해서였다.

복도를 가로질러 계단을 내려서던 참이었다.

"……아가씨."

하필 위층에서 내려오던 집사와 딱 마주쳤다. 그가 놀란 눈으로 물었다.

"어딜 가시는 중이십니까?"

"집 밖에."

"이스트 힐로 불꽃놀이를 구경하러 가시려고요?"

"……이스트 힐?"

반문하던 나는 곧바로 그곳이 어딘지 기억해 냈다. 얼마 전 데릭에게 끌려갔다가 홀로 내려왔던 작은 언덕이었다.

페넬로페는 매년 축제의 마지막 날에 불꽃놀이를 구경하기 위해 외출을 했었나 보다. 공작이 식당에서 왜 그런 질문을 했는지 알게 됐다.

"아니."

바로 고개를 저었다. 나는 그것 하나 보자고 거기까지 갔다 올 만큼 낭만적인 성격이 아니었다.

"이번엔 어쩐 일로……."

"귀찮아."

집사는 난처한 얼굴을 했다. 작년까지 꼬박꼬박 나가던 애가 갑자기 태도를 달리하니 퍽 당황스러울 수도.

하지만 상관없었다. 악녀는 원래 변덕이 죽 끓듯 끓기 마련이다.

"승전 기념으로 이번 축제의 피날레는 작년보다 훨씬 성대할 예정이라고 합니다만……."

"불꽃놀이가 다 거기서 거기겠지."

집사가 왜 나를 붙들고 이런 이야기를 하는지는 모르겠다. 아까 오찬 자리에 그 또한 있었기 때문에 마주하기 영 껄끄러웠다.

"그럼 수고해."

나는 곧바로 그를 스쳐 지나갔다.

"페넬로페 아가씨."

하지만 다급하게 나를 붙드는 목소리로 인해 계단을 내려가지 못했다.

"……왜?"

한 계단 내려선 채 나는 우뚝 멈춰 그를 돌아보았다. 노집사는 답지 않게 잠시 주저주저하더니 가까스로 입을 열었다

"……공작님의 지시로 지금 다락방을 정리하고 오는 길입니다."

"……."

"아가씨께 그 사실을 전달드리러 가던 중이기도 하고요."

"내게?"

나는 집사가 내게 왜 그런 말을 전달하는지 의아했다. 다락방으로 가는 통로는 3층 복도 끄트머리에 있었다. 때문에 나는 한 번도 가 본 적이 없었다.

"왜?"

"……어린 시절에는 자주 오르셨지 않습니까. 처음 공작저에 오셨을 때도 다락방에서 불꽃놀이를 보셨었지요."

"……."

"공작님께서도 아마 그것을 기억하고 계시기에 제게 다락을 치우라는 지시를 내리신 게 아닐지……."

"말은 바로 해야지, 집사."

나는 비식, 웃음을 터뜨리며 차갑게 그의 말을 잘랐다.

"나는 그간 오르고 싶어도 오를 수 없는 처지였어. 내가 거길 자주 오르는 게 불편했던 누구 덕분에 3층이 폐쇄되고, 난 다락방 근처엔 얼씬도 못 하게 되었잖아."

"……."

그의 입이 다물렸다. 평소 같으면 이렇게까지 공격적이지는 않았을 텐데. 집사는 하필 마주친 때가 안 좋았다. 과거와 묘하게 겹친 상황 때문에 분노를 가라앉히러 가던 중이었던 나를 붙잡은 것이

기 때문이다.

내 날카로운 지적에 집사의 이마에 깊은 주름이 새겨졌다.

"……도나 부인은 바로 해고되었습니다, 아가씨."

그는 어두워진 낯빛으로 조심스럽게 다시 입을 열었다.

"공작님께서 크게 노하셔서 퇴직금 한 푼 못 받고 맨몸으로 쫓겨 났지요."

"……."

"오랜 시간 공작저에서 일해 준 노고도 있고, 몰락한 가문이긴 하나 자작가에 적을 두고 있는 여인이기에 그 이상의 처벌을 내릴 수는 없었습니다."

뜻밖의 소식에 나는 눈을 커다랗게 떴다. 얼떨떨한 얼굴로 집사를 바라보고 있자, 그가 차분히 말을 이었다.

"하지만 데릭 도련님께서 직접 나서 고용 계약서와 추천장을 불 태웠기 때문에 더는 귀족가에서 일자리를 찾지 못할 것입니다."

"그래서? 내가 축배라도 들어야 하는 건가?"

나는 눈을 껌뻑이다가 싸늘한 어투로 반문했다.

좀 놀랍긴 했지만, 딱히 기쁠 만한 얘기도 아니었다. 이렇게 바로 해결할 수 있는 문제를 왜 지난번에는 아무 조치조차 하지 않았던 건가.

'조치는 무슨. 에밀리가 얼마나 오랫동안 일했는지 읊으면서 조용히 살라고 협박이나 해 댔지.'

그때의 데릭을 떠올리니 안 그래도 거지 같던 기분이 한층 더 가라앉았다.

"그런 거 일일이 나한테 전달해 줄 필요 없어. 어차피 내 소관도 아닌 문제니까."

"낮의 일로 공작님께서도 상심이 크셨습니다. 아가씨께서 끝내 식사를 거르신 것도 계속 신경 쓰시는 눈치십니다."

그래서 나보고 어쩌라고. 목구멍까지 차오르는 말을 꾹꾹 내리누르며 나는 억지로 입꼬리를 들어 올렸다.

"지금이라도 식당에 내려가서 밥을 먹으면, 아버지의 마음이 좀 풀리실까?"

"공녀님."

그때였다.

"오늘 일은 다 제 불찰입니다."

집사가 불현듯 내 앞에 깊숙이 허리를 숙였다. 나는 눈을 휘둥그레 떴다.

"그간 바쁘다는 핑계로 공녀님을 성심성의껏 보필하지 못했던 제 잘못이 가장 큽니다. 제게 따로 벌을 내리신다면 달게 받겠습니다."

"……."

"그렇지만 아가씨…… 공작님의 성의만은 받아 주시면 안 되겠습니까?"

나는 내 앞에 고개를 조아리며 사정하는 집사를 생경한 눈으로 바라보았다.

"아까 그렇게 식당을 나가시고 어떻게 해야 아가씨의 상한 마음이 풀릴지, 공작님께서 많이 고민하셨습니다. 그러다가 아가씨가 어린 시절 좋아하던 것까지 생각해 내셨고요."

"……."

"공작님께서 한번 명령 내리신 것을 철회하는 일이 매우 드물다는 걸 잘 아시지 않습니까.”

집사의 말은 사실이었다. 페넬로페가 입양된 지 얼마 안 된 시점에서 일어난 작은 소동으로 인해 3층의 모든 문을 걸어 잠그고 출입을 금한 지 벌써 6년째였다.

그런데 이제 와 그것을 철회하겠다니, 부러 보여 준 학대받는 수양딸의 모습이 여러모로 충격적이긴 했나 보다.

집사는 생각에 잠겨 말이 없는 나를 보고 희망이 있다고 여겼는지, 더욱 바싹 허리를 굽혔다.

“이 늙은이가 직접 폐쇄된 3층을 개방하고 성심성의껏 다락방도 정리했습니다. 그러니 이만 기분을 푸시지요, 아가씨.”

“…….”

나는 대답 없이 무미건조한 얼굴로 집사를 바라보았다.

지금 이 자리에 있는 게 내가 아닌 진짜 페넬로페였다면, 그녀는 참으로 기뻐했을 것이다.

괴롭힘을 주동하던 인간 중 한 명이 잘리고, 가족들의 관심이 쏠렸다. 평소 고깝게 여기던 집사가 제게 직접 고개까지 조아리니 얼마나 이 상황이 만족스러울까.

하지만.

‘늦었어.’

나는 페넬로페가 아니었다.

내가 이 몸에 들어오기 전에 한 번이라도 이래 주지 그랬어. 그랬다면, 이 멍청하고 가여운 계집애는 나와 달리 모든 것을 용서해 주었을 텐데.

‘이미 늦었다고.’

일순, 엉망진창으로 일그러진 내 얼굴을 발견한 집사의 동공이 커다랗게 확장됐다.

"아, 아가씨……?"

당황한 그가 완전히 허리를 들 무렵.

"……그래. 내가 어찌 아버지의 성의를 무시하겠어."

나는 순식간에 표정을 갈무리했다.

"마침 산책 나가던 길이었는데, 오랜만에 그곳에 가 보는 것도 나쁘지 않겠네."

그리고 언제 울 것 같은 표정을 지었냐는 양, 어느새 오만한 페넬로페로 돌아가 말했다.

"다락으로 안내해."

3층을 완전히 개방한 것은 아닌 듯했다. 복도를 가로지르며 보니 커다란 양문 하나가 쇠사슬로 칭칭 감긴 채 굳게도 잠겨 있었다.

'저게 여주의 방이겠지.'

페넬로페의 방도 꽤 좋은 편이었지만, 여주의 방은 문 크기부터 남달랐다. 그게 기분 나쁘거나 서운한 건 아니었다.

'진짜 딸이랑 입양한 딸이 어떻게 같은 대우를 받겠어. 분수를 알아야지.'

그 앞을 지나는 동안 집사는 유독 뒤를 흘깃거리며 내 눈치를 보았다. 당연하게도 나는 아무 내색 하지 않았다.

3층 복도 끝에 있는 작은 문을 열자 나선형의 돌계단이 나왔다. 침입을 대비해 세운 포탑(Turret)인 것 같았지만 오랫동안 쓰지 않아 그런지 다른 곳에 비해 관리가 부실했다.

"턱이 높으니 조심하십시오, 아가씨."

집사가 먼저 위로 올라가며 내게 주의를 줬다. 나는 치맛자락을 부여잡고 조심조심 계단을 올랐다.

낡고 좁은 돌탑 꼭대기에 있는 다락이라니.

'확실히 어린아이들이 좋아할 만한 비밀 장소네.'

끝이 보이지 않는 나선형 계단을 오르고 또 올랐다. 한참 후, 마침내 끝에 도달한 듯 계단이 끊기더니 낡은 문이 나왔다.

집사는 익숙하게 그것을 열고 안으로 들어갔다. 그 뒤를 따르던 나는 솔직히 별로 기대가 없었다. 다락이라 해 봤자 창고로 쓰던 장소를 대충 치워 만든 것이지 않겠는가.

'오.'

그러나 막상 들어선 곳은 의외로 정말 괜찮았다. 작은 서재처럼 다락방의 한쪽 면에는 책장에 책이 가득 들어 있었고, 반대편에는 아늑한 카우치와 벽난로가 자리했다.

한가운데로는 커다랗고 둥그런 창이 뚫려 있었다. 열린 창틈으로 선선한 바깥바람이 들어와 콧잔등을 간지럽혔다.

"아가씨, 마음에 드십니까?"

요리조리 둘러보는 내 모습에 집사가 흡족한 얼굴로 물었다. 나는 순순히 답했다.

"괜찮네."

"다과라도 좀 가져다드릴까요?"

"됐어. 그보다 저녁 늦게까지 여기 있고 싶은데."

"물론 그러셔도 됩니다. 공작님께서 이미 마음껏 쓰는 것을 허락하셨습니다."

그건 마음에 들었다. 기분이 좀 풀린 나는 한결 유순해진 음성으로 말했다.

"안내해 줘서 고마워, 집사."

"별말씀을요. 그럼 편히 쉬십시오, 아가씨."

집사는 내게 깍듯이 묵례한 후 다락방을 내려갔다. 나는 고요해진 내부를 다시 한번 둘러보며 안쪽으로 천천히 걸어갔다.

"……페넬로페가 자주 오를 만했네."

안락하고, 적막하다. 막 공작저로 입양을 와 이유도 모른 채 미움받는 아이가 숨어들기 딱 적합했다.

나는 열려 있는 커다란 창 앞에 도착했다. 그리고 슬쩍 밖을 내다보았다.

공작저의 부지는 굉장히 넓었다. 때문에, 얼마 전 데릭을 따라 언덕에 올랐을 때처럼 시내 거리가 보이는 건 아니었다. 대신 시야를 가릴 만큼 높은 건물이 없어 끝없이 펼쳐진 하늘과 정경을 바라보기 좋았다.

나는 담요가 깔린 카우치를 놔두고 창틀 앞 맨바닥에 털썩 주저앉았다. 창밖으로 어느새 해가 뉘엿뉘엿 지고 있었다. 붉은 노을이 넘실거리는 지평선 너머를 멍하니 바라보고 있을 때였다.

덜컥―. 불현듯 등 뒤에서 인기척이 들리더니.

"뭐야."

막 문을 열고 들어오는 분홍 머리와 눈이 마주쳤다.

"네가 왜 여기 있어?"

나인 것을 확인한 레널드는 들어서던 몸짓을 멈칫하며 눈살부터 찌푸렸다.

'쳇, 누군 반가운 줄 아나?'

놈의 머리 위를 흘긋 바라본 나는 태연하게 대꾸했다.

"집사가 안내해 줘서 왔는데?"

"그런 말이 아니라⋯⋯."

레널드는 아래위로 나를 삐딱하게 훑어보다가, 픽 비웃었다.

"넌 3층 출입 금지잖아?"

'참나! 누구 때문에 출입 금지당한 건데?'

불쑥 억울해진 나는 새침하게 쏘아붙였다.

"오늘부로 출입 금지 풀렸어. 아버지가 허락해 주셨거든."

"아오! 어쩐지 갑자기 안 쓰던 다락방에 대해 묻더니⋯⋯."

"그러는 넌 여기 왜 온 건데?"

"난 어떤 병신처럼 출입 금지 아니거든?"

놈이 빈정거리면서 저벅저벅 안으로 걸어 들어왔다. 그 모습에 절로 오만상이 찌푸려졌다. 달갑지 않은 불청객에게 혼자만의 시간을 방해받고 싶지 않았다.

나는 짜증스럽게 뇌까렸다.

"내가 먼저 왔어."

그러니 네가 자리를 피하란 소리였다. 하지만 말을 들어먹을 놈이 아니었다.

"누가 뭐라냐?"

레널드는 거리낄 것 없이 다락 안으로 쑥 들어와 푹신한 카우치 위에 벌러덩 몸을 뉘었다. 그리고 나른하게 내리뜬 눈으로 나를 응시했다.

"넌 거기 맨바닥에 처앉아 있어. 너한테 딱 어울리는 자리네."

"네 방 놔두고 왜 굳이 여기 있겠다는 건데?"

"이 집 둘째 도련님 맘이다."

'아오 씨, 저걸 그냥.'

주먹이 부들부들 떨렸다. 얄미운 놈의 면상에 꽂아 넣고 싶었지만, 필사적으로 참았다.

'호감도 10%. 호감도 10%⋯⋯.'

간신히 얻은 10%다. 유지만이 답이었다.

애써 레널드를 무시한 채, 나는 다시 창밖에 집중했다. 그러나 놈은 나를 가만히 내버려 두질 않았다.

"망부석처럼 거기 우두커니 앉아서 뭐 할 건데."

"불꽃놀이만 보고 바로 갈 거니까 신경 쓰지 마."

"아쉽네. 여기선 연무장이 안 보여서."

놈이 생뚱맞은 소리를 하며 낄낄댔다.

"오늘 축제 마지막 날이라 다른 놈들 다 조기 퇴근했는데, 네가 끌고 온 그 노예 새끼만 지금도 뺑이 치고 있을 거거든."

"뭐⋯⋯?"

못 들을 걸 들은 것처럼 일순 정신이 멍해졌다. 나는 놈 쪽으로 천천히 고개를 돌렸다.

"⋯⋯그게 무슨 말이야?"

"말 그대로. 그 새끼만 혼자 남아서 죽어라고 훈련 중일 거라고."

레널드는 히죽히죽 웃으며 능청스럽게 답했다. 나는 말문이 막혀서 한참 버벅거리다 간신히 물었다.

"⋯⋯대체 왜?"

"내가 그러라고 시켰으니까."

'이런 미친놈!'

뚝, 뚝. 이클리스의 호감도가 수직 하락하는 소리가 들린다. 내가 미처 신경 쓰지 못한 사이에 무슨 말도 안 되는 일이 벌어지고 있는 거란 말인가.

'안 돼, 내 몰빵!'

나는 당장 그의 호감도를 확인하러 가기 위해 자리에서 벌떡 일어났다. 그리고 황급히 다락방을 벗어나려던 찰나였다.

탁—.

"그 새끼 보러 가려고?"

거칠게 손목이 휘어 잡혔다. 사랑스러운 분홍빛 머리칼이 눈앞에 흩날렸다. 어느새 번개처럼 일어난 레널드가 나를 붙잡고 있었다.

나는 초조함에 미간을 찌푸렸다.

"이거 놔."

"늦었어. 네가 데리고 들어온 순간부터 그 새끼 나한테 찍혔거든."

"하……."

레널드 놈이 눈을 찡긋거리며 장난스럽게 말했다. 눈앞이 아연해졌다. 깊은 한숨을 내쉬던 나는, 그에게 잡힌 손을 억지로 빼내며 신경질적으로 읊조렸다.

"사람이 왜 이렇게 유치해? 마음 좀 곱게 써."

"네 입에서 그런 말이 나오니까 소름 끼친다, 야."

그가 과장되게 제 팔을 문질렀다. 나는 그의 머리 위 [호감도 10%]를 곁눈질했다.

'이 자식이 오늘 뭘 잘못 먹었을까?'

나만 못 먹은 오늘 오찬은 훌륭하기 그지없었다. 멀쩡하게 식사를 마친 이놈이 이렇게 시비 못 걸어서 안달이 난 사람처럼 굴 이 유가 없다는 소리다.

물론 레널드 놈은 평소에도 마주칠 때마다 곧잘 그랬지만, 오늘 은 유난히 정도가 심했다.

"내가 여기 있는 게 마음에 안 들면 그냥 그렇다고 말해."

"……."

"자리 피해 줄 테니까."

나는 결국 한숨을 쉬며 물러나기로 결정했다. 더 부딪쳐 봤자 어 차피 나만 손해였다. 피하는 게 상책이었다.

'그러니까 빨리 꺼지라고 말하렴. 얌전히 꺼져 줄 테니까.'

조용히 그의 대답을 기다리던 중이었다.

"넌 양심도 없냐?"

나를 빤히 바라보던 놈이, 대뜸 맥락 없는 말을 내뱉었다.

"……뭐?"

"네가 감히 여기가 어디라고 기어들어 와?"

"……하."

나도 모르게 헛웃음이 튀어나왔다.

'무슨 마음에 안 드는 며느리 구박하는 시어머니 같네.'

레널드를 비웃을 용의는 아니었다. 하지만 내 헛웃음 소리를 들 은 새파란 눈동자에 불꽃이 튀는 게 보였다. 나는 재빨리 눈을 내 리깔고 고분고분 대꾸했다.

"……그게 무슨 소린데."

"요즘 안 하던 짓도 하고 방에 처박혀서 잠잠하길래 얘가 드디어 정신을 좀 차렸나 했는데…… 내가 미쳤지."

"……."

"이런 뻔뻔한 계집이 조금이라도 달라졌다는 생각이나 하고."

나는 절로 새어 나오는 한숨을 삼켰다. 내 기분 풀러 와서 왜 이놈의 화풀이나 받아 주고 있어야 하는지 모르겠다.

아까 집사와의 대화에서 분노를 다 쓴 나는 솔직히 이런 상황이 피곤하고 부담스럽기만 했다. 황태자와 함께 레널드는 최대한 건드리면 안 되는 시한폭탄이었다.

나는 지친 목소리로 그를 달랬다.

"레널드. 빙빙 돌려 말하지 말고 하고 싶은 말 있으면 제대로 해. 갑자기 왜 이러는……."

"또 여기서 불꽃놀인지 지랄인지 보면서 소원 빌려고 했지?"

그러나 내 말이 채 끝나기도 전에 그가 득달같이 말을 가로챘다.

"이본이 다시는 이 집에 돌아오지 않았으면 좋겠다고, 아니."

"……."

"아예 영영 사라지거나 죽어 버렸으면 좋겠다고."

"……."

"축제 마지막 날 이본을 잃어버렸다는 사실을 알고, 네가 6년 전에 여기서 간절히도 빌던 소원 말이야."

코앞에 있는 레널드의 얼굴이 창틈으로 새어 들어오는 노을빛에 붉게 물들어 있었다. 그는 사납게 웃고 있었다. 살기 어린 눈빛이 선득했다.

'페넬로페가 그런 짓을 했다고?'

나는 내심 놀라 그를 멀거니 바라볼 수밖에 없었다. 여주를 축제 때 잃어버린 건 미처 몰랐다.

곰곰이 생각해 보니 게임의 프롤로그에 스치듯 나왔던 것 같은데, 스토리 진행과는 무관했기 때문에 특별히 기억에 남지 않은 것이다.

'……평민에서 하루아침에 공녀가 됐으니, 진짜 공녀가 돌아오지 않길 바랄 만하지.'

어쨌든 나는 페넬로페가 된 처지이므로 그녀의 행동을 납득했다. 사실 하루아침에 부잣집 딸내미가 되는 상황을 이미 겪어 봐서 이해가 더 쉬웠는지도 모른다.

그러나 여주의 둘째 오라비는 과거 그런 짓까지 저질렀던 눈엣가시가, 또 다락으로 기어오른 것이 못 견디게 싫은 모양이었다.

"기분이 어떠냐? 네 소원대로 6년째 이본의 자리를 차지하고 있는 중인데."

레널드의 기세는 데드 엔딩 플래그가 꽂혔다고 해도 믿을 만큼 무시무시했다. 나를 죽일 듯 노려보는 그를 보며 찬찬히 할 말을 골랐다.

'저 더러운 성질 안 건드리고 최대한 좋게 넘어갈 말이 뭐 있을까.'

하나뿐인 동생을 잃어버린 참담한 날, 그녀의 자리를 꿰차고 있는 못된 계집까지 맞닥뜨렸다.

'그런 와중에 원래의 페넬로페처럼 싹수없게 굴었다간 큰일 나겠지.'

나는 반사적으로 눈을 굴리며 죽음에 처하게 할 만한 물건이 주변에 있는지부터 확인했다. 다락방 안에는 딱히 날카로운 물건 같은 건 없었다.

그렇지만 그런 것을 찾는 건 부질없는 짓이었다. 흥분한 레널드가 창밖으로 나를 거세게 밀치거나, 목이라도 조르면 꼼짝없이 죽을 테니.

"……그땐 내가 많이 어려서 그랬어."

나는 일단 주춤주춤 창 쪽에서 떨어지며 어렵사리 입을 열었다.

"미안해. 지금이라도 사과할게. 그동안 나도 많이 반성했으니까 용서해 줘."

"반성? 하."

하지만 레널드는 내가 고심해서 고른 사과에도 화를 풀지 않았다.

"그래. 다 지난 일이니까 물어나 보자."

"……"

"왜 그런 짓까지 했냐? 이본이 돌아와도 널 당장 내쫓거나 하지는 않았을 텐데."

지금까지 놈을 상대했던 것 중 가장 고난이도의 상황이었다. 순순히 하는 사과도 통하지 않는다니!

'이제 뭐라고 대답하지?'

내가 했던 것도 아니기에 할 말 고갈이었다. 나는 진땀을 뻘뻘 흘렸다.

"대답해라."

"미안. 여길 올라오는 게 아니었는데, 내가 생각이 짧았어."

"미안하다는 말로 쉽게 넘어갈 일이냐, 너한텐?"

"……레널드."

"아버지는 어떻게 꼬여 냈는지 끝까지 얘기 안 해 주더라? 어떻게 굴면 그 어린 나이에 공작까지 꼬셔 낼 수 있는지 말 좀 해 줘라. 나도 배우게."

점점 상황이 주체할 수 없을 만큼 치달았다. 그의 호감도 게이지가 위태롭게 반짝이기 시작했다.

나를 노려보는 레널드의 눈가가 어느새 잔뜩 붉어져 있었다. 창 밖으로 쏟아지는 노을 때문인지, 아니면 그가 그만큼 분노해서 충혈된 것인지는 알 수 없었다.

억울하고 기분이 점점 가라앉았지만, 나는 냉정하게 판단하려고 노력했다. 이 상황은 충분히 위험했고, 타파할 수 없다면 빨리 피해야 했다.

나는 천천히 입을 열었다.

"내가 철없을 때 그런 짓을 했던 건 정말 미안해. 진심으로 사과할게. 하지만 네 동생을 잃어버린 일은 나와는 무관한 일이야."

"……."

"오늘 여기 올라온 건, 집사가 여기서 불꽃놀이를 보지 않겠냐며 권유해서야. 마침 아버지가 허락도 해 주셨다길래 오랜만에 와 봤고, 금방 다시 돌아가려고……."

"시끄러워."

레널드가 문득 지겹다는 듯 손가락으로 귀를 후볐다.

"이본의 대용으로 데려왔다길래 흉내라도 잘 낼 줄 알았는데."

나는 구구절절 진심을 다해 빌었지만.

"이건 뭐 석궁 쏘는 침팬지 소리나 듣고 앉았지 않나, 근본 모를 노예 새끼를 데리고 와서 안 그래도 없는 평판까지 깎아 먹질 않나."

언제나 돌아오는 건 괄시와 무시였다.

"언제까지 너 따위가 저택에서 활개 치는 꼴을 봐야 하는지 모르겠군."

입꼬리를 비틀어 올려 비웃는 레널드의 얼굴에 누군가의 얼굴이

겹쳤다.

— 내가 왜 집구석까지 와서 거지새끼가 돌아다니는 꼴을 봐야 해?

귓가에 환청 같은 목소리가 울려 퍼졌다. 나도 네 면상 같은 거보기 싫다는 말은, 단 한 번도 할 수가 없었다. 그러면 쫓겨날까 봐.

"……대용?"

그런데 왜 하필이면 간신히 가라앉혔던 아까 전의 일을 떠올리게만드는 걸까.

"네가 언제 대용 취급이라도 해 준 적 있어?"

'석궁 쏘는 침팬지'가 내 스위치라도 된 것처럼 입이 저절로 주절거렸다. 사과는 듣는 척도 하지 않던 레널드가 내 물음에 곧장 으르렁댔다.

"그럼 근본도 모르는 거지새끼 주워다가 공녀로 만들어 놨는데, 얼마나 더 취급을 잘해 줘야 하냐? 황녀만큼? 아니면, 황비 대접이라도 해 주랴?"

"그래, 한 번이라도 그렇게 좀 대해 봐."

"……뭐?"

"혹시 알아? 기분 좋으면 내가 사라진 네 동생 흉내라도 내 줄지."

나는 이를 악물고 빈정대며 엉망진창이 된 얼굴로 웃었다. 반면에 비릿하게 올려졌던 레널드의 입꼬리가 서서히 내려갔다.

방 안의 온도가 시시각각 싸늘해지는 게 피부로 느껴졌다. 조금전까지만 해도 그저 그런 시비였다면, 지금의 레널드는 당장이라도 나를 찢어 죽일 수 있을 만큼 흉흉했다.

"야……."

놈이 한껏 가라앉은 목소리로 나를 불렀다. 그리고.

'호감도 -2%'

기어코 우려하던 일이 벌어졌다.

"뚫린 입이라고 함부로 지껄이지 말고 말조심해라. 네까짓 게 감히 어디서……."

"왜? 뚫려 있으니까 지껄이기라도 하는 거겠지."

"야."

"너는 너만 날 싫어할 수 있는 줄 알지?"

눈앞에 12살의 페넬로페가 그려졌다. 더는 이러면 안 된다는 것을 알면서도, 나는 나를 멈출 수 없었다.

"나도 마찬가지야. 대단하신 공작가에서 쫄쫄 굶길 줄 알았으면 공작님이 아무리 같이 가자고 해도 절대로 오지 말 걸 그랬어."

"페넬로페 에카르트."

"어떻게 꼬셨냐고? 별거 없어. 네가 나한테 했던 말처럼 근본 없는 거지새끼같이 굴었거든."

"거기까지만 해라."

레널드가 음산하게 경고했다.

'호감도 -1%'

호감도가 또 하락했다.

놈은 분노하면서도 내심 당황한 듯 보였다. 경멸하듯 바라보며 빈정거리는 건 언제나 그들만이 할 수 있는 특권이었으니까.

페넬로페는 화가 나면 괴성부터 지르며 달려들었으니, 이런 내 모습이 놀랄 만도 할 것이다. 어쩌면 그간 최대한 심기를 거스르지 않으며 고분고분 사과를 해 왔던 내가, 갑자기 돌변한 것에 놀란 걸지도 모른다.

어느 쪽이건 지긋지긋하게만 느껴졌다.

"돈 한 푼 없어서 엄마 장례도 못 치르고 몇 날 며칠을 굶고 있는데, 어느 날 네 아버지가 나보고 딸이라고 부르면서 같이 가자더라."

"……."

"너, 썩어 가는 시체 옆에서 떨어지는 빗물 받아 먹어 본 적 있어?"

눈앞에 그려진 12살의 페넬로페는 점점, 14살의 나로 변해 갔다.

"누가 먹다 남긴 다 식어 빠진 잔반은? 뭘 섞어 놨는지 쓰레기 같은 맛이 나는 음식을 살기 위해서 꾸역꾸역 처먹어 본 적은? 한 번도 없지?"

"……야."

"왜 네 동생이 영영 돌아오지 않길 빌었냐고?"

'호감도 -1%'

[호감도 4%]

레널드의 호감도는 순식간에 떨어졌다. 죽기 싫으면 당장 입을 닥치고 무릎이라도 꿇어야 했다.

"다시 그때로 돌아갈까 봐."

그러나 나는 잘못했다고 비는 대신 내가 필사적으로 숨겼던 공포, 두려움과 절박함을 드러내길 선택했다.

왜냐하면, 페넬로페라면 그때 그랬을 테니까. 그런 심정으로 진짜 공녀가 돌아오지 않길 신에게 빌었을 테니까.

"오늘은 누가 먹던 음식이라도 떨어뜨려 줬으면 좋겠다고 빌면서, 온종일 길거리나 쳐다보는 거지 같은 삶으로 돌아갈까 봐."

"⋯⋯페넬로페."

"말해, 듣고 있으니까."

레널드는 숨이 막히는 목소리로 나를 불렀다. 내 고요한 절규는 끝났다. 나는 거칠게 숨을 몰아쉬며 그를 마주 보았다.

호감도가 이대로 떨어져 죽을 것이라는 두려움은 어느덧 사라졌다.

당장 죽더라도, 나는 후회하지 않을 것이다. 길 잃은 분노와 혐오를 받으며 자라났던 어리석고 멍청한 페넬로페를 위해서. 그리고⋯⋯.

"나는⋯⋯."

입을 다물고 그저 끝이 다가오길 조용히 기다리는 순간이었다. 불현듯 놈의 머리 위가 빠르게 반짝이더니.

[호감도 7%]

"나는, 네가⋯⋯."

레널드는 딱딱하게 굳은 얼굴로 좀체 말을 잇지 못했다. 그럴 만도 했다. 귀하게 자란 그는 듣도 보도 못한 저 밑바닥 인생들의 이야기일 테니까.

한참을 어물거리던 그는 어렵사리 한마디를 꺼냈다.

"⋯⋯네가 그렇게까지 힘든 시절을 보냈을 줄은 몰랐어."

순식간에 상황이 반전되었다. 진땀을 흘리며 할 말을 고르던 방금 전의 나처럼, 어쩔 줄 몰라 하는 레널드를 보자니 형용할 수 없는 기분이 들었다.

"그렇겠지."

"⋯⋯페넬로페."

"너는 네가 평소 괄시하던 내가, 사실은 엄청나게 영악해서 에카르트 공작을 꾀어 내고 네 동생 자리를 차지한 줄 알 테니까."

"그건……."

"그렇다면 이제라도 알아 두길 바라."

나는 차갑게 식은 눈으로 그를 바라보며 뇌까렸다.

"네가 날 목걸이 도둑으로 몰았을 때, 난 글도 제대로 못 뗀 12살 짜리 평민이었다는 걸."

무어라 답하기 위해 열렸던 레널드의 입이 거짓말처럼 닫혔다. 새파란 동공이 서서히 충격으로 물들어 가는 게 똑똑히 보였지만, 하나도 속 시원하지 않았다.

그때였다.

피유우우융— 펑!

레널드의 등 너머, 열린 창밖으로 커다란 굉음이 하늘 전체에 울려 퍼졌다. 그와 의미 없는 소모전을 하는 동안 어느덧 밖은 노을마저 지고 캄캄한 어둠이 내려앉아 있었다.

피유우우, 퍼엉— 펑!

불꽃놀이가 시작됐다. 검은 하늘에 화려한 불꽃들이 수놓아지는 아름다운 광경을 뒤로한 채, 우리 둘은 서로를 말없이 마주 보았다.

폭죽이 터질 때마다 색색깔의 빛 그림자가 레널드의 얼굴 위에 넘실넘실 비쳤다 사라지길 반복했다.

그 때문일까. 나를 응시하는 그의 표정이, 조금 울렁거리는 것 같다는 생각이 들었다. 그 순간, 분홍 머리 위가 다시 한번 반짝였다.

[호감도 14%]

호감도가 크게 상승했다. 눈앞에 새하얀 창이 떠오른 것은 그와 거의 동시에 일어난 일이었다.

〈SYSTEM〉 [레널드]와 함께 [축제 구경하기] 퀘스트 성공!
〈SYSTEM〉 보상을 받으시겠습니까?
[예. / 아니오.]

'……하.'
나는 나타나지 말아야 할 상황에 뜬금없이 나타난 퀘스트 창을
보고 허탈한 미소를 지었다.
'아주 그냥 호감도가 파탄 나든 말든 퀘스트 조건만 충족하면 다
성공하는 거냐고.'
그런데도 결국 [예.]를 눌러야 하는 이 상황이, 치가 떨렸다.

〈SYSTEM〉 보상으로 [레널드]의 [호감도 +3%]와 [석궁]을 얻었
습니다.

곧바로 오르는 호감도를 보며, 나는 방금 전까지 들끓던 기승이
꺼져 가는 불씨처럼 사그라드는 것을 느꼈다.
펑! 피유우, 퍼엉—!
그런 나와 달리 창밖은 여전히 찬연한 불꽃놀이가 한창 진행되는
중이었다.
"……이 집에서 쫓겨나더라도 다시 가난한 평민으로 돌아가는
것뿐인데, 이상하지."
요란한 폭죽 사이로 나는 혼잣말처럼 중얼거렸다.
"넌 항상 날, 노예보다 못한 버러지처럼 비참하게 만들어."
울렁이던 레널드의 얼굴이 내 음성에 완전히 일그러졌다. 아마,

이때부터였을 것이다. 내가 공작가를 나간 이후를 상상하기 시작
했던 것은.

나는 타다 만 재처럼 버석버석한 눈으로 그를 잠시 바라보다가
몸을 돌렸다.

"페넬······!"

레널드는 다급한 몸짓으로 나를 부르며 잡으려 들었다. 그러나
나는 돌아보는 체도 하지 않고 다락방을 나섰다.

홀로 컴컴한 돌계단을 내려오며, 나는 상승한 레널드의 호감도와
충동적으로 나눈 대화 같지 않은 대화를 번갈아 떠올렸다.

[호감도 17%]

죽을 각오를 하고 대든 것치곤 참으로 후한 결과였다. 물론 내가
쏟아 냈던 페넬로페의 과거는 모두 훌륭한 거짓말이었다.

'게임에서도 나오지 않았던 그녀의 과거를 내가 어찌 알아.'

시체 옆에서 빗물을 받아 먹었다는 둥, 먹다 남긴 식어 빠진 잔
반을 먹었다는 둥. 그 처참하고 구질구질한 이야기들은 모두 '걔는
이랬었겠지.' 싶은 가정일 뿐이다.

······내 얘기가 아니라.

'레널드와 축제 구경하기' 퀘스트 완료로 얻게 된 [기타 보상]은
그로부터 얼마 후 지급되었다.

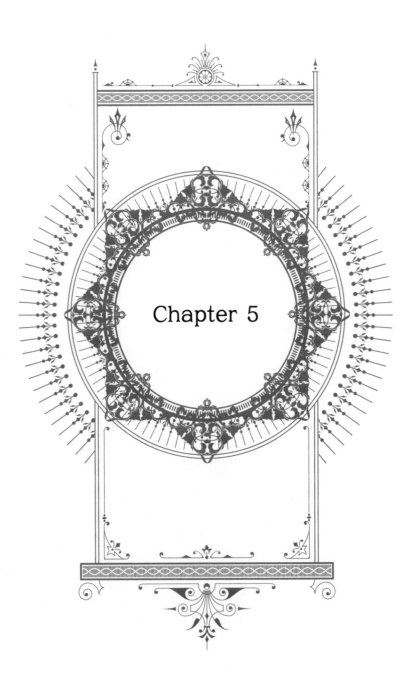

Chapter 5

Chapter 5

다음 날 아침, 통창 앞 테이블에서 에밀리가 가져다준 아침 식사를 먹었다.

"아가씨, 맛은 어떠세요?"

에밀리가 내 눈치를 보며 살살 물었다. 식사의 질이 전과 달리 턱없이 좋아져 있었다. 어제 일의 여파 같았다.

"주방장님이 오늘 새벽같이 일어나셔서 직접 요리했다고 해요."

"지금까지의 내 아침은 주방장이 직접 만들지 않았다는 소리로 들리는구나."

"……."

에밀리는 내 지적에 곧바로 입을 딱 다물며 숨을 들이켰다.

"널 탓하려는 게 아니니까 긴장 풀어."

나는 잠시 포크를 내려놓고 에밀리를 바라보았다.

"네가 그간 나를 위해 애써 온 거 잘 알아."

"아, 아가씨……."

"난 내 사람은 확실하게 품을 거란다. 네가 애써 준 만큼 조만간 보상도 뒤따를 테니 걱정하지 마."

내 말에 에밀리는 감동을 한 양 동이 퍼먹은 얼굴로 눈물을 글썽였다.

"보, 보상을 바란 적은 단 한 번도……."

"뚝. 겸양은 앞으로 행동으로 보이렴."

훌쩍이는 에밀리를 달래며, 아침 식사를 막 마쳤을 때였다. 집사가 찾아왔다.

"아가씨. 부르셨습니까?"

방문 앞에 선 그는 깍듯이 고개 숙여 인사했다. 나는 고개를 대충 까딱였다.

"들어와."

"실례하겠습니다."

집사가 내 앞에 조심스럽게 당도했다.

"덕분에 다락 구경 잘했어. 고맙다는 말을 하려고."

"그러셨다니 정말 다행입니다."

긴장한 티가 역력한 노집사의 얼굴을 마주 보며 나는 싱긋 웃어 주었다. 그러자 그의 얼굴이 대번 밝아졌다.

"불꽃놀이는 잘 구경하셨습니까? 확실히 지난 축제들에 비해 일찍부터 시작하더군요."

"응, 뭐……."

난 레널드 놈과 싸우던 중인지라 제대로 보지도 못했다. 그러나 기대 서린 표정에 차마 사실대로 말하지 못하고 얼버무렸다.

"공작님께서 앞으로 아가씨가 다락방을 오르고 싶다 하면 언제든 문을 열어 주란 지시를 내리셨습니다."

"그래? 그거 참 좋은 소식이네."

물론 다신 거길 오를 일 따위 없을 거라고 생각하며, 나는 영혼 없이 대답했다. 그러자 집사는 더 나아가 경악스럽기까지 한 소리를 전했다.

"그리고 데릭 도련님께서도 아가씨가 원하실 때마다 다 같이 오찬을 들 수 있도록 조치하시라는……."

"그건 됐고. 오늘 내가 부른 건 물어볼 게 있어서야."

나는 허겁지겁 그의 말을 막았다. 그 또한 앞으로도 쭉, 영원히 일어나지 않을 일이었기 때문이다.

"어떤 것을……."

집사가 의아하다는 듯 바라보았다. 나는 어제 레널드를 일갈하고 온 이후부터 내내 마음에 걸리던 것을 물었다.

"이클리스는 잘 지내고 있어? 내가 일전에 집사에게 거취를 부탁했던 것 같은데……."

"이클리스라면…… 아가씨께서 사 오신 노예 말씀입니까?"

"노예라니."

자연스럽게 흘러나오는 호칭에 나는 낯을 굳혔다.

"설마 지금까지 다른 이들 앞에서도 그따위로 불러 왔어?"

"아, 아닙니다. 제가 순간 착각하여 실수를 했습니다. 죄송합니다, 아가씨."

싸늘해진 목소리에 집사는 허겁지겁 고개를 저었다. 어제 그가 내게 여러모로 신경 쓴 것을 잘 아는 나는, 사소한 말실수쯤은 관대하게 넘어가기로 했다.

"이클리스는 지금 어디서 지내고 있어?"

"연무장 옆 견습 기사들이 쓰는 숙소에서 머물고 있습니다."

"스승은 누구로 배정되었지?"

가문의 기사단으로 들어오게 된 견습 기사들은 종자가 되어 모실 스승이 배정된다.

나는 어제 일을 토대로 이클리스의 스승이 레널드일 거라고 어림짐작했다. 그러나 돌아온 집사의 말에 황당해졌다.

"그는 스승을 가질 수 없습니다, 아가씨."

"뭐? 왜?"

"……노예 신분이지 않습니까."

집사는 방금 전의 내 반응이 떠올랐는지 조금 주저하다 입을 열었다.

"아가씨가 그를 호위로 삼겠다고 강하게 주장하셨기에 소공작님께서 가문의 견습 기사로 적을 올리긴 했지만……."

그 이상은 어렵다는 소리였다.

"허……."

나는 허무해져서 의자에 힘없이 등을 기댔다. 집사의 말은 틀린 게 없었다. 나는 값을 치르고 이클리스를 노예 시장에서 사들였을 뿐, 면천을 시켜 준 것이 아니었다.

"그를 면천시킬 방법은 뭐가 있지?"

내 물음에 집사는 난감한 표정을 지었다.

"신분을 새로 사들이는 것이나 혁혁한 공을 세워 인정받는 방법이 있긴 합니다. 하지만 둘 다 쉽진 않을 겁니다."

"왜?"

"패전국 출신이니까요."

새삼 느껴지는 현저한 신분 차에 나는 할 말을 잃었다.

'이클리스는 게임에서 어떻게 정식 기사가 됐었지?'

나는 곰곰이 게임 내용을 떠올렸다.

[이클리스는 피나는 노력으로 소드 마스터의 경지에 올랐지만,
출신으로 인해 그것을 숨기고 가짜 공녀의 호위에 그쳐야 했다.

그러나 여주가 나타난 후 그녀를 괴롭히는 페넬로페를 점점 싫어
하게 된다. 그리고 마침내 여주를 죽이려던 악녀를 막고 그 증거를
찾아낸 공로를 인정받아 노예 신분에서 벗어난다.]

둘만의 비밀스러운 기사 서임식에서 여주에게 복종의 맹세를 하
고, 그런 그에게 여주가 '고대의 보검'을 건네는 것이 이클리스 루
트의 하이라이트 장면이었다.

[악역을 처치한 이후 그는 공작의 전폭적인 지지로 소드 마스터
임을 드러내고 황제에게서 당당하게 기사 작위까지 수여받는다.]

여기까지 이클리스의 성공 신화를 떠올린 나는 문득 눈살을 찌푸
렸다.

'그럼 소드 마스터는 대체 언제 된 거지?'

원래 그를 데리고 온 것은 공작이었다. 검술이 출중한 것을 눈여
겨보았기에 노예 경매에서 사들인 거였으니까. 이클리스가 아무리
잘났다고 하여도 홀로 달관의 경지까지 이를 수는 없었을 것이다.

'그렇다면, 그의 잠재력을 미리 알아본 공작이 그만큼 열심히 훈련을 시켰다는 소린데……'

거기까지 생각한 나는 문득 소름 끼치는 가정에 입을 떡 벌렸다.

'그럼 난 큰일 난 거잖아.'

호위로 쓰겠다고 데려와 놓고 스승이 있는지 없는지도 모른 채 방치했다. 게다가 레널드 그 미친놈에게 괴롭힘까지 당하게 만든 장본인…….

"미친, 세상에나."

나는 경악을 금치 못했다. 내가 이클리스였으면 벌써 나를 죽이겠다는 다짐을 수십 번 하고도 남았을 것이다.

"……아, 아가씨?"

집사가 갑작스럽게 낯빛이 허옇게 질리는 나를 이상하다는 듯 바라보았다.

"……집사."

나는 벌벌 떨리는 속을 애써 누르며 물었다.

"집사가 보기에 이클리스는 요즘 어떤 것 같아?"

"예? 어떤 면에서 말씀이십니까?"

"여러 면에서 말이야. 훈련은 잘 받고 있는지, 견습 기사들 사이에서 적응은 잘했는지, 기분은 어때 보이는지……."

내 물음에 집사는 곰곰이 생각하는 듯하다 답했다.

"……그는 워낙 표정 변화가 없어서 기분이 어떤지까지는 잘 모르겠습니다. 하지만 잘 지내는 것 같아 보였습니다."

"그래?"

"아무렴 노예들을 가두는 비좁은 우리보다야 지내기 훨씬 편하겠지요. 그는 아가씨께 진심으로 감사하고 있을 겁니다."

나는 집사의 대답에 눈에 띄게 안도했다. 모처럼 맞는 말을 했다. 하기야, 경매장에서 짐승 가둬 두듯 노예들을 가둬 둔 쇠창살을 내 눈으로 직접 보지 않았는가.

'그래. 경매장보다야 여기가 훨씬 낫겠지.'

나는 고개를 끄덕였다. 하지만 내 행복 회로는 거기까지였다.

"물론 다른 견습 기사들의 불평이나 건의가 좀 있는 것 같습니다만……."

"무슨 불평?"

"듣기로는, 처음 숙소에 배정되었을 때 노예와는 방을 같이 쓰지 않겠다는 문제로 마찰이 있었다고 들었습니다."

"뭐?!"

이어지는 집사의 말에 나는 꽥 괴성을 질렀다.

"그렇지만 그건 그의 출신을 감안하면 어쩔 수 없는 일입니다, 아가씨. 다른 견습 기사들은 가신들의 집안에서 차출되어 온 것을요."

집사가 침착하게 그 이유에 대해 설명했지만 귀에 하나도 들려오지 않았다. 동공이 지진 나듯 흔들렸다.

'X발.'

나는 그간 나름대로 바빠서 이클리스에게 그런 일이 일어나고 있는 줄은 상상도 하지 못했다. 이대로 가다간 엔딩은 고사하고 그놈 손에 제일 먼저 죽게 생겼다.

나는 집사에게 빠르게 명령했다.

"당장 외출 준비 좀 해 줘."

"……예? 어떤 외출 말씀이십니까?"

"쇼핑."

"아."

갑작스러운 말에 당황하던 집사가 얼빠진 소리를 냈다. 너무 비장한 어조였나 보다.

"알겠습니다, 아가씨."

집사는 서둘러 인사를 하고 방을 빠져나갔다. 빠릿빠릿한 것 하나는 마음에 드는 아저씨였다. 나 또한 외출 준비를 하기 위해 다급히 에밀리를 불렀다.

"무슨 일이세요, 아가씨?"

"하녀들 불러다가 최대한 공들여서 꾸며 줘."

"……네?"

"빨리."

"네, 네!"

에밀리 또한 내 뜬금없는 지시에 당황하다가 재촉에 못 이겨 부랴부랴 솜씨 좋은 하녀들을 데리러 나갔다.

한시바삐 방치플 주인에서 벗어나야 했다. 다시 방 안에 혼자 남겨진 나는 이글이글 타오르는 눈으로 허공을 바라보았다. 그리고 음산한 목소리로 중얼거렸다.

"오늘 작전은 '누가 우리 애 기 죽여 놨어'다."

"너무 아름다우세요, 아가씨!"

"이렇게 꾸미니까 꼭 하늘에서 방금 내려온 여신 같아요!"

공녀는 싫어해도 꾸며 놓은 고운 얼굴만은 싫어할 수 없는지, 역시나 이번에도 하녀들이 호들갑을 떨었다.

이번에는 막지 않고 그네들이 하는 대로 모든 것을 내맡긴 나는, 기진맥진한 채 물었다.

"다 끝났니?"

"아니요! 아직 머리를 덜 만졌어요. 조금만 더 앉아 계세요, 아가씨!"

에밀리에게 어깨를 짓눌려 강제로 앉혀진 나는 한참 후에야 고문에서 벗어날 수 있었다.

"어때요, 아가씨?"

전신 거울 앞에 선 나를 보며 하녀들이 잔뜩 기대에 찬 눈을 보냈다.

나는 거울에 비친 내 모습을 찬찬히 살폈다. 어떤 콘셉트를 원하냐기에 돌멩이도 삑이 갈 만큼 해 달랬더니 그 말을 충실히도 이행해 냈다.

옅은 화장과 옆쪽을 곱게 땋아 반 묶음을 한 스타일. 진분홍빛 머리 색과 똑같은 루비 귀걸이와 목걸이.

어깨와 가슴 부분에 금사가 촘촘히 새겨진 흰색 드레스를 입은 내 모습은, 정말이지 신이 혼을 들여 빚은 인형처럼 예뻤다. 내 입으로 이런 말을 하는 게 민망해서 나는 피식 웃었다.

'헉.'

하녀들이 있는 쪽에서 탄성이 터져 나왔다. 얼굴에 웃음기가 돌자 싸늘했던 인상이 온데간데없이 사라지고 매혹적인 여인의 모습이 새로이 나타났다.

"……마음에 드네."

그 한마디가 뭐라고. 눈물까지 글썽이는 그녀들이 웃겨서 다시

작게 웃음을 터뜨렸다.

또 한 번 야단법석을 부리는 하녀들을 내보낸 나는, 에밀리에게 돌아서서 말했다.

"고생했어, 에밀리."

"그런데 이렇게 예쁘게 치장하시고 대체 어딜 가시려는 거예요, 아가씨?"

에밀리는 서운한 얼굴로 저도 데려가라고 칭얼거렸다. 나는 산뜻한 얼굴로 목적지를 일러 주었다.

"연무장."

우리 애, 기 살려 주러 한번 가 보자고.

하늘이 화창했다. 몰빵 남주를 꼬셔서 외출하기 딱 좋은 날씨였다.

에밀리가 챙겨 준 부채를 살랑살랑 흔들며 연무장에 도착한 나는, 곧장 들어서지 않고 멀리 떨어져 확인했다.

제국의 검이라는 칭호답게 에카르트는 기사들의 연무 시간을 무척 중요시하기에 함부로 방해할 수 없었다.

'저번처럼 칼침 맞을 뻔하기도 싫고.'

다행히 이 생각은 옳았다. 연무장에서는 한창 훈련이 진행되고 있었다.

나는 나무 사이에 숨어 연무장을 훔쳐보았다. 짝을 지어 체력 훈련을 하는 무리도 있었고, 무거운 쇳덩이를 끌고 연무장을 죽어라 도는 이들도 있었다. 목검을 들고 허수아비를 베는 연습을 하는 쪽도 보였다.

목검은 대부분 견습 기사들의 몫이기 마련이다. 나는 그쪽을 두리번거리며 이클리스를 찾았다. 그리고 마침내 그를 발견했을 때,

곧바로 표정이 썩어 들어갔다.

'쟤는 왜 저렇게 처량 맞게 구석탱이에 혼자 있다냐……'

횡렬 종대로 늘어선 다른 견습 기사들과는 달리, 그는 한참 동떨어진 곳에서 외따로이 훈련하는 중이었다. 따돌림을 받고 있다는 것은 대강 예상했지만, 막상 내 눈으로 직접 보니 마음이 착잡해졌다.

하지만 그가 훈련하는 모습을 구경하고 있자니 그런 생각은 쏙 들어갔다.

탁, 타악—! 이제 막 종기사가 된 이들은 짚으로 만든 허수아비의 급소를 찌르고 내리치는 연습을 했다.

그러나 이클리스는 그들과는 달리 단순히 찌르고 내리치는 게 아니라 허수아비를 거의 난도질하는 수준이었다.

파슷, 퍼억—! 그가 목검을 한번 휘두를 때마다 사람 덩치만큼 커다란 허수아비가 무 썰리듯 썰렸다.

짚 가루가 사방으로 튀었다. 검기로 자르는 게 아니라 힘으로 무지막지하게 내리치는 바람에 버티지 못하고 끊어지는 모양새였다.

'오오, 저게 바로 소드 마스터의 자질인가?'

물론 검술을 잘 모르는 나는 그저 감탄했다. 그게 한참 잘못된 생각임을 안 것은 얼마 후였다.

완전히 파헤쳐진 짚으로 인해 드러난 장대와 이클리스가 휘두른 눈먼 검이 맞닿았다.

빠악—! 커다란 파열음과 함께 그가 들고 있는 목검이 두 동강 나 버렸다. 이클리스는 우뚝 멈춰선 채 두 동강이 난 나무 조각들을 망연자실 바라보았다.

"야!"

그때였다.

"씨발, 대체 몇 번을 부러뜨려 먹는 거야! 네가 목검 값 댈 거냐고, 이 새끼야!"

퍽—! 누군가 빠르게 다가와 이클리스의 배를 사정없이 걷어찼다.

'저 새끼가 누구 명줄을 줄이려고!'

나는 당장 튀어 나갈 뻔한 몸을 가까스로 다잡았다. 무턱대고 나서는 것보단, 우선 상황을 지켜보는 것이 낫겠다고 판단했기 때문이다.

과연 남주답게도 이클리스는 뒤로 넘어지지 않았다. 그저 몇 발자국 물러났을 뿐. 하지만 그를 때린 놈은 그 모습에 더욱 약이 오른 것 같았다.

"야, 당장 안 뻗치냐?"

"……죄송합니다. 앞으로 더 조심해서 다루도록…….."

"네가 한두 번 부숴 먹었냐? 새로 목검 주문한다고 할 때마다 부단장님 눈치가 얼마나 보이는지 아냐고! 됐고, 뻗쳐."

"…….."

"뻗치라고, 새끼야!"

"……지금은 훈련 중입니다. 처벌은 훈련이 모두 끝나고 받겠습니다."

이클리스는 고개를 숙이며 답했다. 말을 들어 보아 하니 시비를 건 놈은 훈련할 때 쓰는 공용 물품을 관리하는 기사인 것 같았다.

이클리스의 말은 타당했다. 훈련용 도구들이 망가지는 것은 흔한 일이었다. 그렇기에 보통 값이 싼 것을 대량 구매하여 사용한다.

때문에 저 싸구려 목검 하나 부러졌다고 모든 이들의 앞에서 망신을 주며 처벌을 논하는 것은 매우 부당한 일이었다.

그러나 훈련이 끝나고 처벌을 받겠다고 대답하는 이클리스의 모습은 무척이나 익숙해 보였다. 나는 무표정한 그의 얼굴을 보며 그저 'X됐구나.' 생각했다.

"하, 이 새끼 봐라. 노예 주제에 훈련은 무슨! 빨리 안 뻗쳐?"

"······."

"와, 믿는 구석이 있다 이거지?"

말을 들어 먹지 않는 이클리스 때문에 점점 더 열이 받는지, 놈은 이제 어깨를 치던 손으로 이클리스의 뺨을 툭툭 내리쳤다.

"너 줄 잘못 잡았어, 이 새끼야. 네가 잡은 줄, 썩은 동아줄이라고."

"······."

"우리 이본 아가씨 돌아오시면 쫓겨날 그 가짜가, 한낱 노예까지 신경 쓸 것 같냐? 제 앞가림도 제대로 못 할걸?"

"주인님을 모욕하지 마십시오."

그 순간이었다. 계속 땅만 바라보고 있던 이클리스가 번뜩 고개를 쳐들며 말했다. 이에 그를 때리던 기사가 헛웃음을 터뜨렸다.

"왜? 없는 데선 나라님 욕도 하는데. 너 여기 처박아 놓고 코빼기도 비치지 않는 네 주인 욕 좀 하면 안 되냐? 어?"

"기사라면 레이디를 모욕해선 안 됩니다."

"예, 예. 눈물겨운 노예의 고백 잘 들었고요. 됐고! 엎드려뻗쳐라, 빨리."

"······."

"씨발, 끝까지 버티네! 야! 잡아!"

놈이 어느덧 주변으로 몰려든 다른 기사들에게 소리쳤다. 모두 한 패거리인 듯 흥미로운 눈으로 구경하던 놈들이 이때다 싶어 우르르 이클리스를 붙잡았다.

그는 반항하지 않았다. 그저 죽은 눈으로 허공을 바라보고 있을 뿐. 나는 이클리스가 왜 그러는지 알아차렸다.

'내가, 공작가에 머무르는 것을 모두가 인정하게 만들라고 해서.'

여기서 반항했다간 문제를 일으켰다는 소식이 내 귀에까지 전해질까 봐. 그래서 노예 시장으로 다시 돌아갈 것을 염려하는 것이다.

이클리스를 잡은 놈들이 그를 거칠게 바닥에 쓰러뜨렸다. 다른 몇 명이 어디선가 멍석을 끌고 왔다.

"야! 밟아! 밟……!"

처음 시비를 건 놈이 신이 나서 소리를 지른 시점에 나는 몸을 움직였다.

내가 가진 무기는 부채밖에 없었다. 소리 없이 다가선 나는, 들고 있던 부채를 접어 놈의 머리를 철썩 내리쳤다.

"아, 씹! 어떤 새끼가……!"

"안녕."

시끄러운 연무장에 내 목소리가 나지막이 울려 퍼졌다.

"허, 허억! 고, 공녀……!"

방금 전까지 비열한 표정으로 킬킬 웃던 놈의 눈이 굴러떨어질 만큼 커다래졌다.

놈이 단말마를 외치는 순간, 이클리스를 붙들고 있던 모든 기사들의 움직임이 우뚝 멈췄다. 뒤늦게 나를 발견한 몇몇이 입을 떡 벌렸다.

그 우스운 꼴들을 찬찬히 훑던 내 시선이 흙바닥에 엎어져 있는 이클리스에게 닿았다. 내가 나타난 것이 놀라운 일이었는지 죽어 있던 그의 잿빛 동공이 서서히 커졌다.

[호감도 27%]

상승하는 호감도를 보며 나는 안도했다. 제때 나타난 듯싶었다. 모든 놈들의 얼굴을 스치듯 확인한 나는 무심한 표정으로 입을 열었다.

"내 호위를 데리고 재밌는 놀이를 하고 있네."

"……."

"뭐 하는 중인지 설명할 사람."

당연하게도 대답하려 나서는 사람은 아무도 없었다.

조금 전까지 떠들썩했던 연무장이 찬물이라도 끼얹은 듯 순식간에 고요해졌다. 다른 구역에 있던 이들마저 훈련을 멈춘 채 내 쪽을 흘끔흘끔 쳐다보는 게 느껴졌다.

나는 부채로 내가 방금 뒤통수를 후려갈긴 놈을 가리켰다.

"너, 이름이 뭐지?"

"저, 저 말씀이십니까?"

"그래. 너 어디 소속이야? 1사단?"

"3사단 2소대 소속 마, 마크 앨버트입니다."

나는 놈의 대답에 피식 웃음을 터뜨렸다.

'하도 쥐 잡듯이 애를 잡길래 얼마나 높은 놈인가 했더니.'

전쟁이 일어날 일이 없는 수도에서 3, 4사단은 집을 지키는 경비병이나 다름없었다. 별 보잘것도없는 놈이란 뜻이다.

"네가 이 상황에 대해 설명해 봐."

"예, 예?"

"지켜보니 네가 제일 먼저 시작하는 것 같던데."

"그, 그게……."

내가 지켜보고 있었다는 말에 놈은 사색이 되어 쩔쩔맸다. '가짜' 운운하며 빈정대던 모습은 온데간데없었다.

나는 바짝 긴장한 기사들의 모습에서, 어제 도나 부인에 관한 소식이 저택 전체에 쫙 퍼졌음을 알아차렸다.

"뭐 하고 있어. 빨리 설명 안 해?"

"네, 네! 그, 저, 노예…… 아니, 이클리스가 훈련 중에 사고를 쳤습니다."

내 재촉에 놈이 주절주절 입을 열었다.

"무슨 사고?"

"그…… 목검을 부러뜨렸는데…… 목검 값이 요즘 많이 오르기도 했고, 한두 번 부러뜨려 먹은 게 아닌지라……."

"그래서."

"제, 제가 훈계를 좀 하는 중이었습니다. 그런데 녀, 녀석이 갑자기 선임인 제게 대들어서, 그게……."

"그러니?"

"네, 네!"

온화하게 되묻는 목소리에서 내가 납득했다는 희망을 얻었는지, 놈이 히죽 쪼개며 허겁지겁 고개를 끄덕였다.

"그런데, 있으면?"

"……예?"

"없는 데선 나라님 욕도 하니까 주인도 욕하는 거라던데. 쟤 주인인 내가 그 자리에 있으면."

놈의 표정이 멍해졌다. 나는 입꼬리를 말아 올려 화사하게 웃었다.

"귀족 모독죄로 내가 지금 여기서 널 죽여도 괜찮은 건가?"

내 말에 소름 끼치는 정적이 내려앉았다.

"어, 어……."

내 앞의 놈은 그저 입을 벌린 채 버벅거렸다.

"고, 공녀님."

싸한 분위기에 보다 못한 기사 한 명이 나섰다. 흙투성이인 다른 이들에 비해 깔끔한 차림새로 보아, 잔챙이들보단 상급자인 것 같았다.

"우선 지, 진정하십시오. 지금 당장 단장님을 모셔 올 테니 처분은 그때……."

"이클리스."

난 그 말을 듣는 척도 않은 채 이클리스를 불렀다. 여전히 바닥에 주저앉은 채 나를 올려다보던 그의 눈빛이 일순 달라졌다.

"이 새끼 죽여."

나는 부채로 마크란 놈을 가리켰다. 그 순간, 이클리스가 튀어오르듯 자리에서 벌떡 일어났다.

"고, 공녀님!"

마크 놈이 당황해서 큰 소리로 나를 불렀다. 그러나 돌아오는 답이 없자, 이번엔 이클리스에게 떠들어 댔다.

"……왜, 왜 이래, 이클리스!"

제게로 다가오는 그에게 심상치 않음을 느꼈는지 놈은 연신 주변에 도움을 요청하는 시선을 보냈다.

보다 못한 상급자가 다시 나섰다. 이번엔 다른 기사들도 합세했다.

"이클리스, 그만해라. 명령이다!"

"그래! 내, 내가 방금 전엔 좀 심했어. 사과할 테니까……."

콰득—. 그러나 마크는 끝내 말을 잇지 못했다. 뒷걸음질 치는 놈의 머리채를 움켜쥔 이클리스가 순식간에 제 쪽으로 잡아당겼기 때문이다.

"크, 크흑, 킥!"

눈 깜짝할 새 마크를 팔 안에 감싸 안은 이클리스는 무섭도록 놈의 목을 조이기 시작했다. 숨통이 막힌 마크의 눈이 부릅 홉떠졌다.

"이클리스! 뭐 하는 짓이야! 그만해!"

기사들이 경악에 가득 차 그를 불렀지만, 이클리스는 요지부동이었다.

동료의 목을 조르고 있는 노예를 보면서도 누구 하나 섣불리 나서지 못했다. 내 명령이 있어서기도 했지만, 그간 무시하던 노예로부터 어마어마한 살기가 새어 나오고 있었기 때문이다.

"끄억, 끄으으……."

그러는 동안 마크 놈의 입 밖으로 혀가 늘어졌다. 턱을 타고 침이 질질 흘러내렸다. 더러운 체액이 목을 조르고 있는 팔을 적셨지만 이클리스는 꿈쩍도 하지 않았다.

"공녀님! 이, 이러시면 안 됩니다!"

숨이 꼴딱꼴딱 넘어가는 동료를 보던 기사들이 결국 내 앞에 무릎을 꿇었다.

"저희가 잘못했습니다. 이 일은 빠짐없이 단장님께 보고하여, 전원 자진해서 합당한 처벌을 받도록 하겠습니다."

"……."

"공녀님, 에카르트 기사단 내에서 살인은 엄격히 금지되어 있습니다!"

나는 어디서 개가 짖나 하고 귀를 후볐다. 어제 레널드에게 배운 것이었다.

"공녀님!"

마침내 마크의 눈이 뒤집혔을 무렵.

"그만."

나는 손을 들어 내린 명령을 거뒀다. 놈의 목을 조르는 데 여념이 없는 것 같던 이클리스는, 내 손짓에 기다렸다는 듯 바로 팔을 풀었다.

털썩—.

"커헉, 허윽! 허억, 헉……."

바닥에 쓰러진 놈이 제 목을 부여잡고 거칠게 기침을 토해 냈다.

나는 무표정한 얼굴로 그것을 내려다보면서도 내심 놀랐다. 이클리스가 내 명령을 즉각 이행할 줄은 몰랐기 때문이다.

'끝까지 졸라 죽이려 들 줄 알았는데.'

물론 마크란 놈을 진짜 죽일 생각까진 없었다. 왼손에 끼워진 루비 반지를 사용할 각오로 내린 명령이었다. 저를 괴롭힌 놈을 마음껏 목 조르게 한 뒤라면 제어 장치를 쓰더라도 내게 악감정이 생기진 않을 테니까.

그러나 이클리스는 의외로 마크에게서 즉각 손을 뗐다. 개인적인 사감보다 내 명령을 더 우선시했다는 것이다. 나는 그것이 무엇보다 만족스러웠다.

"진짜 공녀가 돌아오면 쫓겨나서 제 앞가림도 못 할 가짜라고 했나?"

나는 얼어붙은 주변을 휘휘 둘러보았다. 안 그래도 굳어 있던 기사들의 표정이 내 말에 더욱 딱딱하게 경직됐다.

"그런데 내가 쫓겨나는 게 더 빠를까, 너희들이 파면당하는 게 더 빠를까?"

나는 장난치듯 말꼬리를 늘리며 싱긋 웃었다. 그때였다.

〈SYSTEM〉 공작가 주변인과의 관계 악화로 명성이 −5 되었습니다. (total : 10)

눈앞에 시스템 창이 떠올랐다. 안타깝게도 명성이 하락했다. 하지만 기사 놈들은 남주가 아니었으므로 내 알 바가 아니었다.

나는 진짜 남주를 향해 몸을 돌렸다.

"이클리스, 이리 와."

그는 즉시 내게로 다가왔다.

"가자."

부채를 쥐지 않은 손으로 이클리스의 팔목을 살짝 붙들었다. 그리고 그를 이끈 채 연무장을 벗어났다.

[호감도 32%]

여전히 무기질적인 표정이었지만, 상승하는 호감도가 꼭 흔들리는 강아지 꼬리 같았다.

"아가씨."

이클리스를 뒤에 달고 저택의 정문 쪽으로 가자, 마차와 함께 대기하고 있던 집사가 나를 반겼다.

"오늘 무척 아름다우십니다."

"외출 준비는 다 됐어?"

"네. 방어 마법과 추적 마법이 걸린 마차를 준비했습니다. 호위는 이미 데리고 계시니……."

집사가 내 뒤의 이클리스를 흘긋 곁눈질하고는 마저 말을 이었다.

"마부만 가문 소속의 마법사로 배정했습니다. 위급 상황 시 아가씨를 저택으로 순간 이동시킬 겁니다."

뷘터처럼 마법사들은 신원을 잘 드러내지 않았다. 그렇기에 이용하는 값이 무척 비쌌다. 외출에 마법사를 마부로 부리는 것은 황족이나 할 법한 드문 일인 것이다.

'과연 공작가라 이건가.'

나는 썩 괜찮아진 대우에 반색했지만, 대수롭지 않은 척 말했다.

"고생했어, 집사."

"그리고 이것······."

남은 것이 또 있었는지, 집사가 품에서 무언가를 꺼내 건넸다.

"공작님께서 오랜만에 하는 외출이니 마음 편히 놀다 오시라고 전하셨습니다."

백지 수표였다. 공작이 어제 일로 이렇게까지 신경 써 줄 줄은 몰랐기에 나는 의외로운 눈으로 그것을 바라보았다.

'내가 지금 연무장에 폭탄을 던지고 오는 길인 걸 알면, 이런 거 줄 생각 못 할 텐데······.'

나는 선뜻 그것을 받아도 될지 망설였다. 그런 나를 부추긴 것은 집사였다.

"받아 주십시오, 아가씨. 요즘 통 상인들도 부르지 않으셨잖습니까."

"······그래, 뭐."

준다는 데 어쩌겠나. 나는 망설이던 것을 관두고 흔쾌히 받아들였다.

"아버지께 무척 감사하다고 전해줘."

"물론이지요."

나는 뒤돌아 정차한 마차로 걸어갔다. 그때까지 아무 말도 없이 서 있던 이클리스가 번뜩 내 뒤를 따라왔다.

열린 마차 문 앞에 선 나는 말없이 그에게 손을 내밀었다. 그는 멀뚱멀뚱 내 손을 바라보기만 했다.

데리고 온 이후 너무 오랫동안 방치해 뒀기 때문일까. 이클리스는 진짜 호위처럼 나를 에스코트해야 한다는 생각 자체를 하지 않는 듯했다.

"바보. 이럴 땐 레이디를 에스코트해야 하는 거야."

나는 코를 찡긋하며 핀잔을 줬다. 그러자 잿빛 눈동자가 한차례 미미하게 흔들렸다.

"⋯⋯하지만 전 노예인걸요."

"아니지."

나는 곧바로 그의 말을 정정했다.

"넌 지금 내 호위 기사야."

"⋯⋯."

"그러면 이제 어떻게 해야겠니?"

나는 그의 앞에 살랑살랑 손을 흔들었다. 루비 반지가 끼어 있는 왼손이었다.

불현듯 이클리스가 작게 미소 지었다. 그는 내 손을 잡고, 천천히 몸을 숙였다.

한쪽 다리를 굽힌 채 바닥에 무릎을 꿇은 그는, 집사마저 놀랄 만큼 완벽한 예법을 구사했다. 그리고 내 눈을 꿰뚫을 듯 바라보며 말했다.

"제 다리를 짓밟고 마차 위로 올라 주세요, 주인님."

"아가씨, 드레스숍으로 먼저 모실까요?"
이클리스까지 마차에 착석했을 때, 마부가 물었다.
"아니. 무기상으로 가."
나는 창틀에 턱을 괴며 무심하게 대꾸했다.
이윽고 마차가 출발했다. 마법이 걸렸다더니, 승차감이 자동차 빰치게 좋았다. 빠르게 스쳐 지나가는 창밖을 흥미롭게 구경하는 중이었다.
"왜……."
문득 맞은편에서 작게 웅얼거리는 소리가 들렸다. 고개를 돌리자 나를 빤히 응시하고 있는 이클리스와 눈이 마주쳤다.
그는 알 수 없는 눈으로 나를 바라보다 다시 입을 열었다.
"……왜 그동안 찾아 주지 않으셨어요?"
뜻밖의 질문이었다. 혹시 오늘과 같은 일로 나를 원망하는 건가 싶어 그의 얼굴을 샅샅이 훑었지만, 도통 무슨 생각인지 알 수 없었다.
"서운했니?"
나는 대놓고 물었다. 그렇다고 하면 사과라도 하려는 속셈이었다. 그러나.
"약속하셨잖아요."
"……뭘?"
"열심히 훈련한 상으로 저를 자주 찾아와 주시기로요."
아. 나는 가까스로 터져 나오는 신음을 삼켰다.
그를 왜 찾지 않았는지 깜빡 잊고 있었다. 비가 내리던 날의 그 기억, 그 섬뜩함을.

"……매일매일 주인님을 기다렸어요."

내가 어떤 것을 떠올리는지도 모른 채, 이클리스는 속삭이는 듯한 목소리로 중얼거렸다. 방금까진 무표정하기 그지없던 그 얼굴이 왜인지 조금 시무룩해 보인다면 기분 탓일까.

나는 창틀을 톡톡 두드리며, 그를 찾지 않은 변명을 골랐다.

"괘씸해서."

"……?"

"나한테 거짓말을 했잖니, 이클리스."

"무슨……."

그의 눈이 동그래졌다. 시체 같은 표정만 빼면 잘 만든 인형 같다고 생각할 만큼 곱상한 외모다.

"분명 괴롭히는 사람이 없다고 했으면서, 예쁜 얼굴에 잘도 이런 걸 남겼구나."

나는 손을 뻗어 그의 볼을 스치듯이 어루만졌다. 그가 눈에 띄게 움찔거리며 휙 상체를 뒤로 물렸다.

당황한 듯 다른 때에 비해 요동치는 잿빛 눈을 보며 나는 짧게 웃었다.

"그때는……."

"……."

"그때는 정말 없었어요."

이클리스는 다소 성급한 어투로 변명했다.

'퍽이나 그러겠다.'

나는 속으로 그의 말을 부정했다. 그렇게 누구 하나 죽일 듯이 검을 휘둘러 놓고, 아무 일도 없었다니. 보면 볼수록 아주 발칙한 놈이었다.

"어쨌든, 오늘 같은 일을 내게 먼저 알리지 않았으니, 그 상은 무효야."

"그렇지만……."

"쉿. 대신 다른 상을 주려고 나왔으니 칭얼대지 말고 조금 기다리렴."

무어라 대꾸하려는 그의 말을 막아서며 나는 대충 그를 달랬다.

칭얼대지 말라는 내 말이 수치스러웠는지 이클리스의 뺨이 미미하게 붉어졌다. 그리고.

[호감도 33%]

자세히 관찰하지 않으면 눈치채지 못할 그 미세한 변화에 나는 깜짝 놀랐다.

'……이클리스가 몇 살이더라?'

얼굴만 보면 그는 한참 어리고 순진한 소년 같았다.

나는 곰곰이 게임을 떠올렸다. 캐릭터들의 프로필까지 일일이 외우지 못했기 때문에 그의 나이가 쉽사리 기억나지 않았다. 다만 노멀 모드는 여주가 돌아온 이후 모든 루트의 엔딩까지 1년이 걸린다는 설정이었다.

그리고 이클리스는 엔딩 직후 나오는 에필로그에서 성인식을 치른 후 여주와 결혼을 한다. 이 게임에서 성년은 18살의 생일이 지난 이를 의미한다.

그렇다면 현재 이클리스는…….

'최소 17살이란 소리잖아.'

내 원래 나이는 스무 살이었으니 따지고 보면 한참 어린 영계를
꼬시기 위해 꼬리치는 중이었다.

'근데 왜 자꾸 내가 꼬셔지는 것 같지?'

어느새 붉은 기가 사라진 이클리스를 유심히 바라보고 있을 때였다.

"아가씨, 상단에 도착했습니다."

마차가 멈췄다. 발칙한 노예에게 상을 주러 갈 시간이었다.

"어서 오십시오!"

에카르트의 문양이 그려진 마차를 발견하자마자 헐레벌떡 뛰쳐
나온 무기 상단의 주인이 입구에서 허리를 90도로 굽혀 인사했다.

"여기가 제국에서 가장 뛰어난 마검을 판다는 곳인가?"

"그렇습니다, 손님! 저희 상단은 검뿐만 아니라 모든 종류의 희
귀한 무기들을 취급합니다. 말씀만 해 주십시오."

"이클리스, 같이 들어오렴."

나는 마차 옆에 멀뚱멀뚱 서 있는 그를 불렀다. 일개 호위인 자
신은 같이 들어갈 수 없다고 판단한 듯 그는 영 머뭇거렸다.

"어서."

한 번 더 재촉하자 역시 더 지체하지 않고 바로 내 뒤로 붙어 섰다.

"강화 마법이 걸린 목검이 있나?"

나는 우선 가장 시급한 것부터 사들이기로 했다. 그러자 무기상
이 희한한 것을 듣는다는 표정을 지었다.

"목검 말씀이십니까? 목검은 있습니다만, 강화 마법까지는……."

"없어?"

나는 눈살을 찌푸렸다. 유명하다고 집사에게 추천받아 큰마음 먹고 왔는데 헛수고를 한 게 아닌가.

"워, 원하신다면 주문 제작을 할 수는 있습니다!"

못마땅한 표정을 본 무기상이 허겁지겁 덧붙였다.

"그런데 훈련용 목검에 그렇게까지 하시는 분들은 무척 드뭅니다. 어느 정도 기본자세가 잡히면 보통 진검을 쓰기 마련인지라……."

"크흠."

나는 민망해져서 헛기침했다. 너무 '검알못' 티를 냈다.

"저희 상단에는 강화 마법이 걸린 것은 아니지만, 오래된 고목으로 만들어져 절대 부러지지 않는 것들이 많이 있습니다."

"일단 안내해."

잠시 후 우리는 사방에 목검만 진열되어 있는 방 안에 들어섰다.

옆에서 주인이 무어라고 쉴 새 없이 떠드는 것을 대충 흘려듣던 나는 주변을 두리번거렸다. 솔직히 아무리 봐도 나무 색만 다를 뿐 다 거기서 거기 같았다.

"마음에 드는 것이 있니?"

나는 이클리스에게 선택지를 넘겼다. 그러나 그는 고개를 저었다.

"……잘 모르겠어요."

"별로야?"

"그게 아니라…… 연무장에 있는 것들이랑 똑같아 보여요. 그냥 그것들을 써도 괜찮아요, 주인님."

"그럴 리가!"

이클리스의 말을 들은 주인이 황급히 외쳤다.

"여기 있는 것들은 다 진검과 겨뤄도 손색없을 만큼 튼튼한 것들입니다! 특히 요정의 숲에서 자라는 오동나무로 만든 것들은 볏짚도 자를 만큼 결이 날카로운 것으로……!"

아무리 좋다고 떠들어 봤자 선물을 받는 이가 고르지 않으면 무용지물이었다.

"어쩔 수 없네."

한숨처럼 내뱉자 내 마음에 차지 않았다고 생각했는지, 주인은 목검들을 마구 꺼내 놓던 행동을 멈췄다.

"그, 그럼 목검 말고 진검 쪽으로 가시는 것이……."

"무슨 소리야."

"예?"

"여기서부터 여기까지."

나는 입구서부터 방의 가장 끄트머리까지 손으로 대충 짚으며 읊조렸다.

"싹 다 에카르트 저택으로 보내."

이왕 사는 거 부러질 걸 대비해서, 튼튼한 걸로 많이 사 두면 좋겠지.

그다음은 훈련복이었다. 키도 크고 얼굴이 훤칠해서 그런지, 확실히 새것들을 걸친 이클리스의 모습은 근사하기 그지없었다.

"괜찮네."

나는 그의 주변을 한 바퀴 돌아보며 툭 내뱉었다. 흥분한 무기상이 침을 튀기며 아부했다.

"그럼요! 수도에서 제일가는 물품들입니다!"

"마음에 드니?"

당사자의 의견은 무시한 채 너무 내 마음대로 입혀 둔 것 같아서 뒤늦게나마 물었다. 이클리스는 나를 빤히 바라보다가 무표정한 얼굴로 되물었다.

"……주인님은요?"

"응?"

"주인님은 괜찮기만 하세요?"

어쩐지 그렇다고 하면 당장이라도 싫다고 대답할 것 같은 예감이 들었다.

"내 취향인 걸로만 골라 입혔는데 당연히 내 마음에 들지. 넌 어떤지 묻는 거야, 이클리스."

빈말은 아니었기에 나는 작게 웃으며 덧붙였다.

"내가 그것들을 착용할 일은 없잖니."

"주인님이 마음에 든다면 저도 마음에 들어요."

"그래? 그럼……."

나는 이클리스의 앙큼한 대답에 기분이 썩 좋아졌다.

"이것들도 싹 다 종류별로 세 개씩 보내."

"네, 네! 암요! 바로 그럽지요!"

내 말에 무기상의 입이 헤벌쭉 벌어졌다.

"자. 그러면, 마지막으로 진검을 사러 가 볼까?"

나는 짝, 하고 가볍게 손뼉을 친 후 몸을 돌렸다. 무기상이 허겁지겁 내 뒤를 따랐다. 그때였다.

"주인님, 저는 이걸로 충분해요."

이클리스가 빠른 걸음으로 다가와 내 앞을 막아섰다.

"왜 그러는가? 기사라면 자고로 검이 가장 중요하지!"

내가 하고 싶은 말을 돈독이 오른 무기상이 대신해 줬다. 나는 고개를 끄덕이며 그를 다시 돌아보았다.

"검은 있어야지. 부담스러워서 그래?"

"아니요. 그보단……."

이클리스는 드물게 대답하기를 망설였다.

"……진검을 가지고 있어 봤자 쓸 일이 없을 것 같아서요. 주인님이 주신 선물을 헛되이 간직만 하고 있긴 싫어요."

"왜 쓸 일이 없어? 기본 검술이 끝나면 대련도 진검으로 할 텐데."

"그럼, 그럼! 손님의 말이 백번 천번 옳습니다."

내 물음에 주인이 고개를 과하게 끄덕이며 동조했다.

이클리스는 답을 머뭇거리지 않았다. 그저 당연한 일을 뇌까리듯.

"……노예는 정식 기사가 될 수 없으니까요."

"……."

"그러니 수련을 하는 데 필요한 목검만 있으면 됩니다."

나는 순간 당황해서 아무 말도 못 했다. 그가 기사가 될 수 없다는 사실을 본인도 알고 있었는데, 나만 홀로 당연히 언젠간 될 거란 전제를 깔고 있던 것이다.

'생각해 보면, 이클리스가 정식 기사가 되는 것도 다 페넬로페가 죽어서인데.'

왕따당하는 처지만 신경 써 주기 급급해, 게임 내용을 되새겨 볼 정신도 없었다. 내가 살기 위해서, 어쩌면 이클리스는 정식 기사가 되면 안 될지도 모른다.

생각에 잠긴 날 보며 진검 구매를 재고하는 거라고 여겼는지 무기상이 허겁지겁 말을 보탰다.

"무, 무슨 소린가! 그래도 주인을 지키기 위해 호위로서 검은 필수지."

"주인님을 호위하는 데는 내 몸 하나면 충분하다."

".⋯⋯."

무기상은 겁을 먹고 바로 입을 다물었다. 사실 너무 맞는 말이라서 나도 할 말이 없었다. 화려한 전적들을 떠올려 보면 그는 온몸이 무기나 다름없었기 때문이다.

"⋯⋯일단, 알았어. 네 생각이 그렇다면."

나는 선선히 고개를 끄덕였다. 이미 단념한 사람에게 억지로 부담을 주는 것도 좋지 않았다.

"나는 좀 더 둘러봐야겠으니, 먼저 밖에 나가 기다리렴."

내 말에 이클리스는 곧바로 등을 돌렸다. 나는 인사조차 하지 않고 저벅저벅 걸어가는 그를 보며 쯧, 하고 혀를 찼다.

'누가 상전인지⋯⋯.'

이전부터 느꼈지만, 이클리스는 따로 지적하지 않으면 먼저 나서서 예를 차리는 법이 없었다. 노예치고 참으로 건방진 놈이었다.

"그, 저⋯⋯ 또 필요하신 것이 있습니까, 손님? 말씀만 해 주십시오."

단둘이 남자 무기상이 내 눈치를 살피며 물었다.

"이왕 왔으니 마검 구경이나 하고 가지."

"아, 예. 이쪽으로 오십시오!"

내 말에 무기상이 반색했다. 주 판매 물품이니 그럴 만도 했다.

확실히 마검이 진열된 곳은 다른 곳보다 훨씬 크고 널찍했다. 진열된 검의 수도 어마어마했다.

나는 찬찬히 검들을 둘러보았다. 작은 단검부터 시작해서 내 몸

통만 한 대검까지, 종류도 다양했다. 그러나 장식이나 칼집, 손잡이가 하나같이 화려하고 웅장하기 그지없었다.

"너무 눈에 띄는 것뿐인데. 단출한 것은 없나?"

"그렇다면…… 잠시만 기다려 주십시오, 손님."

무기상이 어쩐지 비장한 얼굴로 진열장 구석을 뒤졌다.

"……이건 어떻습니까?"

얼마 후 그는 먼지가 뽀얗게 쌓인 함을 가져왔다. 검이 들어 있다기엔 액세서리 케이스처럼 너무 작은 크기였다.

"이게 뭐지?"

"고대 마법사의 검입니다."

그는 열쇠 꾸러미로 함의 자물쇠를 풀었다. 먼지가 쌓인 것을 보고 기분이 불쾌해지려던 나는 '고대 마법사'라는 말에 조금 흥미가 생겼다.

자물쇠를 빼낸 무기상이 함을 열었다. '끼이익' 녹슨 소리와 함께 열린 함 내부에는—.

"이게 뭐야."

검지만 한 아주 작은 검 모양 장식이 달린, 투박한 쇠 목걸이가 들어 있었다.

"지금 나랑 장난하자는 건가?"

단순한 검을 달라니까, 검 장식이 달린 목걸이를 줘? 게다가 검 모양 장식에는 보석 하나 달려 있지 않아 미적 기준에도 한참 못 미쳤다.

나는 험악하게 인상을 찌푸렸다. 그러자 무기상이 손사래를 쳤다.

"아, 아닙니다! 그럴 리가 있겠습니까!"

"그럼 이게 뭔데?"

"여기, 검의 손잡이 부분을 쥐고 마력을 불어 넣으면 이 검 모양 장식이 진짜 검으로 변하는 것입니다!"

무기상이 손잡이를 검지와 엄지로 집어 건네며 내게 잡아 보라고 종용했다. 꼭 아기들 장난감 같아서 쉽사리 검으로 변한다는 게 믿기지 않았다.

나는 여전히 의심스러운 눈초리로 따져 물었다.

"그럼 마력이 없는 자는 사용하지 못한다는 거 아니야."

"수련을 오래한 기사들은 조금씩이나마 마력을 운용하기 마련입니다. 안 그러면 마검을 사용할 수가 없는 것을요……."

"크흠!"

또 너무 모르는 티를 냈다. 나는 헛기침을 하며 황급히 화제를 돌렸다.

"……이클리스한테 과연 마력이 있을지 모르겠네."

"걱정 마십시오, 손님. 제가 그래도 수도에서 무기만 수십 년을 팔아왔습니다. 장담하건대, 그 노예……."

능청을 떨며 말하던 그는 눈을 부라리는 내 모습에 허겁지겁 말을 바꿨다.

"……가 아니라, 그 호위분한테서 새어 나오는 기세가 아주 대단했습니다. 삼십 년 동안 상단을 운영했지만, 그토록 무시무시한 오라를 내뿜는 이를 본 건 손에 꼽을 지경입니다."

"정말인가?"

"그렇고말고요!"

나는 '걔 곧 소드 마스터 될 애야.' 하고 자랑하고 싶어서 입이 근질거렸으나 꾹 참았다.

"사실 이 검은 너무나도 희귀하여 암시장에서 아주 비싼 값을 주고 거래해 온 물건입니다. 하지만 값이 너무 나가기도 하고, 기사님들은 보통 화려한 검부터 찾기 마련인지라……."

무기상이 '불쌍한 우리 아기.' 하고 훌쩍거렸다.

"이 검은 비록 별도의 강화 마법이 걸려 있지는 않으나, 기본 원재료부터가 무척 희귀한 광물입니다. 대체 어떻게 구한 건지 오래전에 멸종한 드워프들의 광산에서 캔 철강석으로 만들어졌지요."

"좋은 건가?"

"아직까지도 그것을 캘 방도가 없습니다. 드워프들만의 비밀이니까요."

'좋은 거군.'

반쯤은 못 알아들어서 그냥 묵묵히 고개를 끄덕였다.

"게다가 이건 크기가 작아질 때 새겨진 마력의 규모도 덩달아 작아져서, 무기를 소지하면 안 되는 장소에 있더라도 마검인 것을 아무도 눈치채지 못할 것입니다."

"……예를 들면 황궁 같은 곳에서도?"

무기상이 고개를 끄덕이며 아무도 없는 주위를 살피더니, 은밀하게 속삭였다.

"……암살용으로는 아주 제격이지요."

오버가 심했다. 상식적으로 독이나 표창 같은 걸 놔두고 누가 크기가 작아졌다 늘어나는 검으로 암살을 하겠는가?

나는 그렇게 생각하면서도 내색하진 않았다. 검 자체는 무척 마음에 들었기 때문이다.

'다른 이에게 내보일 수는 없지만, 언제나 지닐 수 있는 검.'

사실 작은 단검 종류를 생각했지만, 이편이 더 나을 것 같았다. 어차피 이클리스라면 마검이든 장난감 목걸이든, 드는 순간 무기로 사용할 것이다.

"그럼, 이걸로 하지."

"감사합니다, 손님! 드디어 우리 아기가 이토록 걸맞은 손님을 찾았다니!"

무기상이 눈물을 글썽거리며 곧바로 물었다.

"이것도 같이 저택으로 보내 드릴깝쇼?"

"아니. 그건 지금 내게 줘."

잠시 후.

대충 계산을 끝내고 상단을 나가려던 나는, 문득 눈길을 잡아채는 반짝이는 것에 걸음을 멈췄다.

"이건 뭐지?"

무기 상단에서 판매하는 것이라기엔, 상당히 화려하고 우아해 보이는 물건이었다. 토큰처럼 작고 동그란 원 안에 빼곡하게 글씨들이 새겨져 있었고, 그 중간중간에 번쩍번쩍 빛나는 보석들이 박힌 모양. 처음 보는 것이었다.

"아. 그건 애뮬릿(amulet, 부적)의 일종입니다."

"애뮬릿?"

"예. 곧 사냥 대회가 아닙니까. 사냥에 참여하는 연인과 가족에게 선물하기 위해 요즘 여성분들 사이에서 인기가 가장 많은 제품입니다."

"……그래? 무슨 효과가 있는데?"

"원판 안에 새겨진 마법 주문서 위에 마력석을 박아 놓았기 때문에 위급 상황 시 자동으로 마법이 발동되게 됩니다."

"어떤 마법?"

"그건 주문마다 다릅니다. 대부분이 방어 마법이지만, 안전한 곳으로 텔레포트하는 것도 있고요."

"오, 괜찮은데."

"요즘은 탈부착 마법이 기본으로 장착되어 있어 몸 아무 데나 붙이기만 하면 됩니다."

흥미진진한 얼굴로 경청하는 것을 알아본 장사꾼이 바로 미끼를 던졌다.

"한번 보시겠습니까?"

나는 고개를 끄덕였다. 얼마 후 상단을 나온 내 손에는 이클리스의 목걸이와 금색, 은색, 동색의 화려한 애뮬릿 세 개가 들려 있었다.

"즐거운 시간 보내셨습니까?"

말주변 없는 이클리스 놈 대신, 마부가 허겁지겁 달려와 내 손에 들린 쇼핑백 하나를 받아 갔다. 애뮬릿이 든 것이었다. 이클리스에게 줄 선물은 안주머니에 숨겼다.

"이제 어디로 모실까요, 아가씨?"

"서쪽에 조용한 호수가 있다던데."

"아, 칼리아 호수 말씀이시군요. 그리로 가겠습니다."

마차는 소리 없이 출발했다.

사실 나온 김에 새 드레스랑 액세서리도 잔뜩 살까 했지만, 너무 간만의 외출이라 그런지 벌써 피곤했다. 이대로 공작저로 돌아가고 싶었지만, 아직 줄 선물이 남았다.

'이왕 주기로 한 거 제대로 줘야지.'

나는 그간 이클리스의 마음에 쌓인 서운함이나 원망 등등을 오늘 아주 끝장낼 생각이었다.

"아가씨, 도착했습니다."

근거리에 있었는지, 얼마 지나지 않아 마차가 멈췄다.

나는 이클리스의 도움을 받아 마차에서 내려섰다. 그는 자연스럽게 몇 걸음 떨어진 뒤에 섰다. 호위로서의 소임을 다하기 위해서였다.

"같이 산책 좀 해 주렴. 혼자 거닐면 외롭지 않겠니."

나는 그런 그를 돌아보며 우아하게 손을 내밀었다. 이클리스는 잠시 망설이다가 내 손 끄트머리를 살짝 잡았다. 잡았다고 느껴지지도 않을 만큼 미미한 힘이었다.

나는 혀를 차며 내가 먼저 그 손을 꽉 움켜쥐었다. 그가 몸을 움찔거리는 것이 손가락을 타고 느껴졌다. 흘끗 곁눈질하니 그가 고개를 아래로 푹 숙이는 것이 보였다. 그러나 안타깝게도 호감도는 변동 없었다.

우리는 손을 잡고 말없이 한참 동안 잘 조성된 산책로를 거닐었다.

마침내 호수 위에 지어진 전망 덱(deck)에 도착했다. 딱 봐도 데이트 명소 같은 곳인데, 평일 대낮이라 그런지 사람이 많지 않았다.

난간 위에 두 팔을 얹고 한동안 호수의 경치를 구경했다. 멀리서 물 향기를 동반한 산들바람이 선선히 불어 왔다.

나는 경치를 구경하지도, 그렇다고 내게 대화를 시도하지도 않은 채 망부석같이 서 있는 놈을 돌아보며 살갑게 말을 건넸다.

"기분은 좀 풀렸니?"

허공을 향해 있던 잿빛 눈이 스르륵 내 쪽으로 움직였다. 무슨 소리냐는 듯, 의문을 품고 있었다.

"아침부터 재수 없는 일이 있었잖아."

이클리스는 바로 대답하지 않았다. 결국 '응?' 하고 한 번 더 재촉하는 내 물음에 마지못해 변명하듯 답했다.

"……별일 아니었어요."

나는 지은 죄가 있기에 최대한 조심스럽게 물었다.

"오늘 같은 일이 얼마나 더 있었니?"

"처음 겪는 일이에요."

"이클리스."

나는 한숨처럼 그를 불렀다.

"뻔히 보이는 거짓말로 나를 속일 생각 하지 말렴. 내가 말했지, 저택에서 머무는 것을 모두가 인정하게 만들라고."

"……."

"지금 당장 그걸 해내지 못했다 하여 혼을 내려는 게 아니야. 네가 해결할 수 있는 범위를 넘어섰으니 내가 나서는 것이지."

"……."

"혹시 레널드가 앞장서서 널 괴롭히니?"

이클리스는 묘한 얼굴로 나를 바라보며 침묵했다. 나는 점점 속이 탔다.

"말해. 레널드가 네게 어떻게 해 왔는지. 내가 알아서 해결해 볼 테니까."

"어떻게?"

그때까지 침묵하던 이클리스가 고개를 모로 기울였다.

"……뭐?"

"주인님이 기사단에 뭘 할 수 있는데요?"

나는 순간 말을 잃었다. 네 주제에 뭘 할 수 있냐며 비꼬는 것 같았지만, 밀랍처럼 말간 얼굴엔 아무런 표정도 없었다.

"어떻게 하든 제가 노예인 이상 변하는 건 없을 거예요, 주인님."

"……."

"저를 위한다면 차라리 모르는 척 가만히 계세요. 아무렇지도 않으니까."

나는 예상치 못한 답변에 당황했다. 그러나 그 뒤에 숨은 뜻을 바로 알아듣지 못할 정도는 아니었다.

'알아서 붙어 있을 테니, 괜히 들쑤셔서 쫓겨나게 하지 말고 가만 있어라.'

예상외로, 그는 어쩌면 내가 생각했던 것보다 빠르게 공작저의 분위기에 적응한 것일지 모른다. 그리고 그만큼 공녀의 위치에 관해서도 파악한 후겠지.

[호감도 33%]

나는 그의 머리 위를 흘끗 올려다보았다. 고작 33%. 노멀 모드의 시작점에서 주어지는 기본 호감도를 이제 간신히 넘긴 상태다.

이클리스는 난이도가 쉬웠던 노멀 모드에서도 녹록지 않은 상대였다. 페넬로페에게 일말의 충성심이 있어서 그런 건 줄 알았는데…….

이제 좀 알겠다. 놈의 원래 성격을.

'실은 본인의 생존을 위한 치밀한 줄다리기였던 것뿐인가.'

30%를 넘긴 호감도를 보며 나도 모르는 사이 기분이 고양된 모양이었다. 아침의 사건 이후로 솔직히 희망이 부풀어 올랐다.

이대로라면 금방 엔딩을 볼 수 있겠다고, 무기 상점으로 신이 나서 끌고 가던 내 모습이 우습게 느껴졌다.

"……그래. 네 말이 맞아."

현실이 이토록 녹록지 않은 것도 모르고.

나는 조금 힘이 빠진 목소리로 대답했다.

"이제 너도 좀 알겠지. 공작저에서의 내 위치를 말이야."

내가 그를 향한 몰빵을 재고 따지는 동안, 그 또한 내가 과연 구명줄인지 썩은 동아줄인지 재 보고 있을 거란 생각은 왜 하지 못했을까.

"내게 당장 너를 면천시켜 줄 만한 힘은 없단다."

"……."

"네가 노예 신분인 이상 괴롭힘에 대한 근본적인 해결책도 없겠지."

이클리스가 직시한 대로, 내가 할 수 있는 일은 딱히 많지 않았다. 공작에게 가서 기사단 내에 따돌림이 만행하고 있다며 언질을 해 둘 순 있겠지만, 이미 첫 단추를 잘못 꼈다.

'내가 데리고 온 것만으로도 탐탁지 않아 하는 공작이 한낱 노예의 따돌림을 신경 쓸 리가…….'

살살 달래 보겠다는 생각은 바로 집어치웠다.

"하지만 나는 널 계속 기사단에 둘 거야."

나는 무표정한 얼굴로 그를 바라보며 평소처럼 오만하게 뇌까렸다.

"네 검 실력이 조금이라도 쓸 만해 져야 그나마 공작님의 눈에 들지 않겠니."

"……."

"그러니까 서러워도 참아. 참고, 계속 훈련해서 실력을 키워."

"……."

"가끔 가서 오늘처럼 깽판은 쳐 줄 테니까."

잔챙이들을 밟아 줄 순 있더라도, 왕따를 주도하는 레널드까진 내가 어떻게 할 수 없었다. 그래서 더 이상 해결이니 뭐니 같은 말은 입에 담지 않았다.

나 또한 그놈들이 주도한 학대와 괄시 속에서 하루하루를 살얼음판 걷듯 넘기는 중이었으니까.

"……너나 나나 참, 구질구질한 인생이구나."

갑자기 헛웃음이 터져 나왔다. 어쩜 몰빵을 해도 이렇게 밑바닥을 기고 있는 남주를 선택했을까.

생각해 보니 내 처지가 그랬기 때문이다. 가진 것이 많은 자보단, 없는 자의 호감을 사는 게 더 쉬운 일임을 알고 있었기에.

"자. 이걸 받아 보렴."

풍파에 찌든 나에겐 노멀 모드의 여주처럼 사랑스러운 얼굴로 깜짝 선물을 주는 상황 따윈, 애초부터 불가능한 일이었다.

나는 목걸이를 꽉 쥐고 있던 손의 힘을 풀고, 그에게 내밀었다.

"이건……."

"장난감 같겠지만 검이야. 손잡이 부분을 잡고 마력을 불어넣어 봐."

이클리스는 뜬금없이 제게 내밀어진 목걸이를 얼떨떨한 얼굴로 가만히 내려다보았다. 이런 게 검이라니 좀체 믿기지 않은 듯했다.

"얼른."

내 재촉에 그가 마지못해 엄지와 검지로 검 장식을 들어 올렸다. 그 순간이었다.

화앗—! 그의 손에서 환한 빛이 터져 나오더니, 어느 순간 이클리스의 손에는 기다란 장검이 들려 있었다.

"아."

이클리스는 난데없이 튀어나온 검을 전에 없이 커다래진 눈으로 바라보았다.

여타 검들과는 달리 보석이나 장신구 하나 달리지 않은 투박한 모양새였지만, 날을 타고 흐르는 빛이 예사롭지 않았다.

'사기면 열 배로 환불할 줄 알라 하고 나왔는데. 진짜였네?'

과연 남주는 남주인지, 새 훈련복을 입고 한 손으로 웅장한 철검을 들고 서 있는 이클리스는 퍽 멋들어졌다. 그 누구도 노예라고는 상상도 못 할 정도로.

주변에 드문드문 있던 인파들이 흘깃대며 그를 눈짓하는 것이 느껴졌다.

"이건, 왜……."

이클리스는 우두커니 제 손에 들린 검을 내려다보며 물었다. 그에게서 흘러나온 목소리가, 왠지 모르게 꽉 막힌 것처럼 들렸다.

나는 그가 든 장엄한 철검을 넌지시 눈짓하며 입을 열었다.

"잉카 제국에서는 패전국의 노예 따위가 마검을 드는 것이 가당치도 않은 일이야."

"……."

"하지만 네가 날 주인으로 모실 생각이 변함없다면, 앞으로 내가 옆에 둘 기사는……."

"……."

"네가 유일하겠지."

이클리스의 동공이 목걸이가 검으로 변한 것을 발견했을 때보다 더욱 커다랗게 확장됐다.

"어떻게 하겠니?"

원래 이렇게 협박처럼 검을 줄 예정이 전혀 아니었다. 노멀 모드의 여주처럼 '신분과는 상관없이, 언제까지고 너는 내게 기사야.' 하고 감동적인 대사를 읊을 생각이었으나…….

'하하. 내 주제에 감동은 얼어 죽을.'

괴롭힘 얘기를 꺼냈을 때부터 와장창 난 분위기에 나는 눈물을 삼키며 협박의 정점을 찍었다.

"내가 주는 검을 받을 건지, 계속 노예로 있을 건지 정해."

"……."

이클리스는 나를 빤히 볼 뿐 대답이 없었다. 나는 반쯤 포기한 상태였다. 그가 받지 않으면, 다시 빼앗아서 공작이나 데릭의 선물로 줄 생각이었다.

그때였다. 불현듯 이클리스가 든 검을 높이 치들었다. 그리고.

콰직―!

나무판자로 이루어진 바닥에 검을 세게 박아 넣었다.

"뭐, 뭐 하는……."

갑작스러운 그의 행동에 버벅거리는 순간, 그가 내 앞에 천천히 무릎을 꿇었다. 그리고 아무렇게나 놓여 있던 내 손을 무례하게 잡아채어 제 손아귀 안에 꽉 쥐었다.

"당신의 하나뿐인 검으로서 영원한 복종과 충성을 맹세합니다."

이클리스는 그 말을 중얼거리며 천천히 고개를 숙였다. 말캉한 입술이 손등에 닿았다. 처음 하는 남주와의 스킨십은 차갑지도, 뜨겁지도 않은 미미한 온도였다.

하지만 나는 그조차도 제대로 느끼지 못했다.

— 당신의 하나뿐인 검으로서 영원한 복종과 사랑을 맹세합니다.

너무 이른 둘만의 기사 서임식이었을까. 노멀 모드에서 이클리스
가 여주에게 하던 맹세와는 확연히 달랐다. 불안감이 엄습했다. 그
러나—

[호감도 40%]

치솟는 호감도가 정체 모를 불안감을 단숨에 짓눌렀다.

'상황이 다를 뿐이야.'

그렇게 위안하며, 손등 위에 키스하고 있는 이클리스를 내려다보
았다. 회갈색의 단정한 정수리가 보였다.

"······날 배신하지 마, 이클리스."

나는 내 몰빵 남주에게 처음으로 진심 어린 말을 중얼거렸다.

"배신은······."

죽음뿐이야.

무기상에서 사들인 것들은 이튿날 공작저로 모두 배달되었다. 대
문 앞에 인부들이 산처럼 쌓아 둔 상자들을 보고 고용인들은 입을
떡 벌리고 기함했다.

"페넬로페 아가씨! 저, 저게 다 무엇입니까?"

놀란 집사가 부랴부랴 방을 찾아왔을 때 나는 막 일어나 세수를
마친 후였다.

"뭐가?"

"오랜만에 외출을 나가신다더니 대체……."

태연한 내 물음에 집사는 말을 잇지 못했다.

"무슨 무기들을 저렇게 많이 사들이셨습니까? 특히 목검들이 가득 든 상자가 60개가 넘습니다."

"음, 충분치 않아 보이기에."

나는 어제 일을 떠올리며 어깨를 으쓱였다.

집사는 잠시 침묵했다. 그는 마치 철없는 어린애를 바라보는 듯한 눈빛으로 나를 바라보며 한숨을 내쉬었다가, 이윽고 다시 입을 열었다.

"……기사들을 걱정하는 마음씨가 참으로 아름다우십니다만, 아가씨."

"……."

"공작저는 기사단에 예산을 아끼지 않습니다. 목검들 또한 마찬가지고요. 아직 수량이 많이 남아 있어, 아가씨께서 새로 구매할 필요는 없습니다."

'누가 누굴 걱정해?'

그의 말을 듣던 나는 고개를 갸웃거렸다. 그러는 사이 집사는 안타깝다는 얼굴로 덧붙였다.

"오랜만의 외출이었는데 그런 것들보단 아가씨께서 착용하실 보석들을 구매하지 그러셨습니까. 아니면, 드레스라든지……."

"집사, 무언가 착오가 있나 본데."

나는 눈살을 찌푸리며 그의 생각을 정정했다.

"그것들은 가문에 소속된 기사들을 위해 산 게 아니야."

"예? 그럼……."

"내 호위에게 준 선물이지."

그는 내 통 큰 행동들이 도통 믿기지 않는지 더듬더듬 되물었다.

"그럼, 그 많은 것들이 모두…….”

"어제 있던 소동을 집사도 전해 들었을 거 아니야."

내 말에 당황으로 물들어 있던 집사의 낯빛이 일순 어두워졌다.

'그럼, 내가 나 욕한 놈들 뭐가 이쁘다고 돈 들여서 무기를 사 줘?'

나는 그런 그의 반응에 속으로 코웃음 쳤다. 그리고 혹시나 헛물
켜는 놈들이 없도록 쐐기를 박았다.

"이클리스가 사용할 훈련용 물건들이 썩 부족한 것 같아서 내가
대신 사 줬어. 왜? 보관할 자리가 없어?"

"아니, 아닙니다."

집사는 황급히 고개를 저었다. 남는 게 공간인 공작저에 그것들
을 보관할 곳이 없다는 건 말도 안 됐다.

물론 집사도 그것 때문에 당황한 것은 전혀 아니겠지만, 나는 일
부러 그의 물음을 다른 것으로 곡해하여 답했다. 더 따져 묻지 말
라는 뜻이었다.

"아가씨께서 다 생각이 있어 그러신 거겠지요."

이윽고 집사는 천천히 고개를 끄덕이며 내 말에 수긍했다.

'의외네. 한두 마디 더 토 달 줄 알았는데.'

몇 번 내 위치를 상기시키긴 했지만, 페넬로페를 무식하다고 여
기는 태도는 변하지 않았었다.

나는 이틀 전의 사과 일로 확연히 변한 그를 신기하게 쳐다보며
입을 열었다.

"그 애한테 신경 쓰는 건 나로 족하니, 굳이 바쁜 집사까지 주의

를 기울일 필요는 없어."

"그럼……."

"지금까지처럼 그냥 지켜보기만 해. 가끔 어제 같은 일이 생기면 내게 전달해 주고."

"알겠습니다. 구매하신 선물들은 아가씨의 호위 기사만 쓸 수 있는 창고에 잘 정리해 두도록 하겠습니다."

"고마워."

나는 정중히 대꾸하는 그에게 짧게 웃었다. 간만에 이 집에서 상호 간에 소통이 이루어진 것 같아 기분이 괜찮았다.

집사가 나가고 얼마 후 에밀리가 아침을 들고 찾아왔다.

"아가씨! 아침에 온 물건들 호위분 선물이라면서요?"

테이블 위에 식기를 세팅하며 그녀가 호들갑스럽게 수다를 늘어놨다.

"빨리도 퍼졌구나."

"저도 같이 데려가시지……."

에밀리는 퍽 서운한 티를 내었다.

본디 귀족 영애들에게 전담 하녀란 떼 놓을 수 없는 존재다. 주인의 신뢰란 곧 시종의 권력으로 이어지기 때문에, 얼마 전 내 수족이 되겠노라 마음먹은 그녀의 투정이 이해가 갔다.

"자."

나는 미리 꺼내 뒀던 것을 그녀에게 건넸다.

"이, 이건……."

무기상에서 사 온 동색 애뮬릿이었다. 에밀리는 선뜻 받지 않고 커다래진 눈으로 내 손을 내려다보기만 했다.

"뭐 해, 얼른 받지 않고."

"이게…… 뭐예요, 아가씨?"

"네 선물이야."

"선물…… 요?"

"몸에 지니고 있으면 알 수 없는 위험으로부터 보호해 준다더구나."

에밀리에게 주는 애뮬릿은 시전되는 마법이 너무 포괄적이고 두루뭉술해서 그렇게 값진 것은 아니었다. 하지만 친애하는 사람들에게 주는 보편적인 선물용이다.

"나는 적이 많잖니. 너도 이제 내 사람이 됐는데, 언제 어디서 좋지 않은 일이 생길지 몰라. 그러니 항상 몸에 지니고 있도록 해."

일전의 화풀이로 나는 에밀리에게 일말의 미안함을 품고 있었다.

게다가 내가 준다던 비싼 보석을 한번 거절한 전적이 있던 그녀이기에, 솔직히 시험하려는 마음도 없지 않아 있었다. 이것마저 거절하면 다른 꿍꿍이가 있을지 모르겠다고 생각했다.

"아가씨……."

그러나 고개를 든 에밀리는 눈물이 그렁그렁해져서 나를 불렀다.

"저, 저 공작저에서 일하는 동안 이런 선물은 처음 받아 봐요."

"그러니?"

"너무 예뻐요. 소중히 간직할게요."

"다행이네."

"앞으로 더 열심히 아가씨를 모실게요! 정말요!"

그녀는 결연한 얼굴로 여러 차례 충성을 맹세했다. 그 모습을 보자니, 처음 이곳에 들어와 바늘에 찔렸던 일이 까마득하게 느껴졌다.

그때였다.

〈SYSTEM〉 공작가 주변인들과의 관계 개선으로 명성이 +5 되었습니다. (total : 15)

눈앞에 하얀 네모 창이 떠오르더니, 얼마 전 하락했던 명성이 원상 복귀됐다.

"감사해요, 아가씨! 정말 감사해요!"

연신 허리를 꾸벅이는 에밀리의 목소리를 배경음으로 삼으며 나는 매번 하는 생각을 했다.

이대로만 갔으면 좋겠다고.

오전에 한 번 찾아온 집사는 오후에 또다시 내 방을 방문했다. 공작이 부른다는 전언을 가지고서.

"······아버지가?"

"예."

나는 잠시 고뇌에 빠졌다. 공작이 왜 부를까, 하는 고뇌는 아니었다. 부를 거리가 너무 많아서 무엇으로 제일 난리를 칠지 아직 대비하지 못했기 때문이다.

'레널드랑 싸운 거? 아니면 연무장에서 깽판 친 거? ······백지 수표로 이클리스 무기 잔뜩 사 준 거?'

사실 두 번째가 가장 적합했다. 설마 그 나이 먹고 레널드 놈이 여동생이랑 싸운 일을 고자질하진 않았을 테고.

돈도 쓰라고 준 거 내 마음대로 쓴 건데 쪼잔하게 뭐라 할까 싶었다.

"……그렇게 기분이 나빠 보이지는 않으셨습니다."

생각에 잠긴 내 모습이 걱정하는 것으로 비쳤는지, 집사가 넌지시 공작의 상태를 알려 주었다.

"일단 가지."

나는 그 말에 더 생각하지 않고 일어났다.

"아버지. 찾으셨다고요."

가벼운 긴장감을 가지고 집무실 안으로 들어가자, 소파에 앉아 골똘히 생각에 잠겨 있던 공작이 나를 반겼다.

"그래, 앉거라."

반대편 소파를 가리키며 그가 말했다.

내가 게임 속 공녀가 된 후 두드러지게 변화한 점은, 공작이 더는 본체만체하지 않는다는 점이었다. 그 말은 즉, 처음과는 달리 무작정 무릎 꿇고 싹싹 빌지 않아도 된다는 소리다.

나는 망설임 없이 걸어가 공작의 맞은편에 앉았다. 그가 피우고 있던 시가를 지져 끄며 물었다.

"차를 마실 테냐."

"주신다면 감사히 마실게요."

공작이 종을 울리고 얼마 후, 하녀가 간단한 다과와 옅은 김이 나는 차를 가지고 왔다.

"됐다. 그만 나가 봐."

우리 둘 앞에 잔을 놓고 주전자를 들어 차를 따르려 하던 하녀는 공작의 만류에 공손히 인사 후 나갔다.

다시 집무실 안에 어색한 정적이 흘렀다.

'……그러고 보니 등장인물과 티 타임을 갖는 건 처음이네.'

매번 올 때마다 용건이 명확했다. 잘못을 빌고, 목숨을 구하고, 이곳을 빠르게 떠나는 것.

하지만 그런 내 속사정과는 별개로, 아무도 나를 동등한 인격체로 대우해 주지 않았다. 이제야 조금 나아진 태도가 안심되면서도 한편으로는 씁쓸했다.

이런 생각을 하는 동안 저택의 주인이 솔선수범하여 주전자를 들고 잔에 차를 따라 주었다.

"……감사합니다."

나는 감사를 중얼거리면서도 선뜻 찻잔을 들지 않았다. 알싸한 냄새가 나는 페퍼민트 차를 한 모금 머금은 공작이 조금 뜸을 들이다 입을 열었다.

"페넬로페."

"네, 아버지."

"연무장에서 소동이 있었다지."

예상했던 대로 공작이 부른 이유는 깽판이었다. 레널드와 싸운 이유로 부른 것이 아니라 다행인 걸까.

"……네. 기사들과 마찰이 좀 있었습니다. 죄송해요."

나는 순순히 고개를 끄덕이며 매 읊던 대로 사죄를 입에 담았다. 딸깍-. 공작이 찻잔을 내려놓으며 날카롭게 눈을 빛냈다.

"자초지종을 설명해 보아라."

"들으신 그대로일 거예요."

나는 목숨과 관련 없는 것까지 입 아프게 설명하며 잘못을 빌고 싶지 않았다. 그런 내 대답이 영 신통치 않는지, 공작의 눈썹이 꿈틀거렸다.

"내가 들은 것이 무엇일지 알고."

"뜬금없이 연무장에 나타난 제가 이클리스에게 한 기사의 목을 조르라고 시켰다는 것이겠지요."

대수롭지 않게 읊조렸다. 그들이 제 잘못들은 쏙 빼놓고 저들 유리하게 증언했을 건 굳이 보지 않아도 뻔했다. 아무렴. 입양된 딸이라지만, 어떻게 공작 앞에서 공녀의 욕을 하다 걸렸다는 말을 고스란히 올리겠는가.

"사실 여부를 확인하려고 부르셨다면, 네, 사실이에요."

나는 공작을 마주 보며 당당하게도 선포했다.

"레이디로서 정숙한 모습을 보이지 못해 자숙을 명하신다면 받들게요. 사냥 대회 또한 참가하지 않고요."

평소와 달리 잘못했다는 소리는 내뱉지 않았다. 온전한 내 의지로 행한 행동이기도 하고, 별로 잘못한 짓이라고 생각하지도 않았기 때문이다.

대신 은연중에 목적을 밝혔다.

'피할 수 있으면 사냥 대회를 피하자!'

이클리스 몰빵을 완전히 확정 지은 나는, 노멀 모드의 여주를 본받아 사냥 대회에 참가하지 않고 그의 호감도나 왕창 올릴 생각이었다.

오찬에서 사냥 대회에 관해 들었을 땐 상황이 상황인지라, 미처 깊게 생각하지 못했다. 사냥 대회는 자긍심 있는 귀족 남성들이라면 빠짐없이 참석하는 것이 관례라는 것을.

그러니 노예 출신이라 참가하지 못하는 이클리스만 빼고, 온 남주들이 총집합하는 날이 아니겠는가.

내가 아무리 피하려고 용을 써도, 숲은 너무 위험했다.

'쥐도 새도 모르게 뒈지기 딱 좋은 에피소드야.'

게다가 황궁에서 열리는 것이니 매우 높은 확률로 황태자와 엮일 것이다.

초대장을 나한테만 따로 보낼 만큼 내게 관심을 가졌던 놈이다. 괜히 사냥이나 구경한답시고 나섰다가 간신히 꺼 둔 놈의 호기심에 불이라도 붙인다면…….

'안 돼—!'

나는 진저리를 치며 외쳤다.

"그렇지만 저는 제가 절대로 잘못했다고 생각하지 않아요, 아버지!"

"……."

한차례 싸늘한 정적이 집무실 안을 휩쓸었다. 공작이 이윽고 한층 낮아진 목소리로 서늘하게 되물었다.

"가문을 지키는 기사를 살해할 뻔해 놓고, 잘못한 것이 없다고?"

"네."

나는 표정 하나 바꾸지 않고 곧장 답했다. 그러자 공작이 얕게 한숨을 쉬었다.

"좋다. 그럼 네 호위를 시켜 왜 그런 짓을 한 것이냐."

'오늘따라 왜 이렇게 집요하게 물어보지?'

나는 고개를 갸웃거렸다. 공작가는 기사들에 대한 위상과 신뢰가 무척이나 높았다. 에카르트 소속 기사를 무시하는 것은 곧 에카르트를 무시한 것.

기사의 목을 조르는 무식한 짓까지 했으니 어느 정도의 처벌은 각오했다.

'잘못한 거 없다고 뻔뻔하게 나가면 바로 벼락같이 화를 낼 줄 알 았는데.'

근신이 필요한 나는, 공작의 반응이 뜻밖으로만 여겨졌다.

"……제 말보단 기사들의 말이 더 신뢰할 만하지 않으시겠어요?"

"페넬로페 에카르트."

고심하며 뱉은 말이 무색하게 공작이 정색하고 풀네임을 불렀다.

"에카르트의 성을 달고 왜 그런 행동을 했는지 의중을 묻고 있으 니 신중하게 대답하도록 해라."

"……."

"설마 아무 이유 없이 심심해서 그랬다고 하진 않겠지. 그간 연 무장 쪽으로는 발길도 들이밀지 않던 네가."

공작의 의심은 정당했다. 하기야, 아무리 미친개처럼 날뛰는 악 녀라지만 이유 없이 훈련하는 기사들한테 가서 시비를 걸진 않았 을 테지.

"게다가 외출 전에 집사에게 네 호위의 처우에 관한 것들을 상세 히도 물었더구나."

"그, 그건……."

나는 덧붙여지는 공작의 말에 놀라 고개를 번쩍 쳐들었다.

반사적으로 어떻게 알았는지 물으려다가, 곧바로 입을 다물었다.

그 질문을 한 이가 집사뿐이니 새어 나간 것도 당연히 그쪽일 터.

'에휴, 촉새 같으니라고…….'

나는 좋게 넘어갈 수 있는 일을 그르친 집사를 원망했다. 멈칫하 는 내 모습을 알아본 공작이 나를 쏘아보았다.

"이제 좀 말할 생각이 생겼느냐?"

"모두 제 탓이에요, 아버지. 그냥 단순한 변덕으로 연무장에 갔다가, 기사들이 제게 인사하는 태도가 마음에 들지 않아서……."

"기사들의 증언으로는 네가 데리고 온 노예의 처벌과 관련되었다던데."

"……."

"주제도 모르고 분란을 일으킨 그 노예 놈을 기어이 견습 기사 자리에서 내쫓아야 입을 열 것이야!"

점점 분노가 실리는 공작의 목소리에 나는 급속도로 우울해졌다. '단순한 변덕'이란 말에도 그는 믿지 않았다. 뭔가 다른 이유가 있음을 짐작한 것 같았다.

"그날 일을 빠짐없이 소상히 얘기해라. 안 그러면 모든 책임은 하극상을 벌인 그 노예 놈에게 물을 테니."

이클리스를 들먹이는 말에 나는 별수 없이 입을 열었다.

"……외출을 하려고 산책 겸 연무장으로 제 호위를 데리러 갔는데."

"……."

"마크란 기사가 훈련 중 목검을 부러뜨렸다는 터무니없는 이유로 제 호위 기사에게 과한 처벌을 내리는 걸 보았어요."

별거 아닌 일로 투정 부리는 철없는 애 같은 볼멘소리였다. 오죽했는지, 공작의 눈살도 바로 험악하게 찌푸려졌다. 그는 그게 이유라고 직감했는지 곧장 호통치듯 소리쳤다.

"군기를 위해 기사들의 상하 관계에서 엄중한 처벌이 발생하는 건 흔한 일이다. 그것을 모른다고 말할 나이는 이제 지났지 않아?"

"그 와중에 이클리스의 주인인 저를 모욕했고요."

"뭐…… 뭐라?"

내 대답을 듣고 다시 혼을 낼 준비를 하던 공작이 눈을 부릅뜨며 말을 더듬었다. 역시나 놈들이 쏙 빼놓고 말한 배경일 것이다.

"그에 제 호위 기사가 발끈하여 반박하니 동료들과 함께 집단 구타하려 들더군요."

"……."

"그래서 이클리스에게 레이디의 명예를 더럽힌 기사와 결투를 하라 했어요."

정확히는 죽이라 한 거였지만. 그런 상스러운 말을 공작 앞에 곧이곧대로 고해바칠 만큼 어리석지는 않았다.

공작은 내 말에 한참 동안 입을 꾹 다물었다.

나는 멍하니 한 입도 대지 않은 내 찻잔을 내려다보았다. 김이 뽀얗게 솟아오르던 내용물은 어느새 차갑게 식었다. 그러나 공작도 나도 누구 하나 새로 차를 따르려 들지 않았다.

'……지겨워.'

딱딱하게 굳은 공작 쪽을 흘깃 곁눈질하다가, 문득 이 상황이 지루하다는 생각이 들었다. 탈출할 때까지, 얼마나 이런 일을 반복해야 하는 걸까.

"그놈이……."

공작은 꽤 오랜 시간이 흐른 후에야 깊게 잠긴 소리를 내었다.

"그놈들이 무어라 너를 모욕했느냐."

"내쫓기면 제 앞가림도 못 할 가짜라고요."

"……."

"그러니 주인으로 모시고 있는 게 썩은 동아줄이란 걸 하루빨리 깨달으라 하더라고요."

과장 하나 없이 고스란히 읊어 주었다. 자신들의 만행을 빼놓고 보고한 그 기사 놈들이 괘씸해서 그런 게 아니었다. 이제라도 알았으면, 내가 뭘 하든 신경 껐으면 하는 바람이 컸다.

하지만 천천히 일그러지는 공작의 얼굴은 예상치 못한 것이었다.

"……왜 나와 데릭에게 즉시 찾아와 고하지 않았지?"

그는 무언가를 인내하듯 크게 호흡하며 물었다. 확실히 페넬로페라면, 대번 공작의 방에 쳐들어가 기사들이 자기를 무시했다며 악다구니부터 질렀을 것이다.

나는 잠시 고민하다 그냥 사실대로 말했다.

"……바로 응징을 하기도 했고, 그럴만한 가치가 없는 일이라 생각했어요."

"가치가 없다니!"

대답을 끝내기 무섭게 공작이 버럭 노성을 터뜨렸다.

"감히 기사씩이나 돼서 레이디를 모욕한 천박한 짓거리를 고하는 일이 어찌 가치 없는 일이야!"

나는 그가 왜 이렇게 화를 내는지 알 수 없어 눈을 동그랗게 떴다.

"그들은 아버지와 가문에 충성하는 기사들이지 제게 충성하는 기사들은 아니잖아요?"

호위를 직접 데리고 오면서 이미 다 끝난 얘긴 줄 알았다. 공녀를 인정하지 않는 기사들에게 나 역시 충성을 바라지 않는다.

이건 기사들뿐만 아니라 모든 고용인에게도 해당되는 얘기였다.

사실 밥을 코앞에 두고 굶은 것에 비하면, 그런 욕쯤은 정말 별거 아니다. 이클리스가 연관만 되어 있지 않았어도 그냥 지나쳤을 일이었다.

"페넬로페. 대체……."

그러나 공작은 그렇게 생각하지 않는 듯했다. 그는 대체 어디서부터 손을 대야 할지 모르는 사람처럼 막막한 눈빛으로 나를 바라보았다.

"……가문의 기사들은 모두 네 기사들이기도 하다. 그건 네가 에카르트의 일원인 이상 앞으로도 불변할 일이고."

"제겐 이클리스면 충분해요."

"단순히 호위 따위를 말하는 게 아니야!"

"저도 제 기사를 말씀드리는 거예요, 아버지."

나는 공작에게 지지 않고 이어 말했다.

"절 보호하고 싶지 않은 자들에게 피차 제 안위를 맡기고 싶지 않다고 일전에 말씀드렸잖아요."

하지만 변한 것은 없었지. 이클리스가 허드렛일을 하는 하인들의 숙소가 아닌 견습 기사들이 머무는 숙소로 배치된 것 외엔.

"어제도, 축제 첫날에도, 절 지켜 준 기사는 이클리스 하나뿐이에요."

그를 옹호하는 게 아니라 사실이었다. 모욕적인 언사를 하는 인간 옆에서 맞장구를 치거나, 말리는 시늉조차 하지 않은 놈들은 영원히 내 기사가 될 일이 없었다.

"후……."

눈을 부릅뜨고 읊조리는 내 모습에 더 설득할 말이 떠오르지 않는지, 공작이 아연한 얼굴로 깊은 날숨을 내쉬었다. 그는 이런 대화가 조금 피곤한 듯 눈가를 문지르며 고요히 물었다.

"⋯⋯그래서 어제 일 때문에 목검을 600개씩이나 사들인 게냐."

'600개나 돼?'

일일이 세 보지 않아서 미처 몰랐다. 집사가 아침에 대경실색하여 내 방에 올라온 이유를 알 것 같아 좀 웃겼다.

나는 이왕 혼날 거 이클리스를 아예 기사로서 곁에 둘 것을 암시하기로 했다.

"안쓰러워서 마검도 하나 사 줬어요."

"페넬로페 에카르트. 그런 데나 쓰라고 백지 수표를 준 것이⋯⋯."

"너무 혼내기만 하지 마세요, 아버지."

나는 이어지는 잔소리를 덥석 가로막으며 아랫입술을 쭉 내밀었다.

"기분 풀고 오라고 주신 거잖아요."

사랑스러운 막내딸처럼 보이도록. 더 이상의 잔소리를 듣기 싫어 시도한 흉내였다.

새침하게 덧붙인 후 나는 식은 차를 호로록 들이켰다. 입 안이 바짝 말랐기 때문이다.

'말 막았다고 난리 치진 않겠지?'

나는 원래 애교 같은 건 젬병이었다. 하지만 공작이 어제 일로 크게 화를 낼 시 선물을 주면서 애교나 좀 떨어 볼 계획이었는데⋯⋯.

뭔가 순서도 상황도 크게 틀어져 버렸다.

'나는 왜 맨날 이 모양일까⋯⋯.'

눈물을 삼키며 들고 있는 찻잔 너머로 열심히 공작의 눈치를 보았다.

"⋯⋯쯧. 감기 걸리게 왜 다 식은 걸 들이켜고 있어. 찻물을 덥혀 오면 그때 다시 먹거라."

다행인지 불행인지 공작은 차를 마시는 나를 못마땅하게 바라볼지언정, 그만 잔소리하라고 불평한 것에 대해 더 화를 내진 않았다.

그는 이내 아무렇지도 않은 얼굴로 하녀를 불러 주전자를 덥혀 오라 지시했다.

'이것도 좀 먹히는 방법인가 보네.'

나는 내심 안도했다. 저번, 사과로도 해결되지 않은 레널드와의 대화 이후 대비책을 생각하길 잘했다. 노멀 모드의 여주를 여러 번 되새기다 보니 매 상황에 호구처럼 사과만 하는 것이 답은 아니었다.

하드 모드의 난이도가 갈수록 어려워지고 있다.

'앞으로 매 상황에 맞게 변별력을 길러야 해.'

그런 생각에 잠겨 있을 때였다.

"페넬로페."

문득 나를 부르는 소리에 나는 퍼뜩 상념에서 깨어났다.

"네, 아버지."

"그럴 리는 없겠지만……."

공작이 음산하게 뇌까렸다.

"노예는 안 된다."

"……예?"

"설사 신분을 획득한다 해도, 놈은 패전국 출신이 아니냐."

"무슨……."

나는 뜬금없는 말에 당황하여 버벅거렸다. 그러나 말을 잇는 공작은 대체 무슨 생각을 하는 건지 한없이 진지했다.

"반반한 얼굴 뒤에 무슨 탐욕을 숨기고 있을지 모를 일이다. 에카르트의 하나뿐인 공녀를 노리는 자가 어디 한두 명일 것 같으……."

"아버지, 아버지."

나는 당황해서 그를 연이어 불렀다.

'설마, 지금 내가 이클리스를 정부로 삼기 위해 곁에 둔다고 생각하는 거야?'

그렇다면 아주 심각한 착각이었다. 언제 나를 죽일지도 모르는 놈인데.

'반반한 얼굴은 무슨! 호감도 떨어질 때마다 심장도 같이 떨어지는구만!'

당황하니 말이 빨라졌다.

"제가 다른 영애들에 비해 미흡한 건 알지만, 그 정도로 생각이 없지는 않아요."

"계집애처럼 곱상한 그놈 얼굴을 보니 혹시나 해서 하는 말이다, 혹시나."

"통속 소설도 아니고 무슨 호위 기사와 정분이 나겠어요? 그리고 저는 저보다 어린 사람 취향 아니에요."

어차피 남주들은 결국 여주의 차지다. 게다가 나는 그놈이 성년이 되기도 전에 엔딩을 본 후 뒤도 안 돌아보고 여기서 떠날 것이다.

기가 막힌다는 심정이 전해졌는지 공작이 무안해하며 헛기침을 했다.

"큼, 그래. 네가 그렇게까지 말하니 내 믿으마."

"걱정 마세요, 아버지. 그럴 일은 절대로 일어나지도, 일어나서도 안 되니까."

헛된 기대와 쓸모없는 감정들은 탈출에 방해만 될 뿐이다. 나는 이 틈을 놓치지 않고 밀어붙였다.

"정 걱정되시면, 당분간은 아무 데도 외출하지 않고 방 안에서 근신을……."

"근신은 충분히 했으니, 이번 사냥 대회에 너도 꼭 참석하도록 해라."

"네? 그렇지만……."

"방에만 처박혀 있지 말고, 이번 기회에 네 또래 영애들과도 좀 어울리고 하거라. 그 고약한 성질머리도 좀 줄이고!"

공작이 혀를 끌끌 차며 타박했다. 불쑥 억울함이 차올랐다. 누가 보면 좋아서 집에 처박혀 있는 줄 알겠다.

나는 마지막 미련을 끝내 놓지 못하고 질척거렸다.

"……그렇지만 아버지. 제가 어제 아주 크은! 문제를 일으켰잖아요."

"문제는 무슨! 그 갈아 마셔도 시원찮을…… 됐다. 그 얘기는 그만하자꾸나."

공작이 이를 빡빡 갈며 윽박지르다 갑자기 말을 멈췄다. 더 하다간 심한 욕을 내뱉을 것 같아 스스로 자중하는 듯한 모습이었다.

'쳇. 아무리 소중한 기사한테 목 좀 조르라고 시켰기로서니, 갈아 마셔도 시원찮을 짓이라니! 너무하잖아.'

나는 입을 삐쭉였다. 그럼에도 이 정도에서 분노를 그쳐 준 공작에게 감사해야 하는 상황이 서러웠다. 꼼짝없이 사냥 대회에 참가해야 한다는 무서운 벌이 주어졌지만.

"이거 받거라."

그때였다. 공작이 갑자기 몸을 숙여 바닥에서 무언가를 들어 올렸다. 커다랗고 고급스러운 나무 상자였다. 테이블에 가려져 있어서 그곳에 있는지 몰랐다.

탁, 꽤 무게가 있는 듯 테이블 위에 얹어진 상자에서 묵직한 소음이 났다. 가까이 보니 단순한 상자가 아닌 무언가를 보관하는 가방 같았다. 상단에 들 수 있는 손잡이와 잠금 버튼이 있었기 때문이다.

이어서 잠금도 모조리 푼 공작이 가방을 열어 내 쪽으로 돌렸다.

"이건……."

나는 내 앞에 내밀어진 가방 안의 물건을 보며 깜짝 놀랐다. 어디 중세 영화에서나 볼 법한 은빛의 화려한 석궁이 푹신한 쿠션 위에 고이 놓여 있었다.

새것처럼 윤기가 흐르는 빛깔. 정교하게 새겨진 문양과 군데군데 박혀 있는 반짝이는 보석들이, 한눈에 봐도 값비싸 보였다.

"손질을 맡겨 뒀던 네 석궁이다."

불현듯 눈앞이 환해졌다.

〈SYSTEM〉 보상으로 [마법 석궁 1개]를 획득했습니다.

'보상? 무슨…….'

갑자기 떠오른 네모 창을 보며 어리둥절하던 순간, 불현듯 잊고 있었던 기억이 떠올랐다.

—보상으로 [레널드]의 [호감도 +3%]와 [석궁]을 얻었습니다.

망할 레널드 놈과의 퀘스트로 얻은 석궁이 바로 이것이었다.

"아⋯⋯."

어이가 없어 절로 탄식이 새어 나왔다. 그러나 이것을 잘못 받아 들인 건지 공작이 의기양양하게 말했다.

"이번엔 안전을 위해 좀 더 손을 봐 뒀지."

나는 그 말에 다시 나무 가방을 내려다보았다. 석궁은 무기라기 보단 벽에 걸어놔야 할 웅장한 장식품 같았다.

'안전을 위한다더니, 아예 쏠 수 없게 만든 건가⋯⋯?'

거기까지 생각이 미쳤을 즈음, 공작이 그것을 부정하듯 손을 뻗어 무언가를 집었다. 화려한 석궁에 시선을 빼앗겨 미처 보지 못한 검은색 주머니였다.

"이걸 보아라, 페넬로페."

공작이 주머니의 끈을 풀고 입구를 열어 내보여 주었다. 그 안에는 엄지손톱만 한 동글동글한 쇠 구슬이 가득했다. 나는 영문을 모르겠단 얼굴로 물었다.

"이게 뭐예요, 아버지?"

"화살 대신 마법이 걸린 구슬로 대체했다."

"마법요? 어떤⋯⋯."

"맞으면 구슬이 터지면서 즉시 뇌전이 터져 한동안 기절하게 되지. 죽음에 처할 정도로 강한 세기는 아니니 혹여 사람이 맞더라도 크게 다칠 일은 없을 것이다."

"그렇군요."

나는 성의 없이 대답했다. 그러다 뒤늦게 열심히 설명해 준 공작에게 좀 미안한 마음이 들었다.

하지만 어쩔 수 없었다. 참가를 피할 수 없게 되었을 때부터 나는 이미 모든 흥미를 잃었기 때문이다.

'사냥은 무슨…… 황태자 놈 눈에 안 띄게 잘 숨어나 있으면 다행이게.'

내가 도통 관심이 없어 보이자, 공작의 낯이 조금 굳어졌다.

"그리고, 한 가지가 더 있다."

그는 전보다 어두워진 목소리로 덧붙였다.

"구슬을 맞는 즉시 맞기 직전의 기억을 잃는 마법이 걸려 있지."

"네? ……기억을 잃는 마법이요?"

대관절, 석궁과 기억을 잃는 마법이 무슨 관계가 있단 말인가?

나는 이번에도 영문을 알 수 없어 멀뚱멀뚱 공작을 바라보았다. 그러자 그가 마지못해 이야기한다는 표정으로 입을 열었다.

"……정 쏘고 싶거든, 아무도 없는 곳으로 유인하여 쏘거라."

"……네에?!"

나는 입을 떡 벌렸다. 이게 대체 무슨 소리란 말인가? 공작의 말은 꼭 사람을 쏴도 된다는 소리처럼 들렸다.

"아, 아버지. 그게 무슨 뜻……."

나는 버벅대다가, 알아들은 게 맞는지 조심스럽게 떠보았다. 그러자 공작이 크게 혀를 찼다.

"쯧, 이전처럼 모두가 보는 앞에서 망아지처럼 날뛰어 가문에 먹칠할 생각 말고!"

"……."

"어차피 기절하고 나면 기억을 잃을 테니 네가 쐈다는 목격자만 남기지 말란 말이다. 알아들었느냐?"

꼭 사고 치기 직전의 철부지 딸을 회유하는 듯한 말투였다.

'석궁으로 쏴 죽이겠다고 난리 쳐서 1년간 참가 금지였다며?!'

그런데 하지 말란 말 대신, 화살을 기절하게 만드는 구슬로 바꾸고 기억을 잃게 하는 마법까지 걸다니.

'참…… 공작가의 위세가 대단하다고 해야 할지…….'

아니면 그만큼 통제할 수 없는 지경에 이른 페넬로페가 대단하다고 해야 할지 모르겠다.

"왜 대답이 없는 게야."

말이 없는 나를 석연치 않은 듯 바라보며 공작이 채근했다.

"아. 네……."

나는 얼떨떨한 기분으로 웅얼거리듯 답했다.

인간 사냥 같은 건 안 하고 얌전히 있겠다는 말은 차마 할 수 없었다. 피하고자 했던 사냥 대회 참석이 이로써 확정되었기에…….

"……알았어요, 아버지. 감사히 잘 쓸게요."

"크흠. 알아들었으면 됐다."

시무룩하게 한 번 더 확답하자, 공작이 헛기침하며 말을 보탰다.

"네 입장에서 자초지종을 들어 보고 겸사겸사 이걸 주려 했던 것이지, 혼을 내려고 부른 것이 아니다."

뜻밖의 위로였다. 나는 눈을 휘둥그레 뜨고 공작을 보았다.

"큼, 알았으면 그만 가지고 올라가거라. 대화가 길어졌구나."

본인도 이런 소리를 할 줄 몰랐는지, 그는 조금 멋쩍게 웃으며 황급히 자리를 정리했다. 막을 틈도 없이 하녀를 불러 석궁을 내 방에 갖다 놓으라 지시한 것이다.

나는 순식간에 깔끔해진 테이블을 바라보며 잠시 망설였다.

"아, 저……."

공작이 여전히 앉아 있는 나를 의아한 눈으로 바라보았다.

"음?"

에라, 모르겠다. 이왕 가지고 온 거 주지 뭐.

"저도 드릴 게 있어요, 아버지."

나는 치마 옆에 대충 가려 놓았던 것을 주섬주섬 꺼냈다. 에밀리
에게 준 것과는 달리 고급스러운 벨벳으로 포장된 상자였다. 그것
을 열어 조심스럽게 공작 앞에 내밀었다.

찬란한 은빛이 공작의 커다래진 눈동자 안을 수놓았다. 그는 갑
작스러운 선물에 퍽 놀란 듯했다.

"이건…… 애뮬릿이 아니냐."

"긴급 텔레포트 마법이 발동되는 주문서가 새겨진 것이에요."

"네가 이걸 내게 왜……."

역시나. 공작의 반응을 보니, 그간 막내딸에게 정원에 널린 꽃
한 송이 받아 본 적 없는 게 분명했다.

나는 어리석은 페넬로페를 향해 절레절레 고개를 흔들며 살가운
목소리로 설명했다.

"요즘 사냥 대회에 참석하는 귀족들끼리 가장 많이 주고받는 선
물이래요, 아버지."

"선물……?"

"네. 이번 사냥 대회는 타국에서 온 객들도 참여하고, 그들이 데
리고 온 희귀한 동물들도 풀어 놓을 예정이라면서요."

"그렇지."

"혹시 모르니 대회 기간 내내 몸에 꼭 지니고 계셨으면 해요."

"……감히 누가 이 제국에서 나를 공격하려 들겠느냐."

"공격은 하지 않겠지만, 에카르트의 정치적인 위치를 노리고 어떤 세력이 접근할지 모르잖아요."

내 대답에 공작은 처음 보는 낯선 생물을 보듯 나를 바라보았다.

그에게 준 은색의 화려한 애뮬릿은 긴급 텔레포트 발동 주문이 새겨져 있어 가격도 꽤 비쌌다. 실은 방어 주문이 새겨진 것과 이것 중 고민했지만, 이편이 나았다.

중립파를 표방하며 전쟁에 참여하지 않았던 에카르트였다. 그런데 공작을 죽이거나 공격한다면 에카르트마저 적으로 돌리고 전쟁이 재발발할 테니, 그런 멍청한 짓은 누구도 하지 않을 것이다.

'하지만 납치해서 협박할 수 있겠지.'

"혹여라도 아버지의 신병에 불미스러운 일이 생긴다면, 에카르트를 파벌 싸움에 끼어들 게 만들려는 세력들이 분명 나타날 거예요."

"네, 네가 그런 기특한 생각을……!"

공작은 충격을 받은 것처럼 중얼거리다, 흠칫하더니 나를 보고 "아니, 아니다." 하며 입을 다물었다.

"그, 그래. 내 꼭 지니고 있으마."

그는 조금 전 '맞은 사람의 기억을 잃게 만드는 마법이 걸린' 석궁을 받은 나처럼 얼떨떨한 얼굴로 답했다. 천방지축 수양딸에게 이런 뜻깊은 선물을 받을 줄은 전혀 예상치 못한 것 같았다.

"그럼 올라가 볼게요."

본래는 그의 화를 조금이라도 피하고자 가져온 선물이었다. 목적과는 전혀 관계없이 주게 됐지만, 어쨌든 선물 전달식이 끝났다.

괜히 가슴이 간지러워서 나는 자리를 털고 일어나 다급히 문 쪽으로 향했다. 그때였다.

"페넬로페."

문득 뒤에서 나지막이 나를 부르는 소리가 들렸다.

"네, 아버지."

"……요즘 들어 제법 의젓해졌구나."

공작이 알 수 없는 표정으로 나를 응시하며 한마디를 내뱉었다. 듣기 좋은 칭찬이었다.

하지만 어쩐지, 그 말에 목이 메었다. 이유는 나도 알지 못했다. 그냥, 그 순간 입이 절로 움직였다.

"……공작님."

오랜만에 듣는 호칭에, 공작의 푸른 눈동자가 서서히 커지는 게 보였다.

"그간 원망한 적 없다고 말하진 못해요."

"……."

"그렇지만……."

이건 가엾은 페넬로페를 위한 말인 걸까. 아니면,

"저를 데리고 와 주신 것을, 단 한 번도 감사하지 않다고 여긴 적은 없어요."

페넬로페처럼 철없는 망아지 취급조차 받지 못한 내가 비참해서 하는 말인 걸까.

그 순간이었다.

〈SYSTEM〉 에카르트 공작과의 관계 개선으로 명성이 +15 상승했습니다. (total : 30)

어느 쪽이건 나는 조금, 울고 싶어졌다.

사냥 대회가 부쩍 며칠 앞으로 다가왔다.

나는 오전에 집사를 불러 촉이 뭉툭한 연습용 나무 볼트(bolt, 화살)를 받아 냈다. 마법이 이중으로 걸린 비싼 구슬들을 고작 연습용으로 소비할 수는 없었기 때문이다.

"아가씨. 그리고 이것……."

내게 볼트 뭉치를 건넨 후에도 집사는 바로 나가지 않았다. 그는 망설이다가 내게 종이봉투 하나를 내밀었다.

"……뭐야?"

나는 의아했다. 뷘터와의 만남이 성공한 이후, 집사에게 내게 날아오는 초대장들을 모조리 불태우라고 재지시를 해 뒀기 때문이다.

"황궁에서 온 편지인지라 제가 멋대로 처리할 수 없었습니다."

"황…… 궁?"

집사의 말에 얼굴 근육이 꿈틀거렸다.

황궁에서 나한테 편지를 보낼 일이 대체 뭐가 있단 말인가. 황룡이 새겨진 황금색 밀랍이 불길하기 그지없어 보였다.

'……읽기 싫다.'

그러나 대비를 위해선 읽어야 했다. 나는 한숨을 푹 내쉬며, 페이퍼 나이프로 봉투를 열었다. 그리고 내용물을 꺼내 들어 읽기 시작했다.

[친애하는 페넬로페 에카르트 공녀.

미로 정원에서의 만남 이후 벌써 몇 달이 지났다.

그간 황궁에서 크고 작은 연회가 열릴 때마다 빼놓지 않고 공녀에게 초대장을 보내 두라 일렀는데, 단 한 번도 참여한 적이 없더군.

아직도 쇳독에 사경을 헤매고 있는 건가?

다행히 곧 사냥 대회이니 그대와 다시 만날 날도 머지않았군.

참가 금지령이 해제됐다는 소식을 공녀도 전해 들었겠지? 내 아픈 공녀를 위해 친히 목소리 높여 그것에 찬성했다.

그러니 부디 하루속히 쾌차하여 멀쩡한 낯으로 만날 수 있길 바라지.

추신 : 나와 했던 약속을 잊지 않았겠지? 기억하고 있는 것이 좋을 거야, 공녀.

그대가 내게 줄 답변이 몹시도 고대되어, 그 빌어먹을 쇳독이 낫길 오랫동안 인내했거든.

―칼리스토 레굴루스.]

"미친!"

강한 필기체로 휘갈겨진 서명까지 읽은 나는 치를 떨며 들고 있던 종이를 사정없이 구겼다.

'왜 아직도 안 잊은 건데!'

황태자 놈의 집요함에 나는 몸서리를 쳤다. 왜 연애 시뮬레이션 게임에 빙의됐는데 연서는커녕, 협박 편지나 받고 있어야 하는 건지 도무지 이해가 안 갔다.

"아, 아가씨?"

집사가 그런 나를 보며 놀란 표정을 지었다.

"대관절 무슨 편지이기에 그러십니까?"

응. 할 일 더럽게 없는 어느 미친놈의 협박 편지.

"……집사."

나는 그 말을 간신히 씹어 삼키며 대뜸 물었다.

"오늘 기사들의 훈련 시간이 언제까지지?"

"오후 6시까지로 알고 있습니다만…… 그것은 어째서 물으시는 겁니까?"

원래는 시간 날 때 시험 삼아 한두 번 쏴 볼 생각이었다. 이 몸의 활 실력이 어느 정도기에 작년에 그 난리를 쳤는지 가늠해 보기 위해서였다.

하지만 생각이 바뀌었다.

"오늘 당장 연무장 좀 사용해야겠어."

필사적으로 석궁을 능히 다뤄야 할 이유가 생겼다.

집사로부터 저녁 훈련이 없다는 것까지 확인한 나는 책을 보며 해가 지길 기다렸다.

'에휴…… 게임에 빙의돼서, 무슨 팔자에도 없는 석궁 쏘기 연습이냐.'

귀찮고 억울했지만, 별수 없었다. 황태자에게 협박 편지까지 받은 나는, 이제 내 목숨을 위해서라도 호신할 줄 알아야 했다.

'그나마 다행인 건 썩 괜찮은 물건을 획득했다는 건가.'

나는 공작의 걱정처럼 신경을 거스르는 여자들을 응징하는 게 아닌, 나를 죽이려 드는 남주들을 쏴서 기절시킬 것이다.

특히 제일 위험하고, 건드리기도 제일 까다로운 황태자! 그놈한테 잘못 쐈다간 황족 시해범으로 몰려 그대로 데드 엔딩일 테니까.

하지만 천만 다행히도 쇠 구슬은 터지면서 충격이 오르기 때문에 증거도 남지 않고, 맞은 기억마저 잃는다.

"완벽해."

나는 거품 물고 기절하는 황태자 놈의 몰골을 상상하며 기립 박수를 쳤다.

'이건 어디까지나 방어책이야.'

절대 개인적인 감정이 섞인 것이 아니다. 애써 그렇게 자기 합리화했다.

얼마 후 창밖으로 노을이 내려앉았다. 나는 사냥용 의상으로 갈아입고 나갈 채비를 했다.

잉카 제국의 귀족 여성들은 사냥을 거의 하지 않기 때문에 의복이 따로 없었다. 하여 소년들이나 입는 두꺼운 타이즈에 멜빵 반바지를 입었다.

가죽조끼와 타이까지 걸친 후 거울 앞에 섰다. 남성복을 입었으니 우스꽝스럽겠다 싶었지만, 거울에 비친 모습을 보니 그런 생각이 싹 사라졌다.

"……대박, 완전 잘 어울리잖아."

과연 미친 외모는 한낱 의상에 좌우되는 것이 아니었다. 머리마저 한데 모아 위로 틀어 올리자 아르테미스 여신처럼 사냥에 익숙한 여전사 같았다.

나는 피식 웃으며 석궁까지 꺼내 구색을 맞췄다. 겉보기엔 무거운 줄 알았으나 경량 마법 때문인지 의외로 가뿐했다.

1년 전 이맘때, 페넬로페가 자주 사용하였다더니 정말로 손에 익은 듯 손에 쥔 감각이 낯설지 않았다.

마지막 점검을 마친 나는, 화살 묶음도 잊지 않고 챙겨 든 채 방을 나섰다.

"헉!"

"흐읍……!"

오늘따라 마주치는 고용인마다 숨을 들이켜며 시선을 내리깔기 급급했다. 본디 복도를 거닐 때마다 곱지 않은 시선들이 날카롭게 와 박혔었다.

석궁과 화살을 든 내 모습이 퍽 흉흉해 보이는 듯했다.

'기를 눌러 줄 때 종종 들고 활보해 줘야겠어.'

덕분에 나는 방해꾼 하나 없이 무사히 저택을 나올 수 있었다.

연무장으로 가는 길은 고요하고 적막했다. 일부러 기사들이 모두 사라졌을 시간에 맞췄으니 당연한 일이겠지만.

그러나 그 생각은 곧 반대편에서 걸어오는 인물로 인해 부서졌다. 노을빛을 받은 분홍 머리가 평소와 달리 짙은 붉은색을 띠었다. 내 머리 색과 얼추 비슷하게 보일 정도로.

하지만 그놈의 머리 색보다 그 위에 적힌 [호감도 17%]를 먼저 알아본 나는 황급히 돌아서려 했다.

그러나 그 순간 눈이 딱 마주쳐 버렸다. 놈이 걸음을 우뚝 멈췄다.

'망할……'

어쩌다 보니 어정쩡하게 서로를 마주 보는 상황에 부닥치게 된 나는 깊게 탄식했다.

하필 마주쳐도 기피 대상 1순위와 마주치다니. 어떻게 이렇게 재수가 없을 수 있을까.

'어떡하지?'

바로 얼마 전에 이를 드러낸 채 싸워 놓고 이제 와 레널드 놈과 살갑게 인사를 나누는 건 말도 안 됐다. 그렇다고 눈까지 마주친 상태에서 몸을 돌리는 것도 우스운 일이 아닌가.

하여 나는 그냥 뻔뻔하게 정면 돌파하기로 했다.

'뭐 어쩔 거야. 저도 염치란 게 있으면 무시하겠지.'

그러나 레널드 놈은 내 생각보다 훨씬 염치가 없었다.

"사냥 처음 나서는 촌뜨기 같은 몰골이네."

막 곁을 지나치려는 순간, 놈이 빈정거렸다.

"쪽팔리게 지금 그 꼬라지로 연무장 가려고 하는 거냐?"

나는 우선 주변부터 재빠르게 훑어보았다. 다행히도 잘못 넘어져 머리를 찧을 만한 돌멩이는 딱히 보이지 않았다.

그렇기에 나는 그냥 무시하고 지나치려 했다. 하지만.

"이제 내 말은 아예 무시하기로 했나 봐?"

재빨리 앞을 막아서는 놈에 의해 더 갈 수 없었다. 나는 나지막이 한숨을 내쉬며 고개를 들었다.

"뭐 할 말 있어?"

내 물음에 레널드는 할 말이 굉장히 많은 듯한 얼굴로 나를 바라보았다.

'그래. 이번엔 또 무슨 시빈지 들어나 보자.'

나는 놈을 바라보며 돌아올 말을 기다렸다. 그러나 놈은 그저 나를 빤히 응시할 뿐 아무 말도 하지 않았다.

"할 말 없으면 말 걸지 마."

나는 다시 놈을 지나치려고 했다. 그제야 레널드는 다급히 입을 열었다.

"……아직 훈련 안 끝났어. 며칠간 계속 늦게까지 추가 훈련이 있어서 지금 가면 기사 놈들이랑 마주칠 거다."

놈과 더 대화를 나누고 싶은 마음은 없었지만, 확실히 건네진 말대로라면 곤란한 일이다.

그러고 보니 기사들이랑 다퉜다는 소식이 벌써 놈의 귀에까지 들어갔나 보다.

'그렇지만 뭐 어때? 피하려면 뒷담 깐 놈들이 피해야지.'

나는 시큰둥하게 대꾸했다.

"상관없어. 나 쓸 과녁 하나쯤은 있겠지."

"……."

"할 말 다 끝났으면 갈게."

그리고 그대로 그를 스쳐 지나가려던 찰나였다.

"……다락방 올라가고 싶으면 올라가."

의외의 말이 발목을 붙들었다.

"이제 가든 말든 신경 안 쓸 테니까."

무슨 소릴 하나 가만히 듣던 나는 문득 헛웃음이 터져 나왔다.

'꼭 적선이라도 하는 듯한 말투네.'

페넬로페라면 그 다락방에 애착을 가질지 모르겠지만, 난 아니었다. 괜히 올라갔다가 또 불꽃인지 지랄인지 보면서 소원 비는 거냥 추궁을 받을지 어찌 아는가.

나는 두 번 고민하지 않고 바로 답했다.

"싫어."

"……왜?"

"너랑 마주치기 싫으니까."

파란색 동공이 일순 커다래졌다. 놈의 머리 위 흰 글씨들이 깜빡였다. 무표정하게 그 일련의 과정들을 바라보았다.

[호감도 17%]

이 정도면 1, 2% 정도 떨어진다고 해도 별 차이 없을 것이다. 나는 시시껄렁한 그의 호감도보다 그가 전달해 준 덜 끝난 훈련 이야기에 집중했다.

'그럼 이클리스도 아직 있으려나?'

사냥 대회 때 이클리스의 호감도나 왕창 올려야겠다는 계획은 실패했으니, 가기 전에라도 올려 둬야겠다.

그때였다. 계속 주저하던 레널드의 입술이 가까스로 벌어졌다.

"그때는…… 했다."

"……뭐?"

다른 생각에 정신이 팔려 있느라 그가 뭐라 말하는지 놓쳤다. 그를 돌아보며 되묻자, 그가 입술을 달싹였다.

"내가…… 말이 좀…… 했다."

그런데도 레널드가 뭐라 말을 한 건지 알아들을 수 없었다. 쥐꼬리만 한 목소리로 웅얼거렸기 때문이다. 하지만 나는 그가 내게 무슨 말을 하려는지 직감했다.

'사과할 거면 사내답게 좀 할 것이지.'

속으로 혀를 차며 나는 다시 물어 주었다.

"뭐라고?"

"내가…… 하다고."

"뭐라는지 하나도 안 들리는데?"

쑥스러워하는 꼴을 보자니, 절로 이죽거리는 말투가 튀어나왔다. 이런 내 심보가 못됐다는 걸 알았지만 그간 놈한테 당해 왔던 걸 생각하니 멈출 수 없었다.

그 순간이었다.

"아, 그땐 내가 말이 좀 심해서 미안했다고―!"

레널드가 갑자기 번쩍 고개를 쳐들더니 버럭 고함을 내질렀다. 푸드더덕― 수풀 저편에서 놀란 새가 날아가는 소리가 들렸다.

'기차 화통을 삶아 먹었나.'

나는 따갑게 울리는 귓가를 매만지며 인상을 찌푸렸다. 그러자 놈이 시뻘게진 얼굴로 투덜거렸다.

"다른 땐 제가 먼저 와서 잘도 말 걸더니, 이번엔 왜 그렇게 오래 처삐지고 그래? 하여튼 계집애들이란…….'

나는 그런 레널드를 물끄러미 바라보았다. 단순한 투덜거림일 뿐인데도 그간 그와 페넬로페의 관계가 훤히 들여다보이는 듯했다.

정상적인 게임 루트였다면 여기서 어떻게 진행됐을까.

'레널드의 사과를 받아들이고, 당연히 먼저 사과해 줘서 고맙다고 해야겠지.'

그런데 왜일까. 왜 나는 매번 고맙다고 마음에도 없는 소리를 해야 하는 걸까.

"레널드."

내 부름에 놈이 나를 흘겨보며 불퉁하게 대답했다.

"뭐."

"네 사과, 받아들일게. 나도 뭐 잘한 건 없으니까."

"알면 다행이네."

먼저 사과를 한다는 것이 자존심 상했는지, 구겨져 있던 레널드의 얼굴이 곧바로 당당하게 펴졌다. 마치 내가 사과를 받아 주는 것이 당연한 일이라는 양.

"그런데 그거 알아?"

"뭘?"

"너한테 처음으로 받은 사과야."

난 적선하듯 받은 사과에 고맙다는 말 따윈 하지 않을 것이다.

"넌 지금까지 수도 없이 혀로 나를 난도질했고, 난 네 사과 같은 거 없어도 수없이 널 용서해 왔어. 그러니까……."

"……."

"이번에도 널 용서할 거야."

대신 환하게 웃었다. 네가 사과하는 게 아니라, 그저 내가 널 받아 주는 거란 생각이 들 수 있도록 악착같이 웃었다.

반전된 자리 탓에 산등성이 너머로 타오르는 노을빛이 이번에는 내 얼굴 위로 쏟아졌다.

휘몰아치는 바람결에 잔머리가 흩날렸다. 한 손으로 옆머리를 추슬러 귀에 꽂고 다시 시선을 들어 올렸을 때였다.

'응?'

나를 바라보던 레널드의 얼굴이 좀 이상했다. 정신이 빠진 사람처럼 눈빛이 혼몽하더니, 눈이 마주치자 눈가 아래부터 홍조가 발갛게 번지는 게 아닌가.

"네……."

순식간에 벌게진 얼굴로 그가 말을 더듬었다.

"네까짓 게 하는 용서 따위 필요 없거든?"

"……."

"할 말 다 했으니까 난 간다."

그리고 뭐라 답할 새도 없이 몸을 돌려 쏜살같이 사라졌다.

"……뭐야. 왜 저래?"

숲길 위에 덩그러니 남겨진 나는 멀어지는 놈의 뒷모습을 보며 눈살을 찌푸렸다. 그 순간, 놈의 머리 위가 크게 반짝이더니.

[호감도 22%]

나는 점점 작아지는 흰색 글씨가 완전히 사라질 때까지, 제대로 본 게 맞는지 여러 번 확인해야 했다.

레널드의 말이 맞았다. 연무장에 도착하니 이제 막 기사들의 검술 훈련이 끝난 듯 분위기가 어수선했다.

다행히 궁술 훈련은 없었는지, 대련장에서 멀찍이 떨어진 과녁터는 텅 비어 있었다.

나는 몰려 있는 기사들을 피해 연무장을 빙 돌아 그쪽으로 터벅터벅 걸어갔다. 가로지르면 더 빠르겠지만, 바로 얼마 전에 공작과 대면하고 온 참이었다. 당분간은 괜히 분란을 더 일으키지 않고 얌전히 있는 편이 좋았다.

마침내 과녁 앞에 선 나는 화살을 석궁에 장착한 후 시위를 당겨 걸이에 걸었다. 그리고 크랭크(장전장치)를 돌리며 자세를 취해 보았다.

나는 1년간 석궁을 사용했다던 이 몸의 주인을 믿었다.

"……왜 이러지?"

하지만 내가 느끼기에도 과녁을 향한 활 끝이 불안정했다. 그냥 들고 서 있을 때는 가볍다고 느꼈는데, 막상 어딘가를 향해 겨누려 들자 생각보다 묵직해서 팔이 부들부들 떨렸다.

"애도 사실 안 쏴 본 거 아냐?"

견디지 못하고 다시 팔을 내리며 불평을 토했다. 장전은 간신히 하겠는데 어떻게 잡고 쏘는지는 전혀 모르겠다.

"얍!"

아릿한 손목을 탈탈 털던 나는 다시 기합을 뱉으며 석궁을 들어 보였다. 이번엔 팔이 부들부들 떨리기 전에 재빨리 쏠 생각이었는데…….

"그렇게 잡으면 조준할 수 없어요."

문득 등 뒤에서 온기가 느껴졌다. 턱— 그와 동시에 허공에서 바들바들 떨리던 석궁이 뻗어져 나온 손에 의해 가뿐히 받쳐졌다.

나는 화들짝 놀라 몸을 돌리려 했다.

"주인님."

그러나 뒤에 닿은 단단한 몸으로 인해 무산됐다.

"……이클리스?"

나는 그제야 타인의 두 팔 안에 완전히 갇혔다는 사실을 깨달았다.

"이게 무슨……."

"쉬. 앞을 보셔야죠, 주인님."

당황한 내가 품 안에서 꼼지락거리자 이클리스가 귓가에 나지막이 속삭였다.

"사냥감이 다 달아나겠어요."

나는 그 말에 움직임을 멈췄다. 등이 이클리스의 가슴팍에 완전히 밀착됐다. 왠지 모르게 입이 말라 마른침을 삼켰다.

"왼손은 놓고, 오른손으로 방아쇠를 잡은 다음 가슴 쪽으로 바짝 끌어안으세요."

그는 석궁을 받쳐 들던 오른손을 스윽 움직여 내 손 위에 겹쳐 잡았다.

손등 위가 순식간에 뜨거운 열기로 덮였다. 그러나 그보다 그의 숨결이 닿은 목덜미가 더 신경 쓰였다.

"왼손으로는 틸러 아래를 받치시고요. 이제 과녁을 바라보세요."

이번엔 그의 왼손이 먼저 내 손을 감싸 쥐고 부드럽게 움직였다. 그의 도움으로 자세를 다시 취하니 조준이 훨씬 안정적으로 되었다.

"숨 쉬세요, 주인님."

귓가에 얕은 웃음소리가 들렸다. 틸러 너머로 보이는 과녁의 빨간 점이 문득 아스라해진다는 생각이 들 무렵. 피슉— 방아쇠가 당겨졌다.

정신을 차리고 보니 과녁의 정중앙에 화살이 박혀 있었다.

"잘하셨어요."

겹쳐 잡고 있던 온기가 손등을 은근히 쓸어내렸다. 옴짝달싹 못하게 가둬 두고 있던 단단한 팔이 내려갔다.

다음 순간 등 뒤에 바싹 붙어 있던 이클리스는 깔끔하게 떨어져 옆으로 비켜섰다. 그러나 여전히 손등이 무언가에 덮인 것처럼 갑갑하고 화끈거렸다.

나는 천천히 호흡하며 들고 있던 석궁을 내렸다.

"훈련은 끝났니?"

이윽고 그를 향해 얼굴을 들었을 땐, 알 수 없는 간지러움은 모두 사라진 후였다. 이클리스가 묘한 눈으로 나를 바라보다 물었다.

"언제부터 와 계셨어요?"

"얼마 안 됐어."

"절 찾지 않으시고요."

왜 자신을 찾지 않았느냐고 불평하는 듯한 어투였다.

"서운했니?"

밀랍처럼 무표정한 얼굴로 그런 소리를 잘도 하는 게 좀 웃겨서 나는 짧게 미소 지었다.

"안 그래도 밉보였는데 훈련 중에 나까지 부르면 안 되지."

"걱정하셨어요?"

"그럼. 난 항상 네 걱정뿐이지."

그 순간, 그의 입술 끝이 조금 움찔거렸다. 그리고.

[호감도 44%]

치솟는 호감도가 기분을 썩 괜찮게 만들었다. 입가에 걸쳐진 내 미소가 좀 전보다 더 진해지는 것이 느껴졌다.

"이젠 제법 기사 티가 나는구나. 새로 산 훈련복들은 마음에 드니?"

확실히 돈값을 하긴 하는지, 이전의 구질구질한 모습이 온데간데 없이 사라진 이클리스는 귀티가 났다. 내 물음에 그는 미미하게 고개를 주억거렸다.

"다행이네."

대충 중얼거리며 그에게서 고개를 돌렸다. 설령 마음에 들지 않아도 알 바 아니었다. 해 줄 만큼 해 줬으니.

나는 다시 석궁을 들었다. 이번에는 그가 잡아 준 대로 자세를 취했다. 내 멋대로 잡았을 때보다 훨씬 안정적이었지만, 여전히 정확한 조준을 하기 쉽지 않았다.

"아."

잘 쓰지 않는 팔 근육을 사용해서 그런지 금방 다시 팔이 저렸다. 낑낑대는 나를 보고 다시 도와줄 법도 하건만. 눈치라곤 쥐뿔도 없는 노예 상전께서는 멀뚱멀뚱 내 모습을 구경하다 대뜸 물었다.

"……사냥 대회 때문이에요?"

"으으…… 헉."

나는 결국 버티지 못하고 다시 석궁을 내리며 고개를 끄덕였다.

"……응."

그리고 얕게 숨을 헐떡이며 중얼거렸다.

"내가 1등 해서 상금으로 너 호강시켜 줄게."

물론 진짜 1등 같은 거 할 일 없었다. 이건 온전히 내 목숨을 위한 연습이었으니까.

그런데 '푸흐' 하고 작게 바람 빠지는 소리가 돌아왔다. 나는 휙 그를 돌아보았다. 이클리스는 여전히 건조한 얼굴이었지만, 내게 향해진 잿빛 눈동자에 희미한 웃음기가 비쳤다.

그가 제대로 웃는 모습을 한 번도 본 적 없어서 그런지 좀 얼떨떨했다.

"비웃는 거니?"

톡 쏘아 묻자 그가 설레설레 고개를 저었다.

"주인님은 석궁 잘 쏘기 힘들어요."

"왜?"

"너무……."

그가 눈을 내리깔며 조그만 소리로 뭐라 웅얼거렸다. 잘 들리지 않아 "응? 작고, 뭐 하니까?" 하고 되물었지만, 다른 대답이 돌아왔다.

"제대로 된 자세를 잡지 않으면 반동을 버티기 힘드실 거예요. 자칫하면 손목에 무리가 가서 뼈에 금이 갈 수도 있어요."

"그래?"

귀가 좀 솔깃해지는 말이다.

"그랬으면 좀 좋겠네……."

그러면 망할 사냥 대회 같은 거 참여 안 할 수 있을 텐데.

나도 모르게 진심이 흘러나왔다. 그러다 이클리스의 눈동자가 동그래진 것을 보고 황급히 말을 돌렸다.

"그런데 넌 석궁에 대해서 어떻게 그리 잘 아는 거야?"

이맘때의 이클리스는 분명 무술을 정식으로 배우지 않는 걸로 알고 있었다. 하지만 활만은 꽤 능숙하게 다룬다는 게 의아했다.

"델만에서는."

내 물음에 그가 입을 열어 답하다가 멈칫했다. 그리고 다시 말을 정정했다.

"……고향에서는 활을 기본 소양으로 익히거든요."

'이클리스의 고국 이름이 델만이었구나.'

게임에서도 나오지 않은 정보라 머릿속에 새겨 넣었다. 좀 신기한 건 후에 소드 마스터가 될 그가 검보다 활을 먼저 배웠다는 것이다.

"검이 아니라?"

"네."

"그렇구나……."

나는 고개를 끄덕이며 덧붙였다.

"잘됐네. 그럼 내가 1등 할 수 있도록 네가 자세를 잡아 주면 되잖니."

"……."

그가 잠시 입을 다물었다. 그리고 한참 후 조금 탁해진 목소리로 되물었다.

"……방금 전처럼요?"

"응."

아무것도 모르겠다는 듯 산뜻하게 대꾸하자 그의 머리 위가 깜빡였다. 그리고.

[호감도 49%]

'그래, 이거지!'

나는 대폭 상승하는 호감도를 보며 샐쭉 웃었다. 역시 연무장에 오기를 백번 천번 잘했다.

잠시 주춤거리던 게 언제였다는 양 이클리스는 곧바로 내 뒤에 다가와 붙어 섰다.

양옆으로 나를 감싸 안은 팔. 뒤에서 뻗어져 나온 손이 또 한 번 내 손등 위를 겹쳐 잡고 석궁을 들어 올려 조준할 무렵이었다.

"지금, 뭐 하는 짓이지?"

불현듯 왼쪽에서 서릿발 같은 목소리가 떨어졌다. 그 순간, 획—
몸이 거칠게 돌아갔다. 자의가 아닌 타의였다. 이클리스의 움직임
이었기 때문이다.

타인의 기척을 느낀 그는 거의 반사적으로 몸을 틀어 불청객을
향해 석궁을 겨누었다. 나를 안은 채로.

순식간에 반전된 시야 속으로 딱딱하게 굳은 흑발의 사내가 보였다.

"……소공작님?"

나는 잔뜩 당황했다.

'쟤가 왜 여기 있어?'

레널드와 데릭 조합을 제외하고, 남주 두 명과 동시에 만나는 일
은 게임에서도 거의 나오지 않은 일이었기 때문이다.

예상치 못한 전개에 우왕좌왕하는 사이 그가 더욱 낮아진 목소리
로 읊조렸다.

"페넬로페 에카르트."

스산한 한기가 뒷목을 타고 엄습했다.

'이건 매우 좋지 않아.'

뭐가 됐든 빨리 이 상황을 타파해야 했다. 나는 서둘러 이클리스
의 품 안에서 빠져나오려 했다. 그러나 손등 위로 겹쳐 잡은 뜨거
운 손바닥이 꿈쩍도 하지 않았다.

"……이클리스?"

나는 그를 부르며 다시 한번 손목을 뒤틀었다. 그러나 내가 버둥
거릴수록, 되레 옥죄는 힘이 더욱 강해지는 것 같았다.

"이클리스, 손 놔. 아프니까."

나는 결국 고개를 한껏 젖혀 그를 올려다보았다. 잿빛 눈동자가 스르륵 내게로 움직였다.

잠시간 나와 눈을 마주하던 그는, 그제야 나를 붙들고 있던 힘을 풀었다. 떨어져 나가는 손길이 아까완 달리 서늘했다. 나는 서둘러 그의 품에서 빠져나와 데릭에게 묵례했다.

"지금 뭘 하는 거냐고 물었다."

하지만 돌아오는 건 차가운 시선뿐이었다.

'저놈이 왜 저렇게 화가 나 있지?'

얼마 전 기사들과의 일도 공작과 잘 마무리 지었다. 며칠이 지나도록 데릭도 별말 없었고, 그 후 딱히 책잡힐 일도 저지르지 않았다.

나는 영 좋지 않은 데릭 놈의 기세에 고개를 갸웃거리며 고분고분 답했다.

"호위와 같이 석궁 연습 중이었어요."

"가문의 궁수들은 뻔히 놔두고 말이냐."

싸늘한 시선이 나를 너머 내 뒤쪽에 있는 이클리스에게까지 미쳤다.

"훈련 중인 사병들을 괴롭힐 순 없잖아요."

나는 데릭으로부터 보호하듯 이클리스의 앞을 슬쩍 막아서며 덧붙였다.

"그리고 제 호위가 석궁에 대해 잘 알고 있어서 가르침을 받기 충분했어요."

"가르침?"

무엇에 빈정이 상한 건지 데릭의 눈에 퍼런 스파크가 튀는 게 보였다. 놈의 머리 위가 위태롭게 깜빡이기 시작했다. 그러나 나는 호감도 게이지보다 살벌하게 변해 가는 그의 얼굴이 더 무섭게 느껴졌다.

데릭은 나와 이클리스를 번갈아 바라보며 경멸 어린 어조로 뇌까렸다.

"제 또래 영애들에게 활을 겨눌 만큼 기본 상식도 없는 네가, 대체 뭘 배울 수 있단 말이지?"

"기본 상식이 없으니까 대회 참석 전에 조금이라도 배워 두려는 거예요, 소공작님."

내가 한 일은 아니라서 크게 타격감은 없지만, 그래도 날 선 반응에 한숨이 나오는 것은 어쩔 수 없었다.

"제가 연무장을 이용하는 것이 불쾌하시다면 다른 곳으로 갈게요."

"······."

"가자, 이클리스."

나는 이클리스를 데리고 서둘러 자리를 뜨려고 했다. 막 데릭을 지나치려던 찰나였다. 탁―.

"어딜."

팔을 잡아채는 손아귀에 의해 걸음을 더 옮길 수 없었다.

놀란 눈으로 돌아보니, 놈이 서슬 퍼런 얼굴로 뇌까렸다.

"그렇게 가르침이 필요하다면 내가 직접 가르쳐 주지."

"······네?"

"너."

그는 갑자기 내게서 시선을 돌려 이클리스를 바라보았다.

"추가 훈련이 없다면 그만 네 숙소로 돌아가라."

오만하게 명령을 내리며 턱짓하는 데릭의 모습에 나는 아무 말도 할 수 없었다. 아무리 내가 데리고 와 호위로 삼겠다 했지만, 어쨌든 단장인 데릭의 암묵적인 허락 덕분에 이클리스는 훈련에 참여할 수 있었다.

어느 군대나 그렇듯, 에카르트 기사단은 상명하복이 무척이나 철저했다. 때문에 나는 그가 순순히 제 숙소로 돌아갈 줄 알았다.

그러나 이클리스는 떠나는 대신 데릭에게 잡히지 않은 맞은편, 석궁을 들고 있는 내 손목을 부드럽게 감싸 쥐었다.

"……주인님께선 제게 가르침받기를 원하시는데요."

그리고 삐딱하게 고개를 기울이며 답했다.

'얘들이 대체 왜 이래?'

양손을 붙들린 처지가 된 나는 그저 흔들리는 눈으로 둘의 눈치를 보았다. 반항 어린 이클리스의 모습에 데릭의 표정이 대번 사나워졌다.

"노예 주제에 감히 누가 누굴 가르친단 말이냐."

"제국군도 리비우스 전투에선 델만의 궁술에 처참하게 패배했지요."

곧장 맞받아치는 이클리스의 대답에 나는 입을 떡 벌렸다. 이건 분명한 견제였다.

어느 순간부터 피부가 따가울 만큼의 살기가 느껴졌다. 누구에게서 흘러나오는 건지는 알 수 없었다.

'나는 좀 놓고 얘기했으면 좋겠는데…….'

슬쩍 양 손목을 비틀어 보았지만 둘 다 꿈쩍도 하지 않았다.

"……델만?"

잠시간 말없이 이클리스를 노려보던 데릭이 문득 한쪽 입꼬리를 들어 올리며 조소했다.

"아."

"……."

"약탈하던 소국들에게 배신당해서 손쓸 틈도 없이 지도에서 지워진, 천박한 야만인들의 나라 말인가?"

일순 이클리스가 잡은 손목에 꽉 힘이 들어갔다.

'망할, 이러다 싸움 나겠어!'

나는 신음도 못 내고 흔들리는 눈으로 두 놈을 정신없이 번갈아 바라보았다.

솔직히 이클리스가 이제 그만 입을 다물었으면 하는 바람이 컸다. 어쨌든 제국에서는 데릭과의 신분 차이가 매우 크니 말이다.

그러나 내 간절한 바람과는 달리 이클리스는 데릭을 마주 노려보며 입을 열었다.

"그럼 오늘 한번 구경해 보시죠."

"뭐?"

"그 천박한 야만인이 제국의 하나뿐인 공녀에게 어떻게 활 잡는 법을 가르치는지."

"이런 건방진……."

잔뜩 빈정거리는 어조에 데릭의 얼굴이 흉흉하게 일그러졌다. 놈들의 머리 위가 위태롭게 깜빡이기 시작했다. 불안감이 스멀스멀 몸을 타고 올랐다.

이러다 놈들이 싸우는 게 에피소드 중 하나라면, 틀림없이 휩쓸려서 개죽음당하는 건 나뿐일 것이다.

괜히 나섰다가 등 터질까 숨죽이고 있었지만 더는 두고만 볼 수 없었다.

"그만! 그만!"

있는 힘껏 두 사람이 잡고 있는 손목을 털어 내며 크게 외쳤다.

금방이라도 달려들 기세로 서로를 노려보던 놈들이 방심한 덕분에 무사히 내 손목을 회수할 수 있었다.

나는 혹시라도 다시 잡힐세라 두 손을 가슴 앞에 모았다.

"저 그만 갈래요. 갑자기 연습하기 싫어졌어요."

그리고 데릭 쪽으로 먼저 몸을 돌린 후 허겁지겁 통보했다.

'당장 여길 떠나야 돼!'

나는 그들을 내버려 두고 그대로 과녁 터를 빠져나가려 들었다. 그런 내 행동에 당황했는지 두 놈이 곧바로 나를 붙잡으려 들었다.

"페넬로페."

"주인님."

안 그럴 것 같던 이클리스마저 경주라도 하듯 바짝 다가와 붙었다. 나는 미간을 잔뜩 좁히고 그런 그를 냉정하게 쳐 냈다.

"따라오지 마. 혼자 내 방으로 돌아갈 거니까."

이클리스한테 말한 것 같지만, 실은 데릭에게 향한 말이기도 했다. 저는 오라비랍시며 저택 가는 길까지 따라올 수도 있으니까.

'제발 싸울 거면 나 가고 둘이서만 싸워!'

"그럼 이만."

나는 혹여나 두 사람이 쫓아오기라도 할까 봐 부랴부랴 연무장을 빠져나갔다.

뒤통수에 따가운 시선들이 박히는 게 느껴졌다. 빠른 걸음은 놈들에게서 멀어질수록 점점 뜀박질로 바뀌었다.

"헉, 허억……."

숲길에 막 들어선 나는 가쁜 호흡을 몰아쉬며 연신 뒤를 흘깃거렸다. 다행히 쫓아오는 놈은 없었다. 그제야 속력을 천천히 줄였다.

"휴…… 괜히 껴 있다가 죽을 뻔했네."

불안한 예감은 언제나 적중하기 마련이다. 아까 느껴졌던 스산한 한기가 다시금 떠올라 부르르 몸이 떨렸다.

그 정신없는 와중에도 석궁은 꼭 챙겨 들고 온 내 모습이 웃겨서 허탈하게 중얼거렸다.

"그래도 잘 도망 나와서 다행이야……."

내가 빠지고 둘이서 치고받기 시작했을지는 알 수 없었다. 설사 그러더라도 이젠 상관없었다. 둘이 처싸운 건데 엉뚱하게 자리에도 없는 내 호감도가 떨어질 일은 없을 것 아닌가.

'그냥 공작한테 궁술 선생을 따로 붙여 달라 해서 혼자 뒤뜰에서 연습해야겠어.'

나는 당분간 연무장 쪽으로는 얼씬도 하지 말아야겠다고 여러 번 다짐하며 다시 걷기 시작했다.

망할 사냥 대회가 하루 앞으로 다가왔다.

나는 꼭두새벽부터 하녀들에게 깨워져 강제로 때 빼고 광내는 중이었다.

황궁 내 사냥터에서 열리는 전야제 때문이었다. 이번에는 타국의 왕족과 귀족들도 대거 참여하기 때문에 다른 때보다 더욱 규모가 클 예정이었다.

두 번째로 향유에 절여진 나는 하녀들의 손길에 젖은 머리를 맡긴 채 졸린 눈으로 불평했다.

"왜 이렇게까지 해야 하는 건데? 어차피 내일 사냥할 땐 머리 틀어 묶고 바지 입을 텐데."

"그러니 오늘 누구보다 아름답게 꾸미셔서 남성분들한테 사냥감을 가장 많이 받으셔야죠!"

에밀리가 활기차게 대꾸했다. 그러자 아침부터 내 방에 쳐들어온 하녀들도 덩달아 맞장구를 쳤다.

"그럼요, 아가씨!"

"이번에는 아가씨가 사냥제의 퀸이 되실 거예요!"

"맞아요! 작년에 그 사건으로 켈린 영애가 1등을 해서 그쪽 애들이 얼마나 기고만장……."

마지막으로 조잘대던 하녀가 문득 입을 다물었다. 에밀리가 그 하녀를 찌릿하고 째려보며 눈치를 주는 게 거울에 비쳤다.

방 안의 분위기가 순식간에 숙연해졌다. 모시는 주인의 흑역사를 입 밖에 냈으니, 혹여라도 내게서 역정이 떨어질까 두려운 듯했다.

'뭐, 내가 한 것도 아니고.'

나는 하녀의 말실수를 관대하게 넘겼다. 그리고 그들이 고대하는 사냥 대회에 대해 생각했다.

노멀 모드에서는 자세히 나오지 않았으나, 이곳의 사냥 대회는 성별에 상관없이 모두 참여할 수 있었다.

마지막 날 사냥감의 최종 개수로 우승자를 선별하는데, 특이한 점이 있었다. 굳이 본인이 직접 사냥하지 않아도 가지고 있는 개체 수만 많으면 1등을 거머쥘 수 있다는 것이다.

물론 곰이나 호랑이 같은 잡기 어려운 사냥감은 따로 점수를 매겼다. 때문에 뭇 남성들은 마음에 드는 여성에게 우승의 영예를 안겨 주기 위해 열심히 사냥해서 사냥감들을 바치곤 했다. 구애의 일종이었다.

'어째 사냥 대회도 딱 여성향 게임 같은 설정이네. 사랑의 마니또야 뭐야.'

켈린 백작 영애는 작년 사냥 대회에서 우승을 거머쥐었다. 그녀에게 패악을 떤 페넬로페 덕분이었다.

공작가의 미친개, 아니, 침팬지가 쏘는 석궁에 맞을 뻔했다는 동정론이 들끓어 참석한 남성들이 사냥감을 몰아 준 것이다.

'그걸로 공작가 식솔들을 약 올리고 다녔나 본데…….'

애석하게도 나는 내 목숨 지키는 일 외에는 아무것도 관심이 없었다.

"아."

그때, 한쪽 머리가 잡아당겨졌다. 덕분에 상념에서 깨어났다.

"헉. 아프세요, 아가씨? 죄송해요. 죄송해요."

하녀 한 명이 다 마른 머리를 위로 틀어 올려 고정하는 중이었다. 내 짤막한 신음에 그녀는 후다닥 손을 놓고 물러섰다.

"됐어. 계속해."

나는 고개를 까딱이며 종용했다. 그리고 혼잣말처럼 중얼거렸다.

"다들 너무 걱정하지 마. 나도 다 생각이 있으니까."

"……네?"

"기회 되면 꼭 잡을게."

뜬금없는 말에 하녀들의 얼굴이 어리둥절해졌다.

"무엇을요, 아가씨?"

"사냥감을 제일 많이 가지고 있는 여자 말이야."

"……?"

"적당히 지켜보다가 마지막 날에 그 여자를 석궁으로 쏴 죽이고 사냥감 다 뺏어 오면……."

"아, 아가씨!"

분위기 풀려고 한 농담이었는데 하녀들의 얼굴이 단번에 사색이 됐다. 에밀리가 기겁을 하고 서둘러 화제를 돌렸다.

"제발 그런 무서운 소리는 입 밖에도 꺼내지 마시고요! 자! 이제 다 끝나셨어요. 화장만 하시면 돼요."

"한참 남았단 거잖아."

나는 불퉁하게 중얼거리면서도 그녀들이 시키는 대로 순순히 눈을 감았다. 어쨌든 예쁜 건 좋은 거니까.

이른 아침부터 시작된 치장은 늦은 오후가 다 되어서야 끝이 났다.

나는 하녀들이 골라 준 새하얀 진주 액세서리 세트와 쇄골이 깊이 파인 피처럼 붉은 드레스를 입었다.

'역시 이 얼굴에는 이런 모습이 어울려.'

악한 것은 아름답기 마련이었다. 노멀 모드의 여주와 일부러 상반되는 이미지로 설정했다기엔, 거울 속에 비친 페넬로페의 모습은 위험하리만치 매혹적이었다.

고양이처럼 살짝 치켜 올라간 커다란 눈꼬리가 묘하게 색정적이다. 겉보기엔 그 어느 것보다 붉고 탐스럽지만, 사실 독을 잔뜩 품고 있는 사과처럼.

하녀들이 드레스와 걸맞은 새까만 에나멜 구두를 가지고 왔다.

오랜만에 높은 구두를 신으니 영 적응이 되지 않았다. 비틀거리니, 에밀리가 얼른 잡아 주며 물었다.

"아가씨, 1층까지 부축해 드릴까요?"

"아니, 이클리스를 불러와."

"네? 그분은 왜……."

의아하다는 듯 에밀리가 되물었다. 나는 대수롭지 않게 응수했다.

"호위 기사인데 당연히 날 호위해 가야지."

"그, 그렇죠! 그럼 잠시만 기다리세요, 아가씨. 지금 불러올게요."

에밀리는 떨떠름한 얼굴로 고개를 끄덕이며 허둥지둥 밖으로 나갔다. 그녀가 그러는 것도 이해가 됐다. 노예는 황궁에 들어갈 수 없기 때문이다.

하지만 그를 부르는 이유는 사실 호위 때문이 아니었다. 내가 간 후 데릭이랑 진짜 싸웠는지 알아보기 위해서. 그리고 겸사겸사…….

'공들여 치장했으니 이제 호감도를 올릴 차례지.'

얼마 후 노크 소리와 함께 방문이 열렸다.

"아가씨. 호위분을 데리고 왔어요."

"어서 와."

에밀리의 뒤를 따라 이클리스가 방 안으로 들어섰다.

"주인……."

테이블에 턱을 괴고 나른한 자세로 그 모습을 바라보던 나와 눈이 마주친 그는 불현듯 걸음을 멈췄다.

잿빛 눈동자가 한차례 격렬하게 흔들렸다. 한껏 치장한 내 모습 때문임이 확실했다.

[호감도 50%]

이전과 달리, 곧바로 소폭 상승하는 호감도에 나는 짙게 미소 지었다.

"에밀리, 넌 내 석궁 케이스를 가지고 먼저 내려가 있으렴."

"오늘 가지고 가시게요?"

"미리 카바나에 가져다 두는 게 좋을 것 같아서."

"네. 그럴게요, 아가씨."

잠시 후 그녀는 석궁 케이스를 들고 방을 나갔다.

"이리 가까이 오렴, 이클리스."

나는 테이블 위를 손가락으로 두어 번 툭툭 쳤다. 멍한 얼굴로 굳어 있던 그가 가까스로 정신을 차리고 내 쪽으로 천천히 걸어왔다.

이클리스는 테이블이 있는 곳에서 몇 발자국 남겨 둔 채 멈춰 섰다.

"더 가까이."

다시 한번 고개를 까딱이자, 그는 말없이 거리를 좁혀 내 앞에 바짝 다가섰다.

"무릎 꿇어."

다소 뜬금없고 강압적인 명령에도 이클리스는 지체 없이 내 앞에 무릎을 꿇었다.

나는 손을 뻗어 그의 턱을 부드럽게 감싸 쥐었다. 며칠 전 데릭과 대립한 날 이후 스치듯 마주친 적도 없었기에 자세히 확인할 필요가 있었다. 다행히 요리조리 살펴도 매끈한 피부에 흠이 난 곳은 없었다.

"어디 다친 곳은 없니?"

이리저리 턱을 돌리는 무례한 손길과 달리, 나는 짐짓 상냥하게 물었다.

'얼굴은 티가 나니, 몸을 후드려 팼을 수도 있으니까.'

가만히 나를 바라보던 이클리스는, 내가 마침내 움직임을 멈췄을 때 미미하게 고개를 끄덕였다.

"다행히 싸우진 않았나 보네."

"……주인님 가시고 나서 단장님도 그대로 갔어요."

내가 뭘 궁금해하는 건지 바로 눈치챈 그가 순순히 이후의 일을 고해바쳤다.

"걱정하셨어요?"

얼마 전과 똑같은 물음이었다. 그때 나는 흔쾌히 그렇노라 답해 주었다. 그게 꽤 마음에 든 건지 잿빛 눈동자가 나를 맹목적으로 응시했다. 그 눈빛이 꼭, 당장 그렇다고 대답하라 강요하는 것처럼 느껴졌다.

하지만 놈이 예상치 못한 적의를 드러낸 바람에 심장이 철렁했던 나는 당근 말고 채찍을 들었다.

"앞으론 함부로 나서지 마."

잘못을 저지른 강아지를 혼내듯 엄한 목소리가 흘러나왔다.

"알아서 할 수 있다며. 여기 머무는 걸 인정받기도 전에 쫓겨나고 싶어?"

"그자가 먼저 주인님의 손목을……."

"그자라니."

나는 그의 턱을 잡고 있던 손을 거두며 차갑게 경고했다.

"첫째 오라버니가 방자하게 기어오르는 널, 나처럼 관대하게 넘길 사람으로 보이니?"

"……."

억울하다는 듯 반박하던 이클리스의 눈꼬리가 조금 처졌다. 무표정한 건 평소와 같았지만, 어딘가 미묘하게 시무룩해 보이는 얼굴이었다. 물론 착각일지도 모른다.

나는 그의 머리 위에 선명히 떠 있는 흰 글씨를 바라보며 힘을 빼고 나긋나긋한 음성으로 말했다.

"난 네가 오래도록 내 곁에 있었으면 좋겠어."

호감도가 다 찰 때까지 이클리스가 공작가에서 쫓겨나는 일이 없어야 한다. 그래야 내가 탈출할 수 있으니까.

"그러려면 네 개인적인 적개심에서 날 제외해야겠지."

"……."

"제국을 향한 네 원한을 내게 분풀이하지 말란 뜻이야."

내가 불안했던 건 비단 데릭과 이클리스의 기 싸움에 죽을지도 모른다는 것뿐만이 아니었다.

— 그 천박한 야만인이 제국의 하나뿐인 공녀에게 어떻게 활 잡는 법을 가르치는지.

이클리스가 그렇게 말하는 것을 듣는 순간, 불현듯 비 오는 날의 기억이 선명하게 떠올랐다. 누구 하나 죽일 듯이 허공에 목검을 휘두르던 그와 내 목 옆에 바짝 들이밀어졌던 그의 검.

이클리스는 저를 데리고 와 돌봐 주는 나를 경외하면서도, 한편으론 결국 제국인의 손아귀에 굴려지고 있다는 것을 격렬히 혐오하는 것 같았다.

성공적인 탈출을 위해서, 이클리스가 그런 이율배반적인 마음을 계속 품게 하면 안 된다.

'내게 온전한 호감만 품게 해야 해.'

하여 나는 그에게 한 번쯤 상기시킬 필요가 있었다.

"널 사 온 내가 밉니? 여기서 버티면서 괄시받는 것보다 경매장이 차라리 더 나을 것 같아?"

"……."

"난 내게 쓸모 있는 자가 필요해. 네가 싫은데 내가 강요하는 거라면, 이 루비 반지를 주마. 언제든지 떠나렴."

난 언제나 내 왼손 검지에 껴 있는 루비 반지를 당장이라도 뺄 것처럼 굴었다. 초강수였다. 그가 옳다구나 하고 진짜 간다 그러면 바로 태세를 전환해서 사과해야 한다.

하지만 노멀 모드를 플레이한 나는 잘 알고 있었다. 그는 페넬로페의 온갖 패악과 짜증을 받아 주면서도 끝끝내 공작가에 붙어 있었다.

패전국의 노예에게는 갈 곳도, 공작가에서 주는 만큼의 안온함을 느낄 곳도 없었기 때문이다.

"……주인님."

기어이 루비 반지를 빼내 건네자 이클리스의 동공이 한차례 흔들렸다.

예상대로 그는 반지를 받지 않았다. 대신.

"제가…… 제가 잘못했어요."

-2권에서 계속-

악역의 엔딩은 죽음뿐 1

1판 1쇄 발행 2020년 9월 18일
1판 7쇄 발행 2024년 3월 28일

지은이 권겨을
펴낸이 최원영
편집장 예숙영
편집 박상희
편집디자인 한방울
영업 김민원 조은걸
물류 이순우 최준혁 박찬수

펴낸곳 ㈜디앤씨미디어
출판등록 2002년 5월 1일 제117-90-51792호
주소 서울시 구로구 디지털로 26길 111 JnK디지털타워 503호
대표전화 (02)333-2513 팩스 (02)333-2514
전자우편 dncbooks@dncmedia.co.kr
디앤씨북스 블로그 http://blog.naver.com/dncbooks

ISBN 979-11-264-5221-7 04810
ISBN 979-11-264-5220-0 세트